U0083910

古典詩歌研究彙刊

第十二輯

龔鵬程 主編

第 14 冊

江西詩風的創新與再造
——陳後山對杜詩的繼承與拓展

黃雅莉 著

國家圖書館出版品預行編目資料

江西詩風的創新與再造——陳後山對杜詩的繼承與拓展／黃雅莉 著 — 初版 — 新北市：花木蘭文化出版社，2012〔民101〕

序 4+ 目 4+306 面；17×24 公分

（古典詩歌研究彙刊 第十二輯；第 14 冊）

ISBN 978-986-254-910-0（精裝）

1.（唐）杜甫 2. 唐詩 3. 宋詩 4. 詩評

820.91 101014513

古典詩歌研究彙刊

第十二輯 第十四冊 ISBN：978-986-254-910-0

江西詩風的創新與再造

——陳後山對杜詩的繼承與拓展

作　者　黃雅莉

主　編　龔鵬程

總編輯　杜潔祥

出　版　花木蘭文化出版社

發行所　花木蘭文化出版社

發行人　高小娟

聯絡地址　新北市永和區中正路五九五號七樓

電話：02-2923-1455／傳眞：02-2923-1452

網　址　http://www.huamulan.tw 信箱 sut81518@gmail.com

印　刷　普羅文化出版廣告事業

初　版　2012 年 9 月

定　價　第十二輯 24 冊（精裝）新台幣 33,600 元

江西詩風的創新與再造
——陳後山對杜詩的繼承與拓展

黃雅莉 著

作者簡介

黃雅莉，台灣彰化人，國立臺灣師範大學國文研究所文學博士，現任新竹教育大學中國語文學系教授，究領域以古典詩學、詞學、現代散文為主，著有學術論著《宋詞雅化的發展與嬗變——以柳、周、姜、吳為探究中心》、《宋代詞學批評專題探究》、《陳後山宗杜之探究》、《詩心的尋索》、《詞情的饗宴》、《現代散文鑑賞》，以及散文創作集《浮生心情》等。其中《宋代詞學批評專題探究》獲「第五屆夏承燾詞學論文二等獎」。

提　　要

文學流派，聚集著諸多相近的風格力量，聲氣相應，把原本分散的個體精神探索的熱情凝聚成一股強勁的衝擊力。江西詩派即以「宗法杜詩」為詩學宗旨而挺立於宋代詩壇。「江西三宗」皆有得於杜詩之長，本文選擇陳後山的創作表現為探究中心，乃因他是由學黃山谷入手而轉學杜甫，在生命轉彎之處，他領悟到山谷特經營而扭曲詩意與詩境，而以其生活體驗和真摯情感在一定程度上突破了江西詩派刻意求工反而掩蓋真性情的弊端，可謂江西詩風轉變的前導。其在江西詩派的地位，乃是從內在人格精神、創作態度、生命遭際而追攀、師法杜詩，故在三宗裡乃以主體精神與個性風格近似於杜甫。

文學流派是作家群體的創作成就趨向繁榮的標誌，風格雖然是文學流派形成的決定因素，但「源自個人」的藝術表現才是作家創作成熟的標誌，本文從詩人所處的時代與生活歷程出發，具體考察作品的構成，見證文學風格與流派的生成及確立是作家們的一種能動的自我表達，風格的核心更是作家的創作個性，只有當作家在生活實踐和藝術創作中建構起自己完整、獨立而又相對穩定的美學經營，才有再創性可言。陳後山在創作中注入了個人的生活體驗，展現出獨特的個性，有著屬於「自己的聲音」，正是這種獨一無二的精神風貌，使他成為最早掙脫山谷理論缺陷的詩人，其宗杜的成就絕不在山谷之下，在宋詩史上必有一席之地。

自　序

彷彿才向走過不遠的冬季告別，校園花圃中各色小花陡然綻放，在初夏的陽光下，顯得格外瀏亮燦爛，便不免想起來到師大，一年的流光又走過。

從秋至冬，由春至夏，三度寒暑更易，在花開花落之間，生活的光影和實質，一絲一縷，都在這本論文行將完成之際更增添幾分光澤。

自親炙汪師雨盦的「江西詩派研究」，又於陳師文華「杜詩研究」的課程中得到啓發，獲知江西詩派三位要將學杜之深刻，因而興發為文，經請益於陳師文華，陳師認爲具研究價值，乃確定論題。我便因此而與詩人後山、杜甫結下美麗的緣會。

寫論文，實像長途探險，我戰戰兢兢地行走其間，心中恒有一方夢土支持，那像是在山窮水盡的日子裏創造的「又一村」。當然，生命中經常出現的停滯和空白，於我也未能豁免，當漫無目的旅行開始時，我便喜歡在午後的紅磚道上散步，不管什麼季節，午後的和風總讓人感到清寧舒爽，較能深刻地沈思和詩人後山共同的心靈。

我認眞思索自己的走向，而始終相信，我將賦予後山與杜甫之間一個可以探究的旨意，雖然朋友提醒我：研究兩人之間的關係，需兩皆精熟，題目大，難以精詳且耗力費時。然而，對於這個題目，我倒十分堅持，猶如後山一生堅持著對杜詩「神功混茫」境界的追求。這分堅持的信念驅動著我的奔赴，踩踏出沈穩的足跡，守著書籍講義氾濫成災的小書房，守著夜夜書桌前的一燈如豆，我希望能有系统地去整理自己的思考，更希望這一路的履痕亦能有助於他人。

這些日子，我與自己對話，與自己嬉遊，黎明的朝暾和入夜的星燦懂我，吹拂的和風和搖戈的綠葉解我，甚至九百多年前的後山亦感於我與他的心事相照相溫。記憶就在淺淺的腦海翻騰起伏，在憧憬未來之中，確也有一些等待完成的感覺，值得懷念和記錄。橫亙在論文寫作過程中的種種：課堂上的聽講、定題、資料的搜尋、筆記上的構思、數度改易，很多時間過去了，而我的論文也從漫無頭緒到將近完工，這些，就好像是花朵邂逅季節一般的自然，每一章節，各有它們成長與生成的長路，而我只是其中的編纂者與紀錄者。

面對窗外不斷向上伸展抽芽的綠樹，柔軟的風自樹梢吹拂而過，我深爲其生命力而憾動，而歡愉喜悅。一些觸景，經過一刹那間的意會催化，便會凝成一種心情，以爲生命中種種的煩亂和憂鬱已遠離而去，諸多原以爲缺憾者，其實是幸福的圓融和完成。如何檢視這些日子的悲歡得失呢？而其實，生命是公平的，給一些空白，也給一些精彩；給一些靈動，也給一些停滯；給一些悲涼，也給一些甜美，從無爽失。

一路行來，引領我前行的力量或許是感恩的心吧。感謝本論文的重心－詩人陳後山，以他的感覺和生命經驗啓發我，涵詠在其詩作的國度裏，那份魅力超越時空地行，爲我製造謐然的心境，我因而有了寫作的材料來源，也學習更多的同情、溫暖與欣賞。

感謝此篇論文的指引明燈－陳師文華，他是一位在學術領域默默付出的耕耘者，當我在惶惑遲疑時他總熱心地給予指點與引導，回顧這二年來他爽快地允諾指導論文、在課堂上的啓發講解、在忙碌中仍得抽出時間閱讀我厚重的初稿、二稿……，從資料的搜羅、章節的安排、撰述內容的修正，乃至口試的安排，他都給予了最妥貼的協助，我深爲此感動，能夠向他學習令人感到驕傲和幸運，藉這書頁的一角，讓我以最簡單卻也是最貼切的話來表達內心對他的感激：謝謝您！老師。

感謝夫婿秋建在婚前婚後始終如一的支持和安慰，用愛心和耐心化解了我的焦躁和不安，更由於他的熱烈參與及一再鼓舞，也才催促我盡最大的努力，做好每一件事。尤其他總爲我的論文排版印刷而忙碌奔走，使我在安穩中繼續論文寫作，對秋建的感謝是千言萬語道不盡，攜手同行的溫情更遠還生，我將在往後的日子裏塡寫出感恩的歲月。

感謝父親的關懷，不時掛念我思路的起伏進展，並經常煩他開車繞路送我去學校借書還書，令我深感歉意。

感謝母親的疼愛，沒有她的照顧，我不可能過得如此適意安穩，尤其結婚前她爲我忙碌操勞，讓我無須爲婚事瑣屑掛念而乃可高枕無憂地埋首書本中，並每晚催促早點睡覺，只因我是她的女兒，她傾注了不竭的愛，那是世上最眞摯的深情。

不能忘記的是陳慶航老師及師丈羅漁，從高中時代就不斷教導我知識和待人處世的道理，即使年歲漸長，她們仍然爲我的人生而掛念，讓我倍感溫暖，永銘於心。

感謝弟弟的參與，他自己也忙於準備考試，卻又常要爲那使用六年的老舊電腦幾次故障而運載維修，惟恐他的姊姊論文寫作因而停擺。

感謝公公婆婆的體諒，以及龐貴美老師、傅榮珂、陳禮彰學長、翠瑛、敏慧、潔明等所有陪我一起成長的朋友們的鼓勵，還有昌煥的封面題字，使本文生色不少。是什麼樣的緣分，讓我們在這茫茫人海中擁有交會時互放的光亮？特別是在生命盤桓的時刻，總會見到那些美麗而動人的風景。

我願意謙虛而愉快地踏出這一步，也許，在某一處尚未探索的心域，我的微薄付出可能是另一個主題引發的契機。

感恩的心，歡喜的心，柔和的心，在豐厚繁複的生命中，這本論文陪我一起成長。

民國八十三年六月黃雅莉謹識於國立臺灣師範大學國文研究所

目次

第一章　緒　論

第一節　研究動機

宋詩，可說是繼唐詩之變在詩歌創作上展開的另一條嶄新的道路。唐詩之變，於杜甫詩中已見端倪。胡震亨評曰：

> 盛唐詩一昧秀麗雄渾，杜則精粗鉅細，巧拙新陳，險易淺深，濃淡肥瘦，靡不畢具，參其格調，實與盛唐大別，其能會萃前人在此，濫觴後世亦在此。〔註1〕

杜甫晚期近體詩在題材、格律、藝術手法、風格方面進行了一系列的探索，此一嘗試在當時雖是空谷足音，但卻對宋詩產生了極其深遠的影響。杜詩的濫觴之源在宋代發展成了波瀾壯闊的長江大河。因杜詩眾法皆備的創作型態爲宋人的藝術探索提供了有益的啓迪，所以被宋人許爲「集大成」的詩人。宋代詩人大都瓣香杜甫，受到他或多或少的影響。

宋人各因其性之所近而祖述杜甫，從不同的側面、不同的程度來宗法杜詩。宗杜之風是宋詩的主流，杜詩影響後世如此深遠，這裡，便涉及後人如何學習杜甫、繼承杜甫，成就如何。不過，我們也知道，由於時代不同，各詩人所處的境遇不同，所接觸的現實生活懸殊，以及認識上、技巧上及才情天份上的差異，他們所受杜詩的影響，也就

〔註1〕胡震亨《唐音癸籤》，沈檢江先生〈宋詩發展的美學軌跡〉一文中所引，刊於《中國古代、近代文學研究》，1991年1月。

各有不同。

檢討杜詩對後代詩人的影響，分析後代詩人如何學習杜詩的情況，對歷代詩歌的流變發展將有所了解；且對我們今天如何去吸收中國古代的文學遺產，都將有所裨益。此爲本文研究動機之一。

江西詩派是在黃山谷「詩學杜甫」的旗幟下凝聚起來的詩歌團體，開創了宋代詩壇的強勁詩風，因而成爲宋詩的典型。宗杜之風是宋詩的主流，其中尤以江西詩派受杜詩衣被最深，江西詩人共同號稱宗法杜甫，全面探究江西詩人宗杜的實質表現，是值得研究的問題。假如能因此而明白江西諸子評論杜詩的狀況，將有利於宋代杜詩學的探討。此爲本文研究動機之二。

江西詩派三位重將多盤桓於學習杜詩的藝術傾向，陳後山爲其一。陳後山，名師道，字履常，一字無己，自號後山居士，世稱「後山先生」。他與歐陽修、王安石、蘇軾、黃山谷同時代，但年輩稍晚。是江西詩派繼黃山谷之後獨樹一幟的著名詩人，其詩作傑出，亦代表宋詩風格，紀昀稱云：「師道詩冥心孤詣，自是北宋巨擘。」。〔註 2〕甚且，後山的詩論，亦體現了宋詩的文化精神，爲宋代詩論提供了指導方針，是以張健先生稱他爲：「不僅是位富有代表性的詩人，也是一位完成江西詩派文學理論的批評家。」，〔註 3〕因此研究宋詩，不能不研究後山詩。

後山被「江西詩派」尊爲「三宗」之一。雖然他詩歌理論不出江西詩派的範圍，然而在黃山谷刻意作奇而以艱澀尖巧出之的反思中，他也是比較清楚地見到其中的弊病。他在《後山詩話》中批評蘇軾失之「粗」，黃山谷失之「奇」，指出「退之以文爲詩，子瞻以詩爲詞，雖及天下之工，要非本色。」，〔註 4〕在蘇、黃詩風長盛不衰之際，後

〔註 2〕《四庫全書總目提要》，卷二百集部詞曲類存目。

〔註 3〕張健先生〈論陳師道的文學作品〉一文所言，刊於《中外文學》第三卷第四期，總第二十八期，民國 63 年 9 月。

〔註 4〕見《後山詩話》，後世論者，有以《後山詩話》非陳後山所作，而是後人竊其名而杜撰者，關於此點，今人范月嬌女士在其著作《陳師

山作爲江西詩派的要將之一，能如此清醒地面對傳統和時風，那些恪守一家的詩論家所表現出的保守，後山求實求新的精神實在難能可貴。後山是江西詩派的重將，而且亦是最早見到江西詩派的弊病而矯之者，他宗杜的原因、實質表現、成績、影響，自然有待研究。此爲本文研究動機之三。

長期以來，在一些詩史著作或詩歌評論中，對江西詩派的群體缺乏個性分析，對各別詩人宗杜的實質表現、獨特風貌，缺乏客觀而全面的論述。後人論後山詩時皆肯定其宗杜的事實，但後山如何蹤跡杜甫？在人格胸襟、詩學理論、形式技巧，抑或內涵風格？這些實質原委，有待細加爬梳。此爲本文研究動機之四。

師法前人，吸取他們成功的創作經驗，乃文學史上的傳統。在藝術領域中，針對師法前人而判斷其成就的良窳，或許不是最重要的事，但卻是無法避免的。後山宗杜，乃傾其一生的心力，正如元代周昂在〈讀後山詩〉中云：

> 子美神功接混茫，人間無路可升堂。一斑管內時時見，賺得陳郎兩鬢蒼。(《中山集》，卷四)

可見後山在艱苦中步趨杜詩的用心，其學杜之投入執拗，竟致兩鬢蒼蒼，然而杜詩已達神功接混茫之化境，故學其詩是一段艱苦的歷程，因此歷代詩評家對後山宗杜的成就顯然存有嚴重的價值差異。後人對後山宗杜之成就評價不一，或以爲其「學老杜而與之俱化也」、〔註 5〕「後山雖不及工部，然卻是杜之氣象」；〔註 6〕或以爲「其力量尙不逮涪翁，何況子美」，〔註 7〕甚或有以其題材內容缺乏對社會現實的直接反映而評其宗杜成績「能具形式，難獲精神」。〔註 8〕也因爲自呂居仁

道及其詩研究》、第三章第一節〈『後山詩話』辨正〉中有極詳盡的指證，而總結出該書實爲後山所撰，頁 167。

〔註 5〕方回《瀛奎律髓》，卷一批陳後山〈登鵲山〉。

〔註 6〕陳模《懷古錄》，卷上。

〔註 7〕查愼行於《瀛奎律髓》，卷一登臨類、陳後山〈登鵲山〉詩下批語。

〔註 8〕金啓華先生在《杜甫詩論叢・杜詩影響論》中引胡應麟語之後，對

的宗派圖出，將後山入山谷法嗣，人人遂以為後山專學山谷詩，在山谷派下；然而黃、陳並稱，是元祐以後的常言，認為二人正逢敵手。究竟後山宗杜的成就如何？與江西詩派另二位要將黃山谷、陳簡齋宗杜成績之比較為何？山谷、後山、簡齋三人宗杜的成績，評價紛歧，實有待詳實考察。總之，要對後山的文學價值重新定位，以還原其人在文學史上的地位，必須對他宗杜的成績詳加探究。此為本文研究動機之五。

第二節　研究方法

本論題是對後山宗杜的實質作一全面性的探究，既是「宗法杜詩」，便涉及了「影饗研究」的概念。

研究杜甫與後山兩人的傳承關係，最終總要歸結到闡明後山「如何」接受杜甫的影饗，杜甫在後山的創作中起何作用。美國比較文學學者勃洛克在〈比較文學中的影響概念〉一文中認為：

> 文學作品產生文學作品，只要作者把從別人作品學來的東西，如技巧或境界，運用到自己的創作上，便是影響。〔註9〕

張漢良先生也說：

> 影響包括一個訊息由放送者到接受者的全部接受過程……但接受完成後，並不等於影響完成，甚至可能尚未開始，乙方必須創作出近似甲方的作品才行。〔註10〕

按照二人的說法，杜甫對後山的影響，必然以內在的形式在後山的作品之中表現出來，正如匈牙利比較文學家韓克思區分影響為三個階段：一是作品的力量，二是閱讀的經驗，三是創作的啓發。前兩

黃山谷、陳後山、陳與義三人宗杜之成就加以比較，遽言：「黃、陳學杜，只在造句遺辭、風味等方面來學習杜甫，能具形式，難獲精神。與義後期詩作有所改變，悲壯感慨，時有可觀。」

〔註9〕見《比較文學導論》第一章第四節所引，蒲公英出版社印行，頁89。

〔註10〕張漢良先生《比較文學理論與實踐》，第二篇影響研究，東大圖書公司印行，頁41。

個階段衹是接受過程，歷經三者影響才算完成。〔註 11〕依據第一階段，杜詩渾然天成的化境自有吸引後山的力量，再就第二階段來看，後山以杜詩爲研讀的對象，在其詩文中屢屢言及杜詩之佳處，足見後山有閱讀杜詩的經驗。至於第三階段創作的啓發，是本文欲探究的問題。任何外在資訊來源，不論是思想意識、生活素材、乃至藝術形式，與接受者接觸後，還只是外在關係，僅能說是「接受」，而不能說「影響」。一旦他開始創作，使這些借取（接受）的資料變成作品的有機組成部分而可以表現自我、彰顯自己的獨特風貌，才算影響的完成。

影響如果有意義，必須以一種內在的形式表現在作品中。因此後山宗杜的實質在作品本身，張健先生說：「讀後山詩，往往給人一個有趣的錯覺：作者好像是在杜甫的千頃良田中耕作的一位佃農」，〔註 12〕我深有會心，後山詩作中處處有杜甫的影子在。如果後山沒有熟讀杜甫的作品，這影子是不會存在的。美國比較文學學者約瑟夫・丁・蕭對於作品之間的「影響」解釋是：

> 一個作家所受的文學影響，最終將融合到他們的作品之中，成爲作品的有機部分，從而決定他們的作品的基本靈感和藝術表現，如果沒有這種影響，這種靈感和藝術表現就不會以這樣的形式出現，或者不會在作家的這個發展階段上出現。〔註 13〕

於此可知後山受自杜甫的影響，最終將融合在他的作品之中，它或許可表現在用字遣辭，或獨特的技巧手法、風格意境上，也可表現在作品所反映出的思想主題、精神內涵上。

總之，作品的影響成果或程度必具「可見性」，因此在後山與杜甫的作品之間探索其內在關係是本文的基本證明。然而，作品本身的

〔註 11〕同上註所引。

〔註 12〕同註 3。

〔註 13〕同註 9。

參照比對困難性頗高，任何人迄今也未能在作品之間做完整的溝通，似乎只有訴諸讀者的經驗，而讀者必須具有知識、背景等方面的能力，這又非才學未逮的我所能企及的。由於從二人作品之間判斷影響程度的困難性高，遽下斷言曰似或不似皆易流於主觀判斷，不能令人信服。由是之故，列出令人信服的作品之外的證據來說明後山受自杜甫的影響，是完全必要的。例如，各種文獻記載、引語、同代人的見證和後山自述其學詩的方法等，抑或當時文學形勢的造就，甚至後山與杜甫相若的人生際遇、理念思想，皆可觸發淵源一脈的詩作，此即所謂的「外緣研究法」。以「外緣研究法」來尋求因果關係就能確定杜甫對後山的影響是否存在。但是，最基本的證明又必須在作品本身。

因此本文進行的方向擬從作品外緣走向作品內涵，從「作家與作家」走向「作品與作品」。由後山宗杜的時代背景、形成因素等外緣研究過渡到後山、杜甫二人作品的實際表現、過程原委，循序探至後山宗杜的影響、成績，作一順序式的推論。

所以，內緣研究雖不可忽視，如果用它和作品的外緣研究相結合的辦法來全面論證，當可解決其中的困難。在談及後山宗杜的每一方面表現，本論文皆先佐以外緣論證，再以進行作品的比對。

第三節　撰述程序

在以上述研究方法的基本理念爲基礎之下，本文的研究步驟分爲：後山宗杜的外緣研究、形成因素的探討、作品的實質表現及影響、評價等部分。

雖然本文的研究主體是杜甫與後山之間的傳承關聯，但任何文學作品的產生皆有其時代背景，因此在作品研究之前先有外緣研究，第二章「北宋詩壇宗杜的發展」即爲突顯杜詩之價值及其眞正地位，回顧杜詩與宋詩之間的交接遇合，探討宋代詩人何以成爲杜甫詩心相契的知音，以及宗杜之風的形成過程，包括後山所屬江西詩派與杜甫的密切聯繫。此章並作爲後文探討詩作表現的輔助材料。

第三章「後山宗杜之形成因素」，則以外緣、內因兩部分說明。外緣即後山與杜甫在人生際遇、人格胸襟的相若，對詩的理念相同，皆是重鍛鍊以學力取勝的路線，造就了他們窮於當世，卻同以詩達於千秋的共同命運。因爲後山與杜甫平生的際遇雷同，使得後山在欽仰杜甫之餘，感同身受，所發爲詩，頗有神似的內涵。內因是後山有心學杜的詩學根據，即後山領略杜詩佳處，以宗杜的表現來革新江西詩派所持的詩學觀點，而由此推進。

其次是「作品實質表現的研究」。作品研究又分爲形式技巧與內涵風格兩部分。分別在四、五章中談及，欲從後山宗杜的形式技巧至內涵、風格等層面，對後山的詩作做全面性的探索。在第四章中，我們純由形式技巧上的建構考察後山所持的詩學理論之創作經驗，以見其創作實踐與理論根據二者合一的價值。敘寫方式主要是透過分類歸納的方式，來統計分析後山宗杜的習慣用法及藝術表現。至於第五章風格內涵部分，先從江西詩派的創作傾向中尋繹出其受自杜甫的大致相同之內涵風格，以便更能貼切地掌握後山詩的風貌。進而探索後山詩風格的成因，要之乃淵源於他一心追隨的杜甫。之外，更從思想感情、人格胸襟的雙重角度去詮釋後山得於杜詩之內涵展現。再從體格法式的角度歸納後山宗杜之風格類型。

第六章是「後山宗杜的影響與成績」，則統攝前面各章的研究成果，對於後山宗杜革新江西詩派所作的開拓性貢獻和理論建樹，對後繼者的影響力予以肯定，從而考察後山宗杜的得失，並給予適當的評價。務求以客觀的論證，使歸於至當，呈露後山宗杜的眞面貌，一方面也可藉此建立一種健全中正的批評態度。

最後是結論，將後山宗杜的文學背景、外緣因素、作品表現及影響、成績做一完整的溝通，從而還原他在文學史上的地位。

第四節　研究概況及研究材料的使用

在談及本文研究材料的使用之前，有必要對後山研究的概況作一番回顧，從而尋繹出目前值得從事研究的方向及重點。

在一般文學史或文學評論中，論及江西詩派，多是總體歸納而論，較缺乏個性的分析。即使能對江西詩派三位要將詩作的特色個別而論，亦屬吉光片羽的批點而過。

截至目前，對後山研究的篇著較爲貧乏，涉獵的角度也稍嫌偏狹。我們可分三方面來看。一是從詩人本身所作的研究來看，以鄭騫先生的《陳後山年譜》及《陳後山傳》〔註 14〕爲精詳。鄭騫先生在這一方面投注相當的心力，對後山一生事蹟有相當詳實的搜羅。另外，顏崑陽先生〈從陳後山之詩論其悲劇性格〉一文，〔註 15〕亦對後山孤高的性格作一番深入的刻繪，裨益於後人對後山之賦性有所深會。

二是對詩人作品所從事的研究。歷代詩話多半以評價爲主，近世以來，才有針對後山詩作的內容、形式等較深入多樣的分析和探討。其中以李致洙的《陳後山詩研究》〔註 16〕和范月嬌的《陳師道及其詩研究》〔註 17〕爲可取。二人已漸朝向深入探討，分析其詩的形式特色及題材內容。另外，張健先生的〈論陳師道的文學作品〉，簡錦松先生的〈論陳師道七絕〉〔註 18〕的分析探索亦頗具參考價值。在作品研究方面，後山詩在形式上的特色多爲人所提及，內容題材亦所在多有，較爲人所少陳者是其風格。歷代詩話多評許後山詩風「枯淡瘦勁」，可見其詩風亦具典型特色，當代學者對其風格的闡述較爲缺乏，實有待深論。

〔註 14〕《陳後山年譜》，聯經出版；《陳後山傳》，刊於《中華文化復興月刊》九卷十二期。

〔註 15〕刊於《幼獅月刊》第四十九卷第一期。

〔註 16〕臺大中文研究七十一年碩士論文。

〔註 17〕文史哲出版社印行，民國 77 年 6 月初版。

〔註 18〕張健先生〈論陳師道的文學作品〉一文所言，刊於《中外文學》第三卷第四期，總第二十八期，民國 63 年 9 月。簡錦松先生〈論陳師道七絕〉刊於《中外文學》第七卷第二期。

三是後山詩學的淵源研究，即後山與杜甫、山谷等人的傳承關係。而其中，蕭麗華先生的〈陳後山宗杜之檢討〉一文〔註 19〕給了我啓發式的開路引領，讓我確信本論題有值得開發的生機可能，惜蕭先生之文爲期刊單篇論文，爲篇幅所限，無法深入分析、完整探討，筆者有鑑於此，擬承其餘響，遂以之爲法式，再作更深入的分析和更詳備的搜羅推論，多所資取者，不敢掠美，在此以道謝忱。另外，是曾棗庄先生的〈陳師道師承關係辨〉〔註 20〕一文，乃考證後山與山谷、曾鞏等人師承的事實，而無涉及師承的實質表現。陳惠源先生的〈後山與杜甫〉，〔註21〕論述只囿於句法的模倣點化，淺易狹隘，實無足論。

綜合以上三方面，可知後山研究在各角度有個別缺失外，尚缺乏一種全面總合性的探索，也就是能貫穿其人、其詩、其傳承及評價的整體性研究。本文擬對後山宗杜的實況作一研究，盼望藉此而溝通上述後山研究的疏失。

由於杜甫詩產多量，欲精熟其詩，透徹其豐富多變的技巧，頗非易爲。筆者每限於時間、學力之不足，而無法精熟杜詩，故本文材料的使用乃出以「逆推」的方式，換言之，先由精熟後山詩作而歸納其詩特色，進而逆推上溯杜詩在某一方面與後山的相似性。關於杜詩論著、單篇論文甚夥，論點亦甚精詳，陳師文華的《杜甫詩律探微》〔註22〕及劉明華先生的《杜詩修辭藝術》〔註23〕即爲其一二，吾人可據此而分析歸納杜詩特色及慣用手法。

本文凡引用杜甫作品皆爲楊倫所注《杜詩鏡銓》，華正書局印行。後山作品皆以《後山詩箋注》爲主，宋・任淵注，民國、冒廣生後山

〔註 19〕蕭麗華先生〈陳後山宗杜之檢討〉一文，刊於《中國文學研究》第二期。

〔註 20〕刊於《文學遺產》，1993 年第三期。

〔註 21〕《華國》一卷，民國 46 年。

〔註 22〕陳師文華《杜甫詩律探微》刊於師大國文研究所集刊第二十二期。66 年碩士論文。

〔註 23〕劉明華先生《杜甫修辭藝術》，中州古籍出版社印行。

詩注補箋及後山逸詩箋，學海出版社印行：而《後山全集》則爲中華書局四部備要本。

本文乃探討後山與杜甫之間的淵源關係，各種文獻記載、引語、同代或異代人的見證皆爲作品研究之外的重要證據。本文的資料來源，在杜甫方面，是以華文軒等人所編輯的《杜甫研究資料彙編》上編宋代部份爲主。編者從宋人的別集、筆記、詩話、雜著中收集有關評論杜詩資料三千多條，非常完備。宋代之後，乃以詩評家的詩話、論著爲準，進至當代，即以作者篇章出處爲據。在後山部分，是以《黃庭堅和江西詩派卷》爲主，其中彙集了歷代各家討論黃庭堅和江西詩派詩人的有關資料，諸如詩人的生平事蹟、作品評論、考證等均加輯錄，收書約五百四十餘種，且依時代先後排列。附編引用書目，以便檢尋。

此外，便輔之以文學理論、修辭與鑑賞、美學與境界的材料，務期能更深入地挖掘後山詩作的動人處，後山在積弱的宋代中所創作的詩歌是勁健而有力度的，在貧困的生活條件下所產生的詩作卻是平淡而有思致的。從他宗杜的努力也啓示我們，對宋詩的過分否定並非持平之論。

第二章　北宋詩壇宗杜的發展

宋人何以視杜甫爲師法的對象，正因杜詩有著集大成的容量，足供宋人無盡採擷，所以在談及宋代詩壇宗杜的發展軌跡之前，我們先就杜詩集大成的成就加以論述，以便更清晰宋人宗杜之所由。

第一節　杜甫集大成的地位

唐代是我國詩歌史上的黃金時代，其體制悉備，諸法畢該，名家輩出，風格多采，自屬一種時勢所趨的必然現象。

從縱向的時代演進來看，因爲唐代上承魏晉南北朝之後，那正是我國文學史上，一段萌發著反省與自覺的時期，從曹丕的〈典論論文〉、陸機的〈文賦〉，至鍾嶸的〈詩品〉、劉勰的〈文心雕龍〉，加以沈約諸人對四聲八病之說的提出研析，這一連串的省思和覺醒，對於唐代文學的發展，具有相當程度的貢獻。

另一方面，從橫向的地域發展來看，唐代又是一個揉合中外南北漢胡各民族的精神風格於一的大熔爐。南朝的清新柔麗，北朝的爽朗剛勁，二者相激盪，使唐代的詩歌在繼承之餘，更融入了一股開闊活潑的新生命。唐代遂成了我國詩史上一具有爆發性的時代。在體制上，它一方面繼承了漢魏以來古樂府詩，使之得到擴展與革新，另一方面，它又完成了南北朝以來一些新興的體式，使其得以確立。在風格上，則融合了剛柔清靡的南北漢胡諸民族的長處與特色，呈現了一片欣欣向榮的氣象。

如果要在唐代詩苑中，推選出一位足稱集大成的代表作者，則捨杜甫而外，實無足以當之者。其他作者，雖都能各得一體，卻不免各有所偏，不能單獨地以個人而集唐詩之大成，杜甫是唐代詩苑中，一株聳拔根深，餘蔭紛披的大樹，兼融並包的大容量，影響宋人至鉅。〔註 1〕

壹、杜甫集大成的因素

杜甫能在唐代花繁錦簇的詩苑中居於集大成的地位，原因有三：

一、時代因素

就時代因素而言，又可分從文學史時代和社會性時代兩方面來看。

從文學史的時代來看，杜甫生長于可以集大成足以有爲的時代，如上述正處於各種體裁風格將近完成的盛唐；從社會性時代來看，這也是個波動的時代，唐代是中國文治、武功極盛的時代，但到後來的衰亂，也是一個不平凡的局面。唐代有了兩個極治和極亂的鏡頭，便使得老杜這位大攝影師的取材不枯寂了。

二、杜甫本身的才情稟賦，博大雄厚。

在杜甫論詩的作品中，特別突出了對詩歌形式及表現力的探尋，「語不驚人死不休」〔註 2〕的危機感和創新開拓的意識擴展了唐詩的內在動力。

三、杜甫能透過學養讀書來多元化吸收。

杜甫以「別裁爲體」的批判精神來倡導「轉益多師」，〔註 3〕兼

〔註 1〕參酌葉嘉瑩先生在《秋興八首集說》代序〈論杜甫七律之演進及其承先啓後之成就〉。

〔註 2〕〈江上值水如海勢聊短述〉，楊倫著《杜詩鏡銓》，卷八，華正書局印行，頁 345。以下所引杜詩皆根據楊倫之《杜詩鏡銓》。

〔註 3〕〈戲爲六絕句〉之六，卷九，頁 399。

取眾長，熔今鑄古，以苦心力學的根基，來雄厚其作詩的功力。

綜合以上三點，以杜甫的天才稟賦，而又生於可以集大成之盛唐，加以不世的際遇，造成了他多方面的偉大成就。最值得注意的，是他繼承傳統而能突破傳統所形成的承先啓後、繼往開來的表現。

貳、杜甫集大成的意義

關於杜甫集大成的成就，早爲多人所肯定。元稹說杜甫：

> 蓋所謂上薄風騷，下該沈宋，古傍蘇李，氣奪曹劉；掩顏謝之孤高，雜徐庾之流麗，盡得古今之體勢，而兼人人之所獨專矣。使仲尼考鍛其旨要，尚不知貴其多乎哉！苟以爲能所不能，無可不可，則詩人以來，未有如子美者。〔註 4〕

元稹雖沒有提到「集大成」三字，但已將杜甫集大成的意義闡述得相當詳細。他論述杜詩的成就可分爲二項：「盡得古今之體勢」與「兼人人之所獨專」，即是從體裁與風格兩方而言，杜甫能兼美古今各體裁的風貌，且吸收眾家風格爲一體。

宋祁的《新唐書杜甫傳贊》祖述元稹的評語說：

> 逮開元間，稍裁以雅正，然恃華者質反，好麗者壯違；人得一概，皆自名所長。至甫，渾涵光茫，千彙萬狀，兼古今而有之；他人不足，甫乃厭餘，殘膏賸馥，沾丐後人多矣。故元稹謂：「詩人以來，未有子美者。」

宋祁的旨意不外乎兼有古今及眾人之長，與元稹所語大體相近，唯增加杜甫對後世的影響，認爲杜甫是「沾丐後人」影響力很大的詩人。而秦觀在〈韓愈論〉已用「集大成」三字來評論杜甫：

> 杜子美之於詩，實集眾家之長，適當其時而已。昔蘇武、李陵之詩，長於高妙；曹植、劉公幹之詩，長於豪逸；陶潛、阮籍之詩，長於沖澹；謝靈運、鮑照之詩，長於峻潔；徐陵、庾信之詩，長於藻麗。子美者，窮高妙之格，極豪

〔註 4〕元微之〈唐檢校工部員外郎杜君墓係銘並序〉，《元氏長慶集》，卷十六，見《杜甫資料彙編》，明倫出版社印行。

> 逸之氣，包沖澹之趣，兼峻潔之姿，備藻麗之態，而諸家之所不及焉。然不集諸子之長，子美亦不能獨至於斯也。豈非適當其時故耶！孟子曰：「伯夷，聖之清者也，伊尹，聖之任者也；柳下惠，聖之和者也；孔子，聖之時者也；孔子之謂集大成。」嗚呼！子美亦集詩之大成者歟。〔註5〕

秦觀列舉前代詩人的風格作具體描述，以說明杜甫所集的諸家之長，包含了高妙、豪逸、沖澹、峻潔、藻麗等風格。秦觀顯然已將重點集中在風格的變化上，不再如元稹論述包含了體裁風格兩面向。秦觀解釋杜甫多元風格「集大成」的原因是「集眾家之長，適當其時而已」，「適當其時」的「時」有兩個層次，依據陳師文華於《杜甫傳記唐宋資料考辨》中的說法，〔註6〕一是與時增進的人格內容，二是能隨機適時地恰當外現。陳師之意，就第一點而言，風格即是人格的反映，而人格非一成不變的封閉性，乃可多樣發展，後天的陶養、環境的影響皆可改變人格傾向，意即人格具有不斷的隨時適變的能力，呈現了豐富的形態。就第二點而言，杜甫能配合詩歌題材、體裁作適當的發揮，此乃張戒《歲寒堂詩話》，卷上所云杜甫「遇巧則巧，遇拙則拙，遇奇則奇，遇俗則俗」。藉著不同的機緣，隨時展現不同風格樣態。陳師之說，較之一般說法，以杜甫得此集眾家之長的機緣來解說，更能深入老杜的精神內涵，以透顯其在詩史上的偉大地位。

因為杜甫在修養與人格方面，也凝成了一種集大成的境界，在他詩中所流露的道德感非出於是非善惡的價值判斷，而是發之於心的自然深情。杜詩中所表現的忠愛仁厚之情，滿紙血淚，乃從感受經驗而來，故能將詩人的感情與世人的道德合而為一，是以他在風格上有著健全醇厚的集大成表現，隨物賦形，因時制宜。因此秦觀認為杜甫「適當其時」，且以孟子稱美孔子「聖之時者」來比配杜甫在詩中的地位，

〔註5〕〈韓愈論〉，《淮海集》，卷二十二，見《杜甫資料彙編》。

〔註6〕陳師文華《杜甫傳記唐宋資料考辨》第四篇「壹、圍繞在儒家詩教觀下的批評內容」中談及，師大國文研究所76年5月博士論文，頁251。

即言孔子「可以速則速，可以久而久，可以處則處，可以任而任」，〔註7〕或行或止，因時制宜，實兼有伯夷之清，伊尹之任，柳下惠之和，故言孔子爲「集大成者」，而杜甫乃集詩之大成者。

秦觀雖將杜甫比配於孔子，也認爲杜甫堪稱「集詩之大成者」，然此集大成，著眼於杜甫藝術境界的深廣，並無參雜道德人格的評價。

除秦觀外，陳後山在其詩話中記載了蘇軾曾云：

> 子美之詩，退之之文，魯公之書，皆集大成者也。

蘇軾亦云：

> 知者創物，能者述焉，非一人而成也，君子之於學，百工之於技，自三代歷漢至唐而備矣，故詩至于杜子美，文至於韓退之，書至於顏魯公，畫至於吳道子，而古今之變，天下之能事盡矣。〔註8〕

蘇軾所言與陳後山引述略同，言杜、韓、顏、吳四人盡有古今之變，天下之能事盡括，殆即陳後山所謂集大成的內涵。今人蔡瑜曾於此加以說明：「東坡此論雖簡，卻涵括了從詩法（能事）至風格（古今之變）的集大成意義。」〔註9〕

至於宋、嚴羽則云：

> 少陵詩，憲章漢魏而取材六朝。至其自得之妙，則前輩所謂集大成也。〔註10〕

嚴羽所言，雖不能包括杜詩之全，因杜甫所祖述取材者，豈只漢魏六朝？尚包括風雅騷賦，甚至初唐諸家亦加研玩。然而嚴羽所言的「至其自得之妙」一語，卻使整個集大成的意義鮮活起來，惟有自得於心，產生新意，才能熔鑄古今，以成就集大成的深廣。

在嚴羽觀念中的「集大成」，並非延襲前人之作的總和而已，甚

〔註7〕孟子〈萬章篇章句下〉。

〔註8〕〈書吳道子畫後〉，《東坡集》，卷二十三，見《杜甫資料彙編》。

〔註9〕蔡瑜《宋代唐詩學》，第四章「作家論上・集大成的意義」，台大中文研究所79年6月博士論文，頁227。

〔註10〕《滄浪詩話・詩評二十四》，東昇出版社印行。

至對古人得意處也能心領神會，得其神理，更能匠心巧運，雖沿用古人但能產生的新風貌、新氣象。這是彰顯杜詩之新變與自得。

是以，蔡瑜先生爲杜詩「集大成」下一定論，嚴謹完備，於今採之：

> 杜詩集大成的原始意義是一種詩歌史地位的評價，主要是反省杜甫以前詩歌發展的歷史，而肯定杜甫具有總萃前人之長的風貌，可從技巧言，但以風格的豐富多元爲主。但是，對於某些批評家來說，如此的評價並不足以突顯杜甫眞正的地位及其詩之全貌，故而再爲集大成加上「新變」與「自得」的觀念，使其意義具有無限開拓的可能。〔註11〕

由此可知，杜甫集大成的意義，不僅在於總萃前人所長，更在於以新變創造來濫觴後世，開啓後世詩歌的無限可能。

參、杜甫在唐詩中的「變」，下啓宋詩

唐詩之所以爲唐詩，不同於漢魏六朝或宋詩，乃在於以盛唐諸家創造出風格的代表性，故唐詩之「唐」非時代意義，乃屬風格意義。盛唐詩的基本架構有四：王、孟詩派的興象超妙、空靈遠韻，表現出閒遠寧靜的陰柔之美。高、岑詩派的風骨清發，表現出高朗壯闊的陽剛之美。李白的清新俊逸，雄放豪邁，兼高岑、王孟之長。唐詩正宗，至李白發展至最高峰，除此之外，便是杜甫集大成的容量。杜甫非但承繼盛唐諸家所長的正宗路線，同時又兼「變格」，是集正、變於一身的關鍵性人物。葉燮《原詩》云：

> 杜甫之詩，包源流，綜正變。自甫以前，如漢魏之渾朴古雅，六朝之藻麗穠纖，澹遠韶秀，甫詩無一不備。然出於甫，皆甫之詩，無一字句爲前人之詩。……變化而不失其正，千古詩人，惟杜甫爲能。

根據葉燮的論述，除提出杜甫集詩人之大成外，更以「綜正變」一語推崇之。而此處的「變」，已非如風雅之「時有變，而詩因之」，而是

〔註11〕同註9。

由「體格、聲調、命意、措辭、新故升降之不同」所形成的。所以「正」是指遵循傳統所遺的風格，「變」是指能出以創新的風格，所以謂「然出於甫，皆甫之詩，無一字句爲前人之詩也。」〔註 12〕

而杜甫在詩風的轉變中，「變」的貢獻影響宋詩甚鉅。杜甫在創作觀念上的主張僅散見於詩篇中的某句，對理論的提倡影響不大，然其對後世影響的重要性則在創作實踐上。我們歸納杜甫詩歌的變動脈絡如下：

一、詩經比興的諷諭功能重新被提倡，反映普遍情志，亦能接受個人抒情

因杜甫一生處於唐朝由盛而衰、急劇變化的時代，杜甫藉著詩歌反映社會客觀普遍的情感，他說：「有才繼騷雅」，〔註 13〕「別裁僞體近風雅」，〔註 14〕風雅的作品在表現上具有諷諭的功能，對當政者的施政作一諷諭勸誡。而杜甫在盛唐的獨特地位，即是以個別詩人寫現實主義者。

杜甫雖以風雅比興來諷諭時代社會的普遍情志，但並不排斥個人抒情。因自己也是痛苦百姓的一員，所述及的時代悲苦亦是自我的悲苦，故主客爲一體，詩人的主體性和社會的客觀性已合而爲一，他所說：「有情且賦詩」，〔註 15〕即是不排斥個人抒情的表現。在寫實的詩風下，仍追求超越事實形跡的神采表現。

二、以夾敘夾議的筆法出之

詩之爲體，原重抒情。情不能達，寄於景物，情景交融，故有境界。更貞切地說，詩非採觀念性的陳述，而在詩中表達自己的感情。然而杜甫卻別開生面地在詩中以寫實的手法夾敘夾議，感性與知性兼

〔註 12〕簡恩定《清初杜詩學研究》，第二篇第一章「尊杜與輕杜之說理論探究・第一節三、杜詩變化而不失其正」，頁 50。

〔註 13〕〈陳拾遺故宅〉，卷九，頁 423。

〔註 14〕〈戲爲六絕句之六〉，卷九，頁 339。

〔註 15〕〈四松詩〉，卷十一，頁 517。

長並美。

他一方面具有極深且強烈的感性，可以深入於他接觸的事物中而攫取精華，而另一方面又具有有極清明周備的理性，足以超脫一切事物的拘限蒙敝，做到博觀兼採而無所偏失。他在詩中採取夾敘夾議的手法，理性的成分加重，甚至用詩來作文學評論，如〈戲爲六絕句〉，此點對宋詩影響極大。葉燮云：

> 從來論詩者，大約伸唐而絀宋，有謂唐人以詩爲詩，主情性，於三百篇爲近。宋人以文爲詩，主議論，於三百篇爲遠。何言之謬也。唐人詩有議論者，杜甫是也。杜五言古，議論尤多，長篇如〈赴奉先縣詠懷〉、〈北征〉及〈八哀詩〉等，何首無議論？而獨以議論歸宋人，何歟？（《原詩，外篇》）

唐人以議論爲詩的情形並不多見，葉燮點明了杜甫乃是唐代理思議論的代表人物，影響宋人以議論爲詩。清．沈德潛在《說詩晬語》中談到詩歌中的議論時，就以杜詩爲例：

> 人謂詩主性情，不主議論，似也，而亦不盡然。……杜老古詩中，〈奉先詠懷〉、〈北征〉、〈八哀〉諸作，近體中，〈蜀相〉、〈詠懷〉、〈諸葛〉諸作，純乎議論。但議論須帶情韻以行。

議論理思的深刻確是杜詩的一大特色。然而詩中理性議論無論如何深刻，詩畢竟是詩，是審美把握，不是一般的思辨和哲理。而杜甫在議論之中，能夠加以情韻化，以更巧妙的藝術來把握詩的特質。歷來認爲「宋詩主理」，實際上宋詩的理性正是在新的社會、思想、文化背景下，對杜甫的敘述、議論的繼承和變化。

三、由超現實的空靈落到對現實的描寫

杜詩亦具風骨，然杜詩之風骨和盛唐的風骨清發是不同的。盛唐詩中昂揚激越的氣勢，表現出建功立業的理想性、明朗化；而杜甫所處的時代黑暗面逐漸呈現，杜甫面對悲苦有擔荷接受的勇氣，乃逐漸將情感化爲沈鬱，使大時代的血淚融入他的詩句中，但他並未作直接式的情緒發洩，而作含蓄內斂的表達。因此杜甫是盛唐詩風轉變的關

鍵人物，由興象超妙的個人抒情走向對國家人民的關懷，脫離了以往浪漫興發之風，由超現實的空靈轉而爲對現實生活的關照。

杜甫即使是感興之作，也是切近事理與模擬物象。此點對宋詩的影響極深遠，宋人關切日常生活，富於社會意識，凡目之所睹，身之所歷，皆描摹刻劃，委曲詳盡，作忠實客觀的敘述，這都是杜甫寫實精神的延續。

四、講求知識學歷在詩法上的重要性

「讀書破萬卷，下筆如有神」〔註 16〕即是杜甫講求以性情、學歷合一的苦心鍛鍊，杜甫作詩以學力勝，下筆精詳，在章法規模上經營創造，對宋詩影響甚鉅。

宋人在杜詩極爲豐富的藝術技巧中分析出一套詩法規矩，引以爲創作的典範。杜詩可學，是後人習以爲常的見解，然而，如果沒有宋人的分析，此語將無從落實，杜甫是受宋人的引導發掘而建立其古今詩人的第一地位。

五、以儒家思想為詩教

唐代在思想史上，是老莊和佛教思想最爲隆盛的時代，而杜甫卻執著於鼓吹儒風，闡明儒術。一方面欲繼承祖父杜審言的緒業，〔註 17〕一方面要實現其「經術補明時」的信念。〔註 18〕同時杜甫也把這份尊奉儒術的信念，或隱或顯地表露在詩歌上。因此杜詩中具有悲天憫人的聖人胸懷，溫柔敦厚的詩情。

宋朝以儒家思想爲宗，對杜甫的推崇肯定不但深入其藝術境界，

〔註 16〕〈奉贈韋左丞丈二十二韻〉，卷一，頁 24。

〔註 17〕杜甫〈進雕賦表〉說：「自先君恕預以降，奉儒守官，未墜素業矣……臣之述作，雖不能鼓吹六經，先鳴數子，至於沈鬱頓挫，隨時敏捷，楊雄、枚皋之徒，庶可企及也。」

〔註 18〕杜甫在〈進封西嶽賦表〉說：「臣本杜陵諸生，年過四十，經術淺陋，進無補於明時，退嘗困於衣食，蓋長安一匹夫耳。」，在此他很明顯地指出「經術淺陋，進無補於明時」，可知杜甫是篤信經術確實可以「補於明時」的。

窮究其變化多端的詩法與風格，同時也對他的道德人格深入評析，塑造其醇儒的形象。

在杜詩中充滿忠君愛國的精神，而這忠義之氣，在民族意識高漲的宋人心目中，更是值得推崇的人格典範。例如許尹在《山谷詩內集注》〈黃陳詩註原序〉云：

> 惟少陵之詩，出入古今，衣被天下，藹然有忠義之氣，後之作者，未有加焉。

又如劉克莊在《後村先生大全集》，卷一百零六云：

> 杜公所以光焰萬丈，照耀古今，在於流離顛沛，不忘君父。

趙孟堅《彝齋文編》，卷三云：

> 杜工部詩言愛國憂君，不失其正，此所以獨步於詩家者流也。

忠君愛國之情是杜甫人格的基調，人飢己飢的襟懷，寫盡社會辛酸事，可謂深得儒家仁德之教。故宋人對老杜推崇備至。

肆、宋人宗杜之容量

杜甫對前人風格體製多樣性的推崇與吸收，故能兼長並美地集詩歌之大成。他在文學上全才的容量，可分從體製、風容、內容、詩法四方面而言：

一、體製的兼長

元稹爲杜甫寫墓誌，認爲杜詩各體俱佳，所謂「盡得古今體勢，而兼人人之所獨專矣」，杜甫無論古今長短各種詩歌體式，他都能深入擷取而不爲一體所限，可古可近，可律可絕，可五言可七言，隨心所出，無不稱手。對各種詩體的熟練並有所創新，對宋詩人產生了影響，宋人在體製上多承繼杜甫，無一創體，且學習杜甫對格律的變新改造。

二、風格的多樣

杜甫對前人出現的各種風格均能接受，更能融會運用，開創變化，無所不工。宋代魯訔在〈編次杜工部詩序〉中云。

> 余謂：少陵老人初不事艱澀索隱以病人，其平易處，有賤

夫老婦所可道者；至其深純宏遠，千古不可追跡。其序事穩實，立意渾大，遇物爲難狀之景，抒情出不説之意，借古的確，感時深遠，若江海浩溔，風雲蕩汩，蛟龍黿鼉出沒其間而變化莫測，風澄雲霽，象緯回薄，錯峙緯麗，細大無不可觀。(《草堂詩箋·傳序碑銘》)

王安石《四家詩選評杜詩》云：

至於子美，則悲歡窮泰，發斂抑揚，疾徐縱橫，無施不可。故其詩有平淡簡易者；有綺麗精確者：有嚴重威武，若三軍之帥者；有奮迅馳驟，若泛駕之馬者；有淡泊簡靜，若山谷隱士者；有風流蘊藉，若貴公子者。蓋公詩緒密而思深，觀者苟不能窮其閫奧，未易識其妙處，夫豈淺近者所能窮哉？此子美所以光掩前人，而後來無繼也。

此正是老杜本事，可悲可喜，可哀可樂，可深可淺，可巧可拙，可剛可柔，風格多樣。

三、內容的廣泛

自詩歌的內容而言，杜甫將內容擴大到人生各方面，他不斷向政治、戰事、經濟、社會各部門開拓新境界，使其詩成爲名符其實的「詩史」。

當然，以政治、歷史、社會作爲題材，原不自老杜始，但三百篇以後的詩人，大都只把這個境界當作一小部份題材的泉源，不像杜甫，刻意將它當作一生著述的主要題目，傾其心力以赴，就此點而論，中國詩人尙未有老杜者。

換言之，他的筆鋒指向社會各部門，上至國家大事，人民的苦難；下至一木一鳥，莫不是他絕佳的詩材。凡目之所見，心之所感，大小洪細無不能發諸篇章。其內容有二端可言：一是質實，其詩所描繪者皆當世實情，眞誠無僞，一若史筆，故感人至深。二是深切，杜詩取材皆眞實，而其情感皆深遠懇摯，不作虛幻之語，不寫幽怪之景，不述僞薄之情，其綿遠深切，易爲眾人所接受。

四、詩法的豐富

杜詩的技巧，是他反映現實人生的重要手段，表現在他作品中又是千門萬戶。對宋人而言，杜詩宛如一個聚寶盆，宋人可在其中領悟到極爲豐富的創作技巧，例如句法的變化和鍊字的精當、用典、結構、敘述手法等等，無奇不臻，無美不備，所以宋人稱杜甫「集法度之大成」。

宋人之詩，受杜甫之普遍而深切之影響，已可概見，窺其大要，不外詩之體裁、詩法、風格、內容四方面：

就詩法而言，杜詩豐富的創作技巧，眾法備焉，宋人在欽服之餘往往引爲創作的典範，例如黃山谷的「無一字無來處」（《答洪駒父書》）、陳後山云：「今人愛杜甫詩，一句之內，至竊取數字以髣像之，非善學者。學詩之要，在乎立格、命意、用字而已。」、〔註 19〕陳簡齋云：「後之學詩者，倘或能取唐人語掇入少陵繩墨步驟中，此連胸之術也。」〔註 20〕皆從杜詩漸漸領悟而定法。

宋人善於分析詩法，而杜詩變化多端的技法運用及無施不可的表現，正需宋人的精闢分析才易於落實，杜詩包涵眾多詩法，在宋人看來，是其所以能集大成的基礎之一。

在體裁方面，杜詩兼備眾體，在古詩、律詩體裁的靈活運用及推陳出新亦是宋人推許之因。而風格的變化又與體裁的選取及詩法的運用有密切的相聯，杜甫善於駕馭體裁、選擇合於此體裁的體貌、加以出奇無窮的詩法運用，最後以豐富多元的風格整全地呈現。

綜合以上的論述，杜詩在中國詩學史上的成就在於會萃前人，啓發後世。胡應麟《詩藪》說：

> 大概詩有三難：極盛難繼，首創難工，溝衰難挽。子建以至太白，詩家能事都盡，杜後起集大成，一也。排律近體，前人未備，伐山道源，爲百世師，二也。開元既往，大歷繼興，砥柱其間，唐以復振，三也。

〔註 19〕張表臣《珊瑚鉤詩話》，見《歷代詩話》，頁 464。

〔註 20〕見葛立方《韻語陽秋》，卷二，《歷代詩話》，頁 493。

這段話可幫助我們了解杜甫承先啓後，繼往開來的成就。杜詩「正而能變，變而能化，化而不失本調，不失本調而能兼得眾調」，〔註 21〕留給後世詩人最可珍視的遺產。老杜既被推爲集大成的詩人，衣被所及，歷代受他影響的詩人是不計其數的。以下第二節，我們行將探討杜詩的開新如何通過中、晚唐詩人的刻意進取，繼而爲宋詩人的力圖發展作了滲透、準備。

第二節　宋詩的發展與宗杜之風的形成

壹、宋詩的發展

宋詩的特色與風格的形成固然與宋代的政治經濟、民族的遷徙、理學思想有依存聯繫，但更重要的是與唐詩由繁花開遍走到無可發展的危機緊密相連的。

唐代自杜甫爲詩歌形式內容的推陳出新和表現力的開發，更重要的是使詩歌創作確立了經過錘鍊和雕琢可以提昇詩歌化境的新方向。

一、中晚唐詩歌的滲透

杜甫所開創的「新」、「變」，尚需經過中晚唐詩人求新去俗的刻意追求，向詩歌的創作作深層滲透，繼而爲宋詩的力圖發展作了準備。探究中晚唐詩，不難發現，其詩風的走向背離盛唐風格，這是唐詩發展的必然趨勢，同時，評價中晚唐詩作的價值不可脫離藝術探求的艱辛成果。

中晚唐時，杜詩衣被所及的三個流派有：

（一）元、白的寫實。

（二）韓、孟、賈的險怪。

（三）李商隱的典麗精工。

這三個流派對宋詩的發展推進都有相當的影響。以下略敘其對宋

〔註 21〕胡震亨《唐音癸籤》，沈檢江先生〈宋詩發展的美學軌跡〉一文所引，《中國古代、近代文學研究》，1991 年 1 月。

詩的滲透情形：

> 在中唐，將杜甫的社會詩發展到顛峰者是元、白，其詩風尚實，以反映社會民生疾苦爲內容；其語言表現方式是尚俗，通過平易樸實的通俗語言對盛唐詩風進行改造。這對宋詩清新、活潑、口語化的特點產生了積極的影響。

若說元、白得杜甫之「正」，而韓愈則是宗杜之「變」而有成就的人，他追求奇崛險澀乃是基於再闢蹊徑的心理，而刻意求變。因韓愈之前，李、杜已極力變化，他終不能延襲前人窠臼，見杜甫的峭拔奇險處尚可推進，故從此處闢道。

他在詩中表達客觀知識的理性思考、陳言務去的追求、錘鍊字句的重視、以文爲詩的強勁鼓吹，形成了韓愈雄健生新的詩風，鼓勵了孟郊、賈島、姚合詩派的生成。通過千錘百鍊的苦吟，達到險怪奇崛的詩風，是這派詩人共同的創作態度。此種創作意識是宋詩好奇尚硬、化陳出新、以琢句見巧的前代楷模。

洎乎晚唐，宗法杜甫而深得神髓者是李商隱，以曲折含蓄的手法，以史說時、借古喻今、借物托情。李商隱傑出的才華開創了一個用事精切、屬對致密的詩歌格局，將晚唐已十分精緻的律詩表現力提昇到更高的水平。且在精工華麗中，每以議論寄其感慨，語麗而情悲，下啓宋代王安石含蓄工細，黃山谷峭刻生新的風釆。

宋詩發展的道路，正是沿著杜甫、白居易、韓愈、李商隱的指向伸展的。〔註22〕

二、宋詩的變異

唐代是我國詩史上的盛世，眾流朝宗，萬花齊放，無體不備，無美不臻。宋承唐後，「盛德之下，難乎爲繼」，宋人於詩，遂陷入了開創爲難的困境。然而，宋代詩人卻能從詩的某些角落去營養生機，力圖發展。雖不能恢復唐代的盛況，卻也能別開生面，另起戶牖，以成

〔註22〕語見〈宋詩發展的美學軌跡〉一文，沈檢江先生撰，發表於《中國古代、近代文學研究》，1991年1月，頁74～79。

一代的特色。故吳之振的《宋詩鈔》慨然言道：

宋人之詩，變化於唐，而出其所自得，皮毛落盡，精神獨存。

說明宋詩與唐詩本是淵源一脈，然而難能可貴的是宋人能創造出新的面目，有著屬於自己的精神特質，足見宋代詩人是經過嚴格的考驗而達於樹立自我面目。

宋人欲建立屬於自己的風貌，不能與唐人同，以見其特色；然又不能與唐人異，以顯其繼承。〔註23〕換言之，第一步不能不從摹倣入手，第二步才能談到創造，即昔人所說的「有所法而後成，有所變而後大」，「法」是摹倣古人，「變」是自我創造。能擺脫唐人，自出新變，乃宋詩之可貴處，故清・朱庭軫云：

宋人承唐人之後，而能不襲唐賢衣冠面目，別闢門户，獨樹壁壘，其才力學術，自非後世所及。(《筱園詩話》)

宋人拓宇於唐人，卻能自成面目與唐詩分庭抗禮，就其大體而言，昔人多謂唐詩主情，宋詩主理；唐人以興造出於自然，宋人以刻露見其心思；唐詩丰神情韻，故虛靈，宋詩重筋骨思理，故實著；唐詩近於奔騰，宋詩近於沈潛；唐人以詩爲詩，主情韻，宋人以文爲詩，主議論，〔註24〕二者各成佳勝。而唐詩情韻渾成，宋詩不得不極天下之至精，求臻極致。〔註25〕

這也是宋人異於唐人之處，重描摹刻畫，委曲詳盡。微物瑣事、理趣論說，在宋人詩中尤恆遇之。宋人略唐人之詳，詳唐人之所略，

〔註23〕即杜松柏先生在〈宋詩特色〉一文中所言：「宋人既不能與唐人同，又不能與唐人異，因爲不與唐人同，則失去了唐人的法式，流於不完美和鄙野；如果不能與唐人異的話，則又無獨特的風神面目，何能超越唐人呢？」，收入《中國文學講話，七兩宋文學》，第三篇，巨流圖書公司印行，頁259。

〔註24〕嚴羽《滄浪詩話》即謂「本朝人尚理，唐人尚意興」，錢鍾書先生在《談藝錄》中云：「唐詩多以丰神情韻擅長，宋詩多以筋骨思理見勝。」

〔註25〕宋、包恢論詩云：「一詩之出，必極天下之至精，狀理則理趣渾然，狀事則事情昭然，狀物則物態宛然，有窮造化之所不能到者。」(《敝帚稿略》，卷二〈答曾子華論詩書〉)。

宋詩之精者在此。

錢鍾書先生在《談藝錄》中云：

> 唐詩、宋詩亦非朝代之別，乃體格性分之殊。天下有兩種人，斯分兩種詩。……，非曰唐詩必出唐人，宋詩必出宋人也。故唐之少陵、昌黎、香山、東野，實唐人之開宋調者；宋之柯山、白石、九僧、四靈，則宋人之有唐音者。〔註26〕

於此可知唐宋詩的畛域不該以朝代先後來分劃分，而應從其風格體性與精神特質來判別。所以唐詩中有宋調，宋詩中有唐音。由這一點來看，杜甫在唐詩中實爲宋調，故杜甫在唐代並不受重視，被視爲別格，〔註27〕但自宋人的眼光來看，正當奉杜甫爲不祧之祖。

胡傳安先生在《杜甫對江西詩派之影響》一文中說：

> 宋代詩人大都受杜、甫之影響，而諸派之中，尤以江西詩派受杜甫影響最大。而江西一派，源流最遠，自北宋、南宋，一至元朝，成爲詩家之主流。……於是杜子美不但做了宋人的家祖，而成了山谷、後山一班人所獨有了。〔註28〕

宋代詩人其淵源仍不出杜甫，宋詩風格的定型也與宋人宗杜之風有密切的關係。這裡所謂的宋詩風格，實際是指幾位有代表性的作家及其影響深遠者而言。〔註29〕而杜甫是影響宋代詩風的重要因素。宋詩的開拓創新不可能從杜甫之前的盛唐詩歌中找到借鑑。

〔註26〕錢鍾書先生的《談藝錄・一，詩分唐宋》，書林出版社印行，頁2。

〔註27〕《後山詩話》云：「唐人不學杜詩。」且唐人選詩甚少選杜詩，現存的十種《唐人選唐詩》，杜甫只在韋莊編的《又玄集》裏被選了七首詩。

〔註28〕胡傳安先生〈杜甫對江西詩派之影響〉一文，發表於《淡江學報》第十二期。

〔註29〕徐復觀先生〈宋詩特徵試論・宋詩基線的畫出者〉：「一代的詩，常因它的風格不同，可以區別爲若干期。在同一時期的各家中，亦各有面貌，風格並常不一致。現在要概括有宋一代，提出他們的共同特徵，是不合理而且幾乎近於不可能之事。但昔人所說的宋詩，實際是指幾位有代表性的作家及其影響所及者而言。更具體地說，是指想擺脫唐人的面貌，呼吸在自己時代的空氣中，投出自己的精神氣力，以創作自己所要求的詩的人們而言。」，收入《宋詩論文選輯（一）》，復文出版社印行。

以上我們將探討宋代詩壇宗杜之風形成的發展過程。

貳、宋詩宗杜之風的形成

一、宗杜之風始自王禹偁

宋初沿襲晚唐五代餘風，多拘泥晚唐而不知變，楊億、劉筠、錢惟演等臺閣詩人所代表的西崑體出現，代表宋詩第一次反省運動，因循李商隱的富縟藻麗，詩作雖不乏佳處，但總體而言，皆未出中晚唐範圍，詩歌的美變得十分枯澀單調，堵塞了唐詩大潮流湧向宋代的道路。

《宋詩記事》引清代學人謝全山之語云：

> 宋詩之始也，楊、劉諸公最著，所謂西崑體者也。慶曆以後，歐、梅、蘇、王數公出，而宋詩一變。

因而以新的詩風打破這一僵局，引導詩人的目光轉向廣闊的大自然和社會風情的使命便在歐、梅、蘇、王身上了。而在他們之前的王禹偁不容忽視，他可說是這種新發展的先驅人物。

王禹偁非常推崇杜甫，這在當時是不尋常的。因宋初開國氣象的昇平統一，無法與杜甫的生命情調契合。因此臺館諸公輕視杜詩，在他們看來，杜詩所表現的是「村夫子」的氣味。王禹偁卻肯定杜甫的價值，而說：

> 子美集開詩世界。〔註30〕

以為杜詩之長，乃在於開創詩的眼界。清初吳之振編《宋詩鈔》，列王禹偁《小畜集》之詩作為首，吳氏〈小蓄集鈔序〉有云：

> 元之（王禹偁字）詩學李杜，……是時西崑之體方盛，元之獨開有宋風氣，於是歐陽文忠得以承流接響。文忠之詩，雄深過於元之，然元之固其濫觴矣。穆修、尹洙為古文於人所不為之時，元之則為杜詩於人所不為之時者也。〔註31〕

吳氏以為王禹偁之詩學杜，是為宋詩奠基的開先人物與宗杜之始，為

〔註30〕王禹偁〈日長簡仲咸〉，《小畜集》，卷九，《杜甫研究資料彙編》，明倫出版社印行，頁56。

〔註31〕清人吳之振編《宋詩鈔・小畜集序》，世界書局出版上冊。

歐、梅、蘇、王力抵晚唐矯正西崑暗植了相當的勢力，故我們可認定王禹偁是宋詩展露新貌的先驅。〔註32〕

可惜王禹偁欲變之而未能，蓋無師友講習，和者既寡，對宋詩風氣的改變，沒有顯著的影響。

王禹偁之後，歐、梅、蘇、王諸公繼起，雖風格並不完全相同，但有一共同傾向：意新語工、樸素雅淡、清新自然，已從晚唐穠麗豐腴的風格中擺脫出來，開創出新的境界。然而歐陽修是揚李白而抑杜甫的，〔註33〕蓋認爲宋代文化精神應趨向李白飛揚超踔一路，不喜杜詩〔註34〕而法韓愈兼及白居易，其詩話中稱杜甫者極少，蓋歐陽修以韓愈之後一人自命，其文學韓，其詩亦然。

歐陽修在詩風的革變上雖有倡揚之功，但未能領略杜詩的技巧與法式值得後人學習，因此對宋詩風格的成型未能超詣。積極奠定宋詩基礎者應推王安石。

二、王安石學杜，使宋詩風格走向成熟

歐、梅之後，蘇、黃之前，尙有王安石。恰好與歐陽修相反，他心儀杜甫而不喜李白，元、王若虛《滹南詩話》引文云：

> 荊公云：李白詩歌豪放飄逸，人固莫及，然其格止於此而已，不知變也。至於杜甫，則發斂，抑揚，疾徐，縱橫，無施不可，斯其所以光掩前人，後來無繼也。

從王安石始推重杜詩，並壓抑李白，這曲折的轉變過程，乃是一段價值的認同史。同時，李白與杜甫兩人地位的升降，更說明了從王安石

〔註32〕黃啓方先生以爲：「(王禹偁詩) 開宋詩先河。在詩歌上有杜甫反映民生疾苦之內容，有白居易平白明曉之風格，卻清雅而不俗。」，見《兩宋文史論叢》中〈王禹偁評傳〉一文，學海出版社印行，頁 207。

〔註33〕歐陽修的〈李白杜甫優劣說〉見於《歐陽文忠公集》，卷一百二十九〈筆說〉：「杜甫於白，得其一節而精強過之，至於天才自放，非甫可到也。」

〔註34〕陳後山在《後山詩話》中說：「歐陽永叔不好杜詩，……余每與魯直怪嘆，以爲異事。」，《歷代詩話》，漢京出版社印行，頁 302。

以後，宋代詩學及文化精神的取向，由盛唐呈現出生命昂揚的激越，遂爲知性反省的凝鍊沈潛所取代了。

在創作上，王安石最爲直截地體現了對杜甫、李商隱詩風發展線索的承繼關係，《蔡寬夫詩話》說：

> 王荊公晚年亦喜稱義山詩，以爲唐人知學老杜而得其藩籬者，惟義山一人而已。

杜甫開創、李商隱繼承的詩歌創作道路蘊含著蓬勃發展的生機，王安石以超凡的才氣，在精嚴深刻之中，創造其峻刻深婉的風格，給宋詩風格增添了更加鮮明的色澤。吳之振《宋詩鈔・臨川集小序》說他：

> 其精嚴深刻，皆步驟老杜所得。〔註 35〕

王安石也在〈杜甫畫像〉詩中說：

> 吾觀少陵詩，爲與元氣侔：力能排天斡九地，壯顏毅色不可求。浩蕩八極中，生物豈不稠，醜妍巨細千萬殊，竟莫見以何雕鎪。惜哉命之窮，顚倒不見收，青衫老更斥，餓走半九州，瘦妻僵前子仆後，攘攘盜賊森戈矛。吟哦當此時，不廢朝廷憂……所以見公畫，再拜涕泗流，惟公之心古亦少，願起公死從之游。〔註 36〕

把杜詩比爲宇宙原始之氣，足見王安石對杜甫的推崇，欽服他緒密思深與表現力的純熟自然，並感歎杜甫不世的際遇，衷心仰慕，以示從之游之的誠意。他也曾搜集杜甫的逸詩二百餘首，編爲《杜工部後集》，安石又有《四家詩選》，以杜甫爲第一，〔註 37〕認爲有宋以來，當以杜甫爲第一人。

杜詩在宋代，王禹偁首先重視其價值，但地位並未穩固，至王安石始大力推崇，肆意模效，啓宋一代宗杜之風的先河，今人蕭麗華先生說：

〔註 35〕吳之振《宋詩鈔・臨川集小序》，世界書局出版上冊。

〔註 36〕《臨川先生文集》，卷九。

〔註 37〕據宋、胡仔《苕溪漁叢話》，前集卷六所引《鍾山語錄》說，世界書局印行。

> 杜詩在宋代的地位可說從王安石才眞正奠立。而宋詩特色也在王安石詩作中大抵完成風貌。〔註38〕

這是王安石在宋代詩史及文化發展上最大的貢獻。宋代詩風與精神，是從王安石和杜甫受到眞正的認可後，才告正式確立。徐復觀先生在〈宋詩特徵試論〉一文中說：

> 宋詩之特徵，至他（王安石）而始完備，……因宋人反對他的新政，所以他在詩方面的影響，遠不及黃山谷。〔註39〕

王安石在政治方面受評擊，損及其詩歌的影響力，然而黃山谷和江西詩派，即聞其風而繼起，是故黃山谷要稱他爲「一世之偉人」(《跋王荊公禪簡》)，梁啓超先生也說：

> 荊公之詩，實導江西派之先河，而開一代之風氣，在中國文學史中，其績尤偉且大。〔註40〕

言明王安石爲推崇杜甫極用力，對江西諸子宗杜啓發甚大。王安石是西崑到江西的過度人物，黃文吉先生亦云：

> 黃庭堅，他有他的體裁，他的方法，他的作詩態度，因此能成爲一個強有力的宗派，而這個宗派的，而這個宗派一切法度，可以說是從尚法變法的詩人王安石手中繼承而來，王安石的詩法在文壇上蛻變形成江西詩派，影饗深遠。〔註41〕

且王安石無論詩法、詩風，以及力於求工的精神，均與杜甫相若，可見安石深受杜甫之影響深遠。

而宋代另一位重要詩人蘇軾，超邁豪逸，似乎可爲宋代的李白，但無法可循，不能予宋人可學習宗法的軌道，〔註42〕是故無法完成宗

〔註38〕蕭麗華先生〈陳後山宗杜之檢討〉一文，見《中國文學研究》第二期，台大中文研究所印行，頁151。

〔註39〕徐復觀先生〈宋詩特徵試論・宋詩特徵基線的畫出者〉，收入《宋詩論文選輯（一)》，復文出版社印行。

〔註40〕梁啓超先生著《王荊公和中國六大政治家》，見胡傳安先生〈杜甫對江西詩派之影響〉所引，發表於《淡江學報》第十二期。

〔註41〕黃文吉先生的〈宋詩的特質及其發展〉，刊於《復興崗學報》第三十五期。

〔註42〕趙翼《甌北詩話》說：「東坡大氣旋轉，雖不屑於句法、字法中別求

杜及奠定宋詩風格之功。他的大氣旋轉是宋詩高峰的另一個側面，與黃山谷的峭刻鍛鍊互爲補充。宋詩之有蘇、黃，猶唐詩之有李、杜。有關宗杜之盛與宋詩風格的正式確立，不能不待黃山谷的崛起。

三、黃山谷奠定宋詩的風格典型

眞正宋詩風格的具體形成，是從黃山谷宗杜之後。

黃節先生〈宋代詩學〉一文說：

> 自王荊公提倡杜詩，其時風氣尚未大開，至山谷而宗杜之風始盛。〔註 43〕

黃啓方先生在〈論江西詩派〉一文中說：

> 宋詩到了黃庭堅蜚聲壇坫的時侯，眞是到了皎日中天的時代，在黃庭堅以前，歐陽修樹立了詩運革新的大纛，梅堯臣、蘇舜欽繼起而推波助瀾於先，王安石、蘇東坡開拓詩境於後，但這些大詩人可以說大部都是恃才力而作詩的，因而也沒有提出什麼具體的創作理論來，直到黃庭堅，才眞正是全心全力的作詩，而且也以作詩自專，以擅詩自命。〔註 44〕

言下之意，即肯定了黃山谷在宋代詩壇上的宗主地位。

孫克寬先生在〈宋詩背景與黃山谷詩句法〉中說：

> 實際上完成宋詩的格局者要以江西詩派的貢獻最大。黃山谷是江西詩派的創始人。〔註 45〕

孫氏之意，即以山谷爲宋代詩格的奠定者。山谷在詩的建樹上有其另闢蹊徑的成就，深得當時詩人的愛好與學習。嚴羽《滄浪詩話》論山谷詩云：

> 宋詩至東坡、山谷始出己意以爲詩，唐人之風變矣。山谷用工尤爲深刻，其後法席盛行，海內稱爲江西詩派。〔註 46〕

新奇，而筆力所到自成創格。」

〔註 43〕黃節先生的〈宋代詩學〉，收入《宋詩論文選輯（一）》，復文出版社印行，頁 23。

〔註 44〕見黃啓方先生《兩宋文史論叢》，學海出版社印行，頁 346。

〔註 45〕孫克寬先生文見《暢流半月刊》十七卷第七期。

〔註 46〕嚴羽《滄浪詩話·〈詩辨〉》，東昇出版社印行，頁 24。

劉克莊也說：

> 豫章會萃百家句律之長，究歷代體製之變，蒐獵奇書，穿穴異聞，作爲古律，自成一家，雖隻字半句，不輕出。〔註47〕

近人論宋詩或論山谷詩大都強調這兩段話，山谷開創宋詩風格而爲宋詩代表。宋三百年的詩壇中，以江西詩派的勢力最大，影響最深遠。從這兩段話，我們大致可明白山谷之所以成爲一派宗主的原因是在「會萃百家句律之長，究歷代體製之變」，是他累積的學力基礎，並且「蒐獵奇書，穿穴異聞」，這是山谷詩的構成和特點，標新好奇，雖隻字半句不輕出，則可見他創作時貫注全力，潛心推敲的情形。這種認眞的態度，使他得以爲宋詩的表現提供了一副全新的框架，擺脫前人的藩籬，成立他自有的宗派。

山谷能成爲江西詩人宗主的主因是宗法杜詩，旁及陶潛、韓愈、李白，甚至西崑、王安石，皆山谷所得力。集大成的學養，推陳出新的成果，遂使江西詩派繼之而起，形成潮流。

張戒《歲寒堂詩話》云：

> 魯直詩自言學子美，子美之詩，得山谷而後發明。

朱弁《風月堂詩話》，卷下云：

> 黃魯直乃獨用崑體功夫，而造老杜渾成之地，今之詩人少有及者。

山谷自述其學老杜之故曰：

> 學老杜詩，所謂刻鵠不成，猶類鶩也：學晚唐諸人詩，所謂作法於涼，其弊猶貪，作法於貪，弊將若何？（〈與趙伯充書〉）

可見山谷將杜甫的詩歌走向推向極至，宋詩宗杜之風至山谷已成一代之風氣，亦如先生在〈論宋詩與黃山谷〉一文中說：

> 山谷不過是學杜有得，另闢蹊徑，能立有宋一代詩格之風，而未足以言變古創新，且亦不能出杜之範圍。不過他能創立宋代詩格，使後世學者演爲唐宋之爭，則山谷亦是一位

〔註47〕見《後村先生大全集》，卷九十五〈江西宗派小序〉。

亞杜之聖，未嘗不足以雄視千古。〔註 48〕

我們從宋初追溯到山谷，大抵可知宗杜之風始自王禹偁、荊公，至山谷的淬礪鍛鍊，已獨具特色，和唐詩分庭抗禮。這也證明宋人宗杜之風與宋詩風格的完成有密切的關係。關於山谷宗杜的表現和成績，近人論述已多，〔註 49〕茲不贅述。

第三節　江西詩社宗派的成立

壹、江西詩派的創建

一、山谷以規矩方法指示學者，從風甚興

詩的發展，經過盛唐到宋初西崑體與歐、梅之後，可說已近衰頽之勢，於是創造新法、另圖發展，是詩歌生命力不竭的必由之路。此即黃山谷所云：

> 詩意無窮，而人才有限，以有限之才，追無窮之意，雖淵明、少陵不得工也。然不易其意而造其語，謂之換骨法，窺入其意而形容之，謂之奪胎法。〔註 50〕

因詩意無窮而人才有限，如果一切皆要靠自己獨力思索，所能成者微乎其微，這樣一來，詩歌的創作將走入死巷。因此必須翻陳出新，爲詩歌發展另闢蹊徑，而提出「奪胎換骨」、「以俗爲雅，以故爲新」，〔註 51〕這是黃山谷敢於探索、勇於革新的具現。他要達到「不踐前人

〔註 48〕亦如先生之文發表於《暢流半月刊》第十二卷第八期。

〔註 49〕關於山谷宗杜的成就，見日人吉川幸次郎《宋詩概說》，頁 176。梁昆《宋詩派別論》，頁 68，東昇出版社印行。黃啓方先生〈論江西詩派〉一文，見《兩宋文史論叢》。徐復觀先生〈宋詩特徵試論〉第三節。及前引亦如、孫克寬、胡傳安都已具體指出山谷宗杜之成果。

〔註 50〕宋、惠洪《冷齋夜話》，卷一。

〔註 51〕「以俗爲雅，以故爲新」語出《山谷詩內集註》，卷十二〈再次韻楊明叔小序〉所云，黃啓方先生認爲此即奪胎換骨法的原理。見黃啓方先生《兩宋文史論叢》，學海出版社印行，頁 338。

舊行跡，獨驚斯世擅風流」〔註52〕的目的。

在戛戛獨造之餘，他仍不忘以傳統作資憑，即以前人的作品爲憑藉來超越他。後人需要在前人的詩意中去求靈感，在前人的基礎上轉化、提昇。沒有任何一個人能夠背離傳統而有所創造，即使是杜甫，也是「讀書破萬卷」而來的。〔註53〕是以「奪胎換骨」這種創作方式在黃山谷的觀念中並非基礎創作法，讀書廣博才是根砥的穩固，蓋各種文法已備具於古人書中，他說：

> 詩詞高勝要從學問中來。後來學詩者時有妙句，譬如合眼摸象，隨所觸體得一處，非不即是，要且不似，若開眼全體見之，合古人處不待取證也。詩文不可鑿空而作，待境而生，便自工耳，每作一篇先立大意，長篇須曲折三致意，乃可成章。〔註54〕

他認爲詩人應具有廣博的學問，多讀書才能透徹文章的妙始，才具有點竄古人詩句或融鑄前人詩意的功夫。正如開眼見象，是全體見之，非常清楚；而不讀書者即使偶有妙句，亦是誤打誤著，正如閉眼摸象，碰著什麼就猜什麼，並非眞正領悟。詩人要以學問來涵養本身，才能達到待境而生的水準，所謂「不可鑿空而作」即是無斧鑿痕的自然而然。

他又說：

> 自作語最難，老杜作詩，退之作文，無一字無來處，蓋後人讀書少，故謂韓、杜自作此語耳。古之能爲文章者，眞能陶冶萬物，取古人之陳言，入於翰墨，如靈丹一粒，點鐵成金也。〔註55〕

山谷主張多讀書學古的重要性，學古人能涵養心靈、陶冶萬物，認爲古人即使運用常語俗語亦能由鐵變金，達到高度的藝術技巧，所謂杜

〔註52〕張耒〈讀黃魯直書〉，《柯山集》，卷十八，見《黃庭堅與江西詩派卷》，九思出版社印行。

〔註53〕語見龔鵬程先生〈江西詩社宗派〉，收於《宋詩論文選輯（一）》，復文出版社印行，頁529。

〔註54〕見《苕溪漁隱叢話》前集卷四十七引黃山谷語，世界書局出版。

〔註55〕見《山谷文集》，卷十九〈答洪駒父書〉。

詩韓文「無一字無來處」，是指杜詩韓文能用平常的文字達到「言近旨遠」的境界，即在其用字非常謹嚴有法，故雖用平常文字，亦能點鐵成金，獲致良好的藝術效果。〔註56〕

他在〈大雅堂記〉中說：

> 子美詩妙處乃在無意爲文。夫無意而意已至，非廣之以《國風》《雅頌》，深之以《離騷》《九歌》，安能咀嚼其意味，闖然入其門耶？故使後生輩自求之，得之深矣。子美能「無意於詩而意已至」，究其原由，乃是「廣之以《國風》《雅頌》，深之以《離騷》《九歌》」的結果。山谷主張多讀書以涵養心靈，然後作詩自可達到最高境界，到此境界，即可自由揮灑不受法度繩墨所束縛。要達到此種境界，除了熟悉爲詩的繩墨法度外，還應具備深厚廣博的知識。

山谷的論點，包含著另闢蹊徑的執著，從宋詩形成的整體到局部，內裡到外表的各方面，進行了創新改造，開創了宋代詩壇的強勁詩風。加上其作品峭刻生新，深折透闢，獨創一格，使人「一見可喜，久讀有致」，於是得到詩壇的熱烈回響，而且他爲人坦率眞誠，對朋友和後輩的關懷提攜不遺餘力，〔註57〕逐漸形成一股潮流。黃啓方先生說：

> 江西詩派雖未於其時成立，卻在無形之中形成了，黃庭堅雖未正式被確定爲一派之主，而他自己私心下卻已儼然一派之主了。〔註58〕

〔註56〕參酌黃景進先生的〈論黃山谷所謂「無一字無來處」、兼論「點鐵成金」與「奪胎換骨」〉一文，發表於《中華學苑》第三十八期，民國78年4月。

〔註57〕〈書倦殼軒詩後（洪玉父軒名）〉云：「潘邠老密得詩律於東坡，蓋天下奇才也。予因邠老故識二何，二何嘗從吾友陳無己學問，此其淵源深遠矣。洪氏四甥，才器不同，要之皆能獨秀於林者也。師川亦予甥也。比之武事，萬人敵也。因五甥又得潘延之之孫，雖未識面，如觀虎皮，知其嘯於林而百獸伏也。夫九人者，皆可望以名世，予猶能閱世二十年，當見服周穆之箱，絕塵萬里矣。」，見《山谷文集卷二十》，可見山谷汲引後輩，的確不遺餘力。

〔註58〕見黃啓方先生的〈論江西詩派〉一文，《兩宋文史論叢》，學海出版社印行，頁342。

山谷時有宗派之實而無宗派之名，大抵而言，他應是「開風氣而不為師」的先驅人物，山谷本人雖未自立宗派，可是卻被江西詩人奉為開山始祖，故陸九淵〈與程帥書〉云：

> 至豫章而益大肆其力。包含欲無外，搜抉欲無秘；體制通古今，思致極幽眇；貫穿馳騁，工夫精到。一時如陳（師道）、徐（俯）、韓（駒）、三洪（芻、朋、炎）、二謝（逸、薖）之流，翕然宗之，由是江西遂以詩社名天下。（《陸九淵集》、里仁出版）

可見黃山谷於當時受推崇的情形，而山谷對中國古典詩歌影響最大的是：他以自己大量的創作實踐，總結出一套較完整的詩歌創作技術，指示人們作詩的規矩方法，以致後來形成一個籠罩兩宋百年的有力詩派。

二、呂居仁確立江西詩社的名目

黃山谷時雖獨標義法，而海內從風，蔚為一有力的詩派。但「江西詩派」的名稱正式被提出，和黃山谷為江西詩派的宗主地位被確定，要到呂居仁《江西詩社宗派圖》之問世始告確定。宋、趙彥衛《雲麓漫鈔》曾載呂序之大略提及宋朝詩歌的發展云：

> ……至國朝，文物大備，穆伯長、尹師魯始為古文，成於歐陽氏，歌詩至於豫章，始大出而力振之，後學者同作並和，盡發千古之秘，亡餘蘊矣。錄其名字，曰江西宗派，其源流皆出豫章也。

此即江西宗派正式成立的宣言，在呂居仁的鼓吹提倡下，風氣為之大開，詩友文人間的的講習切磋，以山谷為開山祖師的江西宗派也因而大行天下。然而呂氏的《江西詩社宗派圖》已佚，其體例及內容為何，一時無可考。但據胡仔《苕溪漁隱叢話》前集卷四十八所引，可見其大概：

> 呂居仁近時以詩得名，自言傳衣江西。嘗作宗派圖，自豫章以降，列陳師道、潘大臨、謝逸、洪芻、饒節、僧祖可、徐俯、洪朋、林敏修、洪炎、汪革、李錞、韓駒、李彭、晁沖之、江端本、楊符、謝薖、夏倪、林敏功、潘大觀、何覬、王直方、僧善權、高荷，合二十五人，以為法嗣，謂其源流

皆出豫章也。其宗派圖序數百言，大略云：「唐自李杜之出，焜耀一世，後者之言詩者，皆莫能及。至韓、柳、孟郊、張籍諸人，激昂奮厲，終不能與前作者並。元和以後至國朝，歌詩之作或傳者，多依效舊文，未盡所趣。惟豫章始大出而力振之，抑揚反覆，盡兼眾體，而後學者同作並和，雖體制或異，要皆所傳者一。予故錄其名字，以遺來者。」

自從呂居仁在《江西詩社宗派圖》中列舉陳師道等二十五人的名單以後，南宋的評論家又不斷地增補。如趙彥衛著《雲麓漫鈔》把呂居仁本人歸入詩派；楊萬里作〈《江西續派二曾居士詩集》序〉，稱曾紘、曾思父子爲續派；劉克莊寫〈《茶山誠齋詩選》序〉，又把曾幾和楊萬里也定爲詩派中的人：嚴羽《滄浪詩話・詩體》則說陳與義「亦江西詩派而小異」。

呂居仁本人並不在圖中，而宋末劉克莊撰〈江西詩派總序〉，才將呂居仁編入，謂：「呂紫薇作《江西宗派》，自山谷而下，凡二十六人。」其所載較《苕溪漁隱叢話》既多出一個呂居仁，又多出一何顒，而無何顗。則呂居仁原圖絕無包括自己可知，而何顒、何顗，是否筆畫之訛，今不可考，也無須考。因呂居仁原圖已佚，只能就各家轉載的記錄來查考，而各家的記錄又不免有出入，而這些人除陳後山有名於世，生平事蹟多半湮滅，詩集也佚，故我們姑且以《苕溪漁隱叢話》之說爲正可也。

呂居仁所作的《江西詩社宗派圖》，前人多以地域的遠近，師承與否爲由而評擊，謂其選擇不精，議論不公。〔註59〕諸家質疑，固然言之成理，然而或許未能體會呂居仁作圖的旨趣，宋・楊萬里《誠齋詩話》，卷七十九〈江西宗派序〉中有較清楚的闡釋：

江西宗派詩者，詩江西也，人非皆江西也。人非皆江西而詩曰江西者何？繫之也。繫之者何？以味不以形也。……

〔註59〕劉克莊《後村詩話・江西詩派小序》、清人張泰來《江西詩社宗派圖錄》皆質之，胡仔《苕溪漁隱叢話》前集卷四十八以呂本中作圖「濫登其列，選擇弗精，議論不公。」爲責。

> 高子勉不似二謝，二謝不似三洪，三洪不似徐師川，師川不似陳後山，而況似山谷乎？味焉而已矣。酸鹹異和，山海異珍，而調胹之妙，出乎一手也。似與不似，求之可也，遺之亦可也。

楊萬里之意，認爲「江西詩派」並非繫之於江西一地，而是繫之於「味」。所謂「味」，即詩人的審美趣味和詩歌的藝術風格。楊萬里所謂的「酸鹹異和，山海異珍，而調胹之妙，出乎一手也。」都指出呂居仁所謂的「江西詩派」是以詩的大略風味及藝術手法的相同，作爲去取的標準。詩歌流派的形成，蓋有三個要素：一是詩人，二是地域，三是詩風。〔註 60〕清・張泰來在〈江西詩社宗派錄跋〉中指出：「詩派，人之性情也。」即謂詩派的形成，雖不能排斥地域，即詩人籍貫這一因素，但決定的要素不是地域，而是「味」，是情性。相似或相近的「性情」與「味」，正是詩派形成的基礎，而時空的差異，並不妨礙詩人在共同的文學旗幟之下的結合。此即呂居仁自序所云：「同作並和，雖體製或異，要皆所傳者一」，雖詩人未必來自江西一地，未必皆親炙山谷，但皆備俱相同之詩風，所謂「出異歸同」、「以味不以形」，當爲宗派圖之取捨標準。

三、方回「一祖三宗」說擴大江西詩派的體格

呂居仁之後，百餘年間，南宋詩壇經過江西派和反江西派的紛爭，爲時已久。至方回起，欲重建江西詩派之地位，遂倡「祖老杜」之說，扭轉了江西詩學整個理論及創作方法。

方回，字虛谷，屬於朱熹系統的理學家，專主江西派，著《瀛奎律髓》一書，以體現江西派詩論，首在確立「一祖三宗」的地位。其所謂「一祖三宗」者，一祖指杜甫，三宗爲黃庭堅（山谷）、陳師道（後山）與陳與義（簡齋）。《瀛奎律髓》，卷十六注批簡齋〈道中寒食〉二首云：

〔註 60〕見《中國詩話史》，卷一第三章「詩話的學術價值及歷史地位」，蔡鎮楚著，湖南文藝出版社，頁 33。

> 予平生持所見，以老杜爲祖，老杜同時諸人皆可伯仲。宋以後山谷一也，後山二也，簡齋爲三，呂居仁爲四，曾茶山爲五。其他與茶山伯仲亦有之，此詩之正派也。餘皆旁支別類，得斯文之一體也。

《律髓》，卷二十六注批簡齋〈清明詩〉云：

> 嗚呼！古今詩人當以老杜、山谷、後山、簡齋爲一祖三宗，餘可預配饗者有數焉。

此說與《江西宗派圖》對後來研究宋代詩史者同樣重要，但是兩說的用意並不相同。呂居仁的用意，是在推尊黃山谷在江西詩派中的宗祖地位。而方回的構想，則專注在他性之所好的杜甫，將杜甫抬出高舉爲古今人之初祖，而將山谷拉平與後山、簡齋並列爲「三宗」。以見江西詩派的發展淵源全出於老杜，於是山谷被降爲一等。此爲方回與呂居仁之宗派圖最大的差異之一。

其次，呂居仁以後山入豫章法嗣，硬將後山列於山谷之下，顯然以黃爲主、陳爲賓；方回推三宗皆祖老杜，則後山、簡齋均可與山谷平視而立，鼎足爲三。這種說法，比宗派圖之說更爲穩當。

或有謂方回之說，非專指江西一派，實謂古今詩人。如鄭騫先生說：

> 一祖三宗之說，論江西詩派者多引述之。虛谷本意實謂古今詩人，非專指江西一派。〔註61〕

徐復觀先生說：

> 杜詩不僅衣被江西，而江西亦並非專挹取於杜。〔註62〕

因爲江西詩派之得名乃始於呂居仁之《江西詩社宗派圖》，其說以山谷爲祖，下列後山等二十五人爲法嗣，而方回既主黃、陳二人，則後人便自然以爲一祖三宗之說爲江西派所張本。然而前引鄭騫先生及徐復觀先生的說法已明顯矯正眾認的說法，針對此點，方回有所陳述：

〔註61〕《陳簡齋詩集合校彙注》，頁400，鄭騫先生校注，聯經出版事業公司。

〔註62〕徐復觀先生〈宋詩特徵試論·黃山谷在宋詩中的地位及杜詩的影響〉，收入《宋詩論文選輯（一）》，復文出版社印行。

此等句法惟老杜多，亦惟山谷、後山多，而簡齋亦然，乃知江西詩派非江西，實皆學老杜耳。〔註 63〕

山谷法老杜，後山棄其舊而學焉，遂名黃、陳，號江西派，非自成一家也，老杜實初祖也。〔註 64〕

方回以爲黃、陳皆法杜也，非自成一家，是有意將呂居仁「江西詩派」一名推翻。〔註 65〕方回的理論，乃基於重建江西詩派的苦心。因爲自宗派圖以降，以山谷爲江西詩祖，對山谷學杜即捨去不提。雖然山谷之善於學杜，本爲江西詩人所公認的事實；而江西末流，便只知尊法山谷，不去學習山谷所宗法學習的杜甫，正如胡仔《苕溪漁隱叢話》上卷四十九所云：

近時學詩者，率宗江西，然殊不知江西本亦學杜少陵者也。故陳無己曰：「豫章之學博矣，而得法於少陵。」故其詩近之。今少陵之詩，後生少年不復過目，抑亦失江西之意乎！江西平日語學者爲詩旨趣，亦獨宗少陵一人而已。

方回已見江西末流之弊，感於江西派而力圖恢復，挽回杜甫的獨尊地位。既確立此一宗旨，是以推老杜爲古今詩人之祖，而三宗所立，是爲曰「山谷法老杜」、「後山詩似老杜」、「簡齋詩即老杜詩」，均以得杜之精髓多少爲衡量的標準，所謂江西不江西與否並不是頂重要的問題，重要的是杜甫的地位須被尊崇，這也是方回有補於江西詩派的重大貢獻。

除尊仰杜甫之外，方回的理論尚擴大了江西詩派的體格：

（一）推重陳後山

一祖三宗之說，雖自方回始有，然而黃、陳並稱，卻已是元祐以後的常言，認爲二君正逢敵手，〔註 66〕黃、陳齊名，何師之有？〔註 67〕

〔註 63〕《瀛奎律髓》，卷二十五，批杜工部〈題省院壁〉。

〔註 64〕《瀛奎律髓》，卷一，批晁君成〈甘露寺〉。

〔註 65〕見《方虛谷之詩及其詩學》，許清雲先生撰，東吳大學中文研究所 70 年 12 月博士論文，頁 163。

〔註 66〕例如朱熹《朱子語類》，卷一百三十引杜擇之云：「後山詩恁地深，他資質儘高，不知如何肯去學山谷？」曰：「後山雅健強似山谷，然氣力不似山谷較大，但卻無山谷許多輕浮底意思。然若論敘事，又甚至有人更喜陳詩。但自從呂居仁的宗派圖出，將後山入豫章法嗣，人人遂以爲後山專學山谷詩，在山谷派下。而方回將後山的文學價值重新定位，將後山與山谷並列。在其《瀛奎律髓》中之批語，黃、陳並立的訊息極多，今列舉如下以資說明。

> 老杜爲唐詩之冠，黃、陳爲宋詩之冠。黃、陳學老杜者也。（卷三）

言下之意，頗有並列黃、陳二人之意，同踵繼老杜的遺跡而發揚光大之。

又言：

> 細味詩律，謂後山學山谷，其實學老杜與之俱化也。（卷一，批陳後山的〈登鵲山〉）

> 自老杜後始有後山，律詩往往精於山谷；山谷弘大而古詩尤高，後山嚴密而律詩尤高。（卷十、批陳後山〈寄無斁〉）

前者乃謂後山「實學老杜與之俱化」，而且辯駁呂居仁的「祖山谷」之說，後者所云，對後山更有青出於藍的推崇意味。

（二）標舉陳簡齋（與義）

原來的江西宗派圖並沒有陳簡齋，而方回將陳簡齋提高到與山谷、後山並列爲三宗的做法，在江西詩派的理論上，當然是一個很不尋常的改變。這是方回獨具慧眼，識得簡齋亦學杜而入其室者，故宜表爲法杜的三宗之一。羅大經《鶴林玉露》說：

> 自陳、黃之後，詩人無逾陳簡齋，其詩由簡古而發穠纖，

卻不及山谷，山谷善敘事情，敘得盡，後山敘得較有疏處。若散文，則山谷大不及後山。」

黃山谷亦謂後山曰:「其作詩淵源，得老杜句法，今之詩人不能當也。」（《豫章先生文集》，卷十九）

惠洪在《冷齋夜話》，卷二〈陳無己挽詩〉中記載：「予問山谷：『今之詩人誰爲冠？』」曰：「無出陳師道無己。」

陳後山〈答秦覯書〉也說：「談者謂僕之詩過于豫章」。

〔註67〕劉克莊《後村先生大全集》，卷九十五：「後山樹立甚高，其議論不以一字假借人，然自言其詩師豫章公。或曰黃、陳齊名，何師之有？」

> 遭值靖、康之亂，崎嶇流落，感時恨別，頗有一飯不忘君之意。

此即張端義《貴耳集》，卷下所讚賞陳簡齋詩云：「情懷小樣杜陵詩」，蓋簡齋身逢亂世；靖康之恥，二帝蒙塵，最能抒發家國之痛，在這一點上，頗有杜甫「一飯未嘗忘君」之意。即使後來極爲反對江西詩派的劉克莊在《後村詩話》也推崇簡齋說：

> 元祐後，詩人迭起，一種則波瀾闊而句律疏，一種則鍛鍊精而性情遠，要之不出蘇、黃二體而已。及簡齋出，始以老杜爲師，……造次不忘憂愛，以簡嚴掃繁縟，以雄渾代尖巧，第其品格，故當在諸家之上。（前集之二）

這些評論皆把簡齋和黃、陳及其所祖述的杜甫並稱，而嚴羽《滄浪詩話》更以江西詩派來歸並簡齋：

> 陳簡齋體、陳去非與義也，亦江西詩派而小異。（《詩體》）

所謂的「小異」，即指其革新之處。蓋江西末流專以山谷一人爲宗，力盤硬語，久而久之，求瘦硬而流於槎枒，求渾老而流於粗獷，遂爲世所詬病。故江西派有幾位革新者見許多追隨黃山谷的詩人束縛於舊規矩而不能自立，因而以活法說矯之，如呂居仁詩之流動圓活、曾幾詩之清勁潔雅，然所謂活法，也僅在江西詩的規矩中求變化。而陳簡齋則能跳出江西之外，欲直窺老杜以振江西。他自己也說：

> 詩至老杜極矣。東坡蘇公、山谷黃公，奮乎數世之下，復出力振之，而詩之正統不墜……大抵同出老杜而自成一家；如李廣、程不識之治軍，龍伯高、杜季良之行己，不可一概詰也。近世詩家知尊杜矣！至學蘇者乃指黃爲強，而附黃者亦謂蘇爲肆。要必識蘇、黃之所不爲，然後可以涉老杜之涯涘。〔註68〕

他認爲「要必識蘇、黃之所不爲，然後可涉老杜之涯涘」，他勇於在蘇、黃學杜的範圍以外自闢蹊徑。所以方回將他歸入江西詩派是有其客觀依據的。南渡以後，他寫出了許忠愛國家的詩篇，在思想內容上，

〔註68〕《四部叢刊初編本陳簡齋外集》、晦齋《簡齋詩集》引。

對黃、陳的詩風有重大的突破。繼承了杜甫現實主義的傳統，感時慨事、沈摯激越的作品在陳簡齋的詩中佔了主導地位。是以方回在《瀛奎律髓》中稱揚簡齋云：

> 嗣黃、陳而恢張悲壯者陳簡齋也。（卷一，批陳簡齋〈與大光同登封州小閣〉）
>
> 去非（簡齋之字）格調高勝，舉一世莫之能及……欲學老杜，非參簡齋不可。（卷一，批陳簡齋〈山中〉）
>
> 簡齋詩、氣勢渾雄，規模廣大。老杜之後有黃、陳，又有簡齋。（卷二十四，批陳簡〈送博士赴瑞安令〉）

方回既把杜甫推爲江西派之初祖，又認爲陳簡齋登老杜之壇，所以陳簡齋當然可入江西派，和黃山谷、陳後山並列。他在《瀛奎律髓》，卷二十四中說：

> 蓋學老杜而才格特高，則當屬之山谷、後山、簡齋。

綜合上說，方回一祖三宗說和呂居仁江西詩社宗派圖之比較，其主要差異有四，今人許清雲先生有清晰的條列，故今採之：〔註69〕

其一、方回祖杜甫，而呂居仁主黃山谷。

其二、方回統謂古今詩人，而呂居仁專指江西詩派。

其三、方回謂黃、陳方駕，而呂居仁謂後山源出山谷。

其四、方回謂簡齋與黃、陳鼎足，而呂居仁未高舉簡齋。

針對許氏所言的第二點，姑且不論方回的初衷本意究竟以杜甫統攝古今詩人，抑或江西詩派，然而後人在文學史上說江西詩派宗杜，說江西詩派有三宗，都是受方回的影響。

貳、江西詩派的特色

江西詩派在宋代詩壇具有代表性，就因爲「形式」是此派的活力所在。江西詩派在形式上的特色，可大致分爲兩類，一是模擬，二是鍛鍊。

〔註69〕同註65。

一、模 擬

模擬主要是指「奪胎換骨」、「點鐵成金」的方法。點鐵成金主要是師前人之辭，奪胎換骨主要是師前人之意。這兩種創作方式的共同精神，就是在學習前人的作品時要有所變化、創新，無論師古人之辭或意，都要有求新求變的精神。這種說法也很符合黃山谷的學詩取向，即所謂的「以俗爲雅，以故爲新」，〔註 70〕山谷勉人在繼承前人的精華時，也須推演出詩的新境界來。事實上，所強調的即是一種啓發式的模仿，一種具有生命力的模擬手段。

二、鍛 鍊

江西詩派對詩歌章句的鍛鍊包括奇字、硬句、拗律、險韻、僻典這些方面，各方面有一定的關聯性。

（一）奇 字

黃山谷爲使自己的詩卓然自立，喜歡用奇字。奇字並不是奇特之意，主要是對用字別出心裁，改變詞性或慣常用法。

（二）硬 句

江西諸子既專意出奇，務去陳言，那些改變了詩歌慣常使用的句子，使作品具有一種峭拔挺卓之氣，而黃山谷詩所以給人生硬的感覺，主因即在於他「語必生造，意必新奇」，難怪朱彝尊以「務去陳言，力盤硬語」八字稱之了。由此亦可知奇和硬的詩法是相互爲用的。

（三）拗 體

硬表現在聲調上，即關涉到「拗」的問題。拗體包括拗句與拗律，在杜甫時已偶用此體，韓愈慣用，至江西詩派始大量使用。拗句是一種句法組織上的新形式，改變詩句組織，使文氣反常，與眾

〔註 70〕見《山谷詩內集注》，卷十二，〈再次韻楊叔明小序〉云：「蓋以俗爲雅，以故爲新，百戰百勝如孫吳之兵，棘端可以破鏃，如甘繩飛衛之射，此詩人之奇也。」

不同，例如散文化的句字即是。例如上二下三者，變爲上三下二，或上一下四；上四下三者，變爲上三下四，或上二下五。甚至全句皆是動詞或名詞，令人讀來阻澀不暢。至此，所謂詩，不過是一篇有韻的詰屈散文罷了。

拗律是把詩中的平仄交換，使詩的音調反常。具體的方法是：七律每句第五字應平者易爲仄，應仄者易爲平。五律中則是第三字平仄互換。這種講究作品聲調違拗的風氣發展到後來，又有所謂的「單拗體」，在出句中平仄兩字互相交換者即謂。二句中平仄二字對換，謂「雙拗體」，及「吳體」，大拗大救，於每對句之第五字以平聲諧轉者。無非於成法之外，獨標新奇。

（四）險　韻

江西詩派的奇硬挺拔也體現在險韻上。險韻就是用較少作爲韻腳的字押韻。中國詩歌的句末一字是全詩音節最響最重的地方，它是一個信號，顯示一行詩的終結，若每每使用不常入韻的字作爲韻腳，即易造成一奇硬險拔的風格。

（五）僻　典

宋詩好議論，爲使議論精約，而多用典故。尤其是江西詩派，更是苦心孤詣地在用典上下功夫，專使常人少用的典故以求新奇之感。將故事融入作品之中，賦予作品整體的深沈影響力。

綜合江西詩派的詩法鍛鍊，包括字句之奇，文氣之硬，聲調之拗，押韻之險，用典之僻，而這奇、硬、拗、險、僻五者，又不是絕對的相異，內裏其實是流通的。總括來說，是爲使作品顯出一種不凡的特質。〔註 71〕文學演變的原動力是趨新求奇，而奇硬拗險僻都在爲建立一種作品的乖異性質，例如用一個別出心裁的字，一個不尋常的韻，或一個少見的典故，這樣都足以使讀者在閱讀作品時感受到一定的衝

〔註 71〕參酌吳淑鈿〈江西詩派的理論架構——一個形式主義的考察〉，發表於《中外文學》第十八卷，第十二期。

擊與阻力，由這具阻礙性質的形式進入作品的內容，可以重建人對世界的敏感，一切變得可見可觸，而不是單純的認辨。〔註 72〕

〔註 72〕參酌佛克馬與義布思〈俄國形式主義文學理論述評〉及紀秋郎〈《文心雕龍》二元性的基礎〉，載《結構主義的理論與實踐》，頁 19 及 145，黎明文化事業公司出版，吳淑鈿〈江西詩派的理論架構——一個形式主義的考察〉所引。

第三章　後山宗杜之形成因素

後山是刻意學杜甫，除自身的環境、際遇與杜甫大體相若，且因生處於宋代宗杜之風盛行之際，他窺得杜詩奧妙無窮，故而全面性宗杜，這就使得後山詩細味起來，確有杜甫的精神神髓。

以下就針對後山宗杜的形成原因加以細論，茲分兩部分說明，一是外緣，即後山與杜甫因平生遭遇的雷同，使其有感同身受的陷溺之感，所發爲詩，故有神似的內涵風格。二是內因，即後山有心學杜、刻意仿杜的詩學根據及後山論詩所承自杜甫的影響。

第一節　後山宗杜的外緣——身世遭際、人格胸襟的雷同

在後山及杜甫的詩中，有著他們一生際遇的縮影。研究二人傳承的關係之前，先要對二人的生平事蹟、賦性行誼有番了解，用以說明其作品的背景。這方面可分從二人對人生、對詩歌的態度來說明。

壹、杜甫科場失意，貧賤不移；後山絕意仕進，狷介自守

一、物性固莫奪的杜甫

杜甫的一生，處於唐朝由盛轉衰的關鍵時代，既睹開元盛世的朝宦弄權，外戚驕奢，又歷安史之亂，外族入侵，杜甫的一生是和時代

緊密連繫的。宋人所謂「詩窮而後工」，可於杜甫身上得到最佳印證。他的一生，仕宦的時間很短，且沈於下僚。他希望循著科舉的道路登上卿相之位，以實現其「致君堯舜上，再使風俗淳」的抱負，然而卻總是在現實與理想的衝突下抱憾終身。

杜甫自身的坎坷失意，無緣爲君效命，爲民造福，只能將惓惓忠愛之情盡付於詩。他原來的願望是在政治上揚名，相反的，卻在詩的世界中大放異彩。茲將杜甫的生平的事蹟，列舉二三，以比照杜甫與後山相似的人生際遇：

（一）科場失意，仕途不遇

玄宗開元二十三年，杜甫自吳越歸來，赴京兆貢舉，不第，是爲他科場失意之始。他在《壯遊》詩中有言及：

忤下考功第，獨辭京尹堂。放蕩齊趙間，裘馬頗清狂。

但人生的初次挫折不足以銷磨其青年的壯志，之後他遊歷齊、趙，恣縱狂放。

天寶五載，杜甫三十五歲，懷著青雲之志赴長安，有著「自謂頗挺出，立登要路津」〔註1〕的自負，但等待他的卻是出乎意料的失望。當時朝政大權已旁落到李林甫之手，從政以來，排擠正人君子，開元盛世正在不可挽回的走向昏暗。

天寶六載，杜甫三十六歲，玄宗詔令天下有一藝之長者都可到長安參加會試。這無疑是在杜甫一心求仕卻不遇的陰鬱中所透泄出來的一線陽光。杜甫滿懷著希望參加了這場考試，但李林甫恐士人對策揭發他的奸惡，在「野無餘賢」的遁辭下，杜甫和其他應試的士子全部落選了。〔註2〕

此對杜甫是一沈重的打擊，事隔五年之後，提及此事，他還餘悸

〔註1〕（奉贈韋左丞丈二十二韻），楊倫注《杜詩鏡銓》，卷二，華正書局印行，頁24。

〔註2〕元結〈喻友〉，《新唐書．李林甫傳》略同，「詔征天下士人有藝者，皆得詣京師就選。相國晉公林甫以草野之士猥多，恐洩漏當時之機，……已而布衣之士，無有第者，遂表賀人主，以爲野無遺賢。」

猶存地說：「破膽遭前政，陰謀獨秉鈞。」〔註3〕這時父親杜閑已死，杜甫衣食無著，一官難求，只能屈己充當權貴們的門下客，生活貧困潦倒。他含淚唱出：「朝扣富兒門，暮隨肥馬塵。殘杯與冷炙，到處潛悲辛。」〔註4〕

他急於在政治上尋求一條出路，以實現其政治抱負，於是一再投贈詩文干謁豪門顯貴，（如〈奉贈韋左丞丈二十二韻〉、〈贈鮮于京兆二十韻〉、〈投贈哥舒開府翰〉），卻謀不到一官半職。天寶十載，在杜甫旅食京華五年之後，玄宗舉行了三大盛典，杜甫緊緊抓住這一時機，獻上〈三大禮賦〉，得到了玄宗的讚許。杜甫應召待制集賢院，由宰相親自面試文章，〔註5〕由於才華橫溢，應試過程順利，一日之內聲名大噪。這成了杜甫一生中足堪自得之事，他在〈莫相疑行〉中也提及此事：

> 憶獻三賦蓬萊宮，自怪一日聲輝赫。集賢學士如堵牆，觀我落筆中書堂。（卷十二）

他滿懷希望，等候選用，不料天子的恩召竟無疾而終，考試結束，卻石沈大海。僅「送隸有司，參列選序」，〔註6〕仍置閒散。其生活潦倒如故，在他的詩中出現了這時期的生活寫照：

> 長安苦寒誰獨悲？杜陵野老骨欲折。……饑臥動即向一旬，敝衣何啻聯百結。君不見空牆日色晚，此老無聲淚垂血〔註7〕

杜甫就這樣在偃蹇困苦的磨鍊中接觸到社會的眞相，體會到日趨尖銳的各種社會危機，也漸漸在許多方面與人民有了共同的心聲。〈兵車行〉、〈前出塞九首〉、〈麗人行〉等皆是這一時期的優秀作品。直到天寶十四年，杜甫四十四歲，仕宦的大門總算爲他開了一條縫隙，起初

〔註3〕〈奉贈鮮于京兆二十韻〉，卷二，頁56。

〔註4〕同註1。

〔註5〕《新唐書．杜甫傳》：「天寶三載，玄宗朝獻太清宮，饗廟及郊，甫奏賦三篇，帝奇之，使待詔集賢院，命宰相試文章。」

〔註6〕見〈進封西嶽賦表〉，楊倫《杜詩鏡銓》附杜工部文集註，頁1065。

〔註7〕〈投簡咸華兩縣諸子〉，卷一，頁36。

他被任命爲河西縣尉，但杜甫拒絕赴任，又改任右衛率府兵曹參軍。這是一個從八品下的小官，杜甫就任後，作〈官定後戲贈〉以自嘲：

> 不作河西尉，淒涼爲折腰。老夫怕趨走，率府且逍遙。耽酒須微祿，狂歌托聖朝。

足見他不願大才小用，在小用之時，便只圖清閒逍遙，不屑於繁忙奔走，同時率府亦非所欲，爲貧而仕，情非得已。在求仕的過程中嘗盡了辛酸，十年奔走，只換來一介微吏，這對杜甫的偉大抱負是何等辛辣的譏諷。

此時杜甫大半生的歲月已過，而實現自己政治抱負的願望仍擱淺不前，眼見君主宮廷的享樂，人民的困苦流離，而自己卻無力扭轉，在此種對立矛盾中，他的心境苦悶是不問可知的。但是，當他想藉著從政使世人更臻幸福的使命感破滅時，他並沒像古時懷才不遇的人們一般，走向隱居之路，仍然堅持己見，貫徹初衷。然而，在他要竭盡忠誠之際，國家卻又發生戰亂。

（二）數嘗寇亂，情不忘君

天寶十四年底，安祿山在范陽起兵，長驅南下，戰火席捲了中原大地。僅僅半年，洛陽、長安相繼淪陷，玄宗倉惶出走。杜甫爲了避走胡騎的肆虐，便攜家由奉先縣輾轉來到白水，最後把家屬安頓於鄜州羌村。詩人聽說肅宗於靈武即位，便滿懷報國熱忱欲奔行在。但命運多舛，在趨向靈武的途中被安祿山的叛軍押回長安。陷賊期間，杜甫憂邦國、感身世、懷家人之心境，均寄情於詩。如〈哀王孫〉、〈悲陳陶〉、〈月夜〉、〈春望〉皆爲此時之名作。

次年（至德二載四月），杜甫豁出性命逃離長安，取道于崎嶇山徑，歷經艱辛逃出賊區，終於來到肅宗駐地鳳翔，「麻鞋見天子，衣袖露兩肘」，〔註8〕一路的艱辛驚險，杜甫在〈喜達行在所〉中描述得生動感人。此種慷慨赴君難的氣節，殆非文士詩人所易持者，故與杜

〔註8〕〈述懷〉，卷三，頁140。

甫同陷賊中的王維、鄭虔俱無法做到。以杜甫一介八品下的微吏，又不與朝政，在干戈擾攘之際，大可不必追隨朝廷；然杜甫卻放下家人，歷盡艱險，麻鞋謁帝，此種效忠君國，臨死不渝的志節，豈是常人所易爲？這是詩人在艱苦的環境中，不汲汲以個人爲念的表現。一秉其以天下爲己任的素志，一切從大處著想，以唐室中興爲大業。他一生遭遇困躓，仍然每飯不忘君國，在〈野望〉中云：「惟將遲暮供多病，未有涓滴報聖朝」，在〈哀江頭〉中云：「少陵野老吞聲哭，春日潛行曲江曲」……讀之令人感動墜淚。

肅宗愍其生還，感其忠誠，任命他爲左拾遺，主管進諫皇帝過失、舉薦賢良，這是八品上官；可是對杜甫而言，這還是第一次成爲直屬於天子的官吏，他在〈述懷〉中所說「涕淚受拾遺，流離主恩厚」，流著感激之淚，接受左拾遺的官職。

從右衛率府到天子近臣，直接參與國政，杜甫似乎在接近他「致君堯舜上，再使風俗淳」的理想了。然而不識時務的耿介衝動卻使他很快就捲入一場政治風暴。

（三）上疏救房琯，坐房琯黨，出為華州司功參軍

《新唐書・杜甫傳》云：

> 與房琯爲布衣交，琯時敗陳濤斜，又以客董庭蘭罷宰相。甫上疏言：「罪細不宜免大臣。」帝怒，詔三司推問。宰相張鎬曰：「甫若抵罪，絕言者路。」帝乃解。

於此可知杜甫曾冒生命之險，爲房琯執言。對杜甫而言，於私，他與房琯「爲布衣交」，於公，杜甫認爲他「罪細不宜免大臣」。房琯被免職，杜甫怎能沈默？表面上，房琯之所以罷相乃因「敗陳濤斜，又以客董庭蘭罷宰相。」，但最大原因乃由於房琯的政敵賀蘭進明之譖，利用玄宗、肅宗父子之間的矛盾挑撥離間，加上房琯在陳陶斜兵潰，於是肅宗免去了房琯的相位。杜甫因爲房琯說情，肅宗勃然大怒，大怒之因固然和奏文內容有關，然杜甫進諫的態度過分執拗不無關係。於是下詔問罪，一併下杜甫於獄，幸賴宰相張鎬的積極援救，得解。杜甫雖得免罪，但肅

宗下令杜甫離開鳳翔，回家探親，自此不甚省錄。爲時四個月的鳳翔生活結束了，杜甫往後不得不以一名詩人的身份活下去。

至德二年，隨著兩京的收復，肅宗回長安，在一片樂觀的氣氛中，杜甫回長安，仍任左拾遺之職。他和肅宗之間的矛盾一度緩和了，在隨眾趨拜之餘，閒來便在曲江閒散度日。

然而第二年（乾元元年），由於新舊黨爭，房琯再次被貶，他的密友無一倖免，杜甫被貶爲華州司功參軍，職掌地方官吏的考試科舉事務。由清貴的近臣一跌爲州郡俗吏，這對他又是一項重擊。詩人再出國門，不勝感慨，有詩云：

> 此道昔歸順，西郊胡正繁。至今猶破膽，應有未招魂。近侍歸京邑，移官豈至尊。無才日衰老，駐馬望千門。〔註 9〕

曰「移官豈至尊」，不敢歸怨於君，又以無才自解，更見其醇厚忠實。

儘管如此，這一次的諫諍對他而言卻意義深遠。即使因這一次向天子進諫而性命難保，亦在所不惜，那是老杜長久以來內心不斷企求在政治舞臺上最光榮的一頁，在實踐其「致君堯舜上」的理想。由此亦可見杜甫對朋友的交情，一往情深，房琯死後，他在〈祭故相國清河房公文〉中云：「不見君子，逝水滔滔」，又云：「拾遺補闕，視君所履，公初罷印，人實切齒，甫也備位此官，蓋薄劣耳。見時危急，敢愛生死。君何不聞？刑欲加矣。伏奏無成，終身愧恥。」不但毫無後悔，且一心爲房琯的遭遇而傷懷，這種「敢愛生死」待友的誠篤，千古少見。

（四）萍飄的生涯，途窮的晚景

告別了自己短暫的仕宦生涯，因關中大飢，衣食不繼，便舉家前往秦州覓新生活，轉同谷，飢寒交迫，「無食問樂土，無衣思南州」。〔註 10〕後，南行入川，於年底抵成都。總計杜甫於乾元元年由洛陽走

〔註 9〕〈至德二載，甫至金光門出間道歸鳳翔。乾元初，從左拾遺移華州掾，與親故別，因出此門，有悲往事〉，《杜詩鏡銓》，卷五，頁 197。

〔註 10〕〈發秦州〉，卷七，頁 287。

赴華州，復前往秦州，再跋涉於同谷，抵達成都，所以杜甫詩中有「奈何迫物累，一歲四行役」〔註 11〕之謂。

入川後，居於成都浣花溪北面的草堂寺，有故人嚴武任成都尹兼劍南東西川節度使，頗得依靠。但半年之後，嚴武奉命調離成都任京兆尹；不料嚴武一走，西州兵馬使徐知道發動叛亂。杜甫因而避難至梓州、閬州。依靠梓州太守章彝的資助，安頓家人。

代宗廣德二年，綿延了八年之久的安史之亂平，原本打算東下吳楚回到洛陽故居的杜甫，因爲嚴武又出鎭成都，喜出望外而重回成都草堂。舊友重來，詩人無限歡喜：「舊犬喜我歸，低徊入衣裾；鄰里喜我歸，沽酒攜葫蘆。大官喜我來，遣騎問所須；城郭喜我來，賓客隘村墟」。〔註 12〕爲提拔杜甫，嚴武讓杜甫到自己幕府中任職。代宗廣德二年，朝廷任命杜甫爲節度使署中參謀，檢校工部員外郎，但步入年老的杜甫宦情已淡，已安於草堂中閒雲野鶴的生活，而對幕府中勾心鬥角深感煩悶，他在《宿府》中流露出思退之情：

> 清秋幕府井梧寒，獨宿江城蠟炬殘。永夜角聲悲自語，中天月色好誰看？風塵荏苒音書絕，關塞蕭條行路難。已忍伶俜十年事，強移棲息一枝安。（卷十一）

於是任職半年後，杜甫終於回到草堂，準備終老於錦江春色。然事與願違，嚴武去世，杜甫頓失依靠，不得不放舟東去，由宜賓、重慶、雲安飄泊到夔州。此時，杜甫以老病之身，多臥床之時，緬懷生平，寫下了〈壯游〉、〈昔游〉、〈八哀詩〉等作，似乎是對自己一生和創作加以總結。而且在夔州時期作品的藝術性也達到了登峰造極的地步，情懷深沈，聲律和諧，對仗精切，正如詩人自述「老去漸於詩律細」，形式美達到空前的高度統一。

杜甫在川九年，貧病交迫，除原有的瘧疾、肺病，又添了風痹，到了大歷三年正月出川時，這位五十七歲的老人已是「右臂偏枯半耳

〔註 11〕〈發同谷縣〉，卷七，頁 301。
〔註 12〕〈草堂〉，卷十一，頁 514。

聾」〔註13〕了，出川後輾轉到江陵、岳陽，豈只三峽行路難，且衣食無著、痼疾又一次折磨詩人。再沿湘江上溯至潭州、衡州，從夏到秋，從秋到冬，他的小舟一直在湖上飄蕩。遲暮之年，飄泊天涯，全家一舟萍寄，大歷五年，杜甫在潭州往岳陽的孤舟中，飲恨離開人世。

綜觀杜甫的一生，始終輾轉於烽火離亂之中，與大時代的動亂呼息與共，君王宮廷的享樂驕奢，戰禍傜役的殘酷迫民，使他無法置身度外。國家多難，貧病纏綿，更增加詩人的毅力。對人生體會愈深，其生命力愈強韌。其心中有一永恒不變之襟懷，即強烈的入世思想，始終栖栖奔馳於時代中，《新唐書・杜甫傳》稱云：

> 數嘗寇亂，挺節無所污，爲歌詩，傷時橈弱，情不忘君，人憐其忠。

他的人格思想，可歸結爲十六字：

> 身處貧病，心存忠愛，一息尚存，此志不渝。

不論在什麼情況下，他都沒有忘記國家人民，甚至在去世前夕，還在其絕筆〈風疾舟中伏枕書懷〉中說：

> 公孫仍恃險，侯景未生擒。書信中原闊，干戈北斗深……戰血流依舊，軍聲動至今。（卷二十）

正因他熱愛人民，所以熱忱地注視人民的生活，從多方面表達人民的痛苦呻吟。正因他熱愛國家，所以他時時將自己的命運與國家興衰聯繫在一起，杜詩後被稱爲「詩史」，就是因爲他以不渝的忠愛，密切注視國事而形諸筆端，安史之亂前後二十年的重大時政，在杜詩中一一得到反映。在其詩作背後，兀然而立的正是詩人忠愛君國的人格光輝。「詩窮而後工」，這「窮」是時代與自身的內外交迫使然，自不能鬱於中而發之於外，所以因抒情的必然性產生了許多光輝燦爛的詩篇，愈窮愈工，讀來一如置身于世亂流離之中，與詩人同悲同喜，時空距離已然化去，覺得滿心是愛的老杜就和我們在一起，他是震撼心弦之聲，是性情眞摯的一位長者。

〔註13〕〈清明〉，卷十九，頁969。

二、獨恥事干謁的陳後山

我們再就後山的一生作一梗概的認識。鄭騫先生對後山的一生事蹟有相當詳實的搜羅，故今從之。〔註 14〕

後山的祖父陳洎、父親陳琪皆非顯宦，但清廉耿介；後山的個性人品，無疑是受祖父及父親的影響。另一方面，杜甫的祖父杜審言是詩人，曾官膳部員外郎，父親杜閑曾官兗州司馬，奉天縣令。後山與杜甫上兩代的官職和學問文章上的表現，大致相同。此即清人厲鶚在〈宛雅序〉中云：

> 唐杜甫爲審言孫，論者謂句律之細，實本於祖，而少陵亦云「吾祖詩冠古」，又云「詩是吾家事」。宋陳師道爲洎孫，論者謂詞格秀古，造句愈工，後山所自，亦如甫之於審言。
>
> （《樊謝山房文集》，卷二）

後山之父雖官職不高，但一家尚能溫飽，家計無須子女分憂，所以年少時的後山得勤於詩文創作，坐擁書城。然熙寧九年，後山二十五歲，父親去世，此爲後山生活的一大轉捩點。二十五歲以前是依父生活，不愁衣食；二十五歲突遭喪父，此後要面對困窮顛沛，生活的重擔常令他「志強而形憊」，「年未既而老及之」。

沒有官職及固定收入，只靠親友相助，以賣文章及設帳授徒來維持家計。更有甚者的人間悲劇是因家貧，妻兒離開自己而寄食娘家，「與子爲夫婦，五年三別離」，〔註 15〕「連年萬里別，更覺貧賤苦」，〔註 16〕結婚五年，三次與妻子分離，且是妻子帶著年幼的兒女隨岳父到遙遠的蜀地去。不是爲貧困所迫，怎會作出這樣的決擇？後山在〈送內〉、〈別三子〉、〈送外舅郭大夫概西川提刑〉諸詩中道出了人世的艱

〔註 14〕見鄭騫先生《陳後山年譜》，聯經出版事業公司；〈陳後山傳〉，國科會報告，民國 62 年。

〔註 15〕〈送內〉，見《後山詩箋注》，卷一，學海出版社，宋・任淵注，民國、冒廣生注補，以下簡稱《冒箋》。冒廣生《後山逸詩箋》，簡稱《逸詩箋》。

〔註 16〕〈送外舅郭大夫概西川提邢〉，《冒箋》，卷一。

難與他自己所承受的重壓，因家貧而夫婦、父子相別離，悲莫大於此。黃山谷也曾爲後山的貧無以養而感歎說：

> 我觀萬世，未有困於母而食於舅，嬪息巢於外舅。無以昏晝，文章滿腹，士之號窮，屋瓦無牡，造物者報，而天下無壁以爲牖，不病其傾，維有德者能之。〔註17〕

從山谷的這段話可知後山之困頓，幾至無以維生，但是君子固窮，不以困窮而少屈，其賦性行誼，高介有節，不苟徇合。在中國歷代詩人中，他的貧苦尤甚於陶淵明，他的狷介也較陶淵明有過之而無不及。而後山一生的悲劇成因，可說大部分是他的狷介自守所造成，在他的一生中，有幾次極其尖銳的表現，今分述如下：

（一）感念曾鞏知遇之恩，不願出他人門下

《宋史・陳師道本傳》說他：

> 年十六，早以文謁曾鞏，鞏一見奇之，許其以文著，時人未知之也。留受業。

蔡正孫《詩林廣記》引謝疊山的話說：

> 元豐間，曾鞏修史，薦後山有道德、有史才，乞自布衣召入史館，命未下。而曾去。後山感其知己，不願出他人門下，故作〈妾薄命〉。

後山遇曾鞏時，只是一介無名的貧士，而曾鞏激賞後山之文而留他受業於門。可說是後山的第一位知己。神宗元豐年間，曾鞏受命獨修五朝史事，得以自擇部屬，因此他極力薦後山有道德史才，然終因後山只是一介布衣，未曾登第而不獲准。由是之故，後山畢生感念曾鞏。元豐六年，曾鞏去世，後山痛失一位最能拔識他的師長。〔註18〕

元祐四年，後山時任徐州教授，因越境來見蘇軾，移爲穎州教授，蘇軾出守穎州，愛惜後山之才，欲牢籠於門下，然而後山賦詩云：「向來一瓣香，敬爲曾南豐」，以示不肯背南豐而改隸蘇門的志節。〔註19〕

〔註17〕見《豫章先生文集》，卷十六〈陳師道字序〉。

〔註18〕事見《宋史・陳師道本傳》、魏衍《彭城陳先生集記》。

〔註19〕所引詩句見後山〈觀兖國文忠公家六一堂圖書〉詩，見《後山全集》，

後山是堅守「士終始不相負」的，他在認識蘇軾八、九年前，已受知於曾鞏，「遂出於門」了，因此不願對蘇軾執「師弟子」禮。〔註 20〕

他對曾鞏推重備至，甚至等他踏入宦途，曾鞏已去世多年，能在現實中幫助他的是蘇軾而絕非曾鞏，然而，後山對曾鞏的尊崇卻無稍減，這種不雜功利之念的眞情，不以師死而背恩的志節，是儒家傳統理念下對知識份子的要求，但卻又是許多在現實中載浮載沈的知識份子所難以恪守的大節，但後山徹底做到了。這是後山人格極其輝煌的一面。

（二）不應科舉，絕意仕進

《宋史・陳師道傳》：

熙寧中，王氏經學盛行，師道心非其說，遂絕意進取。

神宗熙寧二年，王安石變法，罷詩賦及明經諸科，而以經義、策論取士，並自訓釋詩、書、周禮等經，頒令天下官學講授，號爲新義，而先儒傳注，一概廢去不用。當時士子，想要仕進，便不能不習王氏經學，〔註 21〕此種作法，頗受非議，後山對王氏經學極爲不滿，於詩文中可見其意：

> 士之不能自成，其患在於俗學。俗學之患，枉人之材，窒人之耳目，誦其師傳造字之說，從俗之文，才數萬言，其爲士之業盡是矣。夫學以明理，文以述志，思以通其學，氣以達其文。古之人導其聰明，廣其見聞，所以學也，正志完氣，所以言也。王氏之學，如脫墼耳，案其形模而出之，不待修飾而成器矣，求爲垣壁彝鼎，其可得乎！〔註 22〕

> 後生不作諸老亡，文體變化未可量。……探囊一試黄昏湯，一洗十年新學腸。〔註 23〕

熙寧共十年，正值後山十七歲至二十六歲，正是應科舉的年齡，此後

卷三，中華書局四部備要本。以下簡稱《全集》。

〔註 20〕事見《宋史・陳師道傳》，卷四百四十四，王偁《東都事略・陳師道傳》，卷一百一十六《文藝傳》。

〔註 21〕《宋史》，卷一百五十五〈選舉志一〉。

〔註 22〕《全集》，卷十三〈送刑居實序〉。

〔註 23〕《冒箋》，卷一〈贈二蘇公〉詩。

元豐八年之中，仍是新黨勢力橫行，後山也就始終未應科舉。

在宋代，參加科舉是通往仕宦的唯一途徑，儘管王氏經學頗受非議，但年輕的士子皆競競業業爲博取一舉成名天下知的榮耀，誰也不願抗拒不受，除非有絕意仕進的勇氣，而後山並非無進取之心，他不應科舉乃是心非王氏經學，不肯曲己以自鬻而自絕宦途。這是他不肯與現實妥協的尖銳表現，爲了一分堅持理想的執著，不惜與現實絕緣；而後山正是在這種不肯向現實讓步的情況下，寫就了自己的悲劇，註定了他困頓的一生。

（三）傅堯俞餽金不敢出

《宋史・陳師道傳》云：

> 初游京師，踰年未嘗一至貴人之門，傅堯俞欲識之，先以問秦觀，觀曰：「是人非持刺俛顏色伺候乎公卿之門者，殆難致也。」堯俞曰：「非所望也。吾將見之，懼其不吾見也。子能介於陳君乎？」懷金，欲爲餽，比至，聽其議論，益敬畏，不敢出。

傅堯俞聞後山貧甚，懷金子往見，欲以接濟後山，坐間聽他的議論，遂不敢出銀子，這是因後山高介有節，毫不苟取的態度令人敬畏，由此也可見後山性格之孤高。

（四）後山拒見章惇

魏衍《彭城陳先生集記》云：

> 樞密章公惇高其義，冀來見，特薦於朝，而終不一往。

《宋史・陳師道傳》亦記載章惇以樞密之尊，託秦少游致意，延請他相見，他毫不考慮地拒絕，並以信答道：

> 辱書諭以章公降屈年德，以禮見招，不佞何以得此，豈侯嘗欺之耶？……先王之制，士不傳贄爲臣，則不見於王公，所以成禮，而其弊必自鬻。故先王謹其始以爲之防，而爲士者以守焉。師道於公前有貴賤之嫌，後無平生之舊，雖可見，禮可去乎？

章惇貴爲丞相，能得其邀見，確屬不易，更是一次極好的進身機會，但其爲人尖刻，元祐黨人被他貶斥殆盡，後山素惡其人，故毫不考慮地拒絕了，雖說「士不傳贄爲臣，則不見於王公」，二人「前有貴賤之嫌，後無平生之舊」，是於禮法如此，但更重要的原因是後山不齒章惇爲人，恥事干謁，是以蘇軾稱讚他說：

苟非其人，義不往見。〔註24〕

明、舒芬在其《四賢堂記》中云：

陳生持己謹嚴，拒宰相章惇之請而終不一見，蓋三代以下士之所難能也。

後山的拘謹傲兀，非其友不交，嚴格地選擇援引自己的對象，是以「義」爲衡量的標準，而不是「利」，這分不苟於人際關係、不與小人合流的情操，造就了他在現實生活中的困頓不起。

（五）後山任徐州教授時，私下越境來見蘇軾，因而移穎

哲宗元祐二年，後山三十六歲，賴蘇軾、傅堯俞、孫覺合力推薦後山於朝廷，因破格任用，後山得自布衣起爲徐州教授，除太學博士，這是後山步入仕途之始。初，後山在官，朝廷內部黨爭激烈，蘇軾不安於朝，乞外任，出知杭州，途經徐州；後山私至南京，越境來見蘇軾，此事即遭左司諫劉安世上疏彈劾，謂後山「擅去官次，淩蔑郡將，徇情亂法，莫此爲甚。」而後山不顧，且送蘇軾以詩云：「一代不數人，百年能幾見？」〔註25〕

他爲此果然付出了代價，他本因梁燾的推薦以太學正候缺，就因這次「擅離職守」，改爲穎州教授，〔註26〕即使如此，他一點也不後悔，他在《謝再授徐州教授啓》中說：

昨緣知舊，出守東南。念一代之數人，而百年之幾見。間以重江之阻，莫期再歲之逢。……惟其信之既篤，所以行之不疑。

〔註24〕蘇東坡〈薦布衣陳師道狀〉，《江西詩派卷・陳師道》，九思出版社印行。

〔註25〕〈送蘇公知杭州〉，《冒箋》，卷二。

〔註26〕事見張宗泰跋《歸田詩話》、瞿佑《歸田詩話》，卷中、吳景旭《歷代詩話》，卷五十九。

其待友之誠篤，不夾雜私人利害，和杜甫如出一轍。

（六）拒穿趙挺之的裘衣，因感寒疾而死

宋、羅大經《鶴林玉露》，卷三「志士死飢寒」條云：

> 元次山避水於高原，餱糧不繼，遂餓而死，陳後山爲館職，當侍祠郊丘，非重裘不能禦寒，後山止有其一，其內子與趙挺之之內親，姊妹也，乃爲趙假一裘以衣之。後山問所從來，內以實告，後山曰：「汝豈不知我不著他衣裳耶？」卻去之，止衣一裘，竟感寒疾而死。嗚呼！二子可謂志士不忘在溝壑者矣。充二子之才識德望，曳絲乘車，食養賢之鼎，其誰曰不宜？然志節清亮，寧甘於餓死凍死，而不肯枉其道，少失其身，此所以皜皜乎不可尚也。

此事亦見於《朱子語類》。後山與趙挺之同爲郭概的女婿，按《宋史》，趙挺之是一位排斥忠良，鑽營求進的小人。他與後山雖是連襟，但後山不齒其爲人，不與之往來。建中靖國元年冬至節，皇帝舉行郊丘大典，冬至天大寒，祭典舉行於半夜，更是「非重裘不能禦寒氣」，而後山止有一裘，妻子從趙挺之家裡借來一件，後山聽說袍子是從他家借來，便不肯穿，因而受寒生病，死於除夕前一天。虛歲五十，實歲四十九。身後貧無以斂，賴友人鄒浩買棺，歸葬徐州。清人馮景在《解春集文鈔》補遺卷二「卻衣凍死辯」條云：

> 人生大分，修短一定，凍而死與不凍而死，幾微間耳。數未絕，雖凍不死；命已盡，雖不凍亦死。以無己之賢，平日辯之審矣，與其不凍而死，受不潔之服，以汙其皎皎之軀，孰甚凍而死，嚴一介之取，而全巖巖之節乎！

後山行事的耿介高潔，已至寧死不許一絲污穢沾身，這般賦性幾臻完美，亦能使奸者忠貞，貪者清廉，忘恩負義者汗顏。

古代聖賢，自伯夷以下，能將「清」之一節發揮到極致，後山是一個很典型的例子，而這類人物，多是悲劇性人物，輕者困頓一生，重者以身殉道。在宋朝詩人中，能像後山這樣耿介不阿，遺世獨立的人，並不多見，他真正履行了儒家「擇善固執」的精神，他有絕對的

的勇氣，以全生命作爲代價，去堅守自己的處世原則。

後山一生常與貧困爲伍，絕意仕進的他曾在官越境出南京見蘇軾而移穎，又在元祐之治結束，新黨勢勝時，「以餘黨罷」，〔註27〕且「言者論其進非科第」，〔註28〕而改官監海陵酒稅，稅吏微官，事務繁瑣，與後山的情性志趣不能相合，所以未赴任。又改官爲江州彭澤縣令，也因母親去世而取消，而後山也因此而進入艱困的晚景。以元祐餘黨罷官，閒居鄉里六年，「罷官六年，內無一錢之入，艱難困苦，無所不有，溝壑之憂，近在朝夕」。〔註29〕直到元符三年，徽宗即位，調停新舊，平息黨爭，以安定國家。元祐黨人，相繼自貶所放還或起用。後山也就在這年因「政治解凍」而任命爲棣州教授，赴任途中，改除秘書省正字，這是後人稱他爲「陳正字」的原因。此乃爲他步入青雲之始，卻因寒疾而卒。

綜其一生的結局，後山實可列入中國悲劇性詩人之列。一個人悲劇的成因，也許是時代環境所造就，也許是自身性格所促成。後山所生的時代，雖是宋朝逐漸走下坡，但是政治體制仍在既定軌道運行，社會秩序尚稱安定詳和。這樣的時代與環境，還不致於逼使一位有才能的知識份子在現實中無法生存。這樣，後山的悲劇，大部分是他的狷介性格所成。不應科舉的選擇，註定了他困頓的一生，他在《答張文潛書》中說：

> 足下憫僕無以事親畜妻子，宜從下科以幸斗食，疑僕好惡與人異情。足下於僕至矣，僕家以仕爲業，舍仕則技窮矣。故僕之於仕，如瘖者之溺，聲氣不動而手足亂矣。（全集卷九）

悲懷地道出自己實應仕進養家，絕意仕進的結果是「聲氣不動而手足亂矣」，然而時非其時，執持有所不爲之精神。他在晚年窮困潦倒時，也曾感傷過，在紹聖元年送伯兄師黯赴吏部改官時有感而作詩云：

〔註27〕見魏衍《彭城先生集記》。

〔註28〕《宋史・陳師道傳》。

〔註29〕《全集》，卷十，〈與黃魯直書〉。

先子初增秩，年侵鬢已皤。念兄今善繼，此別喜如何？親老家仍困，門衰仕未多。猶須教兒子，早要中文科。〔註30〕

理想與現實本多衝突，在現實人生中，堅持操守的道路絕不是平坦的，詩人們不得不時時處處意識到自己是在以孤立的自我精神力量，同整個人類的黑暗面相抗衡，進一步還是退一步，順從還是拒絕，處處都是對人格力量的考驗。在現實世界種種互相衝突矛盾的現象中，依靠主體自覺的努力實現理想人格，確立自我價值，實非易事。一般人爲了在社會中適應，乃必須逐步修正自己與現實的距離，而後山卻終其一生堅守著理想與現實應有的距離，這樣獨立在孤峰的性格，使他不得不在現實中接演一齣悲劇。他的固執，或許有人會譏爲不知通權達變，但是他的道德勇氣，他的執拗堅持，卻不能不令人欽佩。所以，顏崑陽先生說：「儘管他在現實之中是個徹底的失敗者，但我們或許早忘了當世那些爭權奪利，位極顯貴的人物，卻絕不會忘記貧苦一世的後山。」〔註31〕

貳、後山閉門覓句，杜甫苦吟鍛鍊

一、此生精力盡於詩的後山

黃山谷詩云：

閉門覓句陳無己，對客揮毫秦少游。〔註32〕

以陳無己（後山）和秦少游對舉，以表現兩人迥異的作詩態度。世傳後山每有詩興，擁被臥床，呻吟多日，乃能成章；秦少游則在盃觴流行之中，一揮而就地篇詠錯出。

〔註30〕〈送伯兄赴吏部改官〉，《冒箋》，卷四。

〔註31〕顏崑陽先生〈從陳後山之詩論其悲劇性格〉，發表於《幼師月刊》第四十九卷第一期。

〔註32〕〈病起荊江亭即事〉，《山谷詩內集注》，卷十四，頁813，宋・任淵注，學海出版社印行。《朱子語類》，卷一零四云：「黃山谷詩云：『閉門覓句陳無己，對客揮毫秦少游。』陳無己平時出行，覺有詩思，便急歸，擁被臥而思之，呻吟如病者，或累日而後起，眞是閉門覓句者也。」

徐度的《卻掃篇》，卷中云：

> 陳正字無己，世家彭城，後生從其游者常十數人，所居近城有隙地林木，閒則與諸生徜徉林下。或愀然而歸，徑登榻，引被自覆，呻吟久之，矍然而興，取筆疾書，則一詩成矣。因揭之壁間，坐臥吟哦，有竄易至月十日乃定，有終不如意者，則棄去之。

又云：

> 魏昌世言無己平生惡人節書，以爲苟能盡記不忘固善，不然徒廢日力而已。夜與諸生會宿，忽思一事，必明燭繙閱，得之乃已。或以爲可待旦者，無己曰：「不然，人情樂因循，一放過則不復省矣。」故其學甚博而精。

由此可知他愛好藝術，重視藝術的精神，字斟句酌，深思熟慮，必至于妥帖方才罷手。《文獻通考》，卷二三七引葉夢得語：

> 世言陳無己每登臨得句，即急歸，臥一榻，以被蒙首，謂之「吟榻」。家人知之，即貓犬皆逐去，嬰兒稚子亦皆抱寄鄰家。徐徐詩成，乃敢復常。蓋其用意專，不欲聞人聲，恐亂其思。

這樣駭人聽聞的作詩癖性，誠然令人發噱。然亦可見他作詩自命的態度及擁被苦吟的精神，一字未安，不以示人。他在自己的詩文中云：

> 此身精力盡於詩，末歲心存力已疲。〔註 33〕
>
> 只今剩作驚人句，頗覺吟邊意未平。〔註 34〕
>
> 此生期樂死，他日須詩傳。〔註 35〕
>
> 成書著巖穴，或有後人尋。〔註 36〕
>
> 隱几忘言終不近，白頭青簡兩相催。〔註 37〕

可知絕意仕進的後山，一生的精力主要用於作詩。據其門生魏衍《彭

〔註 33〕《冒箋》，卷四，頁 144，〈絕句〉。
〔註 34〕《冒箋》，卷八，頁 274，〈次韻黃生〉。
〔註 35〕《逸詩箋》，卷上，〈春酬應物〉。
〔註 36〕《冒箋》，卷八，〈元日雪二首〉之一。
〔註 37〕《冒箋》，卷八，〈送提刑李學士移使東路〉。

城先生集記》記載：

先生之文，簡重典雅，法度謹嚴，詩語精妙，蓋未嘗無謂而作，其意志行事，斑斑見於其中。小不逮意，則棄去。

黃山谷《贈陳師道》詩云：

陳侯學詩如學道，又似秋蟲噫寒草，日晏腸鳴不俛眉，得意古人便忘老。

後山是在苦吟鍛鍊中追求他詩歌的藝術技巧，他雖一生轗軻，貧痛以終，惟能專心致力於詩，千錘百鍊，苦吟不懈，其字斟句酌的精神，實可追縱杜甫，毫無愧色；而杜甫就是他所服膺以學的古人。

二、語不驚人死不休的杜甫

杜甫的創作態度是極爲認眞的，他在〈宗武生日〉詩中云：

詩是吾家事，人傳世上情，熟精文選理，休覓彩衣輕。

可知杜甫以詩自任，不墜家聲之念，深深地存之於心，在〈偶題〉詩中云：

文章千古事，得失寸心知。……法自儒家有，心從弱歲疲。

可見他爲文志在千古，銓衡於一心，以儒家的六義與孔門的興觀群怨之旨爲思想內涵，「心存弱歲疲」，正與後山所謂「此生精力盡於詩，末歲心存力已疲」的精神相通，〔註38〕後山作詩，一字未妥，不以示人，杜甫作詩，怕也是這樣吧。杜甫在語言藝術技巧方面有突出的成就，因爲他對詩歌藝術創作的態度是極爲嚴肅而精工細密的，依據唐末孟棨的《本事詩》記載，李白曾戲贈杜甫：

飯顆山頭逢杜甫，頭戴笠子日卓午。借問別來太瘦生，總爲從前作詩苦。

不論這首詩是否眞爲李白所作，或後人談論李杜相異詩風時附會編寫的詩及故事，卻也明白道出杜甫「苦吟而瘦」的鍛鍊精神。今列舉其自述學詩情形，證明其作詩的苦心經營：

陶冶性靈存底物，新詩改罷自長吟。熟知二謝將能事，頗

〔註38〕孫克寬《杜詩欣賞》、特質第五、鍛鍊一節，頁84，學生書局出版。

學陰何苦用心。〔註 39〕

清・仇兆鰲註此詩，引韓駒的話云：「東坡嘗語參寥曰：『老杜言新詩改罷自長吟，乃知此老用心最苦，後人不復見其奇厥，但稱其渾厚耳。』」〔註 40〕

杜甫認爲要使自己的詩像二謝的詩那般清新流麗必須「苦用心」，取法諸家，反覆推敲，千錘百鍊。又說：

爲人性僻耽佳句，語不驚人死不休。〔註 41〕

趙翼云：「少陵詩中『語不驚人死不休』一句，蓋其思力沈厚，他人不過說到七八分者，少陵必說到十分，甚至有十二三分者，其筆力之豪勁，又足以副其才思之所至，故深入無淺語（《甌北詩話》）。說明了杜甫創作的審愼精密，正因他的作品是經過千錘百鍊而來，因此能夠震撼人心，永垂不朽。他畢生的精力完全貢獻於詩，到老不渝。在〈歸〉中謂：「他鄉閱遲暮，不敢廢詩篇。」表明了他堅決的態度。在其詩中，處處可見他用力於詩的告白：

百年歌自苦，未見有知音。〔註 42〕

意匠慘淡經營中。〔註 43〕

賦詩新句穩，不覺自長吟。〔註 44〕

毫髮無遺憾。〔註 45〕

晚節漸於詩律細。〔註 46〕

清詩近道要，識字用心苦。〔註 47〕

從這些詩句中，都可以說明他在語言上所下的功夫，故其詩蒼勁凝

〔註 39〕〈解悶十二首〉，卷十七，頁 817。
〔註 40〕見《杜詩詳注》，仇兆鰲著，里仁書局印行。
〔註 41〕〈江上值水如海勢聊短述〉，卷八，頁 345。
〔註 42〕〈南征〉，卷十九，頁 953。
〔註 43〕〈丹青引贈曹將軍霸〉，卷十一，頁 529。
〔註 44〕〈長吟〉，卷十二，頁 557。
〔註 45〕〈鄭諫議十韻〉，卷二，頁 45。
〔註 46〕〈遣悶戲呈十九曹長〉，卷十五，頁 740。
〔註 47〕〈貽阮隱居〉，卷五，頁 228。

煉，而他亦認爲詩要老成才好。稱讚鄭諫議的詩說：「波瀾獨老成」，〔註 48〕又稱許薛華「歌辭自作風格老」，〔註 49〕而杜甫在創作實踐上也能用最少的字句表現最豐富的內容，達到高度的概括。後山所主張的「語簡而益工」、「語少而意廣」乃是學杜的表現。（這部分容在第四章再作深入的探討）

參、小　結

觀後山之生平，與杜甫有許多相似處：杜甫一生窮困潦倒，仕途坎坷，難抒懷抱，一任浮沈，卻仍堅持一分對國家人民積極投入的愛，貧賤不移其志。後山終身布衣，絕意仕進，貧無以養，卻恬淡寡欲，深恥自售，具有謀道不謀食的精神，實爲詩人之貞介者。

他們是天生的詩人，爲著一分擇善固執的理念而不願屈意從人，隨俗俯仰。而這樣的性格與政治官場是相矛盾的。李辰冬先生在其〈文學家的特性與天才〉一文中說：

> 文人的性格是孤介，政治的活動要同俗；文人的性格是剛狷，政治的活動要隱柔；文人的性格是孤高，政治的活動要合群；文人的性格要肆志，政治的活動要守繩墨；文人所要求的是自安，政治所要求的是榮譽；文人的性格是任眞，政治活動需要造作；文人想縱心，政治得拘謹；文人要稱心，政治得委屈：文人要任性，政治要矯飾；文人願意固窮，政治活動得進取。文人的性格恰恰與政治活動相反，其不能久在於政治或在政治上失敗是必然的。〔註 50〕

杜甫、後山以這樣的性格作基礎，與社會政治接觸後，自然產生極大的痛苦。是以杜甫以上疏救房琯而被詔三司推問；後山以私下越境爲蘇軾送行而改爲潁州教授。惟其二人天性眞純，故能以深情重義待人，不因環境的遷移而改變他們對朋友那分眞摯的愛，甚至犧牲自己的前

〔註 48〕同註 45。

〔註 49〕〈薛端薛復筵簡薛華醉歌〉，卷三，頁 126。

〔註 50〕《文學新論》，第七章，東大出版。

途性命也在所不惜。惟其信之既篤，所以行之不疑。雖然，政治與文學是兩條道路，不互為因果，也不一定彼此相礙，但歷史的事實卻常常是達官顯宦寫不出好詩，此乃繫於人生價值取向。對中國古代詩人而言，考驗人格的人際關係，不僅在於親人、朋友等一般性質的交往，更重要則是在政治性質的出處進退之間。不論是一展抱負，兼善天下，還是僅為養家餬口，光宗耀祖，如果為此須做出有損於人格，有違於理想之事，則杜甫與後山是寧可清貧困苦終身，也不願屈己從人。

清人吳淳還在〈《重訂後山先生詩集》序〉中云：

> 風騷以後，沿及李唐，凡賢人君子之爲詩，莫不其然，而少陵尤忠愛蟠鬱，雖遭讒放廢，一飯不忘君，此其所以超後軼前，爲千古詩人之聖耳。後山當趙宋之季，隱居力學。曾子固領史事，薦爲屬，不果用。太學又薦其文行，乞爲學錄，不就。章惇在樞密，亦特薦之，冀一往見，不可得。蘇子瞻官翰林學士，與侍從列薦，始用教授於鄉。旋除大學博士，爲忌者排笮，一再謫調。時紹述之政紛然，以憂解，既經服闋，不出者久之。復除棣州教授，隨進祕書省正字。家素貧，以祠郊壇，衣薄中寒，遽以疾卒。其身世偪仄，時命連蹇，與少陵何以異？生平志意所挾鬱而不得攄，往往寓於詩。

他將杜甫、後山二人一生梗概加以列舉，見其相似之處。而後山和杜甫在現實世界沈浮跌撞之後，只有避開現實而在文學的世界想像馳騁，以寫詩作為心靈的慰藉。「生平志意所挾鬱而不得攄，往往寓於詩」，後山與杜甫一生困頓，但卻在詩歌中得到補償。二人皆以詩自任，專欲以詩揚名於後世。後山蒙頭吟榻，極力錘鍊，小不逮意即棄去，與杜甫「苦吟而瘦」、「語不驚人死不休」的精神相通。也惟有在困頓中方能激發出生命的潛能，寫出可歌可泣，有血有淚的詩篇。

因為後山與杜甫的生平相似，且杜甫的人格襟懷又是後山人生價值的取向，故後山學杜有得，實無足怪。清人吳淳還又說：

> 余惟後山詩學黃涪翁，涪翁詩出少陵，後山亦出少陵，瘦硬峭拔，不肯一字蹈前人，世徒以爲伐毛洗髓，功力精專

所至而不知有所本也。詩非小道，必其中具有一種魁壘耿介有不可過者，槎枒於肺腑，擊撞於胸臆……故其爲詩也有物，而可以歷久不滅磨。〔註51〕

這段話除說明後山學杜能得其神髓外，也說明後山學杜是受自黃山谷的啓示，這就進入我們第二節所欲探討的主題，即後山宗杜的內因。

第二節　後山宗杜之內因——詩學淵源、詩學理論

壹、後山宗杜的詩學淵源

一、不滿山谷之「作意好奇」，不如杜甫之「遇物而奇」

（一）山谷蹤跡杜詩，以學力示人

文學的發展是不斷遞嬗孳乳之歷程，因此，完全沒有傳承的文學創作，在文學發展史上絕無可能。〔註52〕宋代詩人幾無一不受唐代詩人的影響，而他們所法的唐人，乃與其資性及其精神相近的唐人，〔註53〕換言之，宋代詩人乃以自己的資性、偏好爲主體，在傳承中作了選擇。

我們在第二章已討論過宋詩於梅、蘇，再經永叔、臨川、東坡之開拓，乃從唐賢衣冠面目而別闢蹊徑，門庭日廣。從宋初追溯至黃山谷，黃山谷被認爲是宋詩風格成型的重要人物。宋代詩人大都受杜甫的影響，宋代宗杜之風始自王禹偁、王安石及至山谷而盛，而宋詩也因諸人的淬礪鍛鍊而定型，同時也可見宗杜的風氣與宋詩風格的確立有密切的關係。

黃山谷取法於杜甫已是不爭的事實，杜甫憑學力創作，在前人既有的基礎上追求突破，別出度樣；黃山谷詩出自杜甫，亦以學力勝，

〔註51〕清人吳淳還《重訂後山先生詩集序》中云。見《江西詩派卷・陳師道》，九思出版社印行。

〔註52〕參徐復觀先生〈宋詩特徵試論・宋詩特徵基線的畫出〉，收入《宋詩論文選輯（一），復文出版。

〔註53〕同上。

而黃山谷之所以能在宋代詩壇上居於宗主的地位，亦在他提倡作詩之法，制定了整套清規戒律，爲好詩而不得其法者，提示門徑，俾有所遵循。因爲天才詩人千載難遇，絕大多數的詩人率由苦讀勤練而成。

嚴羽《滄浪詩話》所云：

> 宋詩至東坡、山谷始出己意以爲詩，唐人之風變矣。(〈詩辨〉)

就嚴羽「自出己意以爲詩」的觀點來說，能眞正擺脫唐詩約束的宋詩應有蘇、黃兩派；蘇軾是憑奔放的才情，黃山谷是憑勤苦的雕鏤。才情出自先天，不可學；雕鏤來自技巧，故可學，這就是爲什麼黃詩較之蘇詩在宋代詩壇產生更深遠的影響。這和後人學詩，多學杜甫，罕有學李白者的情形是具體而微。山谷固然也學李白，但只得其一體——誇張，因二人才情性分的相異，致未能得其全貌。詩評家每以李杜、蘇黃對比。嚴羽謂：

> 子美不能爲太白之飄逸，太白不能爲子美之沈鬱。〔註54〕

蓋飄逸得自天才，沈鬱來自學力。蘇軾的才情性格近於李白，山谷的才情學力近於杜甫，故山谷學杜甫而風格近之。此即山谷所以能在宋代詩壇中立於宗主的地位之因。

（二）後山對山谷的師承

後山宗杜的因緣其實來自山谷。神宗元豐七年，後山年三十三，客居穎昌府（今河南許昌），遇山谷於其地，是爲二人相遇之始，也是後山詩風轉向杜黃之始。

山谷的詩有脈絡可尋，在宋代詩壇立於宗主的地位，所以後山對他有過一段十分醉心的崇拜期。後山在《答秦覯書》中說：

> 僕於詩，初無師法，然少好之，老而不厭，數以千計。及見黃豫章，盡焚其稿而學焉。……僕之詩，豫章之詩也。豫章之學博矣，而得法於少陵。

其《贈魯直》詩亦云：

> 相逢不用早，論交宜歲晚。陳詩傳筆意，願立弟子行。

〔註54〕嚴羽《滄浪詩話・詩辨》，頁24，東昇出版事業公司印行。

後山一見黃山谷，不僅將多年來所作「數以千計」的詩稿付之一炬，並願立黃的「弟子行」，所以後世稱後山之文學曾鞏，詩宗黃山谷，王偁《東都事略·陳師道傳》稱其：

> 爲文師曾鞏，爲詩宗黃庭堅。

後山論文時有云：

> 向來一瓣香，敬爲曾南豐。〔註55〕

論詩則云：

> 吾此一瓣香須爲山谷道人燒也。〔註56〕

「向來一瓣香，敬爲曾南豐」是後山參觀歐陽修藏書室留下的詩句，因爲自己是曾鞏的門生，故只言及曾；但在論詩時，就還有一瓣香，敬爲黃豫章了。由此可知後山對山谷的仰慕不下於曾鞏。但這分情誼不是對曾鞏那種敬師愛師、不肯背師的強烈感情，而是對志趣相投者的友情。此即所以後山願立黃山谷的「弟子行」，而不願立蘇軾的「弟子行」，因爲後山的詩歌理論和風格近黃而不近蘇，〔註57〕在後山未嘗學山谷詩以前，早已「由來道本同」,「字字句句同調」。〔註58〕《後山詩話》云：「寧拙毋巧，寧樸毋華，寧粗毋弱，寧僻毋俗，詩文皆然。」與山谷所謂：「寧律不諧，不使句弱，寧用字不工，不使語俗（《苕溪漁隱叢話》引），如出一轍。就因二人詩歌理論及創作傾向相近，「江西詩社宗派圖」把他列爲黃山谷以下第一人。方回云：

> 老杜爲唐詩之冠，黃陳詩爲宋詩之冠，黃陳學老杜者也。〔註59〕

又方回云：

> 惟山谷法老杜，後山棄其舊而學焉，遂名黃、陳，非自爲

〔註55〕所引詩句見陳後山〈觀袞國文忠公家六一堂圖書〉詩，見《後山全集》，卷三，中華書局四部備要本，以下簡稱《全集》。

〔註56〕朱弁《風月堂詩話》，卷上。

〔註57〕〈陳師道師承關係辨〉，曾棗庄撰，發表於《文學遺產》，1993年第三期。

〔註58〕方回《桐江集》、劉元輝詩評。

〔註59〕方回《瀛奎律髓》，卷一，陳簡齋〈與大光同登封州小閣詩〉下方回批。

一家，老杜實初祖也。〔註 60〕

將後山與山谷並列，乃因二人對於作詩有特殊的方法及理論，可以學，人人不必以天賦才性自限，所以同被方回推爲江西詩派的宗主，影響詩壇數百年之久。因此後人言及宋詩，以後山配山谷，號黃陳。

（三）後山對山谷的反省

山谷欲變唐調爲宋音，建立屬於宋詩的面目，便須推陳出新，在前人既有的基礎上追求突破，別出度樣。山谷以爲詩至李、杜、韓、歐而後，任何雋言妙語均已說盡。若欲卓然自立，超越前人，便須創新。創新來自變革，變舊爲新，變俗爲奇，變滑爲澀，變虛爲實，因此「去陳反俗」爲山谷作詩的最高信條，「好奇尚硬」爲黃詩之至上法門，故其作詩，遣詞驅字無不刻意「求奇」，以拗律構體，以拗句造語，好用怪典奇事，以補綴奇字爲詩，喜歡在佛經、禪語、小說、語錄裏找別人未用的典故字眼，其著眼點只是一個「奇」字而已。山谷〈別楊明叔〉詩云：「皮毛剝落盡，惟有眞實在。」〔註 61〕及〈贈晁無咎〉詩云：「執持荊山玉，要我琱琢之。」〔註 62〕皆可見山谷執著於鍾鍊雕琢，忠於藝術的完美心態。

劉克莊《後村詩話》說他：

> 蒐獵奇書，穿穴異聞。

洪炎《黃山谷詩序》云：

> 凡句法、置句、律令，新新不窮，愈出愈奇。

方東樹《昭昧詹言》，卷十云：

> 涪翁以驚創爲奇，意、格、境、句、選字、隸事、音節著意與人遠，此即恪守「去陳言」、「詞必己出」之教也。

張戒《歲寒堂詩話》云：

〔註 60〕同上，卷一，晁君成〈甘露詩〉下方回批。

〔註 61〕見韋居安《梅磵詩話》，卷上，見《江西詩派卷・黃庭堅》，九思出版社印行。

〔註 62〕見呂本中《紫微詩話》，見《江西詩派卷・黃庭堅》，九思出版社印行。

魯直專以補綴奇字爲詩。

《苕溪漁隱叢話》前集云：

後山謂魯直作詩過於出奇。

由以上所引，可知「好奇」確爲黃山谷詩的特徵。

山谷的「鍛鍊」、「好奇」意在創新，但由於沒有探討詩歌與生活的關係，而是把末流當做源頭，未能在鍛鍊中注入情性，而不能顧及是否文能逮意，〔註63〕以致未能達到物我合一的境界，所以宋濂說他因「鍛鍊精而情性遠。」；〔註64〕王若虛說：「山谷之詩有奇而無妙」。〔註65〕

「江西詩社宗派圖」雖將後山列爲黃山谷以下的第一人，然而他也是江西諸家中最早對黃山谷表示不滿的人。江西詩派在當時爲眾所趨，學山谷者往往規撫其形似，惟後山雖師山谷，而實遠祖少陵。因爲他在學詩的過程中，發現自己的實踐與山谷之清規戒律發生矛盾：認爲山谷作詩太過著力，以致不免生強。他在《後山詩話》中言及：

魯直晚年詩傷奇。

唐人不學杜詩，惟唐彥謙與今黃亞夫庶、謝師厚景初學之。魯直，黃之子，謝之婿也。其于二父，猶子美之于審言也。然過于出奇，不如杜之遇物而奇也。三江五湖，平漫千里，因風石而奇爾。

後山反對不得其法的強學故作，又云：

詩欲其好，則不能好矣。王介甫以工，蘇子瞻以新，黃魯直以奇。而子美之詩，奇常、工易、新陳莫不好也。

他在〈贈吳氏兄弟三首〉之二中說：「才隨年盡不重奇。」即是主張創作宜自然表露，因事而出，肯定「遇事而成」的「奇」，不滿「作意好奇」的「奇」。後山認識到黃詩的「作意好奇」，雖是一意追隨杜甫，可是卻忽略杜甫的深入現實、情意眞切的精神；而只是在形式上

〔註63〕陸機〈文賦〉云：「恆患意不稱物，文不逮意。」，見《文選》，卷十七。

〔註64〕宋濂〈答張秀才論詩書〉，收入《宋文憲公全集》，卷三十七。

〔註65〕《滹南遺考集》，卷三十九、《滹南詩話》。

追隨杜甫的格律、結構、句法，競尚新奇。後山由此體會了其中的內容乃是決定形式奧妙之所在，也認識到黃詩的「作意好奇」，不如杜甫之「遇物而奇」，主張：

> 善爲文者，因事以出奇，江河之形，順下而已。至其觸山赴谷，風博物激，然後盡天下之變。〔註 66〕

進而學杜甫，於是他的詩作在某種程度上突破了江西詩派的藩籬，直攄眞性情爲詩，語言風格亦較清新流暢，有別於黃詩的詰屈生澀，此點在四、五章中再行探討。

由以上的分析，可知後山詩步趨山谷，然對山谷「作意好奇」有所反省，故而上追杜甫。方回《瀛奎律髓》，卷一登覽類〈登鵲山〉詩下批曰：

> 詩暗合老杜，今註本無之。細味詩律，謂後山學山谷，其實學老杜與之俱化也。

鄭騫先生也說：

> 山谷、荊公皆學老杜，後山則透過黃、王直窺少陵。〔註 67〕

因此可說，後山宗杜之過程，山谷是其墊腳石，後山乃步趨山谷而上追杜甫。後山在詩話中云：

> 黃詩韓文有意故有工，老杜則無工矣。然學者先黃後韓，不由黃韓而爲老杜，則失之拙易矣。

杜甫與黃山谷，均因爲能示人規矩之故，成爲後人最足學習的詩家。黃的規矩明顯可見，杜的規矩渾化自然，故須先黃後杜，這是後山詩學的主要線索。

二、認為杜詩有規矩，故可學

《後山詩話》云：

> 學詩當以子美爲師，有規矩故可學。退之於詩，本無解處，以才高而好爾。淵明不爲詩，寫其胸中之妙爾。學杜不成，

〔註 66〕《後山詩話》評楊雄文語。何文煥輯《歷代詩話》本，漢京文化事業有限公司。

〔註 67〕見鄭騫先生《陳後山年譜》，聯經版，頁 22。

不失爲工。無韓之才與陶之妙，而學其詩，終爲樂天爾。

後山作詩，乃由苦吟鍛鍊而成，所以他學詩，首先必須找到規矩門徑，始能日起有功。他認爲杜詩可學是因爲有規矩可尋，於法度備足，中國古典詩的創作原理與技巧都通過杜甫而完成，加上他自己本身博大的才力，後人透過其啓發開創而表現出新意。所以杜詩成爲一種可學習的標準，即使學不成，至少中規中矩，也不失爲工，不致流於淺易空疏。不像陶淵明依憑思妙、韓愈仗恃才高，沒有規矩，所以不可學也不易學；因此後山以杜詩爲楷模，步趨山谷而上追杜甫，從杜詩的形式技巧中，尋求規矩與法度。

後山既踵山谷的路線而上追杜甫，故其對杜甫的尊仰推崇不時出現於字裏行間，茲於其詩文及詩話中摘錄數則，以見一斑：

君不見天寶杜陵翁，屈宋才堪作近鄰。(〈和魏衍三日〉)

杜曲風流最近天。(〈寄子閔〉、逸詩箋下)

杜老詩作妙，險絕天與力，君不見杜陵老翁語，湘娥增悲眞宰泣。(〈晁無咎畫山水扇〉)

孟嘉落帽，前世以爲勝絕。杜子美九日詩云：「羞將短髮還吹帽，笑倩旁人爲正冠。」其文雅曠達，不減昔人。故謂詩非力學可致，正須胸肚中泄爾。(《後山詩話》)

蘇子瞻云：子美之詩，退之之文，魯公之書，皆集大成也。(《後山詩話》)

稱美杜詩「集大成」，即謂杜詩之規矩已達於出神入化之境，是以後山從杜詩的形式技巧中尋繹出經驗與規矩而亦步亦趨地模倣杜甫。然而後山如何學杜？杜詩在那些方面影響了後山？將於四、五章中再探討。有理論基礎方有創作實踐，因此在探討後山宗杜之創作實踐之前，以下將先探討後山所受自杜甫的詩學理論。

貳、後山所受自杜甫的詩學理論

後山在詩學主張方面受自杜甫的影響爲何？於此，擬從後山詩文中的詩學理論上溯杜甫對詩的看法以茲對比，以見二人相通之處。

杜甫對詩的看法、評價以及學詩的態度，比較集中表現在他的〈戲爲六絕句〉和〈解悶十二首〉、〈偶題〉中；後山則散見在他的詩文及詩話中。

一、學詩要多師兼取

後山在《後山詩話》中云：

> 魯直與方蒙書：「頃洪甥送令嗣二詩，風致灑落，才思高秀，展讀賞愛，恨未識面也。然近世少年，多不肯治經術及精讀史書，乃縱酒以助詩，故詩人致遠則泥。想達源自能追琢之，必皆離此諸病，漫及之爾。」

後山引黃山谷的話，是以認爲詩人若欲在創作之際有廣博深遠的才思，不能只憑縱酒助興，平日必須治經術讀史書，沈潛於歷史傳統，遊走於古人的智慧結晶中。雖然治經讀史的活動並不等於創作活動，但是對於創作卻有涵養滋潤的作用。

又說：

> 世間公器無多取，向裏宗風卻飽參。（〈答顏生〉）
>
> 得失媸妍只自知，略容千載有心期。（〈贈吳氏兄弟三首〉之三）

後山他主張「飽參」，廣泛吸收，廣博多取，以充實心靈。讀書多，則藏於胸臆中的字彙、詞藻、史事自可蔚然成府，創作時，文詞、典故一一從府庫中來相應心中的情意，下筆時自可文思泉湧，不虞匱乏。不但如此，後山還能對前人、今人持贊美的態度：

> 秦郎淮海士，才大難爲弟。（〈次韻答少章〉）

見秦少游才大，而有難爲弟之歎。

> 愛子千篇頃刻成，借將胸腹詫吾人。（〈次韻寄答晁無咎〉）
>
> 怳然有得奪天巧，衰顏生態能相如。（〈答無咎畫苑〉）

他盛讚才氣極高的作品，像晁無咎。

此種兼容並蓄的態度乃是得之於杜甫。杜甫封於前代學者和今代文人是採取涵融的態度，他主張：

不薄今人愛古人，清辭麗句必爲鄰。竊攀屈宋宜方駕，恐與齊梁作後塵。〔註 68〕

這是杜甫自述學詩的方法。杜詩句法，極富變化，乃是融鑄漢魏六朝詩人而來，是以嚴羽《滄浪詩話》云：

少陵詩憲章漢魏，而取材於六朝，至其自得之妙，則前輩所謂集大成者也。

杜甫能盡得古今體勢，是因他既愛古人而不薄今人，以清詞麗句爲鄰，是爲加強自己辭句的表現能力，而齊梁以迄四傑正是清詞麗句的代言人，杜甫能肯定他們必然存在的價值；而時下輕薄四傑的人，自唱高調能與屈、宋並駕齊驅，但卻不能廣資博取，不能以一種寬廣的胸懷去涵納古今，自恃雖高，而憑藉不厚，結果恐怕只落在齊梁之後，而望塵莫及了。杜甫又云：

別裁僞體親風雅，轉益多師是汝師。〔註 69〕

這是杜甫教人學習時選材的標準和態度。老杜以爲只要把僞體裁去不取，凡合於風雅之道的詩作，都可以一一諷誦，取他人之長，必能增補自己的詩作能力。他說的「風雅」是指眞能表現心靈、時代的作品而言，而僞體是指膚廓無實際內容、虛有其表的作品。杜甫勉勵學者不要偏執，應打破「古」、「今」、「新」、「舊」的拘執之見，而多方取師，輾轉受益。因爲能博取兼資，貫通融合，才不爲一家所限。也正因他能在傳統作品中汲取精華，從前人的創作技巧中攝取營養，所以能集中國詩學之大成。他在〈示宗武〉詩中云：

見句新知律，攤書解滿床。應須飽經術，已似愛文章。

他強調作詩要注意「律」，這個「律」字，不僅僅是指聲律，且泛稱詩的法則，更要從經術的飽覽中，來充實自己的作品，所以攤書滿床，涉獵廣泛。〔註 70〕

〔註 68〕〈戲爲六絕句〉之五，卷九，頁 397。

〔註 69〕〈戲爲六絕句〉之六，卷九，頁 397。

〔註 70〕汪中老師〈承先啓後的詩聖杜甫〉一文中語，發表於《中華文化復興月刊》第十卷第三期。

富貴必從勤苦得，男兒須讀五車書。（〈給柏學士茅屋〉詩）

也說要努汲取古人精髓，飽讀詩歌，到老不廢吟哦，以全部生命貫注在創作中。在他的詩句中，不乏對古人的欣賞，對今人的讚美：

熟知二謝將能事，頗學陰何苦用心。（〈解悶詩十二首〉）

對謝靈運、謝眺的詩技頗爲欣賞，而對陰鏗、何遜的詩，也苦苦不放鬆去研讀。

大雅何寥闊，斯人尚典型。（〈秦州見敕目〉）

贊美薛据、畢曜有大雅風範。

有材繼騷雅，哲匠不比肩。（〈陳拾遺故宅〉）

贊美陳子昂能繼承騷雅。而杜甫的自許，也是「氣劘屈賈壘，目短曹劉牆。」（〈壯游〉）、「不必伊周地，皆登屈宋才。」（〈秋目荊州述懷三十韻〉）、「遲遲戀屈宋，渺渺臥荊衡。」（〈送覃二判官〉）、「李陵蘇武是吾師。」（〈解悶十二首之五〉）、「搖落深知宋玉悲，風流儒雅是吾師。」（〈詠懷古蹟五首之二〉）……

杜甫對古代的詩是這樣的推崇，而對初唐、盛唐的作家也不鄙薄：

王楊盧駱當時體，輕薄爲文哂未休；爾曹身與文俱滅，不廢江河萬古流。〔註71〕

六朝齊梁華麗之風影響初唐，初唐四傑是被世人所評擊的對象，才會有陳子昂提倡復古，上追建安，而杜甫非常平心靜氣的肯定四傑的詩是在文學發展的趨勢之下自然形成的當時體，他們的詩，也不是那麼可以一哂再哂的，肯定四傑像江河之水一樣萬古常流。

以上所舉，都是杜甫「不薄今人愛古人」、「轉益多師是汝師」的具體表現。這樣不擇細流，兼容並包，自然能取精用宏，以成就自己的偉大。而杜甫對詩歌進化觀點的概括說明，更見於他的〈偶題〉詩中：

前輩飛騰入，餘波綺麗爲。後賢兼舊制，歷代各清規。

前輩飛騰入於詩的境域，六朝之末，剩下綺麗的外表；後有豪傑之士，自能涵濡古代優異的制作，因此歷代高才都有合於風雅的規制留下

〔註71〕〈戲爲六絕句〉之二，卷九，頁397。

來。杜甫此種主張學詩，既看到古人所長，又看到今人所精的學詩態度，對後山影響亦所在多有，這就不是復古、迷古，而是在繼承中有發展，在繼承中有創新。以下我們將探討後山和杜甫對繼承與創新這方面詩觀中的共通處。

二、以故為新

《文心雕龍·宗經篇》云：

> 是以往者雖舊，餘味日新，後進追取而未晚，前修文用而未先。

詩有其體，但並非就其體亦步亦趨爲詩，即成好詩。必須由故而生新，在舊規故學中創造新意。後山在評及前代詩人時，常觀察他們如何繼承前人的精華，在《後山詩話》中評杜詩詩法時引黃山谷語：

> 黃魯直云：「杜之詩法出審言，句法出庾信，但過之爾。」

評王維詩云：

> 右丞蘇州，皆學於陶王，得其自在。

在《寄參寥》詩中評參寥詩云：

> 早作步兵語，晚參雲門禪。

在詩話中引梅堯臣答閩士好詩者說：

> 子詩誠工，但未能以故爲新，以俗爲雅爾。

可知後山很強調作詩在借鑑於故之餘，文字語句則須各自創新，應有所突破。所以詩人在創作上不如前人，他亦毫不忌諱地指出，在《後山詩話》中語：

> 王斿（一作游），平甫之子，嘗云：「今語例襲陳言，但能轉移爾。」世稱秦詞「愁如海」爲新奇，不知李國主已云：「問君能有幾多愁？恰似一江春水向東流。」但以江爲海爾。

後山非常強調詩人「以故爲新」的手法運用，並加以置評，如評杜甫在詩句上如何吸收他人而有所創新：

> 王摩詰云：「九天閶闔開宮殿，萬國衣冠拜冕旒。」子美取作五字云：「閶闔開黃道，衣冠拜紫宸」，而語益工。

這樣的徵引，似乎不能確切地看出他自己的立場。但是就後山自己的詩作大部分是蛻化杜詩及韓、孟等人的詩句來看，我們可以確信「以故為新」正是他所熱衷的詩學原則。「以故為新」猶如黃山谷所提出來的「奪胎換骨」、「點鐵成金」法。後山既師其人，這方面受他影響也是不能避免。於此可知後山對於繼承前人開闢新路的殷切。他主張創作應立「新」。這觀念在他論詩寫作時，常常出現：

老來才盡無新語，只欲煩君急手揮。(〈和黃充小雪〉)

正因為他自己對新的重視，在創作上無所建樹創新，他也自表遺憾。

成家舊學諸儒問，脫手新詩萬口傳。(〈寄提刑李學士〉)

與罪寧無說，言詩新有功。(〈答李簿〉)

對作詩的新意熱切異常：

疾置送詩驚老醜，坐曹得句自清新。(〈寄杜擇之〉)

平湖遠嶺開精神，斗覺文字生清新。(〈題明發高軒過圖〉)

萬里歸來髮如漆，了知句法更清新。(〈送王定國通判河南〉)

後山創新的理論，乃是繼承了杜甫的詩論。杜南有意創新，倡導社會詩派。在唐代以情韻意境為主流的詩作中，杜甫出以敘述議論乃一創新之舉，在他的詩作中，時見「新」的主張，足見杜甫追新的趨勢：

清新庾開府。(〈春日憶李白〉)

清辭麗句必為鄰。(〈戲為六絕句〉之五)

清詩句句盡堪傳。(〈解悶十二首〉之六)

新詩改罷自長吟。(〈解悶十二首〉之七)

新詩句句好。(〈奉贈嚴八閣老〉)

新詩錦不如。(〈酬書韶州見敕目〉)

這種新，並不是泛泛地指稱，而是杜甫所謂：「詩清立意新」(〈奉和嚴中丞西域晚眺十韻〉)，這「清新」二字，是談形式技巧；也談風格和思想感情。詩而能清新，當然不是庸俗的濫調，而是有創造性的成就，不但是推陳出新，而且是前無古人的新。

徐復觀先生說：

杜甫是學力地創新，……學力的創新，有如蜜蜂之釀蜜，

> 蜜的原汁來自百花。但經過釀後所成的蜜，本含有百花的原汁，卻不是任何一花的原汁。「下筆如有神」，是從「讀書破萬卷」而來；但寫出的成品可以有萬卷的內涵或背景，卻決非萬卷中的任何一卷。……學力地創新，則須兼容並蓄，採各體之菁英，以釀成一家之獨創。〔註72〕

此即杜甫所以能兼備眾體的原由，乃在他能多方資取，在前人既有的基礎上追求突破，別出度樣。創新是文學的活路，亦是文學演進的必然歷程，杜甫的繼承與革新啓示後山「以故爲新」的詩學理論。

三、悟　入

杜甫主張「讀書破萬卷，下筆如有神」，影響了後山所提出的一項非常特殊的詩論：

> 學詩如學仙，時至骨自換。縹緲鴻鵠上，眾目焉能玩？〔註73〕
>
> 詩非力學可致，正須胸度中泄爾。（《後山詩話》）

以下試闡明其中的相連處：

杜甫的表現能力，來自他的工力。工力是由平日飽讀詩書及下筆時用盡心力以求表現效果而來。然則杜甫的工力，何以與眾不同呢？從「讀書破萬卷，下筆如有神」的主張，已揭示他的工力分爲兩個階段，徐復觀先生對此有其獨到的見解：

> 工力應分爲兩個階段：第一階段的工力，是一種「積累」。多讀書，是一種積累的手段。但積累東西，雖是記在腦筋裏面，可是它並沒有融解到詩人詞人整個地才氣中去，以與才氣合而爲一體。……於是第二階段的工力，便是要把所積累下來的東西化掉，化在自己的才氣之內，而與才氣以塑造之功，以成爲向上昇華了的才氣。〔註74〕

因爲詩的本質即在表現一種情趣與興味，而學問不等於情趣與興味，

〔註72〕徐復觀先生〈從文學史觀點及學詩方法試釋杜甫戲爲六絕句〉，收入《中國文學論集》，頁165，學生書局印行。

〔註73〕〈次韻答秦少章〉，《逸詩箋》，卷上，頁417。

〔註74〕徐復觀先生〈詩詞的創作過程及其表現效果——有關詩詞的隔與不隔及其他〉，收入《中國文學論集》，頁128、129，學生書局印行。

但可以是情趣與興味的材料來源。但如果要將其表現在詩中，一定要經過陶冶或「內化」，使其成爲詩歌的情趣或興味，再以詩歌創作特有的手法與體式表現之。這就是杜甫所謂的「讀書破萬卷，下筆如有神」，徐復觀先生接著說：

> 「破」，即是我在這裏所說的化掉。把所讀的萬卷書都化掉了；這些書，不再是以其各個獨立的故事詞藻而存在，而是已化爲杜甫的才氣，與杜甫的才氣成爲一個統一體而存在。杜甫的才氣，才因此而眞正得到昇華；作詩，只從昇華的才氣中流出，自然下筆有神了。〔註 75〕

徐先生並以《西清詩話》中引杜甫之語云：

> 「作詩用事，要如禪家語，水中著鹽，飲水乃知鹽味。」水中著鹽，鹽是化在水中去了，無另外的痕跡可見。但雖無另外的痕跡可見，卻與未著的淡薄之味，迥然不同，只要飲水的人便可領略得到的。〔註 76〕

杜甫讀盡天下書，但不至於「以學問爲詩」，那是他善於領會與運用的關係，融化學問典故於眞情眞景中，元氣淋漓，自然眞切。黃山谷在〈答洪駒父書〉中說：

> 老杜作詩，退之作文，無一字無來處，蓋後人讀書少，故謂韓杜自作此語耳！古之能爲文章者，眞能陶冶萬物，雖取古人之陳言，入於翰墨，如靈丹一粒，點鐵成金也。

老杜與退之讀書多，但更重要的是他們能培養出一個深遠有力、陶冶萬物的心靈，所以創作時，古人的陳言通過此心靈之運作，將能變化出新生命來。是故山谷「無一字無來處」的本意，並非要在每個字的來歷處認識杜詩的價值，而在於他能化掉來歷，以自己的語言表現眞性情處認取其價值。這也是山谷所言：

> 子美詩妙處，乃在無意爲文。夫無意而意已至。〔註 77〕

〔註 75〕同 74。

〔註 76〕同 74。

〔註 77〕《苕溪漁隱叢話》前集卷六引黃山谷的《大雅堂記》。

無意於文，是說明杜甫的作詩，乃基於抒情之必然而生的創作衝動，並不是爲文而造情。並且「無意」而又能「意已至」，這便是來自於他博學廣聞，透徹消化於才氣的表現能力，使得其詩似有神助。他在詩作中也提及了這樣的情形：

詩成覺有神。(〈獨酌成詩〉)

詩應有神助。(〈遊修覺寺〉)

對此融心神，知君重毫素。(〈江上値水如海勢聊短述〉)

昔別子未仕，人言詩有神。(〈庚辰三月上旬登白門閑望〉)

而北宋詩壇過於強調讀書窮理，往往使學詩者以爲多讀書者，詩就可以寫得好。本意並無可置啄，但許多人在讀書窮理時沒有深刻的悟入，往往止於了解層面而已。將知識道理視爲外在之物，而在創作時，也沒有拿穩興會吟詠的詩歌本質，將知識道理直接用於詩歌內涵，於是各種知識、典藉材料、書冊上的字詞常常橫置於詩中，既失去詩歌特有的情趣興味，也失去詩歌「言有盡而意無窮」的表達方式，造成以學問爲詩，以議論爲詩，以文字爲詩的結果，所以到了南宋，嚴羽不得不出來糾正並指示作詩的方法，使詩歌的創作能回歸本宗，也使讀書窮理眞正有益於詩道：

夫詩有別材，非關書也；詩有別趣，非關理也。然非多讀書，多窮理，則不能極其至。所謂不涉理路，不落言筌者，上也。詩者，吟詠情性也。盛唐諸人惟在興趣，羚羊掛角，無跡可求。……近代諸公乃作奇特會，遂以文字爲詩，以才學爲詩，以議論爲詩，夫豈不工，終非古人之詩也。蓋於一唱三嘆之音，有所歉焉。且其作多務事，不問興致；用字必有來歷，押韻必有出處，讀之反覆終篇，不知著到何在。〔註 78〕

嚴羽強調的是一種悟入的功夫，要求讀前人已成的詩作，尤其要熟讀，醞釀胸中，久之自然悟入。熟讀是很實在的工夫，如此自能熟悉

〔註 78〕同註 54。

詩歌的體式，久而有所得，便可悟入作詩之道，了解作者作詩技巧及表現方法，有裨補於創作。因為熟讀前作並不意謂「摹倣古人」，而是用來「參悟古人」的。

後山的「學詩如學仙，時至骨自換。縹緲鴻鵠上，眾目焉能玩？」已在嚴羽之先提出。張健先生認為後山此言是嚴羽禪喻說的先聲。〔註79〕而我們於此可作一大膽的假定，這是受杜甫「讀書破萬卷，下筆如有神」、「作詩用事，要如禪家語，水中著鹽，飲水乃知鹽味」的觀念所啓發。

學仙成佛，都不外由漸而頓的參悟。這也是學習過程中的兩個階段、兩個境界。擬之學詩，熟讀前人作品是漸悟，讀之既久，涵養漸深，即能頓悟，也就是悟入。而後山的「時至」喻漸悟，「骨自換」喻頓悟。只此二語，學詩的原理和過程都已包涵在內了。然後再以「縹緲」一詞形容它高遠的意態，這是學仙的結果，是才學融合的湧現，非「眾目」所能具。後山以其苦吟的作詩態度，和「學仙」之說並不相違，其所謂「換骨」云者，實是火候到的境界。誠如郭紹虞先生說他：

> 「學詩如學仙，時至骨自換」。工夫深時，自然能換骨的。這雖以學仙為喻，但亦未嘗不是禪宗的方法。……詩與仙禪也可謂是同一關鍵，其工夫全在一「悟」字。〔註80〕

後山這種創作觀可說為宋人開創了新境界，這和山谷所謂的「換骨法」是毫不相干的。也影響了呂居仁「流轉圜美如彈丸」的「活法說」的提出、曾幾清新活潑的藝術表現。後山在詩話中云：

> 淵明不為詩，寫其胸中之妙耳。
>
> 胸中歷歷著千年，筆下源源赴百川。(〈送蘇迨〉)

後山著重詩在暢寫胸中之妙，直抒塊壘，甚至將「胸」與「筆」渾融為一，使筆下能源源抒盡胸中事。所以他認為詩能妙抒胸中事，然此

〔註79〕張健先生《宋金四家文學批評研究．陳師道的文學批評》中「第三章詩論、第二節學詩如學仙」，聯經出版事業公司，頁248。

〔註80〕郭紹虞先生《中國文學批評史》、「從江西詩人到陸游江夔」，頁219。藍燈文化事業股份有限公司。

並非力學可達。他在詩中說：「詩非力學可致，正須胸度中泄爾」，癥結在一「力」字。「力學」有生吞活剝或不得其法的強學之意，其終將遠離詩趣。後山在學詩的問題上主張要廣泛吸收前人詩作，並不是反對學，但反對不得其法的強學故作。所以他在詩話中說：

詩欲其好，則不能好矣。王介甫以工，蘇子瞻以新，黃魯直以奇，而子美之詩，奇常、工易、新陳，莫不好也。

有諸中而後發乎外，水到然後渠成。僅僅力學，無以成就。可見「時至」未必骨換，「時至」是必要的條件，而非充分條件。〔註 81〕即使是大家，亦不能免於此失。而杜甫元氣淋漓，隨物賦形，無意爲詩而意已至，乃由於他多讀書之餘，能把學問化到自己的生命才氣之內。除此之外，形成杜甫創作衝動的根源，也是因爲他將整個生命，投入於對時代無可奈何的責任感之中，在不斷地向人生社會的內部沈潛的過程，此情此景的結合之下，杜詩的形相是「大」，是厚重，是深沈。而後山在「詩非力學可致」之後，又說「正須胸度中泄」，則意思又多一層，即關心世間萬事，輔以力學，乃能成好詩，學仙非只是茫然作功夫而已。

四、詩之所由發生

詩之所以發生的問題在杜甫與後山以前的詩學理論即爲人所提及，例如〈毛詩關雎序〉云：

在心爲志，發言爲詩。情動於中而形於言。〔註 82〕

把詩之所以發生的緣由點出，但並無說明情何以會動，至於陸機始言：

遵四時以歎逝，瞻萬物而思紛；悲落葉於勁秋，喜柔條於芳春。〔註 83〕

認爲情意的發生與四季的淪胥和景物的更替有關，此即鍾嶸〈詩品序〉中所云：

〔註 81〕同註 79。

〔註 82〕《毛詩註疏》，卷一之一，藝文印書館。

〔註 83〕見《文選》，卷十七〈文賦〉，藝文印書館。

> 氣之動物，物之感人，故搖蕩性靈，形諸舞詠。

劉勰《文心雕龍》亦云：

> 人稟七情，因物斯感，感物吟志，莫非自然。(〈明詩篇〉)
>
> 登山則情滿於山，觀海則意溢於海，我才之多少，將與風雲而並驅矣。(〈神思篇〉)

莫不是具體說明自然界的一切足以引發詩文的創作，後山也見及詩之發生與外在景物的牽引有密切的關係：

> 蓄縮濤波復二川，奪目光華開秀句。(〈送歐陽叔弼知蔡州〉)
>
> 深院繁枝別得春，從此詩翁有新語。(〈和參寥明發見鄰家花〉)
>
> 梅柳作新詩興動。(〈送歐陽叔弼知蔡州〉)
>
> 若爲借與春風看，無限珠璣咳唾中。(〈嘲秦觀〉)

以上所引皆是後山認爲詩的發生受景色變換的影響，然而，詩興之動，有時不是由於面對自然景物，而是心中作詩的情思紛至沓來的影響，所以後山在言及「詩興之來」時，又引申出一段翻案文章：

> 待萬物而後才者，猶常才也。若其自得於心，不借美於外，無視聽之助，而盡萬物之變者，天才之奇才乎！(〈顏長道詩序〉)
>
> 疾置送詩驚老醜，坐曹得句自清新。興來不假江山助，目過渾如草木春。(〈寄杜擇之〉)

看似與上說的詩之興乃景物之牽引相矛盾，其實不然。今人范月嬌對於此點，有合理的解說：

> 後山言興之來，顯然有兩個層次，一個層次是面對景物，性靈爲之激蕩，於是有詩；另一個層次是平日已飽滿江山景物之助，但在寫詩時，情思雜遝而來，若不假物，其實平日飽蘊之景物，已在其中發酵矣。〔註84〕

後山所言的第二層次，實爲千古的高論，然而在後山以前的杜甫已發此言。前面我們所談的「悟入」和詩興之動有密切的關係。後山所論，

〔註84〕見范月嬌《陳師道及其詩研究・第三章陳師道的詩論》「第二節、第一點論詩的發生」，頁165。文史哲出版社印行。民國77年6月初版。

乃由杜甫讀書窮理、詩興有神助的觀點啓示而來。何以得之，以下試說明之：

詩是如何發生的？對杜甫而言，一方面是歷經現實的苦難，使他詩興多，他曾道：

曾爲掾吏趨三輔，憶在潼關詩興多。(〈峽中覽物〉)

這是他晚年在夔州回憶安史之亂中收京之後，出爲華州司空參軍的一段遭遇，在兵荒馬亂的年代，複雜多變的現實生活刺激著杜甫，使得他「詩興多」，寫出了「三吏」、「三別」等深刻反映現實的詩篇。而詩的發生，另|方面是由外在景物的刺激而起創作衝動，這是我們前面所言自然的一切皆可興發詩文的創作。杜甫在〈西閣曝日〉中所說「即事會賦詩」即謂在平常的生活中，登高望遠，賞花閱鳥，亦可以有詩興，所以杜甫又說：

東閣觀梅動詩興，還如何遜在揚州。(〈和裴迪登南州東亭見寄〉)

有了詩興，自然能成詩。所以杜甫在詩中，不乏告知讀者他作詩的情況及動機：

天將有雨，他有詩：「片雲頭上黑，應是雨催詩。」(〈陪諸貴公子丈八溝攜妓納涼，晚際遇雨二首〉之一)

坐在草上，由玉華宮的殘破荒涼而悲悽美好事物的易逝，生命的短暫，而有「憂來藉草坐，浩歌淚盈把。」(〈玉華宮〉)

見貧賤患難中，相隨自己已久的病馬，而有詩：「物微意不淺，感動一沈吟。」(〈病馬〉)

當歡筵之際，他有詩：「當公賦佳句，況得終清宴。」(〈石硯〉)

見急雪回風，愁緒滿懷，彷若與嚴寒的天地融合爲一，而有詩：「戰哭多新鬼，愁吟獨老翁，亂雲低薄暮，急雪舞回風。」(〈對雪〉)

諸如此例，不勝枚舉，從以上所述，杜甫寫詩是在各種情況下進行的，他在〈西閣二首〉之二中說：

詩盡人間興，兼須入海求。

是謂世間一切皆詩，超越時空，古往今來，這又須發揮想像來抒寫詩篇了。楊倫《杜詩鏡銓》註此詩時引宋、張戒《歲寒堂詩話》謂杜甫：

> 在山林則山林，在廊廟則廊廟，遇巧則巧，遇拙則拙，遇奇則奇，遇俗則俗，一切物，一切事，一切意，無非詩者。故曰：吟多意有餘。又曰：詩盡人間興。誠哉是言。

可見杜甫以爲世間一切皆可爲詩。而我們所欲探討的核心問題，當繫他的「詩興」和「有神」的說法。這兩者的關聯如何，杜甫曾將之聯繫而說：

> 感激時將晚，蒼茫興有神。（〈上韋左丞相二十韻〉）
>
> 詩興不無神。（〈寄張十二山人彪三十韻〉）

這樣的說法，要比他的「讀書破萬卷，下筆如有神」是又進一步了。金啓華先生對此有一透闢的說明：

> 「讀書破萬卷，下筆如有神」的「有神」，只是在古人作品影響下的「有神」，而這裡則是受客觀事物的刺激，引起「詩興」，寫來「有神」，說得才全面。杜甫也曾道及客觀事物的刺激，使得他「下筆如有神」。他曾道「醉裏從爲客，詩成覺有神」（〈獨酌成詩〉）；又曾道「詩應有神助，吾得及春遊」（〈遊修覺寺〉）；又曾道「揮翰綺繡揚，篇什若有神」（〈八哀詩・汝陽郡王璡〉）。這是杜甫認寫詩「有神」，要有生活的論調，和「讀書破萬卷，下筆如有神」的說法，是可以相輔相成。〔註 85〕

金先生之說實已融和了「詩興」和「有神」說，即謂詩之所由發生乃由讀書窮理「悟入」而來，而後山所說的詩興之發「不假江山助」，乃是平日勤訪詩書，胸中博識；筆下才力，涵養已足，自然能下筆源源不絕，是由杜甫「讀書破萬卷，下筆如有神」而來。如果學問見識不豐，自然詩境不能入神。學與識，一得於勤讀，一得自經驗；一求諸古，一求諸己，皆爲內省的工夫，若能多讀書多閱世，則下筆自然有神助。

綜合前面所述後山宗杜之內因，可知後山學杜幾乎是全面性的，從作詩態度、詩格、規矩都有杜詩的法門在，他在論詩方面也受自杜

〔註 85〕金啓華先生《杜甫詩論叢》，上海古籍出版社印行。

甫的影響。談及理論之餘，我們也必須從其創作實踐中去探究後山宗杜的實質表現。

後山宗杜的表現從字法、句法、結構到詩格、詩意、思想內涵，甚至人格胸襟都在學習之列，以下四、五章我們分就形式技巧與內涵風格兩方面來看。

第四章 後山宗杜之形式技巧

後山宗杜，形式技巧是他的活力所在，後山追求的「語少而意廣」、「以故為新」、「以俗為雅」、「寧拙毋巧、寧樸毋華」、「詩好聲生吻」等理論，也可說是在形式技巧方面宗杜所領悟的詩法。通過這些理論，將形式技巧與內涵風格二者統而為一，也形成了後山在內涵風格上的獨特面目，關於此部分我們在第五章中再行探討，在此我們要探究的是後山在形式技巧上宗杜的實質表現。

本章試圖從後山在形式技巧方面宗杜的根本，即語言的運作與發展、句法的使用、結構的安排、聲律的選擇等創作實踐出發；全面的純由形式技巧上的建構去考察後山所執持的詩學論點之存在經驗，並賦予它創作與理論二者合一的實質價值。

第一節 語少而意廣（益工）——鍛鍊

後山詩中一個顯著的特點是善於精鍊濃縮，以極簡鍊的字句表達了豐富的意涵，故他的詩需細細品味，不是一讀即可明白其中用意的。元代劉壎對後山此點評價云：

> 後山翁之詩，世或病其艱澀，然其揫斂鍛鍊之工，自不可及。如云：「人情校往復，屢勉終相遠。一詩已經年，知子不我怨。」又云：「去遠即相思，歸近不可忍。……凡此皆語短而意長，若他人必費盡多少言語摹寫，此獨簡潔峻峭，

而悠然深味，不見其際，正得費長房縮地之法，雖尋丈之間，固自有萬里山河之勢也。凡人才思汎濫者，宜熟讀後山詩文以藥之。(《隱居通議》，卷八)

後山在創作實踐上正身體立行「語少而意廣」這五個字，在字句上力求簡鍊，省去一切多餘的詞語，以達到「語簡而意工」的境地，方回在《律髓》，卷四十七〈釋梵類〉中評後山〈別寶江主〉詩云：

讀後山詩，語簡而意博。

後山此舉，無疑是受了杜甫的啓示，他在《後山詩話》中提及這項理論皆以杜句爲例：

王摩詰云：「九天閶闔開宮殿，萬國衣冠拜冕旒。」子美取作五字云：「閶闔開黃道，衣冠拜紫宸。」，而語益工。

世稱杜牧「南山與秋色，氣勢兩相高」爲警絕。而子美才用一句，語益工，曰「千崖秋氣高」也。

余登多景樓，南望丹徒，有大白鳥飛近青林，而得句云：「白鳥過林分外明。」謝朓亦云：「黃鳥度青枝。」語巧而弱。老杜云：「白鳥去邊明。」語少而意廣。余每還里，而每覺老，復得句云，「坐下漸人多」，而杜云「坐深鄉里敬」，而語益工。乃知杜詩無不有也。

後山是主張「語少而意廣」，他一再推許杜甫「才用一句，語益工」、「語簡而語益工」，杜甫詩句凝鍊深廣，即在「語少而意廣」的比較中顯示出來了，而鄭騫先生說：「後山一生作文作詩，所追求的就是這五個字。」，〔註1〕後山極力法杜，學杜甫凝鍊字句，以達一句多意，這是一項很重要的詩學原則。

後山如何在詩歌中追求「語少而意廣」呢？即是重鍛鍊，這點是從杜甫創作實踐學習而來。杜詩的技巧，是句法的變化和鍊字的精當。而句子乃合數字以爲一義，所以句法和字法是相連的，此所以王

〔註1〕鄭騫先生〈再論陳後山詩中的黑雲黃槐白鳥〉，《中外文學》第三卷第六期。

士禎《師友詩傳錄》云：

詩須篇中鍊句，句中鍊字，此所謂句法也。

因字生句，句法的變化和鍊字極有關係，因此在談句法之前，我們先談字法的鍛鍊。鍊字在杜詩的技巧上佔有重要的地位，也是他之所以能精切地表達詩歌內容的重要手段。後山在此深受杜甫的影響，以下茲分鍊字與鍊句兩方面來談。

壹、鍊 字

一談到「鍊字」，即使人想到「吟安一個字，撚斷數莖鬚」的苦吟，把鍊字與雕琢斧鑿、奇險詭譎的風格觀念相聯繫。然而，杜甫「語不驚人死不休」的理想，決不只重「一字一句的未嘗輕發、月鍛季鍊」而已；而是通過艱苦的藝術剪裁到達從心所欲的自然化境，即方東樹《昭昧詹言》所言：

學詩必先用力，久之不見用力之痕，所謂「炫爛之極，歸於平淡」。

所以這種對字法的鍛鍊、句法的刻意追求與作品渾涵自然的藝術風貌，在杜甫的詩中是不相違逆且統於一體，胡應麟《詩藪》內編卷五云：

老杜字法之化者，如「吳楚東南坼，乾坤日夜浮」、「碧知湖外草，紅見海東雲」，「坼」、「浮」、「知」、「見」四字，皆盛唐所無也。然讀者但見其宏大而不覺其新奇……句法之化者，「無風雲出塞，不夜月臨關」、「露從今夜白，月是故鄉明」、「江山有巴蜀，棟宇自齊梁」、「近淚無乾土，低空有斷雲」之類，錯綜震蕩，不可端倪，而天造地設，盡謝斧鑿。

胡氏所謂「化」，就是不露痕跡，藏奇字於渾涵之中，這是經過千錘百鍊而達到渾涵一體的自然統一。杜甫鍊字，始靠自覺而終以神遇。王安石《鍾山語錄》中云：

「無人覺來往，疏懶意何長。」下得「覺」字大好。足見吟詩要一字、兩字工夫也。〔註 2〕

〔註 2〕見方深道《諸家老杜詩評》，卷一引《鍾山語錄》。

范溫《詩眼》中云：

> 好句須好字，……老杜〈畫馬〉詩：「戲拈秃筆掃驊騮。」初無意於畫，偶然天成，工在「拈」字。

詩中的好字，是鍛鍊的結果，在一句之中顯明突出全句精神的字眼，例如杜詩句中「覺」字準確生動地捕捉杜甫對草堂幽靜純淨、無人往來的意境。「拈」字顯現出韋偃畫馬偶然天成、技藝高超的狀貌。類此字眼，便是宋人所謂的「詩眼」，杜詩中的「詩眼」常爲宋人所提及重視，例如林之奇《拙齋文集》，卷二引呂居仁的意思云：

> 紫微云：句中有要有眼，非是要句句有之，只一篇之中一兩句有眼，便是好詩，老杜詩篇篇皆然。

元代楊載的《詩法家數》曾說：

> 詩要鍊字。字者，眼也。如老杜詩：「飛星過水白，落月動檐虛」，煉中間一字。「地坼江帆隱，天清木葉聞」，煉末後一字。「紅入桃花嫩，青歸柳葉新」，煉第二字。非煉「歸」、「入」字則是兒童語。又曰：「暝色赴春愁」，又曰：「無因覺往來」。非煉「赴」、「覺」字，便是俗詩。

杜詩造句所以有力而振人精神者，多在句中一兩個字下得精當。詩眼所在的位置多半爲句法轉折所在，即句子的關鍵處，既爲關鍵處自然重要。句中最有表現力的那個字如果下得適當，即能發揮承上啓下的作用，使整句詩天成流轉。杜甫所鍊之字，常和客觀景物密切聯繫，有時幾乎是事物本身的內在或外在動作，而被詩人所引發出來的。

宋代詩人受杜甫的影響，從黃山谷、韓子蒼、後山、范溫、呂居仁到方回，都有「詩眼」的理論。後山宗杜，對字眼十分講究，他有關這方面的說法來自張表臣《珊瑚鉤詩話》：

> 陳無己先生語予曰：「今人愛杜甫詩，一句之內，至竊取數字以髣像之，非善學者。學詩之要，在乎立格、命意、用字而已。」予曰：「如何等是？」曰：「〈冬日謁玄元皇帝廟〉詩，敘述功德，反復伸意，事核而理長；〈閬中歌〉，辭致峭麗，語脈新奇，句清而體好；茲非立格之妙乎？〈江漢〉

詩，言乾坤之大，腐儒無所寄其身；〈縛雞行〉，言雞蟲得失，不如兩忘而寓於道；茲非命意之深乎？〈贈蔡希魯〉詩云：「身輕一鳥過」，力在一「過」字；〈徐步〉詩云：「花蕊上蜂鬚」，功在一「上」字；茲非用字之精乎？學者體其格，高其意，鍊其字，則自然有合矣，何必規然髣像之乎？」（卷二）

後山所言的「體其格，高其意，鍊其字，則自然有合矣，何必規然髣像之乎？」即認爲學杜之鍊字，不能僅停留在字斟句酌上的規規然相若，而且要體會其中的格調風範、發揚其中的深意遠韻。對整首詩有了透徹的了悟之後，最後則「自然有合」。這「自然有合」即謂杜甫鍛鍊精工卻能與渾涵自然統一，後山所求，怕也是這樣吧！在他的理想中，學杜甫之鍊字、鍊句，最終的目的即是鍊意。換言之，不只在用字用句上去揣摩，更在體裁風格上求其逼眞。他所謂的「事核而理長」、「句清而體好」皆謂之。

而後山在鍊字方面如何受杜甫的影響呢？我們可從鍊色字、數字、虛字等方面來看。

一、鍊色字

色彩出現在作品中，往往吸引讀者的視覺，創造出與所要表達的情思融和的意象。

後山與杜甫皆善用色彩字以創造詩中鮮活的意象。鄭騫先生從後山詩句「黑雲映黃槐，更著白鳥度」和「黑雲黃槐度白鳥，映日急雨回斜風」提出後山喜用顏色字是受杜甫的啓示，〔註3〕而後山對色彩的選擇也與杜甫的喜好相近。後山多用「清雅樸素」的顏色字，巴壺天先生亦以「色淡」爲後山詩之特色，〔註4〕清人陳衍亦云：

詩貴風骨，然亦要有色澤，但非尋常脂粉耳；亦要雕刻，但

〔註 3〕鄭騫先生〈從陳後山詩中的黑黃白說起〉，《中外文學》第三卷第五期。

〔註 4〕巴壺天先生〈陳師道〉一文，收入《中國文學史論集》二卷，中華文化出版事業委員會發行。

> 非尋常斧鑿耳。有花卉之色澤，有山水之色澤，有彝鼎圖書種種之色澤。王右丞，金碧樓臺山水也；陳後山，淡淡靛青巒頭耳；黃山谷則加赭石，時復著硃砂：陳簡齋欲自別於蘇、黃之外，在花卉中爲山茶、蠟梅、山礬。(《石遺室文集》)

陳氏以「淡淡靛青巒頭耳」爲後山詩作中用色的代表，可見著淡色實爲後山詩的一大特色。

據今人李致洙的統計，後山最常用的顚色字是白、青、黃，尤以「白」字爲最多，在配色方面，也喜歡以白色爲主，而配以其他顏色。〔註5〕據潘麗珠女士的統計，杜詩中常運用的顏色字是「白」，其次是「青」，第三是「黃」，尤其用「白」、「青」是至終未曾改變的習慣。〔註6〕

後山和杜甫在顏色字的選擇偏好上取得共同點。一個人對顏色字的偏好，大致與其生活遭遇及性格思想有關係，除此之外也與其所深嗜熟讀的作品所受到的啓示、影響有關。後山與杜甫在詩中對顏色的經營，不約而同的偏好白、青、黃三色，除與其內心世界、人格精神有著照應的關係外；亦與其熟稔杜詩所受影響有關。

在杜甫和後山詩作中的「白」字，有雨種指涉的用法：用於「白髮」、「白首」、「白頭」等字，多是抒發歎老嗟悲的孤寂感、對歲月消逝的無奈感。例如後山詩中：

> 百年雙白鬢，萬里一秋風。(〈送吳先生謁惠州蘇副使〉，《冒箋》，卷四)
>
> 青衫作吏非前日，白首論文笑後生。(〈寄亳州林待制〉，《冒箋》，卷四)
>
> 少年行路今頭白，不盡還家去國情。(〈寄晁載之兄弟〉，《冒箋》，卷四)
>
> 昔別青衿子，今爲白髮翁。(〈送張衡山〉，《逸詩箋》，卷上)

〔註5〕李致洙《陳後山詩研究》，台大中文研究所71年碩士論文。

〔註6〕潘麗珠女士〈杜詩中的顏色字探究〉，收入《唐代文化研討會論文集》。

白頭厭奔走，何地與爲鄰。(〈別鄉舊〉，《冒箋》，卷十一)

在杜甫詩中：

自知白髮非春事，且盡芳樽戀物華。(〈曲江陪鄭八丈南史飲〉，卷四)

綠樽須盡日，白髮好禁春。(〈奉陪鄭駙馬韋曲二首〉之一，卷四)

故人有佳句，獨贈白頭翁。(〈奉答岑參補闕見贈〉，卷四)

出門搔白首，若負平生志。(〈夢李白二首〉之二，卷五)

素交零落盡，白首淚雙垂。(〈過故斛斯校書莊二首〉之二，卷十一)

其次，二人又常以「白鷗」、「白鳥」、「霜雪」託意附情，以象徵其高潔的人格，在後山詩中處處可見：

青林無限意，白鳥有餘閑。(〈後湖晚坐〉，卷四)

遙知丹地開黃卷，解記清波沒白鷗。(〈寄侍讀蘇尚書〉，卷四)

身將白鳥同歸日。(〈絕句〉，《逸詩箋》，卷下)

雪餘蓋地白，春淺著梢紅。(〈次韻無斁雪後二首〉之二，卷五)

子女玉帛君所餘，寄聲白鳥煩多謝。(〈出清口〉，卷二)

送往開新雪又晴，故留臘白待春青。(〈雪後〉，卷八)

後山以之象徵其孤高耿介的性格，寧死不肯一絲污穢沾身；正如杜甫的人格，完整合一，始終堅持著對家國、人民不渝的愛，在杜甫詩中可見，摘錄二三如下：

君不見黃鵠高於五尺童，化爲白鳧似老翁。(〈白鳧行〉，卷二十)

白羽曾肉三狻猊，勇決豈不與之齊？(〈王兵馬使二角鷹〉，卷十五)

黃鸝並坐交愁溼，白鷺群飛太劇乾。(〈遣悶戲呈路十九曹長〉，卷十五)

同時，爲了突出色彩的魅力，詩人常常把具有色彩的字，放在句子的前面，使它首先吸引住人的視覺，而顏色字置句首，多是倒裝句法，因爲與一般語法有異，故能造成語力奇崛，氣勢強盛之效果；此外，顏色字出現就能使色澤鮮明生動，直貫全句。在這方面，杜甫提供了良好的典範，范晞文《對床夜語》云：

> 老杜多欲以顏色字置第一字，卻引實字來：如「紅入桃花嫩，青歸柳葉新。」是也；不如此，則語既弱而氣亦餒。他如，「青惜峰巒過，黃知橘柚來。」「碧知湖外草，紅見海東雲。」「綠垂風折筍，紅綻雨肥梅。」「紅浸珊瑚短，青懸薜荔長。」「翠深開斷壁，紅遠結飛樓。」「翠乾危棧竹，紅膩小湖蓮。」「紫收岷嶺芋，白種陸池蓮。」皆如前體。若「白摧巧骨龍虎死，黑入太陰雷雨垂。」益壯而險矣。

杜甫這些詩句因用了許多顏色字，顯得相當富麗明豔、當然，此種句式的產生，也來自對生活的深切感受。如「青惜峰巒過，黃知橘柚來。」（〈放船〉），向爲人所樂道，就因爲它準確生動而且相當細緻地表現了詩人放船嘉陵江，對飛馳而過的兩岸景色的感知過程。因舟船迅速，應接不暇，看到一派青翠，而船行已過，回頭一看，始知爲一片峰巒。便愛惜峰巒由船前過去；看到遠遠一片金黃，愈走愈近，才知道成熟的橘柚將迎面而來。自然是首先看到青色、黃色，船行近之後，才能確定是峰巒和橘柚。使人感到這種描寫不是「過於出奇」，而是「遇物而奇」，所以，讀來倍感眞實親切。又如，「碧知湖外草，紅見海東雲。」（〈晴二首〉其一）看到碧色，知道是湖外草綠；看到紅色，知道是東方海上的雲霞。正是由草碧，想到湖外，由雲紅而望入海東。（《讀杜心解》）

「綠垂風折筍，紅綻雨肥梅」（〈陪鄭廣文游何將軍山林十首〉），色綠而下垂的是被風吹折的嫩竹，色紅而飽滿的是經雨洗潤的肥大梅子。「紅浸珊瑚短，青懸薜荔長。」（〈觀李固請司馬弟山水圖三首〉其三）紅色浸在水中的是短短的珊瑚，青色懸垂的是長長的薜荔。最高明的句子是「白摧巧骨龍虎死，黑入太陰雷雨垂。」黑白的強烈對比，加上倒裝句法的益壯而奇險，令人心驚動魄。

以上這些詩句給色彩字以突出的地位，使它首先吸引人的視覺，後山在這點也受杜甫的潛移默化，在後山詩集中摘錄數則以見大概：

> 青林無限意，白鳥有餘閑。（〈後湖晚坐〉，卷四）

首先突顯蓊鬱的青林，似懷有無限情意，矚目白鳥，顯得從容悠然而有餘閑。二句帶有擬人化色彩，「青」之一色因蓊鬱深沈，給人情意無限之感；「白」之一色象徵淡泊純潔，詩人在此表達自己悠閒的情懷。

紅落芙蕖晚，青深蒲稗秋。(〈巨野二首〉之一，卷二)

紅色的芙蕖零落，蒲稗發青，一切象徵秋的訊息。

青奴白牯靜相宜，老罷形骸不自持。(〈齋居〉，卷三)

以青色的涼寢竹器和白角簟揭開詩意，立刻予人齋居生活的悠閒逸趣，也可見後山所追求的是諧和寧靜的視覺世界，絕少瑰麗、熾熱、奇拔的境界。

青衫作吏非前日，白首論文笑後生。(〈寄亳州林待制〉)

以「青衫」和「白首」為詩句的起始，以見詩人心情不同於昔時，並自嘲將見笑於後生。白首的零落孤寂，加以青衫所含的地位卑下、生計艱難之意，詩人情鬱於中的悲懷更不言而喻。

綜合上述，可知後山愛用色彩字乃受自杜甫的啓示，為實踐其「語少而意廣」的詩學觀點，將自然界的各種光景色彩，擇其所需的取入詩中，可使視覺意象更鮮明逼眞，從而更精鍊而具體地反映客觀事象、物象或抽象情感，這是達到「語少而意廣」的一個途徑。

二、鍊數字

以數字入詩，如果用得適當，會使形象鮮明，詩味濃醇。或以一大一小的數字對舉，可收達詩意頓挫的效果。杜甫在詩中已屢屢用及，後山使用亦甚普遍。

杜甫〈百憂集行〉前六句是：

憶十五年心尚孩，健如黃犢走復來。庭前八月梨棗熟，一日上樹能千回，即今倏忽已五十，坐臥只多少行立。

六句之中數字已五見，講的事件有二：一是十五歲時的事，步履矯健如黃犢走復來，且一日上樹能千回；一是五十歲時的事，這時坐臥只多少行立，已經步履維艱了。十五歲和五十歲的前後對比，景況截然，三十五年歲月彈指而過了。通過一連串的數目字，就使下面「強將笑語供主人，悲見生涯百憂集」的現實情景，倍覺感人。

又如〈登岳陽樓〉：

親朋無一字，老病有孤舟。

由「一」、「孤」的微渺，以「無」、「有」來對比，頓現情哀。由於世亂年荒，干戈不息，至使詩人與親朋之間音信不通，從浩渺的湖面，想到自己隨波漂流的孤舟無處歸宿，更加強了詩人無限淒涼沈痛。

〈石壕吏〉中：

吏呼一何怒，婦啼一何苦，聽婦前致詞：「三男鄴城戍，一男附書至，二男新戰死」。

通過老婦的口述，敘述三男的遭遇，描述老婦一家兄弟三人全部應征，二男戰死，正透過幾個堅實有力的數目，表現出安史之亂中人民的苦難。而吏呼的一何怒，婦啼的一何苦，二個「一何」的程度渲染，兩相對照，官吏的凶暴喝斥和老婦的悲傷啼泣更使人可以想見。

後山詩中也常用數目字，且用之甚夥，小至一始，大至數千萬。其使用的方式，或用於單句，或用於對舉，關於後山喜用數目字的情形，今人范月嬌、李致洙皆有詳盡的論述，〔註 7〕茲不贅述。

張秉權先生從後山與杜甫的慣用數字中，抽樣統計，認爲二人戠愛用的數字是「一」字，而加以斷言：

後山喜用「一」字，正如喜用顏色字一樣，都是受了老杜的啓示，祇是後山用得更多罷。〔註 8〕

後山使用「一」字，多半與「百」「千」「萬」對舉，一大一小的廣狹對比，使詩句的意象展現出兩重世界的穿插，更令人感受深刻。正如杜甫常用「一笑」、「一哭」、「一長望」、「一含情」、「一去紫臺」等表示動態的事狀和「千」、「萬」的數字，或「天地」、「乾坤」、「江湖」、

〔註 7〕見范月嬌《陳師道及其詩研究》、第四章第三節中談及用字者，文史哲出版社印行，頁 287。李致洙《陳後山詩研究》，第四章第二節中用數字者，頁 106，台大中文研究所 71 年碩士論文。

〔註 8〕張秉權先生《黃山谷的交游及作品》，第二章「五、陳師道」，香港中文大學印行，頁 79。

「滄浪」等含義深沈廣袤的字眼相對照，使詩句產生頓挫伸縮的效果。

數字是一種誇飾修辭的最便捷用語，大者可窮形盡相地誇張到無限大，小則可壓縮到無限渺遠幽小，數字無論用於時空或程度上的誇飾皆宜。在詩歌的寫作技巧上，單寫一個事物，往往不易顯示其特色，就須用陪襯或對比的映照，使感情的意象顯示出來。所以黃永武先生說：

> 大凡宇宙間的人情物態，其深淺、大小、晦明、苦樂等等的比例，常須兩相比較，始顯示出其明晰的概念。〔註9〕

在杜甫詩中，常用一大一小的比例映現，以收詩句頓挫的效果，使詩歌的感情更加突顯，後山宗杜，自然也深受此影響，正如張秉權先生所說：

> 就是這樣一大一小、一開一闔、一放一收的對比，達到了詩句的頓挫的效果，而詩的內涵也藉此突現了出來——即或詩歌的內涵比較貧乏的，也能藉著字面上的對照而做成一種豐滿的假象。

這是後山愛用「一」字的原因，也是他求字句的精鍊簡潔，以達到「語少而意廣」的一道門徑。

三、鍊虛字

虛字用來甚難，大凡詩人，皆知詩貴具體而忌抽象，要具體就要多用實字。實字多是名詞、動詞，忌用形容詞、副詞，因爲形容詞、副詞大都是抽象的概念，不易令讀者掌握到具體的意象，明代李東陽《懷麓堂詩話》，卷二云：

> 詩用實字易，用虛字難。盛唐人善用虛字，其開合呼喚，悠揚委屈，皆在於此。蓋詩之道，仍待虛字助語齊句，使氣韻圓轉，神理畢現，非惟盛唐爲然，而以盛唐爲最盛。用之最工巧妥帖者，則工部最優。〔註10〕

李東陽之論，乃以虛字之難爲，然善用虛字是杜詩的特色之一，杜甫常

〔註 9〕黃永武先生〈談意象的浮現——對比的陪襯〉，見《中國詩學設計篇》，巨流圖書公司印行，頁38。

〔註10〕《歷代詩話續編本》，木鐸出版社印行。

在詩中迭用眾人所忌的形容詞和副詞，以使詩句變化跌宕，寫意傳神。宋人對他善於運虛字的評論甚多，例如葉夢得《石林詩話》，卷中云：

> 詩人以一字爲工，世固知之。惟老杜變化開闔，出奇無窮，殆不可以形跡捕。如「江山有巴蜀，棟宇自齊梁。」遠近數千里，上下數百年，只在「有」與「自」兩字間。而吞納山川之氣，俯仰古今之懷，皆見於言外。《滕王亭子》:「古牆猶竹色，虛閣自松聲。」若不用「猶」與「自」兩字，則餘八言凡亭子皆可用，不必滕王也。此皆工妙至到，人力不可及，而此老獨雍容閒肆，出於自然，略不見其用力處。今人多取其已用字，模倣用之。

趙翼《甌北詩話》，亦發揮葉氏此意云：

> 杜詩五律究以「江山有巴蜀，棟宇自齊梁」一聯爲最，東南數千里，上下數百年，盡納入兩個虛字中，此何等神力。

杜甫用字工巧，能巧妙地運用虛字與意象生動清晰的實詞組合，使詩句變化跌宕，虛實相生。此乃宋人學杜鍊字的一項重要途徑，蓋范晞文《對床夜話》云：「虛活字極難下，虛死字尤不易。蓋雖是死字，欲使之活，此所以爲難。」〔註11〕在詩中欲下一靈活貼切的動詞已經不易，如果欲將其他詞性當作動詞使用就更爲困難了，然而杜甫死字活用的方法是變化單字詞性，例如把名詞或形容詞活用爲動詞，使這些被轉移詞性的詞蘊含著改變物體狀態的動力，表現出強勁有力的轉移氣勢，這種技巧，即前人所謂的「以實爲虛」、「死字活用」。〔註12〕

以虛字入詩，藉詞性的轉換來造成曲折的情趣，是宋人有意識地學杜的詩法之一。後山詩法源自杜甫，在其詩中亦好用虛字，胡應麟

〔註11〕《杜甫資料彙編》，明倫出版社印行。

〔註12〕洪仲曾舉杜甫的〈客夜〉詩：「入簾殘月影，高枕遠江聲」爲例說：「高枕對入簾，謂江聲高於枕上，此以實字作活字用。今按〈曉望〉詩：『高峰寒上日，疊嶺宿霾雲。』寒字亦同此例。」見《杜詩詳註》，卷十一引杜律注。又如杜甫的〈陪鄭公秋晚北池臨眺〉詩：「異方初豔菊，故里亦高桐。」王嗣奭指出：「豔菊、高桐，皆死字活用。」，見《杜臆》，卷六。

《詩藪》外篇卷五云：

> 宋之學杜者，無出二陳，師道得杜骨，與義得杜肉；無已瘦而勁，去非贍而雄；後山多用杜虛字，簡齋多用杜實字。

胡氏已言明後山和簡齋二人學杜各擅一場，後山善用杜甫的虛字，而簡齋善用杜甫的實字，不獨後山，江西詩人皆講究此法，基本上是承自杜甫，宋詩話中屢屢談及杜甫善用虛字的情形。因虛字入詩，句子變長則轉折的機會越大，思考越深，不必被限於只求意象的舖陳，虛字被認爲是「活字」，能夠把一首詩的精神變活；宋詩所謂的「活法」即以虛字入詩。凡律詩對仗，羼入虛字，讀之能跌宕往復，這是蘇、黃以後矯正西崑體飳飣板滯的詩法。

以下我們列舉杜甫和後山善虛字的例子，如杜甫的〈入喬口〉詩：

> 樹蜜早蜂亂，江泥輕燕斜。

將名詞轉作形容詞用。「蜜」字、「泥」字都是名詞，在這裏都轉作形容詞用，說樹像蜜一般的甜，江像泥一般的濁。用字簡潔，含義耐人尋味，句子乃生峭可喜。《誠齋詩話》說：「詩有實字，而善用之者，以實爲虛。」將蜜、泥二「實字」來「虛用」。又如杜甫〈暮歸〉詩的第一句：

> 霜黃碧梧白鶴棲。

這句詩的妙處，不止用了黃、碧、白三個鮮明的顏色字，而這個黃色，還兼含著「黃掉了」的動詞意義。

仇兆鰲曾舉二句杜甫的〈九日〉詩與李後主的〈九日〉詩相互比較，也提供了我們極佳的實例：

> 杜云：「苦遭白髮不相放，羞見黃花無數新！」李後主〈九日〉詩云：「鬢從今日添新白，花似去年依舊黃！」又覺杜生新而李平熟矣。（《杜詩詳註》，卷二十二）

杜詩所以比李詩來得「生新」的緣故，仇氏未曾作深入分析，黃永武先生於此有說明：「杜詩的上句將白髮擬成有心意的東西，這『不相放』三字比『添新白』更具動態的效果，其實杜詩的下句『羞見黃花無數新』的新字，由形容詞轉作動詞『新放』用，比直接用一個動詞

作『無數開』要新鮮得多。」〔註13〕

范晞文亦列舉杜詩中用虛字的例子，如「入天猶石色，穿水忽雲根」、「江山且相見，戎馬未安居」、「故國猶兵馬，他鄉亦鼓鼙」、「地偏初衣袷，山擁更登危」、「詩書遂牆壁，奴僕且旌旄」等，范晞文認為以上諸句皆是在一虛字上用功夫，所以「人到於今誦之」。〔註14〕

後山作詩用力於虛字上的安排極得方回的稱美，例如〈贈王聿修商子常〉詩云：

貪逢大敵能無懼，強畫修眉每未工。（逸詩卷下）

方回評之曰：「『能』、『每』字乃是以虛字為眼，非此二字，精神安在？善吟詠古詩者，只點綴一二好字高唱起，而知其用力著意之地矣。」（《瀛奎律髓》，卷四十二寄贈類）

又如〈別負山居士〉詩：

田園相與老，此別意如何？更病可無酒，猶寒已自和。高名胡未廣，詩興尚能多。沙草東山路，猶須一再過。（卷二）

方氏評之曰：「此詩全在虛字上著力，除『田園』、『沙草』、『山路』六字外，不曾粘帶景物，只于三四個閒字面上斡旋妙意，其苦心亦甚矣。」（《律髓》，卷六宦情類）

又如〈立春〉詩：

馬蹄殘雪未成塵，梅子稍頭已著春。巧勝向人眞奈老，衰顏從俗不宜新。高門肯送青絲菜，下里誰思白髮人。共學少年天下士，獨能濡濕轍中鱗。（逸詩卷下）

方氏評曰：「此詩虛字上獨著力拗斡。」（《律髓》，卷十春日類）

又如〈雪後〉：

送往開新雪又晴，故留臘白待春青。稍回松色伸梅怨，併得朝看與夜聽。已覺庭泥生鳥跡，遽修田事帶朝星。暮年功力歸持律，不是騷人故獨醒。（卷八）

方氏評之曰：「此詩第一句至第六句皆出格破體，不拘常程，於虛字

〔註13〕同註9，〈反常合道與詩趣——活用的詞性〉，頁256。

〔註14〕范晞文《對床夜話》，同註11。

上極力安排。」(《律髓》,卷二十一雪類)

後山詩中有許多用虛字成功的例子,再舉若干實例並稍加研析。如〈泛淮〉首二句:

冬暖仍初日,潮回更下風。(卷二)

這是副詞作動詞的例子,「仍」、「更」本是副詞,在這兒轉作「加上」、「又遇」的及物動詞含義使用,二句乃謂此次淮上之行,正趕上冬晴,天氣本來暖和,「加上」初日照臨,「又遇」退潮,順水順風。詩一上來描寫的旅途氣象,是和平、寧靜、溫暖,再以「仍」、「更」的加強作用,表現出詩人的心情暢適輕快。

老樹仍孤秀,秋蟾只獨明。(〈夜句三首〉之一,卷九)

「仍」、「獨」二字,更加強了夜的寂寥清冷,與詩人的愁悶心情相吻合。

深渚魚猶得,寒沙鴈自驚。(〈宿合清口〉,卷十一)

「猶」、「自」強烈地揭示詩人自傷的況味:魚潛藏於深水中,猶爲人所捕獲,寒寂的沙洲上,棲鴈也頻自驚起。雖是江上實景,也反映了詩人此際的感情。渚魚沙雁,都有自況的意味。

吾猶識此老,天豈喪斯文。(〈胡士彥挽詞二首〉之一,卷三)

用「猶」、「豈」二字,打破容易爲板滯的對仗之弊,強烈地懸示憐友之情。

除此之外,後山還有很多詩句是二虛字連用的,二虛字連用,最能使句法靈動流暢,如〈送秦覯〉第一:

欲行天下獨,信有俗間疑。(卷二)

〈答田生〉:

剩欲論奇字,終能諱秘方。(卷九)

方氏評之云:「所以詩家不專用實句實字,而或以虛爲句,句之中以虛字爲工,天下之至難也。後山曰:『欲行天下獨,信有俗間疑』,『欲行』、『信有』四字是工處。『剩欲論奇字,終能諱秘方』,『剩欲』、『終能』四字是工處。」,〔註15〕以下再舉這樣的例子以見其大概:

〔註15〕見方回《瀛奎律髓》,卷四十三〈遷謫類〉黃山谷〈十二月十九日夜

剩欲出門追語笑，卻嫌歸鬢逐塵沙。(〈春懷示鄰里〉，卷十)

「剩欲」是本想之意、「卻嫌」是又怕之意，二句是寫自己也想出游追尋笑語的機會，無奈又感到歸來後，鬢角上更會染上道路的塵沙，以二個連用的虛詞，顯示了詩人雖然處於貧困之中，仍保持了傲人的節操，不願在風塵中迷失自己。又如：

人事自生今日意，寒花只作去年香。(〈次韻李節推九日登南山〉，卷二)

「自生」、「只作」二連用的虛詞，頗有催加物是人非的感慨作用：時節易得，又是一年的重陽，菊花依舊開放，送來陣陣寒香；然而卻有感於「年年歲歲花相似，歲歲年年人不同」。又如：

老裏何堪病再來，愁邊不復酒相開。(〈臥病絕句〉，卷四)

冷眼尚堪看細字，白頭寧復要時名。(〈答晁以道〉，卷五)

老退不應稱敏捷，顏蒼寧復借紅酣。(〈答顏生〉，卷六)

忽忘朽老壓塵底，卻怪鳧鴻墜目前。(〈題明發高軒過圖〉，卷十二)

類此例子，在後山詩中比比皆是，茲不贅舉。詩中用虛字，可使詩句簡潔凝鍊，且有助於行氣，但用之不善，用之太過，則失之枯淡、晦澀，後山喜用虛字亦不免有此缺點，所以任淵於〈後山詩註〉卷首云：

讀後山詩，大似參曹洞禪，不犯正位，切忌死語，非冥搜旁引，莫窺其用意深處。

《詩林廣記》亦云：

後山之詩非一過可了，近於枯淡。

黃山谷〈贈陳師道〉詩云：

十度欲言九度休，萬人叢中一人曉。(《山谷詩外集》，卷十五)

儘管如此，善用虛字是後山詩的特長；枯淡而近於晦澀也成了後山詩的特色。

中發鄂渚曉泊漢陽親舊載酒追送聊為短句〉詩的評註。

貳、鍊　句

句法是構成體式的重要部份，也是形成詩歌風格的重要關鍵之一；後山在句法上乃深得杜甫之要，黃山谷在〈答王子飛書〉中云：

> 陳履常正字，天下士也。讀書如禹之治水，知天下之絡脈，有開有塞，而至於九州滌源、四海會同者也。其作詩淵源，得老杜句法，今之詩人，不能當也。(《豫章黃先生文集卷十九》)

周孚在〈題後山集後次可正平韻〉云：

> 嶷嶷陳夫子，高名天壤間。讀書能妙斲，行己有深閑。句法窺唐杜，文章規漢班。……(《蠹齋先生鉛刀編》，卷十)

杜詩的特色之一，是其「句法」，杜甫在句法上的多變開新，不但使唐詩飄逸清新的風格丕變，孕育了沈鬱頓挫的詩風，並致力於一句之中凝鍊多意，且對後世有了深遠的影響，後山即是一明顯的例子。由黃山谷與周孚二人之言參看，再分析後山在句法上與杜句相若處，可確知後山在句法上學杜甫的深刻，這是值得注意的。以下內容，我們將分析後山在句式和句法上有心學杜的實際表現。

一、句　式

句式是詩句中字數的安排方式，與詩意的段落轉折有關，也有助於詩中的音樂效果。

中國詩歌的五言詩的節奏，是以「二、三」型為常則；七言是以「四、三」型為正格。當五、七言詩在唐代成熟時，這種節奏便定型，成為五、七言詩最基本的句法程式。詩人寫作詩時，其構思必然是受這種程式的制約，並遵守這種法規來表情達意。

然而，在杜甫之時卻突破這種常規。杜詩中違反常規音節的現象不少，這一違反的修辭現象，卻造成了特殊效果；以下就對杜詩這一現象產生的原因及意義作簡要分析，也舉例說明後山在這方面表現的情形：

一是突出效果——

特殊句法在詩句中有奇特突出的效果。

在所謂的突破常規的例句中，最突出的或許是五言的「一、四」句、「三、二」句和七言的「一、六」句、「三、四」句。在此我們先將音節簡化為奇數和偶數來看，則這些突破常規者均是「奇偶」型節奏，與常規的「偶奇」型正好相反，所以矛盾立刻突顯。

而這類音節的出現，都與「奇音節」的詞有關，例如「一字頭」和「三字頭」。「一字頭」乃因漢字的單音詞具有獨立表達意思的能力，多是名詞、代名詞或形容詞。「三字頭」則大多是偏正式的名詞，是作者無法更動或有意省略的，如「白帝城」、「黃牛峽」、「神女峰」、「昭君宅」，因而「神女峰娟好，昭君宅有無」的句式即成「三、二」不合常規的音節了。

詞性的不可分離固然是造成特殊句式之因，而杜詩中此等現象更多是杜甫創造新語的結果，例如杜甫多欲以顏色置第一字，我們在前面談鍊字中顏色字時已引范晞文《對床夜話》言及了，在此僅以〈放船〉為例再說明特殊句法在整首詩中的突出效果：

> 送客蒼溪縣，山寒雨不開，直愁騎馬滑，故作放船回。青惜峰巒過，黃知橘柚來。江流大自在，坐穩興悠哉。

此詩本常見的「二、三」節奏，但五六句出以「一、四」句，平穩的節奏中頓生奇峰突起之感。這種句法像是旋律中的不協合之音，但是它的出現，實際實現了「不協和之協合」。這正是後山對杜甫稱揚的「遇物而奇」的修辭效果。後山亦能善用特殊句式以造成突出或加強的效果，如〈贈魯直〉詩：

> 相逢不用早，論交宜晚歲。平生易諸公，斯人眞可畏。見之三伏中，凜凜有寒意。名下今有人，胸中本無事。神物護詩書，星斗見光氣。惜無千人力，負此萬乘器。生前一尊酒，撥棄獨何易。我亦奉齋戒，妻子以為累。君如雙井茶，眾口願其嘗。願我如麥飯，猶足塡飢腸。陳詩傳筆意，願立弟子行。何以報嘉惠，江湖永相望。（逸詩箋卷上）

這是一首贈詩，乃後山為表達對黃山谷的景仰之情所寫，故不能以一貫平板的口吻行之，必須在關鍵處突出山谷的才學潛力，方足以顯示出其對後山的吸引。此詩的句式，多半是「二、三」式，惟「惜無千人力，負此萬乘器」一聯與「君如雙井茶」一句是「一、四」式，是詩中引人注意的突出點，呈現著後山對山谷的驚嘆。前五聯描述山谷人格的高潔與詩書的超妙，再以「惜無千人力，負此萬乘器」的「一、四」反常句式來囊括前五聯的內容，其後二聯述及他和山谷共同遭遇相憐之情，以「君如雙井茶」一句的反常突出效果，來展現山谷之於後山的影響。

二是頓挫效果——

無論是無意爲之或有意追求，詩中句法節奏的改變都使整首詩具有頓挫效果。明、李東陽在他的《懷麓堂詩話》中云：

> 長篇中須有節奏，有操有縱，有正有變。若平鋪穩布，雖多無益。唐詩類有委曲可喜之處。惟杜子美頓挫起伏，變化不測，可駭可愕，並其音響與格律正相稱。

「沈鬱頓挫」一詞，出自杜甫〈進雕賦表〉，後人借以概括杜甫詩風。隨著後人對此一概念的深入，一般用「沈鬱」概括其思想內涵，「頓挫」指代其藝術手法，二者合而形成其風格特徵。所以對「頓挫」的內容分析著眼於章句的開合變化，將相反對立的內容並列在一起，形成矛盾與衝突來展現出詩人的言外之意。但是若能從句式與音節的矛盾來探討其頓挫之法，也頗有一定的意義。例如〈小寒食舟中作〉的頷聯：

> 春水船如天上坐，老年花似霧中看。

此聯斷爲「三、四」式，將兩句看作是比喻，以喻詞爲斷，寫詩人在舟中的所見所感。春來水漲，江流浩漫，所以在舟中飄蕩起伏，猶如坐在天上雲間；詩人身體衰邁，老眼昏蒙，看岸邊的花草猶如隔著一層薄霧。「天上坐」、「霧中看」非常切合年邁多病舟居觀景的實景，讀來倍感眞切，而在眞切之中，又滲透出一層空靈漫渺，將詩人起伏不定的心潮帶出。這份起伏不定夾雜空靈漫渺，不只是老杜暗自傷老，也含蘊著時局動蕩不安，變幻莫測，不也如同霧中看花，難辨眞象。是杜甫以特殊句式來造成詩意沈鬱頓挫的效果的例子，使人驚歎詩人憂思之深及表現力的精湛。

後山宗杜，在句式與詩意的矛盾上亦頗具頓挫效果，宋人陳模在《懷古錄》，卷上亦稱美後山云：

> 句意從容頓挫，自成一家。……讀之一唱三歎，眞能有可群可怨之風。

由此可知，後山句法頗得杜甫頓挫之妙，以下我們列舉後山在句式上不合常規的例子，以見其一斑：

> 湖海相望闕寄聲，雲林過雨未全晴，青衫作吏非前日，白首論文笑後生。似聽兒童迎五馬，稍修書札問專城，一聞苦李蒙莊句，不復人間世後名。(〈寄亳州林待制〉，卷四)

這首詩用了二種句式，前二聯用「四、三」式，後二聯用「二、五」式。轉折的關鍵處在於前二聯以自傷之筆，寫心中淡淡感慨；而後二聯筆調一轉，從對方出發，勸林希不要重後世之名。這是後山以句式節奏的變化來配合詩中情緒的轉折。又如：

> 一夢人間四十年，只應吹灶固依然。兩官不辦一邱費。五字虛隨萬里船。(〈八月十二日〉，卷三)

這首詩通首用「二、五」句式，反常節奏，貫串全詩，乃後山有意以反常拗折之氣，寫沈鬱困頓的蕭瑟感。縱有理想抱負，在塵網中跎蹉，一晃已過四十年，不變的只是吹灶等瑣事。縱有二官在身，但俸薄仍不辦買山錢。縱有詩名，遠播於異域，也只是虛有，無補於生活。全詩一頓一挫，開合變化，此乃特殊句式造成的效果。

以上是後山以句式的變化，配合詩中情緒感受的轉折的例子。後山已意識到句式在節奏上的變化，可收聲情相合的音樂效果，雖變化不如杜甫大，但仍有其藝術上的價值。

杜甫用不合常規的句式，都是爲著突出所要描述的對象，或突出某方面的意義，使詩句在變化中更加貼切生動地表現內容，而不是徒然地爲變換句法。杜甫對形式的改造，原是爲句意內容服務的。也因他對句式的翻新改造，就這樣地豐富了他的句意內容，在技巧上成就了他詩歌的特色。後山宗杜，在句式方面亦承杜甫突破常規以求節奏的變化，避免詩句單調、呆滯之感，且可造成一如杜甫在藝術上的特殊效果——即突出效果、頓挫效果。

以下談後山在句法方面受杜甫的影響。

二、句 法

所謂句法是指一句之中字詞的安排及句與句間的相互關係。除了我們前面所談鍊字的準確精警外，還包括了我們以下所要分析的一句凝蘊多意的追求、以文為詩的傾向、兩句一氣直貫而下、語詞的倒裝錯綜以及對句的相互發明等等，後山在這些方面受杜甫影響不可謂不大，我們一一分述如下：

（一）一句凝蘊多意

要在一句詩中表達多層意思並不容易，正因為如此，一句多意與一句單意相比，在反映生活、抒發感情時的容量就更大，更曲折豐富。因為多層次的句子具有言簡意豐、凝鍊蘊藉的修辭效果。杜詩所以能以極簡鍊之筆，寫無窮之意，正因他能在一句之中包含多樣事物，或在一句中蘊集複雜之意所致。

關於杜詩一句中包含多樣事物，宋人吳沆《環溪詩話》引張右丞的話說：

> 凡人作詩，一句只說得一件事物，多說得兩件，杜詩一句能說得三件、四件、五件事物；常人作詩，但說得眼前，遠不過數十里內，杜詩一句能說數百里，能說兩軍州，能說滿天下，此其所為妙。

例如〈暫如臨邑至𡼖山湖亭奉懷李員外率爾成興〉：

> 鼉吼風奔浪，魚跳日映山。

一句詩中有鼉、有風、有浪；有魚、有日、有山，即是一句中說三事；又如〈詠懷古跡〉：

> 三峽樓臺淹日月，五溪衣服共雲山。

在一句中說數百里事。又杜甫常在詩句中並列詞共同形容，以收語簡意廣之效，如：

楚星南天黑，蜀月西霧重。〈晚登瀼上堂〉

一個形容詞「黑」，既可形容第一個名詞「楚星」，也可以形容第二個名詞「南天」，甚至可以把「楚星南天」四個字作爲一個單位來形容。又如：

竹批雙耳峻，風入四蹄輕。(〈房兵曹胡馬〉詩)

「輕」字可以形容「風」，也可以形容「四蹄」，也可以形容「風入四蹄」的情景。又如：

水落魚龍夜，山空鳥鼠秋。(《秦州雜詩》二十首其一)

「魚龍川」、「鳥鼠谷」是秦州地名，杜甫在詩中卻發揮了「魚」、「龍」、「鳥」、「鼠」的聯想效果。五個字進入讀者的腦海，會同時引發下列的意念或聯想，山空、鳥鼠、秋、鳥鼠秋、山秋、秋空，在讀者的腦中交疊成一組豐富的印象式感覺，已有同時呈現的效果。又如〈麗人行〉中云：

繡羅衣裳照暮春，蹙金孔雀銀麒麟。

後一句的句法，是上一下六，以「蹙」字說明繡羅衣裳上的裝飾是用刺繡的方式以縐縮，即「蹙」，因而呈現立體感，非這一個字不能形容得貼切，非這樣的句式，不能把金孔雀、銀麒麟都寫進去。是一句凝鍊多意的句法。

由此可知杜詩在句中包孕那麼多實體字，而收得語簡而意廣之效，以達精鍊的目的。

另外，杜詩語少而意廣，亦表現在一句之中蘊備複雜意義方面。即在一句之中能包含多層次、又能出現概括性說明，宋．羅大經《鶴林玉露》對杜句「萬里悲秋常作客，百年多病獨登臺」有「一聯八意」之說：

> 蓋萬里，地之遠也；秋，時之悽慘也；作客，羈旅也；常作客，久旅也；百年，齒暮也；多病，衰疾也；臺，高迥處也；獨登臺，無親朋也。十四字之間含八意，而對偶又精確。(卷十一)

一聯之中有八層可悲之意，兩句中包含了多少感慨，而其表現手法，卻又如此經濟，成了杜甫詩中有名的多層句，明人陸時雍在《詩鏡總論》也指出杜詩這種例子：

> 少陵「綠樽須盡日，白髮好禁春」，一語意經幾折，本是惜春，卻緣白髮拘束懷泡，不能舒散，乃知少年之意氣猶存，而老去之愁懷莫展，所以對酒自傷也。

二句之中，句意層層轉折，這是杜甫慣用的手法，故其有一唱三歎，曲折盡致的蘊味。大陸學者劉明華亦拈出杜詩具有「折句」的現象：

> 「塵中老盡力，歲晚病傷心」(〈病馬〉)，……只能讀爲「塵中——老——盡力，歲晚——病——傷心」，意即在風塵之中，步入老邁之年，還在爲我盡力；當歲晚天寒之時，況又抱病在身，那得不使我爲之傷心。〔註16〕

折句沒有明顯的關聯詞，但卻蘊含意義上的轉折。以上所言是論其層次轉折，以下再論其概括性。例如〈蜀相〉：

> 三顧頻煩天下計，兩朝開濟老臣心。

這二句已概括了諸葛亮的一生功績。如何在有限的字數中，將這位歷史人物的才德功績表現出來，要看詩人提鍊、概括的能力。杜甫從大處落筆，抓住最突出最有代表性的事件來進行描寫，「三顧」句概括「隆中對」;「兩朝」句概括其在「出師表」中流露出的忠耿品德。充分顯示出詩人駕馭大題材的藝術功力。

後山在句法方面宗杜，對杜詩多意凝鍊爲一句的技巧，奉爲圭臬，終身追求。楊誠齋列舉杜甫和後山等人在「一句數意」方面的表現：

> 詩有一句七言而三意者，杜云：「對食暫餐還不能。」……有一句五言而兩意者：陳後山云：「更病可無醉，猶寒已自知。」(《誠齋詩話》)

尤其是後山的五律，峭拔瘦健，是最合乎「語少而意廣」的原則，以〈登快哉亭〉頸聯爲例：

〔註16〕劉明華先生《杜詩修辭藝術》，第八章〈杜詩的句法〉，中州古籍出版社印行，頁134。

度鳥欲何向？奔雲亦自閒。

度鳥、奔雲，是鳥度？是雲奔？抑或是鳥奔於雲？鳥度故見雲奔，還是鳥度而雲亦奔？度鳥是急的，奔雲更是急的，但「亦自閒」三字，又輕輕將二者收合起來，成爲一個和諧統一的境界。再擴大來看，全詩中的自然景物，如清江、曲城、流泉、亂石、夕陽、暮靄，都與度鳥、奔雲一起，渾化成一個協調的整體、一個生動而又寧靜的畫面。這就給「登臨興不盡」一句賦與極其具體的內容。以上所舉是一句中蘊集複雜之意，後山亦在一句中包含多樣事物，如宋人趙與時《賓退錄》，卷十云：

崇人吳德遠（沆）《環溪詩話》載其少時謁張右丞，右丞告之曰：杜詩妙處人罕能知，凡人作詩一句，只說得一件事物，多說得兩件。杜詩一句能說得三件四件五件，……」此論尤異，以此論詩淺矣……若以句中事物之多爲工，則必皆如陳無己「桂椒柟壚楓柞樟」之句，而後可以獨步，雖杜子美亦不容專美。

對後山在詩句中包含多樣事物而致推許，後山「桂椒柟櫨楓柞樟，青金白玉丹砂良」，句法奇突，不以重疊爲累，張健先生以爲是受杜甫〈北征〉詩中：「山果多瑣細，羅生雜橡栗，或紅如丹砂，或黑如點漆……」一段的啓發，只是變本加厲，格外緊密。〔註 17〕又如〈南軒絕句〉：

少日書林頗著勳，暮年貪佛替論文。銅鑪瓦枕芒鞋裏，此外惟須對此君。（卷四）

此首詩前二句用「二、五」式，第三句用「二、二、三」式，第四句又還以「二、五」式。第三句的不同，以並列的名詞，表現出後山生活清淡樸素的特色，除了頗具醒目效果外，亦在一句中包含多樣事。此皆從杜甫詩中啓示而來。

（二）以文句為詩

宋詩多有以散化句入詩的傾向，以文爲詩的議論，多針對韓愈而

〔註 17〕張健先生的〈論陳師道的文學作品〉，發表於《中外文學》第三卷第四期，總第二十八期。民國 63 年 9 月。

發，〔註 18〕然而以文爲詩的現象在杜詩中已屢屢見及。清人吳見思《杜詩論文》即明白指出杜甫在古詩有以文爲詩的例子：

> 有以文體作詩者，如〈劍南紀行〉、〈龍門閣〉、〈水會渡〉諸詩，〈湖南紀行〉、〈空靈灘〉諸詩，用游記體：如〈八哀詩〉八首，用墓銘墓志體；如〈北征〉、〈壯游〉諸詩，用記體。〔註 19〕

方東樹《昭昧詹言》，卷十七評杜甫〈暮歸〉詩云：

> 爲古文妙境。

吳氏和方氏都注意到杜甫以文爲詩在藝術上的突破。但明確提出並具體分析杜詩此種現象的是胡小石先生。他曾在《杜甫〈北征〉小箋》中指出：

> 化賦爲詩，文體挹注轉換，局度弘大，其風至杜始開。……杜甫茲篇，則結合時事，加入議論，撤去舊來藩籬，通詩與散文而一之，波瀾壯闊，前所未見，亦當時諸家所不及（元結同調而體制未弘），爲後來古文運動家以「筆」代「文」者開其先聲。後來詩人如元和中韓退之，如宋代慶曆以來「宋詩」作者之歐、王諸家以至「江西詩派」，至近世如所謂「同光體」，其特徵大要以散文入詩，其風氣幾乎無不導源於杜，亦可云自〈北征〉一篇開端。〔註 20〕

這段話對杜甫以散文入詩的手法，闡發詳明。爲何杜甫多用此，而他人不敢輕嚐？因爲，詩歌之所以成立的原因是以言志抒情爲主，敘事議論則由散文負責，一般作者不敢逾越，以免遭不合體例的批評。而杜甫所處時代黑暗面逐漸呈現，他以詩寫史，乃爲建立自我和國家、人民命運一體的相繫關係，對他個人而言，有極莊嚴神聖的意味存在。必先有此體會，對於他以文爲詩、在詩中發議論寫時事的現象，才得以了解。

〔註 18〕《後山詩話》云：「韓以文爲詩，杜以詩爲文，故不工耳。」清人趙翼亦說：「以文爲詩，自昌黎始。」（《甌北詩話》）

〔註 19〕吳見思註《杜詩論文》中〈凡例・章法〉，杜詩叢刊第四輯。

〔註 20〕胡小石先生乃大陸學者，此說乃根據劉明華先生《杜詩修辭藝術》，第八章〈杜詩的句法〉中所引，中州古籍出版社印行，頁 137。

然而前人在論及杜詩（包括韓詩）這一手法時，幾乎都著眼於體裁或內容，以「詩文各有體」、「詩文有別」的角度來討論以文爲詩的得失，而鮮有著眼語言藝術的特點。以文爲詩，在語言上究竟有何特點？詩文在表現手法上互相滲透，將具有何種的修辭作用？這就是我們所欲探討後山何以學杜之散化句。宋人陳善在《捫蝨新話》上集卷一云：

> 文中要自有詩，詩中要自有文，亦相生法也。文中有詩，則句語精確；詩中有文，則詞調流暢。前代作者皆知此法，吾謂無出韓杜。觀子美到夔州以後詩，簡易純熟，無斧鑿痕，信是如彈丸矣。

陳善已指出詩中有文，則詞調流暢。杜甫嘗試在詩中摻入文語，使詩句充滿生趣，語調流暢，避免板滯，這是杜甫以文入詩的修辭意義。

散文的特點是單行無韻，字數不定，句數也不定。詩歌不但要在句子中保持音節與意義的一致，以收聲情相合之效；而且由於韻腳的關係，便形成了兩句一韻爲一個意義單位的格式。即因詩歌結構短小，且受限較多，要在有限的空間包容更多的內容，杜甫不得不衝破這些藩籬，爲爭取更多的自由來表達思想感情，並盡可能使每個字都充分發揮效益。前面我們已談過杜甫鍊虛字的情形，在此我們要談的是虛字助語的運用往往隨件著文句的產生，如：

> 覩乎春陵作，結也實國楨。（〈同元使君春陵行〉）
>
> 位下何足傷，所貴者聖賢。（〈陳拾遺故宅〉）
>
> 杖藜嘆世者誰子？（〈白帝城最高樓〉）
>
> 梓州豪俊大者誰。（〈相從歌〉）

以上例句多出自古詩。如果說文句容易在古詩中運用，除了古詩向來就不講究對偶，在詩中敘事說理很自然地可運用散化句外，也因爲「古詩章法通古文」，〔註21〕那麼，律詩中運用此法更見功力。杜甫在律詩中亦善用虛字助語，以散文句法增加語調的流暢，例如〈和裴迪早梅相憶〉中二聯多用虛字：

〔註21〕清人汪佑南《山涇草堂詩話》所云。

此時對雪遙相憶，送客逢春可自由？幸不折來傷歲暮，若爲看去亂鄉愁。

謝榛稱其：「句法老健，意味深長」（《四溟詩話》）。又如：

古人稱逝矣，吾道卜終焉。（〈寄賈嚴五十韻〉）

去矣英雄事，荒哉割據心。（〈峡口二首〉）

高義終焉在，斯文去矣休。（〈奉送王信州北歸〉）

以散化句入詩的現象在杜詩中大量存在，之後，宋人承杜甫以詩發議論、敘事，率有以散化句作詩的現象。後山詩中的散化句亦所在多有，舉例如下：

與子爲夫婦，五年三別離。（〈送內〉，卷一）

我貧無一錐，所向皆四壁。（〈答張文潛〉，卷一）

後生不作諸老亡，文體變化未可量。（〈贈二蘇公〉，卷一）

異類相宜亦相失，同類相傷非所及。（〈猴馬〉，卷二）

頗識門下士，略已聞其風。（〈觀兗國文忠公六一堂圖書〉，卷三）

弟子不必不如師，欲知其人視其主。（〈贈張文潛〉、逸詩箋卷上）

道傍過者怪相問，共言杜母眞吾親。（〈寄鄧州杜侍郎〉，卷六）

枯魚雖泣悔可及，莫待西江與東海。（〈次韻蘇公西湖徙魚三首〉之一，卷三）

信有千丈清，不如一尺渾。（〈次韻蘇公觀月聽琴〉，卷三）

頓悟而漸修，從此辭世故。（〈次韻蘇公勸酒與詩〉，卷三）

行者悲故里，居者愛吾廬。（〈次韻蘇公題歐陽叔弼息齋〉，卷三）

人生尤物不必有，時一過目驚老醜。（〈古墨行〉，卷五）

以上所舉皆是後山在古體詩中運用散化句的例子，同時後山的近體詩中也有不少散化句，五言如：

端也早豐下，歲晚未可量。（〈憶少子〉，卷一）

兒女已在眼，眉目略不省。（〈示三子〉，卷二）

一官兼利害，百慮孰疏親。（〈元日〉，卷四）

> 經史三年學，聰明一旦開。(〈送孝忠二首〉之二，卷四)
>
> 七十已強半，所餘能幾何？(〈除夜〉，卷五)
>
> 夕陽初隱地，暮靄已依山。(〈登快哉亭〉，卷六)

七言如：

> 轉就鄰家借油燈，始知公是最閒人。(〈馬上口占呈立之〉、逸詩箋卷下)
>
> 淮海少年天下士，可能無地落烏紗。(〈九日寄秦觀〉，卷二)
>
> 此生精力盡於詩，末歲心存力已疲。(〈絕句〉，卷四)
>
> 名駒已自思千里，老子終當讓一頭。(〈贈魏衍三首〉，卷五)
>
> 此詩此字有誰知，畫省郎官自崛奇。(〈何郎中出示黃公草書四首〉之二，卷七)

近體詩因中間兩聯或頸聯用對偶，容易造成語法的凝滯散漫、詩意不順、節奏阻澀不流暢之感，但後山在這方面，安排得極爲妥帖順暢，如〈寄張大夫〉：

> 只應青眼老，尚記白頭翁。一別今何向，三年信不通。不應書字倦，未有北來鴻。肯作彭城守，何時馬首東。(卷九)

詩中多是散化句，且虛字與虛字、數字與數字的對仗極爲工穩，流暢地表達了後山對張惇的追憶。又如〈答田生〉：

> 酒亦有何好，人盡未肯忘。苟無愁可解，何必醉爲鄉。賸欲論奇字，終能諱秘方。直饒肌骨秀，正要畫眉長。(卷九)

此詩乃後山勸田生戒酒而勉以學也，對仗非常工整平穩，多用散化句，在一氣流暢的旋律中表達了後山對學生的關愛之情。

詩中用散化句，是詩體的進步與革新，今人李致洙談到後山以散化句入詩的現象時也說：

> 以散化句入詩，使得詩在自然平易中收氣勢勁健與節奏錯落的效果。〔註22〕

〔註22〕李致洙〈陳後山詩的形式與技巧〉談句法中的散化句，見《陳後山詩研究》，台大中文研究所71年碩士論文，頁133。

後山用散化句，使詩多了一分活潑的動態美，且詩風亦得流暢自然。

（三）兩句一氣直貫而下

兩句一氣呵成、直貫而下就是所謂的「流水對」，這是對偶的一種特殊形式，即詩中的對仗，其上下句連貫直下，形成因果關係，將一意分在兩句之中來安排，詩意便像流水一往而下，一氣呵成，在對仗中有流水滔滔而去的流動感，使得句子意思有直宣之暢，又有駢驪之美。清人沈德潛《說詩晬語》中云：

> 中聯以虛字對，流水對爲上。
>
> 三四語多流走，亦竟有散行者。

沈德潛認爲流水對的句法近似散文，除兩句一意，直貫而下之外，還因此類對句多用聯係詞語、虛字助詞斡旋其中，使得語意流動，給平板的節奏帶來輕快的旋律。例如杜甫〈野望〉七律頸聯：

> 惟將遲暮供多病，未有涓埃答聖朝。

上句是言「只能將暮年的歲月消磨在多病之軀」，下句是說「沒有一點一滴的建樹去報效朝廷」。上下兩句意思連貫，上句言遲暮多病是因，下句言無一點功勞報效朝廷是果，此種對仗的方式，全在「惟將」與「未有」虛字的運用，始把上下兩句的意思連貫起來。又如〈放船〉中的頷聯：

> 直愁騎馬滑，故作泛舟迴。

上句是因，下句是果。因爲害怕騎馬滑溜，所以才泛舟迴盪。等於是將一完足的句意分散在兩對仗之句來處理。

此外要指出流水對大多位於律詩中的頸聯，或許是緣於律詩中起承轉合的規律所致，在轉折處承接時出以變化。流水對五言多於七言，因爲五言結構簡單，容易掌握，以兩句十字來表達一完整語意，故此格詩家又稱爲「十字格」，例如葛立方《韻語陽秋》云：

> 梅聖俞五字律詩，於對聯中十字作一意處甚多。……如此者不可勝舉。詩家謂之「十字格」。……老杜亦有此格，〈放船〉詩云：「直愁騎馬滑，故作泛舟迴。」〈對雨〉云：「不

> 愁巴道路，恐濕漢旌旗。」〈江月〉云：「天邊常作客，老去一霑巾。」

《玉林詩話》亦云：

> 唐人詩喜以兩句道一事，曾茶山詩中多用此體，如「界從江北路，重到竹西亭」，「若無三日雨，那復一年秋。」……。〔註23〕

因此種句法近似散文，正宜於敘事，而宋詩以文入詩，好評論、善敘事，所以嘗試者不少，如梅堯臣、曾幾皆多用此格。然此格基本上是承杜甫而來，杜甫時已用此格，將對仗的兩句作一貫處理，而後山於此，亦直承杜甫而來。律句中的四句，雖然保持對稱的形式，但在內容語意中常是由一個意思貫串而下的，由上句而有下句，各句並沒有自足的意味，宋詩因「直瀉」、「一瀉千里」而有流動直貫感。以下我們舉杜甫、後山的詩例，以見二人在一氣單行句法中的運用情形，例如杜甫〈月夜〉詩：

> 遙憐小兒女，未解憶長安。

句意是言自己在遙遠的長安，想念著鄜州的妻小，憐惜著小兒女的未諳世事，因爲他們還不懂得「憶長安」，不能分擔妻子的痛苦，卻只能增添妻子的負擔。上句下句是因果貫串，一意相承，如流水一貫而下的對仗。又如〈送韓十四江東覲省〉：

> 我已無家尋弟妹，君今何處訪庭闈？

送友人探親，不由勾起杜甫對自己骨肉同胞的懷念，在動亂中，詩人與弟妹長期離散，死生未卜，於是認爲韓十四與兄弟父母分手年久，而時方動亂，欲「訪庭闈」恐有一番波折。在動亂的年代，大家的命運幾乎相同，與親人生離死別。杜甫由自身的遭遇，而推及友人尋親，希望並不樂觀。亦是上下句因果關係直貫而下的例子。又如〈聞官軍收河南河北〉：

> 即從巴峽穿巫峽，便下襄陽下洛陽。

〔註23〕見《宋詩話輯佚》，郭紹虞先生輯，燕京學報專號文泉閣出版社印行。

這一聯包涵了四個地名，既各自對偶（當句對），又前後對偶，形成工整的地名對，而且用「即從」、「便下」綰合，兩句緊連，一氣貫注，是活潑流走的流水對。再加上「穿」、「向」的動態與兩「峽」、兩「陽」的重複，氣勢音調，迅急有如閃電，準確地表現了想像的飛翔。又如〈擣衣〉：

> 已近苦寒月，況經長別心。

沈確士云：「一氣旋折，全以神行」，〔註24〕即是謂此聯一氣流注曲折盡情。句意是言身當近苦寒月的擣衣時節，已自堪悲，更何況是久經長別的心情，其悲彌甚，是使詩意更進一層的流水對。又如〈秋興八首〉之六中云：

> 瞿塘峽口曲江頭，萬里風煙接素秋。

這是寫夔府長安的兩地相隔萬里，然而卻同在素秋時，因一片風煙而相接。兩句必須直貫下接，才能講通。

以上所舉的詩例都出自杜甫，而後山詩中亦有許多流水對一句單行而下的例子，紀昀認爲後山的單行之氣，傳自於杜甫，方回引杜甫〈因許八奉寄江寧旻上人〉詩云：

> 不見旻公三十年，封書寄與淚潺湲。舊來好事今能否，老去新詩誰與得。棋局動隨幽澗竹，袈裟憶上泛潮船。聞君話我爲官在，頭白昏昏只醉眠。

紀昀批曰：

> 一氣單行，清而不弱，此後山諸人之衣缽，爲少陵之嫡派者也。〔註25〕

由紀昀的說詞，可知後山在一氣單行句法上乃承杜甫而來，今人李致洙亦云：

> 一氣單行句，是構成後山詩清健風格的因素之一，頗多見於五律中。〔註26〕

〔註24〕見《杜詩鏡銓》，卷六，頁256，華正書局印行。

〔註25〕錄自方回《瀛奎律髓》，卷四十七。

〔註26〕同註22。

後山詩風清新健峭的原因之一，是善用一氣單行句，以下我們列舉他的詩例，以見大概，如〈病起〉：

今日秋風裏，何鄉一病翁！（卷五）

上句言在蕭瑟的秋風裏，盛年的詩人憂病之餘，已猶如一個衰老的老翁。上句的語意不全，必待下句來完成，始成一完整的意思。以秋風的蕭瑟來陪襯病衰的蒼老。上下一氣呵成。又如〈次韻答晁無斁〉：

此生恩未報，他日目不瞑。（卷五）

二句對仗工穩精切，以今日若恩未報，則他日不得安然。是一因果流貫的流水對。又如〈黃梅五首〉之三：

欲傳千里信，暗折一枝春。（卷二）

睹物思人，見梅開欲傳信於千里之外的故人，便折下黃梅以致意寄情。上句是心中的懸念，下句便化行動實行，折下黃梅以爲寄情。又如〈寒夜有懷晁無斁〉：

人事雖好乖，吾生亦多忤。（卷五）

二句以虛字斡旋其中，句意一氣呵成，以人事的常則雖多乖違不順，而自己亦不能豁免於錯忤。又如〈寄無斁〉：

待我中痾愈，同君把臂臨。（卷五）

以上句的景況爲約定，病癒之後，必將與晁無斁把臂暢談。上下句一氣直貫。又如〈寄亳州林待制〉：

一聞苦李蒙莊句，不復人間世後名。（卷四）

「苦李蒙莊」是以老莊的出生地說明林待制作官的地點——亳州，上下句意合而爲一，即謂勸誡林希雖在亳州待制任職，但不要重後世之名。亦是一意二句單行而下。又如（〈贈大素軻律師二首〉之二）：

定知城市無窮事，盡在山人冷眼中。（《逸詩箋》，卷下）

詩意是言大素軻律師能參透一切是非得失，乃有一片漠然。上句以肯定的語意旋起下句，確知塵囂中的熙攘種種，都在山居不出的大素軻律師眼中，冷冷淡去。必須兩句同在，語意方可完足。是上下一氣呵成的流水對。又如〈元日〉：

一官兼利害，百慮孰疏親。

上句是說，雖然作了個小官，卻牽涉著不少利害關係；所以要千思百慮，衡量著誰疏誰親。是上句為因下句為果的一氣單行句。

後山詩中一氣單行的例子甚多，茲不贅舉。

（四）語詞的倒裝錯綜

倒裝句法的使用，散文比詩歌來得較早且多，在先秦古文中已使用普遍，但這也因先秦古文有一定的語法條件，這些語法文法是語文使用的習慣歸納而得，像否定句的語詞排列，受詞往往在動詞之前，例如「時不我予」、「不患人之不己知，患不知人也」……我們甚至可以認為這些倒裝才是當時語文的正則，然而我們在此所要討論後山學杜的倒裝句，卻非出於語法上的自然倒裝，而是使詩句奇特矯健的一種藝術手法，刻意的經營。

王彥輔《麈史》曰：

> 子美善用故事及常語，多倒其句而用之，蓋如此則語峻而體健。如「露從今夜白，月是故鄉明」之類是也。〔註27〕

王氏謂杜甫在使用典故及常語入詩時，喜歡顛倒句中字詞的排列次序，蓋如此則語峻而體健。因典故、常語皆是陳言，詩家如要援用以為己出，必須加以轉化，使之重生創新為詩語，倒裝句子是一便捷之門。所舉詩例，他要說的不過是「今夜露白」、「故鄉月明」，但如此說則語俗而句弱，似平常說話，不似詩句，如果改易為「露從今夜白，月是故鄉明」，只是將詞的次序一換，有所轉換，便從而突出自己的主觀感情。本是普天之下共一輪明月，詩人偏偏要說故鄉的月亮最明；本是日日天階夜露涼如水，卻要說露從今夜起才白，如此一來，不但更加突出自己的感情，而且語氣分外矯健有力。

梅祖麟、高友工二位先生說：

> 詩歌一如其他文學或藝術形式常自然地具有前進的推力，配合主題的展開。而倒裝句法的運用有如逆流，或破壞或阻遏這種前進的動力。一推一阻所造成的張力適足以加強

〔註27〕《歷代詩話續編》，頁210，木鐸出版社印行。

> 詩歌投射出來的那股脈動與勁力。因此，倒裝句應該也是產生動態感受的一種手段。〔註 28〕

可見倒裝句法可使語感新鮮、語勢峻健而奇崛。杜甫在倒裝句法的使用上爲人所稱道，其「香稻啄殘鸚鵡粒，碧梧棲老鳳凰枝」（〈秋興八首〉之八）一句，是有名的倒裝句典範，在宋代的詩話談及倒裝句法時多會引到，例如《漫叟詩話》云：

> 前人評杜，云：「香稻啄殘鸚鵡粒，碧梧棲老鳳凰枝」，若云：「鸚鵡啄殘香稻粒，鳳凰棲老碧梧枝。」便不是好句。〔註 29〕

此句乃顏色字結合倒裝句法的使用，若不倒裝，原句當爲「鸚鵡啄殘香稻粒，鳳凰棲老碧梧枝」，非但無奇崛強健之勢，亦無法表達作者對溪陂物產豐美的矛盾心情，在遠望京華風煙，看遍夔州大好江山之後，作者的心情是「白頭吟望苦低垂」的。更眞切地說，這首詩是寫回憶長安景物，他要強調京裡的景物美好，說那裡的香稻不是一般的香稻，是鸚鵡啄殘的稻粒；那裡的碧梧不是一般的梧桐，而是鳳凰棲老的梧桐。所以香稻、碧梧的提前倒裝是一種側重的寫法。而對於杜甫的倒裝句法，李東陽在《懷麓堂詩話》中指出，是具有某方面的意義的：

> 詩用倒字倒句法，乃覺勁健。如杜詩：「風帘自上鉤」、「風窗展書卷」、「風鷖藏近渚」，風字皆倒用，至「風江颯颯亂帆秋」，尤爲警策。

李氏指出杜詩倒字倒句法之妙。後人受自杜詩用倒裝句法者，所在多有，茲從詩話中拈舉二、三則，以見一斑。

《古今詩話》云：

> 杜子美詩云：「香稻啄殘鸚鵡粒，碧梧棲老鳳凰技」此語反而意奇。退之詩云：「舞鑑鸞窺沼，行天馬渡橋。」亦效此體。〔註 30〕

〔註 28〕〈論唐詩的語法用字與意象〉，梅祖麟、高友工著，黃宣範譯。《中國古典文學論叢、冊一詩歌之部》，中外文學月刊社印行，頁 346。

〔註 29〕胡仔《苕溪漁隱叢話》前集卷五十九，木鐸出版社印行。

〔註 30〕見《宋詩話輯佚》，頁 152。

《誠齋詩話》云：

> 「雪乳已翻煎處腳，松風仍作瀉時聲。」此倒語也，尤爲詩家妙法。即少陵「香稻啄殘鸚鵡粒，碧梧棲老鳳凰枝」也。〔註 31〕

《休齋詩話》云：

> 介甫云：『「梨花一枝春帶雨」、「桃花亂落如紅雨」、「朱簾暮捲西山雨」，皆警句也。然不若「院落深沈杏花雨」爲佳。』予謂杏花語雨固佳，然而「梨花院落溶溶月，柳絮池塘淡淡風。」，卻於風月上寫出柳絮梨花，尤有精神。然嘗欲轉移兩作「溶溶院落梨花月，淡淡池塘柳絮風」，此老杜「香稻啄殘鸚鵡粒，碧梧棲老鳳凰枝」格也。〔註 32〕

宋代詩家受杜甫擅用倒裝句法的影響，亦多此種句法。後山也頗注意到此種句法，在詩中亦屢屢用及，棄平板俗弱，而生矯健之態。細考杜甫、後山在詩句中出現倒裝句法的原因，有三種情形，分述如下：

一是為了押韻而倒置——

> 神魚人不見，福地語眞傳。（杜甫〈秦州雜詩二十首〉之四）

該句當云：「人不見神魚，語眞傳福地」，但因爲協韻的關係，故倒裝，全詩是：

> 萬古仇池穴，潛通小有天。神魚人不見，福地語眞傳。近接西南境，長懷十九泉。何當一茅屋，送老白雲邊。

天、傳、泉、邊協韻。又如：

> 手中各有攜，傾榼濁復清。（杜甫〈羌村三首〉之三）

下句本爲「傾榼清復濁」，因是粗酒，斟酒時，便由清純轉爲混濁。然因協韻的關係而倒裝。全詩是：

> 群雞正亂叫，客至雞鬥爭。驅雞上樹木，始聞叩柴荊。父老四五人，問我久遠行。手中各有攜，傾榼濁復清。苦辭酒味薄，黍地無人耕。兵革既未息，兒童盡東征。請爲父

〔註 31〕《歷代詩話續編》，頁 140。
〔註 32〕見《宋詩話輯佚》，頁 185。

老歌，艱難愧深情。歌罷仰天嘆，四座淚縱橫。

這是一首二句一轉韻的五古，爭、荊、行、清・耕、征、情、橫協韻。又如：

入簾搖竹影，塞耳落洪聲。(後山〈夜句三首〉之一，卷九)

本當為「竹影入簾搖，洪聲塞耳落。」但因為協韻的關係，故倒裝。全詩是：

過雨作秋清，歸雲放月明。入簾搖竹影，塞耳落洪聲。

清・明、聲協韻，屬於下平八庚韻。又如：

千金市帚寧論價，萬户分侯信有年。(後山〈送孝忠落解南歸〉，卷九)

若順說之，本當為「市千金帚寧論價，信有年萬戶分侯」，意謂得以買到千金帚不當再討價還價了；相信會有萬戶分侯的這一天到來。然因為協韻之故，而倒裝。

全詩是：

妙年失手未須恨，白壁深藏可自妍。短髮我今能種種，曉妝他日看娟娟。千金市帚寧論價，萬户分侯信有年，清白傳家有如此，歸塗囊盡不留錢。

妍、娟、年、錢協韻，屬於下平一先韻。

二是為了平仄而倒置——

例如：

片雲天共遠，永夜月同孤。(杜甫〈江漢〉)

這是一首仄起五律的頷聯，平仄是「仄平平仄仄，仄仄仄平平」，要是改為「片雲共天遠，永夜同月孤」，平仄就成「仄平仄平仄，仄仄平仄平」，便不協了。又如：

寒巷聞驚犬，鄰家有夜歸。(後山〈雪〉，卷四)

這是一首仄起五律的頸聯，平仄是「平仄平平仄，平平仄仄平」，要是還原為順序，則為「聞寒巷驚犬，有鄰家夜歸」，平仄就為「平平仄平仄，仄平平仄平」，便不協了。又如：

髮短愁催白，顏衰酒借紅。(後山〈除夜對酒贈少章〉、逸詩箋卷上)

這是一首仄起五律的頸聯。平仄是「仄仄平平仄，平平仄仄平」，若改爲順序寫法即「愁催短髮白，衰顏借酒紅」，那樣上句平仄就成「平平仄仄仄」，既成下三仄，亦與頷聯失聯了。

三是為了求語感生新，期盼以奇特的句法來喚起注意——

例如杜甫多以顏色字置句首：

紫——收岷嶺芋，白——種陸池蓮。(《秋日夔州詠懷》)

翠乾——危棧竹，紅膩——小湖蓮。(〈寄岳州賈司馬巴山嚴八使君〉)

翠深——開斷壁，紅遠——結飛樓。(〈曉望白帝城鹽山〉)

看到紫色，便知是從岷嶺收獲來的芋，白色是在陸上開鑿的池中蓮花。青翠而帶乾枯的是棧道上的竹子，色紅而膩的是小湖中的蓮花。深翠色的是山壁上裂縫，遠遠的紅色是高聳的紅樓。

這樣把顏色字放在句子的前頭，突出色彩，給讀者以色彩鮮明的感覺。另外，先寫色彩確使句子挺拔，可能由於先寫色彩，再加說明，容易引起人的注意，較有吸引力。比方「翠乾危棧竹」，看到「翠乾」時，不知是講什麼，自然注意看下去。如果說「棧竹危翠乾」，就沒有這樣的吸引力。再看後山詩的例子：

紅落芙蕖晚，青深蒲稗秋。(〈巨野二首〉之一，卷二)

這是寫詩人在秋色、暮色與共中所見的景物，首先映入眼簾的是「紅」與「青」色，以顏色字起始，造成強烈刺眼的視覺效果，然後在驚訝下仔細一看，方才發現芙蕖落地，蒲稗深鬱。二句經倒裝後變爲警策，引人注意。又如：

樓上當當徹夜聲，預人何事有枯榮。(〈黃樓絕句〉，卷十一)

上句當云：「樓上徹夜當當聲」，作者爲突顯搨碑的聲響，故將「當當」挪於「徹夜」之前。

以上我們討論了杜甫、後山二人使用倒裝句的原因，以下我們要討論倒裝句法的分類，大致可分兩大類，一是句中用字的倒裝，一是上下句間的因果倒裝。句中用字的倒裝又依句中成分可分爲幾類，下面試據王了一先生《漢語詩律學》之分類法將杜甫、後山句中用字倒裝歸納，並舉例說明如下：

1、主語倒置：

野哭千家聞戰伐。(杜甫〈閣夜〉)

當爲：千家野哭聞戰伐。

得我色敷腴。(杜甫〈遣懷〉)

當爲：我得色敷腴。

春日繁魚鳥，江天足芰荷。(杜甫〈暮春陪李尚書李中丞過鄭監湖亭汎舟得過字〉)

當爲：春日魚鳥繁，江天芰荷足。

穿林出去鳥。(後山〈宿合清口〉，卷十一)

當爲：去鳥穿林出。

曉耕來鳥雀，麥壟縱牛羊。(後山〈爛石村〉，卷十一)

當爲：鳥雀來曉耕，牛羊縱麥壟。

背水連漁屋，橫河架石梁。(後山〈河上〉，卷五)

當爲：漁屋背水連，石梁橫河架。

2、目的語倒置：

杜酒偏勞勸，張梨不外求。(杜甫〈題張氏隱居二首〉之一)

當爲：偏勞勸杜酒，不外求張梨。

神魚人不見，福地語眞傳。(杜甫〈秦州雜詩二十首之十四〉)

當爲：人不見神魚，語眞傳福地。

定力不爲生死動。(後山〈送姚先生歸宜山三絕〉之一，卷十)

當爲：不爲生死動定力。

河市千人聚，寒江百丈牽。(〈離潁〉，卷四)

當爲：千人聚河市，百丈牽寒江。

妙手不爲平世用，高懷猶有故人知。(後山〈何郎中出示黃公草書四首〉之四，卷七)

當爲：不爲平世用妙手，猶有故人知高懷。

艱苦飽曾經。(〈放懷〉，卷四)

當爲：曾經飽艱苦。

3、介詞性動詞的倒置：

喜心翻倒極。（杜甫〈喜達行在所三首〉之二）

當爲：喜心極翻倒。

祇緣恐懼轉須親。（杜甫〈又呈吳郎〉）

當爲：祇緣恐懼須轉親。

吾衰往未期。（〈得舍弟消息二首〉之二）

當爲：吾衰未期往。

片雲天共遠，永夜月同孤。（杜甫〈江漢〉）

當爲：片雲共天遠，永月同月孤。

色與江波共。（後山〈老柏三首〉之三，卷六）

當爲：與江波共色。

正須麋鹿與同群。（後山〈即事〉，卷三）

當爲：正須與麋鹿同群。

白頭厭奔走，何地與爲鄰。（後山〈湖上〉，卷四）

當爲：白頭厭奔走，與何地爲鄰。

正須二子與同遊。（後山〈贈寇國寶三首〉之三，卷五）

當爲：正須與二子同遊。

以上所舉的例子，是一句中用字的倒裝，而倒裝句還有一種是一聯中上下句間的倒裝，其效果同樣是矯平板爛熟之病，而達到語俊體健的目的。這類上下句間的倒置，多是因果倒置，上句是果，下句是因，在首句先提示了結果，再次句補足原因，例如杜甫〈奉陪鄭駙馬韋曲二首〉云：

綠樽須盡日，白髮好禁春。

若只讀上句，讀者恐怕不知詩人爲何要盡日痛飲？再讀下句才明白由於詩人自傷白髮，無緣與春天共歡，本是惜春，卻緣白髮拘束懷泡，不能舒散，乃知少年之意氣猶存，而老去之愁懷莫展，年老髮白畏見春，所以只有對酒痛飲以自傷也。二句語意經過倒置，幾經周折，悲慨更加強。又如〈羌村三首〉之三：

群雞正亂叫，客至雞鬥爭。

本該是父老四五人來訪之際，雞群正在鬥爭亂叫。這樣的說法才通順，但是一來爲了押韻，一來爲了突出雞群喧嚷的混亂場面，「群雞正亂叫」一句的倒裝，正容易引人注意，且亦突出了鄉村生活的淳樸況味。又如〈畫鷹〉：

素練風霜起，蒼鷹畫作殊。

素練本無風霜，風霜之起，乃因蒼鷹之畫栩栩如生，矯健不凡的畫鷹彷彿挾帶風霜而起。這一倒裝手法，一起筆就有力地刻畫出畫鷹的氣勢，吸引讀者，達到先聲奪人的藝術效果。

後山亦常在詩中使用上下句因果倒裝，如〈雪〉一詩：

寒巷聞驚犬，鄰家有夜歸。(卷四)

若直言順說因爲鄰家有人夜歸，所以犬吠，就較爲平常而氣弱。如果上下倒裝，忽聞犬吠，乃鄰家有人夜歸耳。這樣的說法較爲曲折，變化生新。又如〈智寶院後樓懷胡元茂〉：

猶須一長笛？領覽自霑襟。(卷四)

任注曰：「終上句未盡之意，謂本自悲愴，尙何須聞笛耶？」，此乃杜甫詩「不須吹急管，衰老易悲傷」之意，意即詩人本來已極悲傷流涕，那須再聞笛聲呢？二句倒置，在反問的語氣中，悲慨的意味更強。又如〈城南寓居二首〉之一云：

道暗失歸處，棲鳥故不喧。(卷一)

任注曰：「因棲鳥之喧，庶可物色歸路，今特不喧，似欲相撩。」因棲鳥的喧嘩，便識得歸路，如今棲鳥不喧，黑暗之中便尋不著寓居之處。又如〈寓目〉詩：

望鄉從此始，留眼未須穿。(卷十一)

意謂暫時不要望眼欲穿吧，因爲前途還很遙遠，現在只是開始，望鄉之情將越來越深啊。又如〈嘲秦覯〉：

若爲借與春風看，無限珠璣咳唾中。(卷一)

這是一聯倒裝句，但從字句結構不容易看出，要從詩意上來看，方可見其因果。二句是表明秦少章才氣很高，就是咳唾一下，也可隨風成珠玉。怎麼只讓這些篇章，借助春風傳向人間，而不讓位佳人去唱歌給春風呢？言下之意，即勸秦觀還是及早選個名門閨秀，在春風吹拂中比肩相看，並由她去歌唱給春風吧。又如〈出清口〉：

似憐憂患滿人間，百孔千瘡容一罅。(卷二)

在千瘡百孔中猶能容得下一罅的餘裕，或許是老天對這憂患人間的一些垂憐。

以上所舉是後山用倒裝句的情形，後山宗杜，在倒裝句法中亦有所得，而其詩清健雄奇的風格賴於此格者不少。

（五）對句的相互發明

後山在句法的使用上，以對偶句爲同代詩人討論最多，例如魏了翁《鶴山渠陽經外雜鈔》，卷一云：

> 詩家有影對，如無可詩：「聽雨寒更盡，開門落葉秋。」又曰：「微陽下喬木，遠燒入秋山。」後山亦曰：「輝輝垂雲露，點點綴流螢」皆是以上句對下句。

方回批〈次韻春懷〉亦云：

> 後山詩瘦鐵屈蟠，海底珊瑚枝，不足以喻其深勁。「老形已具臂膝痛」，身欲老也，「春事無多櫻笋來」，春欲盡也。前輩詩中千百人無後山此二句。以一句情對一句景，輕重彼我，沈著深鬱。中有無窮之味。〔註33〕

又批〈寄張文潛舍人〉云：

> 後山又有詩曰：「預知河嶺阻，不作往來頻。」「聲音隨地改，吳越到江分。」皆是以輕對重。〔註34〕

對偶句又叫對仗句，黃師慶萱在《修辭學》中說：

> 對偶在客觀上，源於自然界的對稱，在主觀上源於心理學上的「聯想作用」，和美學上的「對比」「平衡」「勻稱」的原理，而漢語的孤立與平仄之特性，又恰好能滿足這種客

〔註33〕方回《瀛奎律髓》上卷二十六〈變體類〉。

〔註34〕同上。

觀現象與主觀作用之表達。〔註35〕

自然界各種事物的奇偶對稱，爲「對偶」法的淵源。中國文字單音節孤立的特性，符合主客觀審美的要求，因此詩人在不斷嘗試體驗中，逐漸地懂得建構精巧工整的對偶，以增加詩歌在詞藻外形的整齊美。詩句的對偶代表著諧和安穩，均匀平衡。此種均衡感來自對稱並比，一雙偶句也就因爲如此的對稱並比而構成一自足圓滿的形式。

中國詩歌，早在詩經、楚辭已將對偶的技巧運用其上，然皆非刻意安排，大約自初唐上官儀的「八對說」的提出，對偶的格式已達精益求精的地步。近體詩所以能在詩壇上大放異彩，奇句佳章好篇各擅所長，對偶的整齊美又兼變化之妙，實是一重要的原因。唐人已精深地注意對偶的問題，宋人繼承此風，努力探究對偶之各類型態與造就的方法，作爲學詩者作詩之參考。

律詩中的對偶，一般說來，三、四句相對，五、六句相對，要求字數相等，平仄相對，句法相當。後山在對偶句的使用中，又有對稱句和對照句，對稱句即是「正對」，〔註36〕並列表達一致、語意相同的句子；對照句是運用比照的手法，使上下兩句不同的情境或事物對列，產生強烈的對比感，使意義鮮明。

後山的對偶句使用，多承自杜甫。後山〈挽司馬公〉詩中一聯：「輟耕扶日月，起廢極吹噓」，尤爲宋、明詩論者論定與杜甫「桑麻深雨露，燕雀半生成」相似。例如羅大經《鶴林玉露》，卷三：

> 杜陵詩云：「桑麻深雨露，燕雀半生成。」後山詩云：「輟耕扶日月，起廢極吹噓。」或謂虛實不類，殊不知生爲造，成爲化，吹爲陰，噓爲陽，氣勢力量與日月字正相配也。

王應麟《困學紀聞》，卷十八〈評詩〉云：

> 後山〈挽司馬公〉云：「輯耕扶日月，起廢極吹噓。」與老杜「桑麻深雨露，燕雀半生成。」相似。「生成」、「吹噓」，

〔註35〕見《修辭學》，三民書局印行，頁447。

〔註36〕《文心雕龍・麗辭篇》云：「反對爲優，正對爲劣」。

字若輕而實重。

杜甫以「生成」對「雨露」，字意政等，正如後山「吹噓」對「日月」，因吹有「陰」的意思，噓有「陽」的意味，「吹噓」的氣勢力量與日月字正相符。

杜甫的對偶句的使用多爲宋人討論，有當句對，如洪邁《容齋續筆》，卷三云：

> 唐人詩文，或於一句中自成對偶，謂之「當句對」。……如杜詩：「小院回廊春寂寂，浴鳧飛鷺晚悠悠。」「清江錦石傷心麗，嫩蕊濃花滿目班。」「書籤藥裹，野店山橋送馬蹄」……「落絮遊絲，隨風照日」「青袍白馬，金谷銅駝」「竹寒沙碧……不可勝舉。

詩中以「小院」對「回廊」，「浴鳧」對「飛鷺」，「清江」對「錦石」，「嫩蕊」對「濃花」，「書籤」對「藥裹」，「野店」對「山橋」，「落絮」對「遊絲」，「隨風」對「照日」，「青袍」對「白馬」，「金谷」對「銅駝」，「竹寒」對「沙碧」，……都是在本句中自求對的「當句對」。錢鍾書先生在《談藝錄》中言：

> 此體（當句對）創于少陵，而定名於義山。少陵〈聞官軍收河南河北〉云：「即從巴峽穿巫峽，便下襄陽下洛陽。」〈曲江對酒〉云：「桃花細逐楊花落，黃鳥時兼白鳥飛。」〈白帝〉云：「戎馬不如歸馬逸，千家今有百家存。」義山〈杜工部蜀中離席〉云：「座中醉客延醒客，江上晴雲雜雨雲。」〈春日寄懷〉云：「縱使有花兼有酒，可堪無酒又無人。」又七律一首，題曰：「當句有對」，中一聯云：「池光不定花光亂，日氣初涵露氣乾。」

後山使用當句對的情形，亦爲方回所提及，如批〈早起詩〉云：

> 「有家無食」、「百巧千窮」，各自爲對，變體也。如「寒氣挾霜侵敗絮，賓鴻將子度微明。」輕重互換，愈見其妙。一篇之中，四句皆用變體。如「熟路長驅聊緩步，百全一發不虛弦」，即此所評之變體。如「喬木下泉餘故國，黃鸝白鳥解人情」，「含紅破白連連好，度水吹香故故長」，「隱几忘言終不

> 近，白頭青簡兩相催」，不以顏色對顏色，猶不以數目對數目，而各自爲對，皆變體也。(《律髓》，卷上〈變體類〉)

又「車笠吾何恨，飛騰子莫量」一句，皆二實字對二虛字，以輕重屬配。

杜甫善於巧用對仗，後山宗杜，雖變化巧妙不及杜甫格局之恢宏，然後山亦能善用對照句的衝突相反和對稱句的平行一致，來加強詩歌節奏上的凝重、迂迴的效果，李致洙亦云後山用對稱句、對照句與散文句用在詩中，更能構成一首詩既調和又變化的節奏感：

> 後山把散文句與對稱句、對照句用心安排，一前一後，或上或下，就有順暢與凝滯的旋律變化。〔註37〕

以下我們列舉杜甫與後山對偶句的例子，以見其對照句與對稱句的大概使用情形。

在對照句方面，是運用比照的手法，使上下兩句兩種不同的情境或意念產生強烈的對照感。例如杜甫〈客至〉：

> 花徑不曾緣客掃，蓬門今始爲君開。

上句寫花徑不曾爲客而掃，既說明了當時門庭冷落，來客稀少，且暗示出詩人態度的矜持和自重，平時不輕易延客，爲下句「蓬門今始爲君開」墊筆，二句聯繫來看，一種強烈的喜悅和感激之情溢於言表。在內容上前後對照，態度鮮明。上句寫得越奇峭冷雋，下句越能表現出感情的眞摯強烈，上下句意，交互成對。又如杜甫的〈春夜喜雨〉：

> 野徑雲俱黑，江船火獨明。

上下句形成強烈的對比，在黑沈沈的曠野之中，只見遠處的江面上閃爍著一點明亮的漁火，黑漆漆的曠野，紅豔豔的漁火，二者遙相輝映，與詩人的心情溶爲一體。又如〈曲江陪鄭八丈南史飲〉：

> 自知白髮非春事，且盡芳樽戀物華。

滿頭白髮應該不屬於春天，卻偏偏對春天有依戀之情，上下句意有矛盾性。

〔註37〕同註22。

以下再舉後山〈次韻李節推九日登南山〉：

人事自生今日意，寒花只作去年香。(卷二)

上句意味人事變遷的感慨，又是一年的重陽，每逢佳節，人們便有思親之感；下句卻轉而描寫菊花卻依舊開放，一如去年送來陣陣的寒香。上下句一寫「人非」，一寫「物是」，詩句上下對比，便增添了「年年歲歲花相似，歲歲年年人不同」的感慨。又如：

身將白鳥同歸日，夢到黃粱未熟時。(〈絕句〉、逸詩箋卷下)

上下句並列兩個不同的事情來表現衝突的意念：上句以白鳥的回歸山林超脫塵網來象徵自己回歸的欣悅與理想的展開；下句卻表現了希望的落空和現實的乖違。又如：

早作千年調，中懷萬斛愁。(〈除棣學〉，卷十)

上句以自己早年即滿懷理想，壯志豪情塡膺；下句是言晚歲之際，卻只能愁懷滿溢心中。又如：

早投林野違風雨，晚傍塵沙飽送迎。(〈迎新將至嘈城暮歸遇雨〉，卷三)

藉「早」與「晚」的對比、「林野」與「塵沙」的對照，表現出事與願違的悲歎，上下兩句的相反，產生巨大強烈的衝突感迴盪其中，使得一聯中上下兩句在整齊中造成起伏頓挫的效果。種種相反的事與願違，道出千古以來人類心靈的衝突與矛盾，其他也有數字上的對比，例如：

要爲千歲計，豈慮萬牛難。(〈柏〉，卷六)

一言悟主心猶壯，百巧成窮髮自新。(〈寄單州張朝請〉，卷九)

相逢千歲語，猶說一枝花。(〈登燕子樓〉，卷七)

三獻荊山時未識，一鳴齊鳥眾方驚。(〈何復教授以事待理〉、逸詩箋卷下)

十年兩熟飽可待，一歲四守人何心。(〈杜侍御純陜西轉運〉，卷二)

意在千山表，情生一念中。(〈雪中寄魏衍〉，卷十)

又有：

時要平安報，反愁消息眞。(〈宿深明閣二首之二〉，卷五)

道出心中對家人懸念的矛盾心理。又如：

樓以風流勝，情緣貴賤移。(〈黃樓〉，卷十一)

以上下兩句對比，描述了黃樓前以挺拔的姿態贏得眾人的青睞，後又厄於紹聖黨禍情貴耳而賤目，黃樓茲不復昔。又如：

百年先得老，三敗未爲窮。(〈病起〉，卷五)

上句是經歷了至悲至痛以後的呼號，一字一句，俱自胸臆流出。後句的內容更爲豐富，化用了「三戰三北」之語，〔註38〕表明自己不因遭際坎坷而喪失志氣，仍要一如既往，堅持操守，直道而行。上句以寫逆境之艱困，下句寫意志之堅強。由此可見，後山所祈向的是一份不屈不折的志節。類此例子，不勝枚舉。

以下我們再舉對稱句的例子來看，對稱句是上下兩句間表達詩意一致的句子，杜甫〈旅夜書懷〉：

星垂平野闊，月湧大江流。

上句下一「垂」字，則更能襯托出平野的雄闊，天地的相連。下一「湧」字，則更能烘托出大江滔滔奔流的氣勢。「星」與「平野」，「月」與「大江」，加上「垂」與「湧」，「闊」與「流」，立刻使詩中意境廣大，精神倍出。上下句意一致，有加強作用。又如〈秋興八首〉之一：

江間波浪兼天湧，塞上風雲接地陰。

上句以「兼天湧」極力形容江水波濤洶湧，下句以「接地陰」極力形容山上山下的風雲籠罩，二句運用誇張手法，生動地描繪出一幅陰沈昏暗、驚濤駭浪的三峽畫圖，意境壯闊。

又如〈曲江二首〉之二：「穿花蛺蝶深深見，點水蜻蜓款款飛。」亦是對稱句的詩例。

至於後山用對稱句的情形，除前引方回等人所舉的：「老將衰疾至，人與歲時違」、「語意隨地改，吳越到江分」、「有家無食違高枕，

〔註38〕春秋時代，管仲與鮑叔相交，管仲自嘆「吾嘗三戰三北，鮑叔不以我爲怯，知我有老母也。」見《史記》本傳。

百巧千窮只短檠」等例子，又有：

月到千家靜，林昏一鳥歸。(〈秋懷示黃預〉，卷二)

上下句意一致，「千家」與「一鳥」成對比，二句皆寫夜來臨時，鳥歸月靜的情景。又如：

雲日明松雪，溪山進晚風。(〈雪後黃樓寄負山居士〉，卷二)

這二句描繪了一幅雪後黃昏空明澄淨的圖畫，日光透過薄薄的雲層，映照著松枝上的積雪，顯得格外的明亮；溪水縱橫的山間吹進晚風，又帶來了陣陣的寒意。這一聯一字一意，絕無冗贅之語。「日」並非普通的日，而是「雲日」，這也就將雪後薄雲遮日的景象表現出來；「雪」是「松雪」，給讀者繪出一幅青白交映的松雪圖；「山」爲「溪山」，「風」是「晚風」，都力圖用最簡鍊的字句傳遞給讀者盡可能多的意象。且用了「明」與「進」兩字，使得全句皆活，令人如見雪景，如聞風聲。又如：

九日清樽欺白髮，十年爲客負黃花。(〈九日寄秦觀〉，卷二)

前句寫眼前，後句憶往事。前句是說眼前歡樂的節日氣氛，本當盡興暢飲。但因憂愁已早衰頭白，尚未盡興卻已不堪酒力，所以說清酒也在欺負我已滿頭白髮。下句是說眼前的歡樂節氣，不禁讓詩人回憶起不久前的流離生活，爲了生計而奔逐風塵，作客他鄉，以致十年來的重陽節沒有心情喝酒賞花，白白辜負了菊花。又如：

寒氣挾霜侵敗絮，賓鴻將子度微明。(〈早起〉，卷九)

二句情景交融，同寫寒冷之狀。方回云：「輕重互換，愈見其妙」。上句一「挾」字，可見後山鍊字之妙，淋漓盡致地將一位瑟縮於冬晨寒氣中的窮詩人形象寫出。下句是由人及物，從遠方飛來的鴻雁，帶著孩子往溫暖的地方遷徙。二句極寫寒冷之狀。又如：

燭暗人初寂，寒生夜向生。(〈宿齊河〉，卷十一)

二句皆寫夜靜寒生的情景，同首頷聯又云：

潛魚聚沙窟，墜鳥滑霜林。(同上)

乃承上二句寫夜靜寒生的情景，此二句再進一步描寫自然界動物的情形，潛藏在水中的魚兒，聚集在沙窟之中；夜游的鳥兒，也從經霜的樹林中滑翔下來。上下二句所描述的魚、鳥的行爲，皆是爲了避寒。又如：

白頭未覺功名晚，青眼常蒙今昔同。(〈別黃徐州〉)

上句表明現今自己雖然已白髮，但因受到黃徐州的稱賞和延譽，所以未覺功名之晚：後句是言顧念今昔，深蒙黃徐州以青眼〔註 39〕相看，這知己之情，尤爲可貴。又如：

句裏江山隨指顧，舌端幽渺致張皇。(〈次韻夏日〉，卷六)

二句是寫家居讀書之樂，表示功名雖因世事多端不可強求，但耽悅詩書，已成積習。閑居在家，還是和文字結成不解之緣。在詩句之內，可隨心指點贍顧，不礙爲江山的主人。舌端討論文章的幽深奧渺，可使留下的學問，發揚光大，因而擴大知識的境界。又如：

髮短愁催白，顏衰酒借紅。(〈除夜對酒贈少章〉、逸詩箋卷上)

後山此寫愁催白髮，酒助紅顏，乃爲表示愁之深、心之苦。此聯對仗工整，且善用倒裝，《王直方詩話》云：「無己初出此一聯，大爲諸公所稱賞。」胡仔《苕溪漁隱叢話》後集卷二更以爲是「以一聯名世者」。

除了上述的五種句法之外，後山亦有因襲杜甫句法而字面很少相同，或引申其創作方式，別有所得，如〈泛淮〉：「無山會有終」，效杜甫「人生亦有初」。〈贈二蘇〉詩首句「岷峨之山中巴江。」顯然是杜甫名句「中巴之東巴東山」的嫡嗣，但後山的「中」字用得似拗口而實勁健。

由以上我們所談及後山鍊字及鍊句的表現，可見其追求「語少而意廣」的經營苦心，此舉亦可判斷是受杜甫作詩之從艱苦中求平易而來，方回《瀛奎律髓》，卷十杜甫〈春日江村〉五首詩下批曰：

後山詩步驟老杜，而深奧幽遠……必至三看四看而猶未深曉，何如者耶？曰：後山述山谷之言矣，譬之奕焉，弟子高師一著，始及其師。老杜詩所以妙者，全在闔闢頓挫耳。平易之中有艱苦。若但學其平易，而不艱苦求之，則輕率

〔註 39〕晉代阮籍能爲青白眼。常以青眼對所器重之人。

下筆，不過如元白耳。

清・袁枚《隨園詩話》，卷四亦曰：

陳後山吟詩最刻苦，〈九日〉云：「人事自生今日意，寒花只作去年香」……此種句，似易實難。人能知易中之難，可與言詩。

方回和袁枚所言誠是，後山詩的佳處在於鍛鍊精而以平淡出之，乍看之下似了無故實，平實簡易不作艱澀之語，只是直抒胸臆，然細細探究則幾乎無一字無來歷。此即任淵所云「或苦後山之詩非一過可了，迫於枯淡，彼其用意，直追《騷》，《雅》。」意謂後山的詩，不是一讀即可明其中用意的，這正說明，後山詩在平淡的背後，有著慘淡經營的苦心，此乃後山受杜甫用心鍛鍊以求渾成自然之境的影響。

第二節　以俗爲雅

元稹在《元氏長慶集》，卷十八云：

杜甫天材頗絕倫，每尋詩卷似情親。憐渠直道當時語，不著心源傍古人。

便是稱讚杜甫用俗語，讀之而使人情意親切，以其直道當時語，而不一味依傍古人以求雅爲本事。杜甫善用今體詩來寫日常生活的瑣事，詩中有著濃烈的寫實傾向和口語色彩，絮絮話家常，而在平凡之中有著人情美的親切感，我們將在第五章中再做深究，在此我們要談的是配合這種日常生活爲精神內涵所使用的語言。這也是杜甫對盛唐近體詩的一大改造——敢於用俚語、方言入詩。宋人孫奕在《履齋示兒編》，卷十中云：

子美盡以方言俚諺點化入詩中，詞人墨客口不絕談。

杜甫此舉，在盛唐以今體詩寫高雅逸韻，尙風神姿致的作風中，被視爲變格；但卻爲宋人開闢了廣闊的新詩境，因唐人在詩歌的題裁和語彙上已發展至飽和的狀態，宋人爲突破瓶頸，不得不在古語、俗語中尋求語彙來源，宋人主張「以俗爲雅」，在實際的創作中，也常將街談市語帶入詩中。而街談市語、俗用之語固然可以作詩，但必經轉化之功。「以俗為雅」在杜甫的創作實踐中確實是有根據的一種創作方式，俗語雖鄙拙，但經詩人心靈的融化運轉，亦能成趣，而有風雅的姿態。是以宋人對於杜甫善用俗語成詩的情形，討論者多，如張戒《歲寒堂詩話》，卷上云：

> 世徒見子美詩之粗俗，不知粗俗語在詩句中最難，非粗俗，乃高古之極也。

陳模《懷古錄》，卷上云：

> 人皆知杜詩之工而好者，而少能知其拙而好者也。

羅大經《鶴林玉露》，卷三云：

> 杜陵詩亦有全篇用常俗語者，然不害其為超妙。……楊誠齋多效此體，亦自痛快可喜。

王琪云：

> 子美之詩詞，有近質者，如「麻鞋見天子」、「垢膩腳不襪」之句，所謂轉石於千仞之山勢也。（影印宋本《杜工部集》）

又說：

> 詩家不妨間用俗語，尤見工夫。……此點瓦礫為黃金手也。（《西清詩話》）

由上列所舉宋人對杜甫用俚語俗字入詩的評價來看，如果說杜甫在今體詩中用俚俗字眼還只是一種嘗試，那麼到宋人的手中，這已成為有理論根據的普遍作法了。後山更明確主張要「以俗為雅」，他以「寧拙毋巧，寧樸毋華，寧粗毋弱，寧僻毋俗」（《後山詩話》）為詩法要義，以杜甫用字「不避俚俗，反成老健」，為自己所模倣的對象。他在詩話中亦對時人用俗語入詩提出自己的意見：

> 某守與客行林下，曰：「柏花十字裂。」願客對。其倅晚食菱，方得對曰：「菱角兩頭尖。」皆俗諺全語也。

又云：

> 熙寧初，有人自常調上書，迎合宰相意，遂丞御史。蘇長公戲之曰：「有甚意頭求富貴，沒些巴鼻使姦邪。」有甚意頭、沒些巴鼻，皆俗語也。

後山在詩中亦頗喜用俚語、方言、俗字，宋・莊季裕嘗從後山詩中輯出二十一條說：

> 杜少陵〈新婚別〉云：「雞狗亦得將。」世謂諺曰：「嫁得雞，逐雞飛；嫁得狗，逐狗走」之語也。而陳無己詩亦多用一時俚語，如「昔日剜瘡今補肉」、「百孔千窗容一罅」、「拆東補西裳作帶」、「人窮令智短」、「百巧千窮只短檠」、「起倒不供聊應俗」、「經事長一智」、「稱家豐儉不求餘」、「卒行好步不兩得」，皆全用四字。「巧手莫為無麵餅」、「不應遠水救近渴」、「誰能留渴須遠井」、「瓶懸甍間終一碎」、「急行寧小緩」、「早作千年調」、「一生也作千年調」、「拙勸終不補」、「斧斫仍手摩」、「驚雞透籬犬升屋」、「割白鷺股何足難」、「薦賢仍賭命」。而東坡亦有「三杯軟飽後，一枕黑甜餘」，皆世俗語。如「賭命」、「軟飽」猶可解，而「黑甜」後世不知其為睡矣。如《詩》云：「串夷載路」，《書》云「弔由靈」，安知非當時之常談也。（《雞肋編》，卷下）

後山有些詩作表現了清新、活潑的氣息，主要原因是在語言極其通俗，從而與尋常之景、尋常之情完全吻合。值得注意的是，這些詩在語言上是受杜甫影響的。以下我們列舉杜甫與後山用俚語的實例，以見其大概，先舉杜詩為例：

> 熟知茅齋絕低小，江上燕子故來頻。銜泥點污琴書內，更接飛蟲打著人。（〈絕句漫興九首〉之三）
>
> 手種桃李非無主，野老墻低還是家。恰似春風相欺得，夜來吹折數枝花。（〈絕句漫興九首〉之二）
>
> 一夜水高二尺強，數日不可更禁當。南市津頭有船賣，無錢即買繫籬旁。（〈春水生二絕句〉之二）

三首所寫的都是鄉村家常瑣事，第一首嘆茅屋太小，惱燕子的騷鬧，生動地刻畫出窮態窘相及自嘲的心境。「打著」一詞，是當時口語，與自嘲的口吻恰相得。二首是說門前桃樹李樹，乃親手所種，畢竟屬我所有；茅屋乃辛苦築成，雖然矮小，但到底還是我的一身之棲。而春風相犯，簡直有欺貧之嫌。「還是」、「欺得」是道地的俚俗口語，用來自然妥帖，親切有味。末首寫門前江水暴漲，心中驚惶，用「禁當」恰合。三詩用村俗語寫村事，都從村居生活中來，惟其用俚俗語言，才增強了作品的眞實感與質實之美。又如：

囊空恐羞澀，留得一錢看。(〈空囊〉)

棗熟從人打，葵荒欲自鋤。(〈秋野五首〉之一)

家家養烏鬼，頓頓食黃魚。(〈戲作俳諧體遣悶二首〉)

老妻畫紙爲棋局，稚子敲針作釣鉤。(〈江村〉)

掉頭紗帽側，曝背竹書光。(〈秋野五首〉之三)

負鹽出井此溪女，打鼓發船何郡郎？(〈十二月一日三首〉之二)

都出自杜甫晚期的今體詩，其實杜詩中還有更爲俚俗的字句，如：

百年渾得醉，一月不梳頭。(〈屏跡三首〉之一)

梅熟許同朱老吃。(〈絕句四首〉之一)

鵝兒黃似酒。(〈舟前小鵝兒〉)

採藕不洗泥。(〈泛溪〉)

兩箇黃鸝鳴翠柳。(〈絕句四首〉之一)

小魚脫漏不可紀，半死半生皆戢戢，大魚傷損皆垂頭，屈強泥沙有時立(〈又觀打魚〉)

在後山詩中亦常用俚俗字眼，例如〈除棣學〉詩中：

早作千年調，中懷萬斛愁。(卷十)

紀昀在方回《律髓》，卷六〈宦情類〉評曰：「宋時俚語，『人作千年調，鬼見拍手笑』，之句，後山此句蓋用之。」又如〈和黃預久雨〉詩云：

映日還蒙霧，懸麻卻散絲。頹牆通犬豕，破柱出蛟螭。野潤風光秀，涼生枕席宜。撥雲開日月，噀水出虹蜺，貧可留須捷。恩當記扊扅，蒼頭行冒雨，赤腳出衡泥。……

方回《律髓》，卷十七〈晴雨類〉評曰：「『扊扅』一句，言雨中婦以明牡爲炊，攻苦食淡，異時不可忘也。揚雄《方言》：『南楚凡人貧衣被醜弊，謂之須捷，或曰摟裂。』此引用，言雨中解衣以供薪米之費也。」紀昀在此下批曰：「通體皆俗……『懸痲』句拙而雜，『頹牆』句俚。」又如〈別寶江主〉詩：

夜床鞋腳別，何日著行纏。

方回《律髓》，卷四十七〈釋梵類〉評曰：「『夜床鞋腳別』，此本俗語，腳不可以無鞋，而夜寐之際，腳亦無用於鞋，此又以其膠戀執著爲戒也。故後山詩愈玩愈有味。」又如〈別圓澄禪師〉：

磨盤拭筯勸一飽。

任淵注說：「磨盤試筋，蓋俗間語。老杜詩：『低頭拭小盤』」又如〈次韻晁無斁夏雨〉中：

斫斫仍手摩。

任淵注說：「斧斫手摩，本俗間語。」……數量極多，後山頗得老杜不避常語之妙，然除此之外，後山用俚俗字眼很多是杜詩中曾用過而其他詩人很少用的俚俗字眼。例如有「雨腳」、「著」、「畏」、「留眼」、「瞥眼」等等，依次舉例以證明如下。

杜甫詩中「雨腳」是一常用俚語，如：

雨腳但如舊。(〈九日寄岑參〉)

雨腳如痲未斷絕。(〈茅屋為秋風所破歌〉)

後山詩中亦援用此語，如：

雨腳猶須萬里回。(〈臥疾絕句〉)

連朝雨腳垂。(〈和黃預久雨〉)

「著」字在杜詩中是一常用俚俗字眼，用例如：

客睡何曾著，秋天不肯明。(〈客夜〉)

故著浮楂替入舟。(〈江上值水如海勢聊短述〉)

林花著雨燕脂（支）濕。(〈曲江對雨〉)

在後山詩中的用例：

緣溪斜著兩三家。(〈西郊二首〉之二)

倒身無著處。(〈暑雨〉)

春力著人朝睡重。(〈和魏衍聞鶯〉)

故著連峰當極目。(〈和魏衍同登快哉亭〉，卷六)

斷牆著雨蝸成字，老屋無僧燕作家。(〈春懷示鄰里〉，卷十)

秖應報春信，故作著人香。(〈黃梅五首〉之五，卷二)

若個丹青裏，猶須著此翁。(〈次韻秦少游春江秋野圖〉，卷一)

「畏」一字在杜詩中已成杜味的代表，杜詩中處處可見：

畏虎不得語。(〈宿青溪驛奉張員外十五兄之緒〉)

嬌兒不離膝，畏我復卻去。(〈羌村三首〉之二)

反畏消息來，寸心亦何有。(〈述懷〉)

畏人成小築。(〈畏人〉)

已畏空樽愁。(〈晦日尋崔戢李封〉)

盡室畏途邊。(〈自閬州領妻子卻赴蜀山行三首〉之一)

後山亦用之：

枕我不肯起，畏我從此辭。(〈別三子〉)

畏人惟可飲。(〈野望〉)

晚來聲更惡，始覺畏途邊。(〈顏市阻風二首〉之二)

杜甫喜用「留眼」一詞，如：

留眼共登臨。(〈渝州候嚴六侍御不到先下峽〉)

後山在詩中亦常用：

直須留眼送歸鴻。(〈送王元均貶衡州兼寄元龍二首〉之一)

留眼未須穿。(〈寄滕縣李奉議〉)

杜甫用「瞥眼」一詞：

呀坑瞥眼過。(〈解憂〉)

後山也用，如：

瞥眼怪鳧鷖。(〈巨野〉)

俗字有存眞之效，詩要描繪實情實景，若偶用俚俗字面，反而能收眞切平易之效。後山詩風有平易一格，乃因他善學杜詩，採用俗語俚語等現實性的民間語言，才使其詩能痛敘人情，妙達物理。

第三節　以故為新

黃山谷在《山谷詩內集》，卷十二〈再次韻楊明叔〉一詩小序中云：

> 因明叔有意於斯文，試舉一綱而張萬目：蓋以俗為雅，以故為新。百戰百勝，如孫吳之兵法；棘端可以破鏃，如甘繩飛衛之射。此詩人之奇也。

後山接受山谷「以俗為雅，以故為新」的主張亦在其詩話中錄：

> 閩士有好詩者，不用陳語常談。寫投梅聖俞，簽書曰：「子詩誠工，但未能以故為新，以俗為雅爾。」

運用故語與俗語是宋詩話中論及造語的重要原則，後山運用俗語的表現我們已在上一節中言及，而故語的運用主要是指用典和奪胎換骨法。如何運用書籍中之故語、前人之詩語，而造出屬於自己的語言風格，已成宋人在歷史處境中的一個時代意義。

黃山谷說杜甫詩無一字無來歷，〔註 40〕正說明他是以故為新的此一路數中的典型、巨匠，杜甫化用古人的詩句，即能賦予其新生命，創造出符合自己詩歌立意的特殊風貌，後山在「以故為新」的詩法上，亦學習杜甫化用故語的表現，同時，後山在化用故語選擇的詩語、典故來源，多是杜語，這是後山對杜詩已至熟稔化為自然反射的境地，關於這點，葛立方和紀昀都有這樣的認定，例如葛立方《韻語陽秋》，卷二云：

> 客言後山詩多點化杜語……余謂不然。後山詩格律高古，眞所謂碌碌盆盎中，見此古罍洗者。用語相同，乃是讀少陵詩熟，不覺在其筆下，又何足為公病。

方回《瀛奎律髓》，卷四十三〈遷謫類〉評〈次韻無斁偶作〉下，紀昀批曰：

> 結得和平，詩人之筆。偶用杜句，蓋一時口熟不覺。

「一時口熟不覺」，因為熟悉杜甫詩作，後山自然多以杜詩作為以故為新的詞藻、典故來源，《詩人玉屑》收《漫齋語錄》亦云：

> 學詩須是熟看古人詩，求其用心處。蓋一語一句不苟作也。

〔註 40〕山谷在〈答洪駒父書三首〉其二中云：「自作語最難，老杜作詩，退之作文，無一字無來處。」，《文集》，卷十九。

> 如此看了，須是自家下筆要追及之。不問追及與不及，但只是當如此學，久之自有箇道理。若今人不學看古人作詩樣子，便要與古人齊肩，恐無此道理。陳無己云：「學詩如學仙，時至骨自換。」此語得之。〔註41〕

這是後山對學古的領悟，「學詩如學仙，時至骨自換」，此種悟入創新的功夫得自對古人詩作的熟稔，而杜詩之於後山，不但給予了「以故爲新」的詩法啓示，且給予了故語的豐富來源，以下我們分就用典和奪胎換骨兩方面以見後山在以故爲新這一路數上宗杜的表現。

壹、用　典

前人的詞藻和典故，是語言的寶庫，後人莫不從中廣資博取，以豐厚寫作材料，達到以簡馭繁、含蓄典雅，使作品更具表現力。這種「援古以證今」的手法的產生，乃文學發展的必然。所以多累積學問是基礎的功夫。就供給用典的材料而言，自然愈多愈好；但就用典技巧本身的表現而言，便要講求精約、簡覈，尤其是詩要求以最少的文字表達豐富而深刻的內涵，欲求深寓暗示、含蓄委婉，必須藉典故以充實之。所以用典不但可以顯示出作者的博學，也可顯示作者如何轉化運用學問的才能，徐復觀先生也說：

> 就典故而論，詩人是要以精約地字句，表現豐富地感情——或想像，並製造出適合於感情的氣氛、情調。假使用典用得好，便可成爲文學上最經濟的一種手段。因爲一個典故的自身，即是一個小小的完整世界；詩詞中的典故，乃是在少數幾字的後面，隱藏了一個小小世界；其象徵作用之大，製造氣雰之容易與豐富，是不難想見的。〔註42〕

詩中善用典故，便能增加作品的深度，一個小小的詞語，可以是一個豐富自足的世界，從文字間輻射出來的意義，往往超越表面的形式。

〔註41〕《詩人玉屑》，卷五中〈初學蹊徑〉，世界書局印行，頁115。

〔註42〕見徐復觀〈詩詞的創造過程及其表現效果——有關詩詞的隔與不隔及其他〉，收於《中國文學論集》，學生書局印行，頁118。

唐代詩人得天獨厚，承繼前人的文學積累，使得其用典的內容更爲豐富，同時，手法多變，趨於成熟。尤其是杜甫用典精切過人，是唐傑出的大師。張戒《歲寒堂詩話》云：

詩以用事爲博，始於顏光祿，而極於杜子美。

宋詩好議論，爲使議論精約，而多用典故。尤其是江西詩人，自黃山谷標舉杜甫「無一字無來歷」，苦心孤詣地在用典上下功夫。山谷喜用典故，主要是受自杜甫、李商隱的影響，故宋、朱弁《風月堂詩話》云：

李義山擬老杜詩……然未似老杜沈涵汪洋筆力有餘也。義山亦自覺，故別立門户自成一家。後人挹其餘波，號西崑體，句律太嚴，無自然態度。黃魯直深諳此理，乃獨用崑體工夫，而造老杜渾成之地。

李商隱用事精密工切，乃受杜甫影饗，因而西崑體以李爲學習標的，亦善用故實，是以「造老杜渾成之地」，即是說明用典用得如老杜般自然渾然，將典故轉化入作品之中，賦予其言外之意。宋、蔡絛《西清詩話》載：

杜少陵云：作詩用事，要如禪家語：『水中著鹽，飲水乃知鹽味。』此說詩家秘藏也。

水中著鹽，鹽是化在水中無痕跡可見，雖無痕跡可見，卻與未著時的淡薄之味，全然不同，只要飲水的人都可領略得到的。而杜甫能將典故加以適當地轉化，或拉長或縮短或倒轉其語意，使典故在自己的眞情眞景或精神內涵的轉化之中有新生命、新發展，而不是每個字詞有來歷而已，此種轉化的功夫即是「以故爲新」、「不拘故長」。此即薛雪《一瓢詩話》中所云：

不破萬卷書，不行萬里路，讀不得杜詩。

詩中用事，確是杜甫造句取材的主要來歷，山谷、後山在詩中用典乃受自杜甫的影響，後山在詩話中更稱譽杜甫：

孟嘉落帽，前世以爲勝絕。杜子美〈九日〉詩云：「羞將短髮還吹帽，笑倩旁人爲正冠。」其文雅曠達，不減昔人。謂詩非力學可致，正須胸中度泄爾。

後山之意，蓋謂老杜用古人之事，分毫不減原意，而文辭雅潔，筆情閎肆流宕則有餘味。後山亦宗杜詩之善用典故，於此可舉宋、許尹〈黃陳詩注序〉爲佐證：

> 宋興二百年，文章之盛，追還三代，而以詩名者，豫章黃庭堅魯直、其後學黃而不至者，後山陳師道無己。二公之詩，皆本於老杜而不爲者也，其用事深密，雜以儒佛虞初稗官之說，雋永鴻寶之書，牢寵漁獵，取諸左右，後生晚學，此秘未睹者，往往苦其難知，三江任君子淵，博極群書，尚友古人，暇日遂以二家詩爲之註解，且爲原本立意始末以曉學者，非若世之箋訓，但能標題出處而已也。既成以授僕，欲以言冠其首。予嘗患二家詩，興寄高遠，讀之有不可曉者，得君之解，玩味累日，如夢而寤，如醉如醒，如痿人之獲起也，豈不快哉！

許氏之言，可爲後山在用典方面是受自杜甫影響的佐證：「二公之詩皆本於老杜而不爲者也，其用事深密，雜以儒佛虞初稗官之說，雋永鴻寶之書，牢寵漁獵，取諸左右。」，其取材之廣，可以想見。披讀後山詩集，可以發現其用典之句，比比皆是。以下即針對後山在用典的材料和用典的方法兩方面宗杜的表現：

一、用典的材料

就用典的材料一般性質而言，可分爲兩類，即「用事」與「用辭」二端。

（一）用　事

用事即以古籍之所載的事件、故實或寓言以作詩，通常是在原敘述文字中，抽取人、事、宮、地之名，或關鍵性字眼，以代表原事件。〔註 43〕因爲昔人已有之事，皆含蘊著爲人所公認之道理，或此典事已深印於人心，成爲一固定的是非價値判斷的模式，於是用事即可爲詩人諷

〔註 43〕見郭玉雯先生所撰《宋代詩話的詩法研究》，台大中文研究所博士論文，第十二章〈論用典〉。

刺隱喻之作。援古證今，在曲折迂迴的過程中，作者可藉以曲達己意。

歷史的迭換過程總有驚人的相似之處，不同時代的人物也常常有著相似的遭遇和命運。後世文人詩人借歷史人物故實以寄託理想、抒發感情時，總是尋求某種相似點，這是借古喻今的用典藝術所以成立的關鍵。劉明華先生說：

> 唐人與前代文學的一個重大差別，就在於唐人用典已從文字走向人並且兩者兼備，尤其是「人的覺醒」的魏晉時期的眾多人物，在杜甫筆下得到普遍反映……杜甫自覺不自覺地模仿著魏晉風度。縱觀一部杜詩，無不表現著對魏晉人物的神往。〔註44〕

杜詩中關於人物的典故常是寄託興致懷抱，擇取與自己有相若遭遇的人物入詩中，他用典不但體現了情性抱負，且在一定程度上反映了他的生活狀況，例如以陶潛作爲「借酒澆愁」的故實，〈可惜〉詩中：

> 寬心應是酒，遣興莫過時。此意陶潛解，吾生後汝期。

〈復愁十二首〉云：

每恨陶彭澤，無錢對菊花。

這是杜甫對陶潛性情和文學的精確概括，也融進了杜甫的興致和風神，保留了「借酒澆愁」的基調。

又以謝氏諸君爲推崇的對象，在〈宴王使君宅題二首〉之二云：

> 漢主追韓信，蒼生起謝安。吾徒自漂泊，世事各艱難。

借用謝安受命於亂世的典故，抒發懷才不遇的情懷。同時杜甫亦欣賞謝氏人物的才學，例如：

> 孰知二謝將能事，頗學陰何苦用心。(〈解悶十二首〉)
>
> 禮加徐儒子，詩接謝宣城。(〈陪裴使君登岳陽樓〉)
>
> 焉得思如陶謝手，令渠述作與同游。(〈江上值水如海勢〉)
>
> 江山清謝朓，草木媚丘遲。(〈秋盡〉其二)

〔註44〕劉明華先生〈杜詩的用典〉，見《杜詩修辭藝術》，大陸中州古籍出版社，頁59。

對於謝氏的詩情興緻，杜甫表現出嚮往之情。

又以原憲和司馬相如為自己窮愁多病的代表，例如：

竊笑貢公喜，難甘原憲貧。（〈奉贈韋左丞丈二十二韻〉）

弟子貧原憲，諸生老伏虔。（〈寄賈嚴五十韻〉）

我多長卿病，日夕思朝廷。（〈同元使君舂陵行〉）

多病長卿何日起，窮途阮籍幾時醒？（〈即事〉）

不達長卿病，從來原憲貧。（〈奉贈蕭十二使君〉）

以長卿、原憲的貧、病、不遇，突出了自己「內外交困」的悲哀。

以上所舉皆是杜甫用事典之例，以古人事蹟反映自身遭遇；而後山宗杜，在用事方面亦多以他一心學習的杜甫為取材來源，例如：

杜老秋來眼更寒，蹇驢無復逐金鞍。（〈戲寇君二首〉其一）

書生作意一斑足，杜陵據鞍兩眼寒。（〈城南夜歸寄趙大夫〉）

學詩初學杜少陵，學書不學王右軍。（〈贈知命〉）

君不見天杜陵翁，屈宋才堪作近鄰。（〈和魏三日二首〉其二）

君不見杜陵老翁語，湘娥增悲真宰泣。（〈和魏三日二首〉其二）

由以上所陳的詩例，皆可見後山對杜甫的推崇，除標舉杜甫外，後山亦多以杜詩中常出現的六朝人物為用典的來源，例如：

不共盧王爭出手，卻思陶謝與同時。（〈絕句三日二首〉其二）

不妨兼識謝宣城。（〈送倫化主〉）

前生阮始平，今代王摩詰。（〈晁無咎畫山水扇〉）

事多違謝傅，天遽奪楊公。（〈丞相溫公挽詞三首〉之一）

馬游從昔哀吾老，王粲當年賦異鄉。（〈再和寇十一二首〉之一）

論文到韓李，念舊說蘇鄭。（〈次韻答晁無斁〉）

韓李，指韓愈與李翱；蘇鄭，指蘇源明與鄭虔，此二人是杜甫的好友。後山此二句是模仿杜甫句式而來，杜甫有〈贈秘書監江夏李公邕〉詩云：「論文到崔蘇」，後山則云：「論文到韓李」；杜甫〈寄薛三郎中〉詩：「早歲到蘇李，痛飲情相親。」後山則云：「念舊說蘇鄭」。

綜上所述，後山用事典多借古人以喻己友，或借古事以言今事，皆能借典故以善作比喻、化繁爲簡，會心於莫逆之間。

（二）用　辭

凡以經史子集之舊說或前人詩文之成辭，予以剪裁而入詩中，讀者可以由語詞知其義，此類用典在後山詩集中佔極大份量，且多由杜甫詩句蛻化而來。杜甫早已長於此道，用經史語入詩，宋人黃徹在《䂬溪詩話》，卷七中云：

> 杜集多用經書語：如「車轔轔，馬蕭蕭。」未嘗外入一字。如「天屬尊堯典，神功協禹謨。」「卿月升金掌，王春度玉墀。」「齋潭鱣發發，春草鹿呦呦。」皆渾然嚴重，如天陛赤墀，植璧鳴玉，法度森鏘。然而後人不敢用者，豈所造語膚淺不類耶？

又吳師道云：

> 凡作詩難用經句，老杜則不然，「丹青不知老將至，富貴於我如浮雲」，若自己出。

上舉黃、陳二氏所謂的「經書語」、「經句」，多指經書中之片語，偶爾夾雜一二於全句，羼入詩中，自然貼切，不見痕跡，宛如出於自己手筆。後山稱揚杜甫無一字無來處，亦精於此道，宋人詩話中多所言及後山在用辭方面的表現，例如曾季貍在《艇齋詩話》云：

> 後山：「楊柳藏鴉白門下。」出古樂府：「暫出白門前，楊柳可藏烏。」
>
> 後山：「平生西方願，擺脱區中緣。」出謝靈運詩：「想像昆水姿，緬邈區中緣。」
>
> 後山作〈南豐先生挽詞〉云：「侯芭才一足，白首太玄經。」本李白詩：「誰能書閣下，白首太玄經。」

又吳曾《能改齋漫錄》云：

> 陳後山別張芸叟詩云：「此別時須問生死，熟知詩律解窮人。」韓子蒼〈送張右司〉詩云：「孰知此別常乖隔，莫惜書來訪死生。」或者謂用柳子厚〈與王參元書〉云：「因儻

> 南來，還書問死生。」非也。蓋本出梁王僧孺〈送商何兩記室〉云：「儻有還書便，一言訪死生。」（卷七〈事實〉）
>
> 陳後山〈贈黃知命詩〉：「公家魯直不解事，愛作文章可人意。」按楊修〈答臨菑侯〉云：「修家子雲，老不曉事，強著一書，悔其少作。」
>
> 陳無己有山谷草書絕句：「當年闕里與論詩，歲晚河山斷夢思。妙手不為平世用，高懷猶有故人知。」末後兩句，乃合荊公思王逢原詩：「妙質不為平世得，微言但有故人知。」（卷八〈沿襲〉）

以上是宋代詩家對後山用語典的例子的列舉，其取材大多出自經典子書或前人詩文中，取材廣博，尤其在其詩集中取自杜甫詩的例子最多，在運用的技巧上，亦有直接襲用的句子，如：

> 白鷗沒浩蕩。（後山〈從蘇公登後樓〉，卷二；杜甫〈奉贈韋左丞丈二十二韻〉）
>
> 肯作置書郵。（〈歸鴈二首〉之一，卷十；杜甫〈晚秋長沙侍御飲筵送殷六參軍歸澧洲覲省〉）

或更動其中一、二字，例如：「今朝有客傳河尹，是處逢人說項斯」，〔註45〕乃杜句「有客傳河尹，逢人說孔融」，〔註46〕蛻化而來。又如「平生湖飲海興，日夜逐行舟。」，〔註47〕是從杜甫「平生湖海心，宿昔具扁舟」〔註48〕蛻化而來，又如「平生秀句寰區滿」，〔註49〕是化用杜句「最傳秀句寰區滿」〔註50〕而來。

後山除了直接取用杜句或更動一、二字者之外，大部分都能加以變化運用，他將杜詩二、三句合為一句，如把「大兒聰明到，能添老

〔註45〕後山〈寄泰州曾侍郎〉。
〔註46〕杜甫〈奉寄河南韋尹丈人〉。
〔註47〕後山〈送謝朝請赴蘇幕〉。
〔註48〕杜甫〈破船〉。
〔註49〕後山〈題高明發高軒過圖〉。
〔註50〕杜甫〈解悶十二首〉之七。

樹巔崖裏；小兒心孔開，貌得山僧及童子」，〔註 51〕化爲「聰明一旦開」。〔註 52〕又如將「斯文憂患餘」〔註 53〕及「生還對童稚，似欲忘飢渴」〔註 54〕二句合爲「還家憂患餘，挽鬚兒女競」。〔註 55〕

或把杜詩一句的意念推廣爲二句或多句，如把「天宇清霜淨」〔註 56〕一句，推廣爲「詩來霜雪後，更覺天宇淨」。〔註 57〕又如將「上方重閣晚」〔註 58〕一句，推廣爲「南山樓觀插穹蒼，林杪青燈出上方」。〔註 59〕又如將「大聲吹地轉」〔註 60〕一句，推廣爲「水到西流闊，風從北極來。聲驅峽口圻，力拔嶺根摧」。〔註 61〕

或推翻杜詩原意，如「羞將短髮還吹帽，笑倩旁人爲正冠」爲杜句，後山卻說：「巾帽猶堪笑語傾」，〔註 62〕以及「只消著帽受西風，不待風流到新句」。〔註 63〕又如杜甫詩「囊空恐羞澀，留得一錢看」，後山反用其意而說：「歸塗囊盡不留錢」。〔註 64〕

由以上所舉的例子看來，後山在各方面都嘗試過，不是一味地模仿杜詩，並且能推陳出新，紀昀對他〈宿深明閣〉第二首的第五、六句的變化致讚賞之意：

> 五六（按：「時要平安報，反愁消息眞」）即「深知問消息，不忍道如何」之對面，從老杜「反畏消息來」句脫出，而換一「眞」字，便有路遠言訛驚疑萬狀之意，用意極其沈

〔註 51〕杜甫〈奉先劉少府新畫山水障歌〉。
〔註 52〕後山〈送孝忠二首〉之二。
〔註 53〕杜甫〈鑿石浦〉。
〔註 54〕杜甫〈北征〉。
〔註 55〕後山〈別黃徐州〉。
〔註 56〕杜甫〈九日楊奉先會白水崔明府〉。
〔註 57〕後山〈病起〉。
〔註 58〕杜甫〈山寺〉。
〔註 59〕後山〈再和寇十一二首〉之一。
〔註 60〕杜甫〈江漲〉。
〔註 61〕後山〈顏市阻風二首之一〉。
〔註 62〕後山〈送趙承議〉，卷四。
〔註 63〕後山〈九月九日夜雨留智叔〉，卷九。
〔註 64〕後山〈送孝忠落解南歸〉，卷九。

刻。(《瀛奎律髓》,卷四十三〈遷謫類〉)

足見上述各方面的運用嘗試,亦是後山所主張的「以故爲新」一貫努力的表現。

以上我們所談的是就用典的材料而言,以下我們所要談的是後山用典的方法。

二、用典的方法

用典的方法,向以正用、反用、明用、暗用、活用、精切爲類。然此種分類,並非截然分明,其中尙有混淆之處。本文擬據用典的依循原則,做最適切的歸類:

正、反者,乃就其內涵意義而別。正用者,乃循同向相強的原則而來,反用者,翻轉典實意義,否定而用之也。

明、暗者,乃就其外在形式而分也,可明見其爲用典者,謂之明用;不能明見其爲用典者,即爲暗用。

活、切者,乃就用典所生的效果或用典所據的原則而分也。活用者,順移典實之意,靈活而用之也,精切者,精妙貼切地使用典實,不可移易也。

(一)正 用

詩中所用的事辭,與詩人所欲表達的情感意旨相類,此乃循同相加強的原則而來,在典故中既成一小小完足的世界,含蘊豐富的內涵,以此內涵再加上作者本身所表達的切身經驗,則兩相並列,更能相互發明。例如杜甫〈別房太尉墓〉云:

對棋陪謝傅,把劍覓徐君。

上句用《晉書·謝安傳》:「謝玄等破苻堅,有檄書至,安方對客圍棋,了無喜色,安薨,贈太傅。」杜甫以謝傅圍棋的鎭定自若、儒雅風流來比喻房琯,是採用正向相若的人物典型爲比。下句是用《說苑》所載:「吳季札聘晉,過徐,心知徐君愛其寶劍。及還,徐君已歿,遂解劍繫其冢樹而去。」杜甫以季札自比,表示對亡友的深厚情誼,雖死不忘。上句語出迴護，而不失大體；下句思念房琯，而引出季札事作比，可說非常委婉含蓄，典故的豐富內涵加上詩人所欲表達的情意，兩相並列，正加強了杜甫對房琯深沈而含蓄的感情。

後山亦正用典故，如〈九日寄秦觀〉：

> 淮海少年天下士，可能無地落烏紗。

二句是用《世說新語・識鑑》載：「晉孟嘉爲征西大將軍桓溫參軍。九月九日游龍山，賓僚咸集，皆戎服。有風吹嘉帽，初不覺。溫令孫盛作文以嘲之，嘉即時作答，四坐皆服。」從此，「九日脫帽」就成了重陽登高的典故。後山用此典，說明自己雖己漸趨老境，然逢此佳節，仍興緻勃勃，何況以秦觀這樣的少年豪傑之士，豈能不結伴登高，寫出優秀的詩篇來？乃循正向加強的意味而用故實，後山以秦少章的青年意興與自己的向老情懷成對照，更見其朋友間的慰勉相憶之情。

後山正用典故，亦常用杜句來推衍，例如〈元日〉詩：

> 老境難爲節，寒梢未得春。一官兼利害，百慮熟疏親。積雪無歸路，扶行有醉人。望鄉仍受歲，回首望松筠。(卷四)

「老境難爲節，寒梢未得春」乃杜句「爲冬不亦難」化用而來。「一官兼利害，百慮熟疏親」乃杜句「時危關百慮」化用而來。「望鄉仍受歲，回首望松筠」乃杜句「望鄉應未已」化用而來。

(二)反　用

嚴有翼《藝苑辭黃》云：「文人用故事有直用其事者，有反其意而用之者。」反用典故，比正用多一層迂曲，需要更多的巧意匠心。大抵古人史事與詩人現今的社會或感受經驗有重大的差異，於是兩種不同的經驗均放入詩中，最易使詩意產生質疑、批判、翻轉的意味，在姿態上有著新奇非常的張力。杜甫詩中反其意而用之的例子亦運用得十分佳妙，例如：

> 池僻無網罟，水清反多魚。(〈五盤〉)

此兩句詩，敘述五盤風景，鳥不避人，魚安於水。其中「水清反多魚」，用楊雄〈答客難〉：「水至清則無魚」而加以反用，其目的是想藉以突顯五盤嶺當地淳樸風俗，用得極自然。又如：

> 老去才難盡，秋來興甚長。(〈寄高史君岑長史〉)

上句是反用《南史》:「江淹晚年才思微退，時人謂之才盡。」事，敘述自己年華老去，但是才華未盡，逢秋而詩興更長，此亦翻案法。又如前面談及正用典故時所舉的「孟嘉落帽」事，杜甫〈九日藍田崔氏莊詩〉云:「羞將短髮還吹帽，笑倩旁人爲正冠」，反其意而用之。孟嘉以落帽爲風流，杜甫則以不落帽爲風流，楊誠齋的《誠齋詩話》評此聯云：

> 「羞將短髮還吹帽，笑倩旁人爲正冠」將一事翻騰作一聯，又孟嘉以落帽爲風流，少陵則以不落帽爲風流，翻盡古人公案，最爲妙法。〔註65〕

杜甫反用古人典故，將「強自寬」、「盡君歡」之意，更說透一層。後山對此，亦持讚賞的態度：

> 孟嘉落帽，前世以爲勝絕。杜子美〈九日詩〉云:「羞將短髮還吹帽，笑倩旁人爲正冠」其文雅曠達，不減昔人。故謂詩非力學可致，正須胸度中泄爾。(《後山詩話》)

在後山集中，反用典故比例佔大多，例如：

> 百年先得老，三敗未爲窮。

是反兩《史記》中「三戰三北」的典故，春秋時代，管仲與鮑叔相交，管仲自嘆「吾嘗三戰三北，鮑叔不以我爲怯，知我有老母也。」後山在此是化用「三戰三北」之語，表明自己不因遭際坎坷而喪失志氣，仍要一如既往，堅持操守，直道而行，不效阮籍窮途之哭。又如：

> 意得寧論晚。(〈送何子溫移亳州三首〉之二)

此乃翻用杜甫「論交翻恨晚」之意。又如：

> 歸塗囊盡不留錢。(〈送孝忠落解南歸〉)

此句乃翻用杜甫「囊空恐差澀，留得一錢看」句。

> 花間著語老猶能。(〈寄晁無斁〉)

此句乃翻用杜甫「不堪驅使菊花前。」後山反其意而用之。

由上所舉，可知後山反用典故亦多以杜句爲典故來源，反其意而

〔註65〕收於丁福保輯《歷代詩話續編（上)》。

用之。

（三）明　用

詩中所徵引的典故乃明言其人、或明指其地、或明引其事，使人一見可知其爲用典，謂之明典。杜詩之用明典甚多，如〈秋興八首〉之三：

匡衡抗疏功名簿，劉向傳經心事違。

兩句以匡衡和劉向作比，抒寫自己政治不得志的情懷。匡衡抗疏，扶搖直上；自己上疏救房琯，一斥不返。劉向直諫，猶能典校五經；自己老病漂泊，功業無成。兩相對照，多麼不公平！詩人長期以來，忠君愛國卻遭打擊的悲憤，政治理想破滅的痛苦，都在這兩句中曲折地表達出來了。兩句中，上四字明寫古人；下三字是寫自己。在寫古人時又兼寫自己，是明用典故的詩例。

後山用明典的詩例比比皆是，如〈和黃預病起〉：

李賀固知當得疾，沈侯可更不勝衣。

首句用《唐書》李賀母探錦囊中，見所書詩多，即怒曰：「是兒欲嘔出心乃已耳」之事：對句用《南史・沈約傳》的沈約老病百日數旬，革帶常應移孔，約死，謚隱侯之事。

又如〈杜侍郎挽詞〉：

能令羊季子，不肯過西州。

此詩明用《晉書・謝安傳》羊曇事。羊曇爲謝所珍視，安薨後，不樂彌年，行不由西州路。蓋明用其典也，不一一舉。

（四）暗　用

詩中用典，若能使語句渾然無跡可循，其中縱橫變化，高深莫測，渾然不測其象也。雖不言明其人其事，然其人其事則暗藏其中，此所謂暗用也。暗用之法，讀者乍看之下，或許只能知其情意，然再加反思咀嚼即可洞悉作者所用的典事，然作者的使用不露痕跡，使事如不使也，此即宋、蔡絛《西清詩話》所載：

作詩用典，要如禪家語：「水中著鹽，飲水乃知鹽味」，此

> 說乃詩家秘藏也。如「五更鼓角聲悲壯，三峽星河影動搖。」人徒見凌轢造化之工，不知乃用事也。〈禰衡傳〉：撾漁陽操，聲悲壯。〈漢武故事〉星辰動搖，東方朔謂民勞之應。則善用者，如係風捕影，豈有跡邪？〔註66〕

古今詩話以爲作詩用事之道，乃在暗用。即如水中著鹽，了無痕跡，飲水後乃知鹽味。杜甫〈閣夜〉詩句：「五更鼓角聲悲壯，三峽星河影動搖。」表面看不出來用典，但已覺氣壯山河，見造化之工。及知「聲悲壯」乃出自〈彌衡傳〉；又「影動搖」出自漢武故事，爲勞民之應，方悟其指稱漁陽戰鼓聲動，戰禍傷兵殘民之事，而體會出更爲深遠的意味來。

暗用典故可增加詩句的深味，因用其意而隱其語，使人渾然不覺其用事。杜甫用事清新精妙，不露痕跡，深得宋人的盛讚，又黃徹《碧溪詩話》，卷六云：

> 蕭文奐能書善畫，於扇上圖山水，咫尺之內，便覺萬里爲遙。老杜〈戲題山水圖〉：「尤工遠勢古莫比，咫尺應須論萬里。」乍讀似非用事，如「男兒既介胄，長揖別上官。」用介胄之士不拜，「婦人在軍中，兵氣恐不揚。」用「軍中豈有女子乎？」皆用其意而隱其語。

暗用用得好，能以古喻今，而且在新的詩句中，典故的意義能得到更好的發揮。

杜甫〈戲題王宰畫山水圖歌〉：「尤工遠勢古莫比，咫尺應須論萬里。」咫尺萬里從字面即可瞭解其意，杜甫稱讚王宰就像精於繪畫的蕭文奐，能在咫尺的篇幅中，繪出山河萬里的景象。假若在字面上直用蕭文奐的典故，最多只得一比擬而已，無法使典故的意義得到新的發展。「男兒既介冑，長揖別上官。」用介冑之士不拜，「婦人在軍中，兵氣恐不揚。」用「軍中豈有女子乎？」皆用其意而隱其語。就作者而言，雖然運用了典故，不過並沒有刻意尋求，也可能平常已熟習，

〔註66〕見《苕溪漁隱叢話》前集卷十引《西清詩話》。

故不知不覺流於筆下。

杜甫能將典故完全化於數語中，又如「前村山路險，歸醉每無愁」（〈題張氏隱居二首〉之二）即暗用《莊子》「醉者之墜車，得全於酒」之意。又如「一雙白魚不受釣，三寸黃甘猶自青」（〈即事〉），上句即暗用古詩「遺我雙鯉」也。

後山詩中亦有用暗典的例子，如：

早棄人間事，直從地下游。（〈南豐先生挽詞〉）

首句暗用《漢書・張良傳》的「願棄人間事，欲從赤松子之游」之事，表明南豐先生已與世長辭，拋棄了人間的一切，而九原難作，相見無期。表達了南豐逝世的堪悲。對句暗用〈朱雲傳〉的「臣得下從龍逄比干遊于地下足矣」之事。地下從游，只不過勉作心靈上的自慰，表達了自己沈痛的悼念。又如：

老懷吾自異，不是故違人。（〈早春〉）

兩句是說臨老愁懷有所變化，不是有意與人相反啊！是暗用《南史》沈懷文素不飲酒，又不好戲，宋孝武謂故欲異己，謝莊嘗戒曰：「卿與人異，亦何可久？」懷文曰：「非欲異物，性之所不能矣」。後山用此，暗採其意，其實詩中的「自異」、「違人」，只不過是作者強作分別罷了。又如：

天下寧有此，昔聞今見之。（〈別三子〉）

兩句暗用《後漢書・伏后傳》曹操逼帝廢后事。獻帝謂郗慮曰：「郗公天下寧有是邪」，此事亦夫婦不相保者，故後山取其語用之。雖使事而無跡。

（五）活　用

詩中用事，宜令事爲我用，而不爲事使。即是說純然以自己所欲表達的用意爲主，而將典故加以適當的轉化，或拉長或縮短或倒轉其語意，或借用古人語而不用其意，或沿襲其本事而更易其本字者，使典故成爲作品的組成部份，渾化在詩境中，典故在己意的轉化中有了新發展、新生命，絕不是循原來的意思再重覆出現一次而已，如此一來，典故既然是在己意的掌握之中，雖是古事古語，因被援引以表達己意，便有如發諸自己肺腑中一般。此種陳詞出新意的用典法即活用典故法。即原典與題旨不相涉，僅借故事中相關的某一部分以說明題旨。杜甫是活用典故的高手，例如〈冬日有懷李白〉詩云：

　　更尋嘉樹傳，不忘角弓詩。

按《左傳》云：「晉韓宣子來聘，公享之。韓子賦角弓。既享，燕於季氏。有嘉樹焉。宣與之。武子曰：『宿敢不封殖此樹，以無忘角弓。』遂賦甘棠。」此本以使臣之賦詩見答爲意，今杜甫乃借以言自己之不忘李白，猶季武子之不忘韓宣也。此乃借用其詞而不用其意者。又如〈新婚別〉詩中：

　　婦人在軍中，兵氣恐不揚。

是用〈李陵傳〉：「我士氣少衰而鼓不起者，何也？軍中豈有女子乎？搜皆得斬之。」杜甫稍加改動典故詞面，而合於所敘事情，但乍讀之下，並不覺其用典，靈活渾然，與作者的主觀感情合而爲一。又如〈禹廟〉詩：

　　荒庭垂橘柚，古屋畫龍蛇。

此二句，依浦起龍《讀杜心解》，卷三之四分析說：「三四，孫莘老云：『苞橘柚』、『驅龍蛇』，皆禹事。余按妙只是在寫景，有意無意。」「荒庭垂橘柚」，用《尚書・禹貢》：「厥包橘柚」事；「古屋畫龍蛇」則用《孟子》：「驅龍蛇而放之菹」，皆爲大禹事，然而這兩個典故，正好配合眼前的景物，描繪了秋天至禹廟所見庭中之物、廟壁所繪之畫。橘柚空垂，見出荒庭寂靜；壁畫斑爛，又見出古屋肅穆，兩句寫景，已甚活現。正如明、胡應麟《詩藪》內篇評云：

　　「荒庭垂橘柚，古屋畫龍蛇。」……杜用事入化處。然不作用事看，則古廟之荒涼，畫壁之飛動，亦更無可著語，此老杜千古絕技，未易追也。

施補華《峴傭說詩》云：

　　死典活用，古人所貴。少陵〈禹廟詩〉：「荒庭垂橘柚，古屋畫龍蛇。」橘柚、龍蛇，用禹事。如此點化，即成景語，甚妙。

後山用事亦十分靈活生動，例如〈送蘇公知杭州〉詩：

豈不畏簡書，放麑誠不忍。

此詩對句是借秦西巴放麑違命以比己心不忍不越境追送師友。任註云：「此句與上句若不相屬，而意在言外，叢林所謂活句也。按《韓非子》：『孟孫獵得麑，使秦西巴載之持歸，其母隨之而啼，秦西巴弗忍而與之，孟孫大怒，逐之，三月，復召以為子傅，曰：夫不忍麑，且忍吾子乎？』……後山越法出境，以送師友，亦放麑之類也。」（《後山詩箋注》，卷二），後山活用此典堅定地表示寧可違命，也必須追送蘇公的心意，後山之重情，由此可知。又如〈雪後黃樓寄負山居士〉云：

不盡山陰興，天留憶戴公。

二句是兩了《晉書》中王徽之「雪夜訪戴」的故事：「王徽之嘗居山陰，夜雪初霽，忽億戴逵，逵時在剡溪，便夜乘小船詣之，經宿方至，造門不前而反，人問其故，徽之曰：『本乘興來，興盡而返，何必見安道耶？』」這個雪夜訪戴的故事歷來為詩人墨客所泛稱引，用來表現高人雅士的逸興。後山在這裡更深一層發掘其意義。意指王徽之因訪戴而起山陰之興，興盡之後，億戴公之念亦熄。而自已寧可不去拜訪張仲連，以使山陰之興不盡，這樣便可以使相思之情長留在心中了。此二句既見詩人沖淡的情懷，又可見其友情之誠篤，把這個濫用的典故翻出了新意。故典新用，死典活用，這是江西詩派宗杜用典的要旨，「乘興而來，興盡而返」，如果直用其語，就不成其後山了。

（六）精　切

所謂用事精切，是指精妙貼切，不可移易而言。杜甫用典，極重精切，其剪裁舊典，必可切合詩意作最適當的發揮，或切人，或切物，或切事，或切地，幾乎無一冗筆。

杜甫亦常以切姓切官的人事來聯繫形式與內容，例如：

杜酒偏勞勸，張梨不外求。（〈題張氏隱居二首〉之二）

據仇兆鰲引〈急就篇〉注：「古者儀狄作酒醪，杜康又作秫酒。」，並引魏武帝樂府：「何以解憂，惟有杜康。」及潘岳〈閑居賦〉：「張公大谷之梨」，這二句是用典，然而，「杜酒」恰好切老杜姓，「張梨」恰好切張氏之姓，不但用事精切，又切賓主，極為精妙。又如：

長沙才子遠，釣瀨客星懸。(〈寄賈司馬使君詩〉)

上句是用《漢書》：「賈誼以大中大夫謫長沙王太傅。」事，以切賈司馬姓；下句用《後漢書》：「嚴光耕富春山中，後人名其釣處為嚴陵瀨。」事，以切嚴使君姓，用事精切，不可移易。又如〈送王十五判官扶侍還黔中得開字〉：

青青竹筍迎船出，日日江魚入饌來。

讀來若似寫王氏還黔途中之佳景耳。然《楚國先賢傳》云：「孟宗最孝，母好食筍，冬月無之，宗入林中哀號，筍為之生。」又《東觀漢記》云：「姜詩與婦傭作養母，母好飲江水，嗜魚鱠，俄而湧泉舍側，味如江水，每旦出雙鯉魚。」乃知二句皆養事，於題中用「扶侍」字最切。

杜甫用事妥貼自然，切合其實，後山亦能使精切之事，如〈寄亳州何郎中二首〉之二：

已度城陰先得句，不應從俗未忘葷。

上句是用何遜事，何遜有詩云：「城陰度塹黑，昏鴉接翅稀。」下句指何胤，《南史》云：「何胤二兄求點，並棲遁，世號點為大山，胤為小山。胤侈於味，食必方丈，周顒觀令食菜」。〔註67〕此詩題目是「寄亳州何郎中」，對象姓何，所以兩句都用何氏事，乃切姓之用典法。又如〈除官〉云：

扶老趨嚴召，徐行及聖時。端能幾字正，敢恨十年遲。肯著金根謬，寧辭乳媼譏。向來憂畏斷，不盡鹿門期。

清人賀裳於《載酒園詩話》，卷五對此詩評曰：「用事切當，第三語尤天然巧合」。此詩乃後山剛除受「正字」職。第三句的「端能幾字正」是引用唐玄宗時的一個故事，劉晏年僅十歲，以神童為秘書省正字，玄宗問劉晏：「為正字，正得幾字？」劉晏說：「天下字皆正，惟朋字

〔註67〕見卷七任淵注〈和黃預感懷〉。

未正。」後山想，劉晏才十歲即爲正字，自己已近五十歲，才得正字，所以有「敢恨十年遲」之慨。「金根謬」指韓愈的兒子韓昶，當爲集賢校理時，因性情闇愚，把史傳「金根車」，悉錯改爲「金銀車」，爲時人所譏笑。「乳媼譏」加上「寧辭」二字，可見後山受官的欣喜，期待的心情。此詩所用的典故，皆能符合詩意作最佳的發揮，極爲精貼。

貳、奪胎換骨

或謂作詩不可摹擬，這是似是而非的論調。古人作詩，用字貴有來歷有所本，繆鉞的〈論宋詩〉一文云：

> 蓋詩在各種文學體裁中最爲精品，其辭意皆不容粗疏，又須言近旨遠，以少數之字句，含豐融之情思，而以對偶及音律之關係，其選字須較文爲嚴密。凡有來歷之字，一則此字曾經古人選用，必最適於表達某種情思，譬之已提鍊之鐵，自較生鐵爲精；二則此字本身之意義外，尚可思及出處詞句之意義，多一層聯想，含蘊豐富。〔註68〕

摹擬或許是學習過程中不可避免的過程，因爲文學作品的成就是累進的，後人必須在前人既有的基礎上加以推進而形成了文學既往開來，推陳出新的傳統。在詩歌已然發展至成熟的階段，對前人詩作的意涵加以衍化運用，已成文學發展過程中不可或缺的一環。就詩而言，更須在前人的基礎上，追求更精鍊的文字，以故爲新的追求，使得江西詩人的創作有從前人詩作中尋求源泉的傾向。

奪胎換骨法和用典不同。用典是運用典籍中所記載的事或所使用的詞藻；奪胎換骨則直接拿前人詩句或詩篇加以轉化運用。更深切來說，郭玉雯先生有明確的解釋：

> 用典中的語典的運用，不過只限於前人詩作中的一字或一詞，而奪胎法是以句爲單位，將幾句詩奪胎爲一句，或將一句詩奪胎爲幾句詩，不過最常的還是一句奪胎爲一句；語典

〔註68〕見繆鉞的《詩詞散論》，《宋詩論文選輯（一）》收入，復文圖書出版社印行，頁7、8。

> 只是字辭的襲用，是片面的關係，奪胎是句與句之間的轉化，爲語與意的完整關連。至於換骨法，雖然只有意的相干，但也是句與句之間的關係；奪胎換骨法有時甚至是全首詩均轉化於前人之作。所以奪胎換骨可以說是用典法的擴充，比較大的差異除了前所說的字辭與句的不同之外，還有對象的問題，奪胎換骨的對象主要是前人詩作，詞曲也可以；但用典的對象來源很廣，經史子集無不可用。〔註69〕

郭先生之說，甚爲深切，用語典只是一字一詞的轉化，奪胎換骨是一句或一篇的轉化。奪胎換骨是用典法的擴充，二者的道理皆是在前人的詩作上從事創造性的繼承活動。

奪胎換骨之名爲山谷所創立，但此詩法的產生卻是源於宋人的共識。惠洪《冷齋夜話》指出：

> 山谷云：「詩意無限而人才有限，以有限之才追無窮之意，雖淵明、少陵不得工也。然不易其意而造其語，謂之換骨法；窺入（一作規模）其意而形容之，謂之奪胎法。

此乃山谷感於可作爲詩歌情意內涵的材料無窮盡，可是人的才力卻有限，以有限的才力來追逐無窮盡的情意是相當艱苦的，因唐朝詩歌已臻於集大成，內容廣袤，宋承唐後，一方面要承繼此豐厚的詩歌遺產，一方面要在前人既有的基礎上創立自己的風格，所需要的才力學力更甚於前代，所以山谷才會對才力發出時代性的感歎，而創奪胎換骨之詩法。

根據《冷齋夜話》這段話，可知所謂「奪胎換骨」是兩種有關修辭的詩學理論，目的在力追前人詩藝上的成就，尋求詩篇意象的工巧。「奪胎」與「換骨」分別是兩種方法，各有定義，以下分別加以詳明闡述。

黃山谷指出「換骨法」是：

> 不易其意而造其語。

即不改變前人的詩句立意，但造語卻不同，亦即「意同而語異」。是指

〔註69〕〈論奪胎換骨〉，見郭玉雯先生所撰《宋代詩話的詩法研究》，台大中文研究所77年博士論文，第十三章。

變易一種語言形式或者選取新的字辭來傳達和前人相同的立意，而對原作的意境卻沒改變。亦即後人承用前人詩意，但是表達的語法則與前人不同，由於前後人的語法不同，讀者仍然可由二者獲得不同的享受。

「奪胎法」是：

窺入其意而形容之。

意謂體察前人詩句立意，而再作進一層的推展、形容，造就成一種較原先作品更美好生動的意象，即是「奪胎」。「窺入」或作「規模」，此二語辭皆指創作歷程中探究前人作品的知性活動，透過對舊作品的研析反省而悟知其優越處及侷限處，後人仍可加以利用發揮，入乎其內而出乎其外。「形容」一語，則指立於前人的基礎上構思，極盡修飾錘鍊，使自己的詩篇更具象傳神的意思。再簡而言之，「奪胎法」亦即前人詩意雖佳，但此詩意之內涵與價值，前人並未開發殆盡，後人仍可加以推衍，使此詩意更加深刻，或使其更加豐富，此即「因人之意，觸類而長之」。

爲了避免落於抄襲的消極作風，詩人應努力在立意造語上推陳出新，才是成熟的作詩方法。通過上述的分析，「奪胎」之「胎」，明顯是指詩句的立意或意象、意境:「換骨」之「骨」，乃指字辭語言，「奪」、「換」二字，則很適切地反映宋人面對前代作品所致力的語言行動，更具體來說，奪胎與換骨是根據舊有的文學材料重新錘鍊轉化詩句意象或調整字辭。即以舊有規模爲基礎，使語言精鍊，使詩意有更新或深遠的改變，二者的意義都在「以故爲新」。所以，有時奪胎換骨之分辨對許多評者而言並不重要，只要是點化前人之作，皆可謂之「奪胎換骨」。但如果二詩在用意上相倣，語詞的關連比較少，應偏向換骨法。因換骨法的成立是基於詩句與詩句之間意涵確定的關聯，用古意而自鑄新詞。如果後詩是在前詩的意境上加以推陳出新，塑模鎔鑄，便偏向奪胎法。

本文的重心在於探討後山在奪胎換骨的詩法上宗杜的表現。杜詩在形式技巧的特色之一即是點化或襲用前人成句，關於此點，歷代詩家多有論述，如楊慎《升菴詩話》，卷五云：

> 陳僧慧標〈詠水〉詩：「舟如空裏泛，人似鏡中行。」沈佺期〈釣竿篇〉：「人如天上坐，魚似鏡中懸。」杜詩：「春水船如天上坐，老年花似霧中看。」雖用二子之句，而壯麗倍之，可謂得奪胎之妙矣。

是謂杜甫春水老年一聯，實奪胎於陳、沈二人之詩句，自成警句，蓋觸類而長之。足見奪胎換骨是杜甫點化前人句法之一雖此法並非始於杜甫，但杜甫讀書破萬卷，則胸如洪爐，前人詩句一經鎔鑄，輒奪胎換骨，煥然一新。又如吳开《優古堂詩話》云：

> 杜詩：「影著啼猿樹，魂飄結蜃樓。」蓋用盧照鄰〈巫山高〉云：「莫辨啼猿樹，徒看神女雲。」

曾季貍《艇齋詩話》云：

> 老杜〈還成都草堂〉詩云：「城郭喜我來」、「大官喜我來」等語，本自樂府〈木蘭〉詩：「爺娘聞我歸」、「阿姨聞我歸」之語，老杜用此體。
>
> 老杜「使君自有婦，莫學野鴛鴦。」出古樂府云：「使君自有婦，羅敷自有夫。」
>
> 老杜「愼勿近前丞相嗔。」出古樂府：「舂梁之下有懸鼓，我欲擊之丞相怒。」

翁方綱《石州詩話》，卷一云：

> 張公燕：「秋風樹不靜，君子歎何深」，即杜之「涼風起天末，君子意如何」所本也。「洞房懸月影，高枕聽江流」，即「入簾殘月影，高枕遠江聲」所本也。杜於唐初前大都攬其菁英，不獨原本家學。

楊萬里《東野農歌集》云：

> 句有偶似古人者，亦有述之者。杜子美〈武侯廟〉詩云：「映階碧草自春色，隔葉黃鸝空好音。」此何遜〈行經孫氏陵〉云：「山鶯空樹響，隴月自秋暉」也。杜云：「薄雲巖際宿，孤月浪中翻。」此庾信「白雲巖際出，清月波中上」也。「出」、「上」二字勝矣。陰鏗云：「鶯隨入户樹，花逐下山風。」

杜云：「月明垂葉露，雲逐渡溪風。」又云：「水流行地日，江入度山雲。」此一聯勝。庾信云：「永韜三尺劍，長捲一戎衣。」杜云：「風塵三尺劍，社稷一戎衣。」亦勝庾矣。

據以上各家之說，點化前人成句確是杜詩寫作的特色之一，一經鎔鑄，輒改變其原來面目，語新意洽，較原句更爲精到貼切。因杜甫熟精文選，故其點化前人成句遠較同時代的各家爲多。陳衍謂杜甫夔州律詩「開宋無限法門」，〔註 70〕杜甫點化前人成句的詩法影響宋人甚鉅，其中尤以山谷和後山二人爲最，故宋、陳長方引章叔度憲云：

每下一俗間言語，無一字無來處，此陳無己、黃魯直作詩法也。(《步里客談》)

後山步趨杜甫，在奪胎換骨的詩法上受杜甫影響頗大，更以杜句加以點化之，如葛立方《韻語陽秋》云：

魯直謂後山學詩如學道，此豈尋常雕章繪句者可擬哉！客言後山多點化杜語，杜云：「昨夜月同行。」後山云：「勤勤有月與同歸。」杜云：「林昏罷幽磬。」後山云：「林昏出幽磬。」杜云：「古人去已遠。」後山云：「新人日已遠。」杜云：「中原鼓角悲。」後山云：「風連鼓角悲。」杜云：「暗飛螢自照。」後山云：「飛螢元失照。」杜云：「秋覺追隨盡。」後山云：「林湖更覺追隨盡。」杜云：「文章千古事。」後山云：「文章平日事。」杜云：「乾坤一腐儒。」後山云：「乾坤著腐儒。」杜云：「孤城隱霧深。」後山云：「寒城著霧深。」杜云：「寒花只暫香。」後山云：「寒花只自香。」如此類甚多，豈非點化老杜之語而成者。余謂不然。後山詩格律高古，眞所謂「碌碌盆盎中，見此古罍洗」者。用語相同，乃是讀少陵詩熟，不覺杜句在筆下，又何足爲公病。

〔註 70〕杜甫居夔州時，有〈再呈吳郎〉：「堂前撲棗任東鄰，無食無兒一婦人。不爲困窮寧有此，祇緣恐懼轉相親。即防遠客雖多事，便插疏籬卻甚眞。已訴征求貧到骨，正思戎馬淚霑巾。」陳衍《石遺室詩話》，卷一謂此詩開宋無限法門，世徒賞其「帶甲滿天地，致此自闢遠。」而已。

後山詩中點化杜詩的句子不知凡幾，在集中比比皆是。以下列舉後山在奪胎換骨詩法的詩例及詩評家對他善用奪胎換骨的評價：

一、換骨法

《王直方詩話》云：

> 潘邠老云：「陳三（後山）所謂『學詩如學仙，時至骨自換』，此語爲得。如「不知眼界開多少，白雲去盡青天回」，凡此之類，皆換骨法也。

後山不僅作詩時大量採用換骨法，而且亦以「學詩如學仙，時至骨自換」〔註71〕來教導後進，可見後山其重視此法。後山的代表作〈妾薄命〉即臨摹了白居易、張籍與劉禹錫的舊作以遠紹其意，對於此點，魏了翁和洪邁皆有提及，分述如下。

魏了翁《鶴山渠陽經外雜鈔》云：

> 劉禹錫詩：「向來行哭里門道，昨夜畫堂歌無人。」白樂天〈燕子樓〉詩亦此意。陳後山：「起舞爲主壽，相送南陽阡。忍著主衣裳，爲人作春妍。」又云：「向來歌舞地，夜雨鳴寒蛩。」

洪邁《容齋隨筆》三筆卷六〈張籍陳無己詩〉亦云：

> 張籍在他鎮幕府，鄆帥李師古又以書幣辟之，籍卻而不納，而作〈節婦吟〉一章寄之，曰：「君知妾有夫，贈妾雙明珠。感君纏綿意，繫在紅羅襦。妾家高樓連苑起，良人執戟明光裏。知君用心如日月，事夫誓擬同生死。還君明珠雙淚垂，恨不相逢未嫁時。」陳無己爲潁州教授，東坡領郡，而陳賦〈妾薄命〉篇，言爲曾南豐作。其首章云……全用籍意。

後山詩云：

> 主家十二樓，一身當三千。古來妾薄命，事主不盡年。起舞爲主壽，相送南陽阡。忍著主衣裳，爲人作春妍。有聲當徹天，有淚當徹泉。死者恐無知，妾身長自憐。

此詩乃以男女之情寫師生的情誼，雖然以男女之情寄君臣、朋友、師

〔註71〕〈次韻答秦少章〉，全集卷二。

生之誼的作品歷代多有，然與後山此詩有明顯的血緣關係的是張籍的〈節婦吟寄東平李司空師道〉，此詩乃張籍爲卻鄆帥李司古之聘而作，與後山〈妾薄命〉一詩所述之事雖殊，但抒寫手法頗多相通之處。除用張籍之意外，其中「起舞爲主壽，相送南陽阡」二句乃換骨於劉禹錫詩〈代靖安佳人怨〉：「向來行哭里門道，昨夜畫堂歌無人。」也是寫樂極哀來，生死的變幻無常，意境意涵與後山二句略同，然而後山的造語更爲高古凝鍊。

除此之外，且其中有些詩句意涵乃出自白居易詩，如「一身當三千」顯然取自白氏〈長恨歌〉中「後宮佳麗三千人，三千寵愛在一身」的意思，然而後山以五字概括，更爲精鍊，故任淵說此句「語簡而意廣」，這正體現了後山善於點化前人詩意和工於鍛鍊的特點。又如：「忍著主衣裳，爲人作春妍」。是化用白居易〈燕子樓〉：「鈿暈羅衫色似煙，一回看著一潸然，自從不舞霓裳曲，疊在空箱得幾年。」後山蓋用此意，而語尤高古。

又如羅大經《鶴林玉露》卷七云：

> 韓文公作歐陽詹哀詞云：「詹，閩人也。父母老矣，捨朝夕之養，以來京師，其心將以有得於是而歸，爲父母榮也。雖其父母之心亦然。詹在側，雖無離憂，其志不樂也；詹在京師，雖有離憂，其志樂也。」山谷〈送秦少章從蘇公學〉云……後山云：「士有從師樂，諸兒卻未知。欲行天下獨，信有俗間疑。秋入川原秀，風連鼓角悲。目前豚犬類，未必慰親恩。」二詩皆用韓意，而後山之味永。

對後山用韓意而味更雋永持讚賞之態度，又如《詩人玉屑》，卷八「句優於古」條舉後山用吳僧〈錢塘白塔院詩〉之意所作的〈錢塘寓居〉比本詩更精彩則云：

> 吳僧〈錢塘白塔院〉詩：「到江吳地盡，隔岸越山高」，《陳後山詩話》鄙其語不文，曰：「是分界堠子耳！」及後山在錢塘，仍有句云：「語音隨地改，吳越到江分。」此如李光弼用郭子儀旗幟士卒，而號令所及，精彩皆變者也。

又如吳聿《觀林詩話》云：

> 錢問度詩云：「伯禹無端教鮮食，水中魚盡不知休。」陳無己云：「誰初教鮮食，竭澤未能休。」便覺語勝。

後山詩用古人詩意而刻意經營者極多，除上文所引白、劉、張、韓諸家外，他最常化用的前人詩作蓋即杜甫了。以下試舉後山化用杜句以換骨的詩例以見大概：

> 枕我不肯起，畏我從此辭。(〈別三子〉，卷一)

此詩乃化用杜甫〈羌村〉：「嬌兒不離膝，畏我復卻去。」一聯之意。又如：

> 東濕坎懸釜，翻床補壞垣。倒身無著處，呵手不成溫。(〈暑雨〉，卷四)

此詩是用杜甫〈茅屋爲秋風所破歌〉：「床床屋漏無乾處」而引伸之。又如：

> 白頭未覺功名晚，青眼常蒙今昔同。(〈別黃徐州〉詩，卷四)

首句是用杜甫〈送高三十五書記〉詩云：「男兒功名遂，亦在老大時。」之意。又如：

> 眼看游舊半東都，五歲曾無一紙書。平日齊名多蚤達，暮年同國未情疏。(〈寄李學士〉詩，卷六)

此詩是用杜甫〈狂夫〉詩：「厚祿故人書斷絕」及〈寄高三十五詹事適〉詩：「時來如宦達，歲晚莫情疏。」之意。又如：

> 閭里喜我來，車馬塞康莊。(〈還里〉詩，卷一)

此詩是用杜甫〈草堂〉詩：「鄰舍喜我歸，沽酒攜胡蘆。」之意。

由以上所舉詩例及各家詩話對後山用換骨法的一般情形，可見後山能臨摹舊詩，遠紹其意，細細辨之，殆是同一機杼，此即後山能從前人詩意而自鑄新詞的表現，而前人之作，他汲取最多者即杜甫。

二、奪胎法

後山詩善用奪胎法，用古人句律，寫己之意，而更加鍛鍊，優於原詩。宋、吳坰《五總志》記載後山善用奪胎法則云：

項斯未聞達時，因以卷謁江西楊敬之，楊苦愛之，贈詩曰：「幾度見詩詩盡好，及觀標格過於詩。平生不解藏人善，到處逢人說項斯。」陳無己〈見曾子開〉詩云：「今朝有客傳何尹，到處逢人說項斯。」雖全用古人兩句，而屬辭切當，上下意混成，眞脫胎法也。

吳坰指出後山這兩句詩全襲用古人，由引文可見下句本於楊敬之。按楊敬之是唐憲宗元和年間人，雅愛項斯的作品，逢人便稱讚項斯的詩好，項斯因此而順利考上進士，楊敬之後來也因項斯這首詩而聞名。另一句依據任淵注後山詩，乃謂其援用杜甫詩句：

老杜〈奉寄河南韋丈人〉詩：「有客傳河尹，逢人問孔融。」謂河南尹李膺，以比唐之河南尹也。

楊倫《杜詩鏡銓》引仇兆鰲註此詩：

觀詩中「西東」(章甫尚西東〉、「周流」（周流道術空）等語，公此時以在都失意，或嘗浪跡近畿，聞韋尹垂問，因有此寄。

從這兩條線索知道，後山取杜甫成句，而杜詩則運用漢末孔融幼年拜訪河南李膺的典故，將自身經驗的情境和過去史實作一種類比，極含蓄地說河南尹韋濟愛惜我的才華，一如漢代李膺之於孔融。

而後山〈寄泰州曾侍郎〉則作：

今朝有客傳河尹，是處逢人說項斯。

不避剿襲地併用杜、楊詩句而成，添加「今朝」二字，改易「到」字爲「是」字，構成一首七律的頸聯；上下句對偶工整，委婉曲盡的稱讚曾肇，能揚人善，因此吳坰謂「屬辭精當，上下句意混成。」又如清・查愼行評後山〈寄外舅郭大夫〉曰：

「深知報消息」二句，語從杜詩「反畏消息來」、「寸心亦何有」二句奪胎。（《初白菴詩評》卷下，《瀛奎律髓》評）

後山〈寄外舅郭大夫〉：「深知報消息，不忍問何如。」二句的心情是寫家人分居異地，消息阻塞，福禍不知，一方面盼望消息，一方面對消息反而產生了畏懼的心理，生怕會有壞消息傳來，特別在動亂的年代，這種矛盾的心理更爲突出。宋之問《渡漢江》：「嶺外音書斷，經冬復歷春。近鄉情更怯，不敢問來人。」杜甫《述懷》：「自寄一封書，今已十月後。反畏消息來，寸心亦何有！」都是這種心理狀態的寫照。後山師法杜甫，這首詩無疑也受杜甫的影響。又如：

> 昔爲馬口銜，今爲禁門鍵。（〈送蘇公知杭州〉，卷一）

杜甫有〈有懷臺州鄭十八司戶〉詩云：「昔爲水上鷗，今如罝中兔。」蓋記其友鄭虔的爲官前後，爲官前如「水上鷗」，自由自在地飛翔，爲官後如「罝中兔」，無自由可言。又如〈將適吳楚留別章使君留從兼幕府諸公得柳字〉云：「昔如縱壑魚，今如喪家狗。」皆以擬物法來作今昔的對比，後山此聯是用杜詩之句律記錄自己之爲官前後，爲官前像「馬口銜」，隨時可以脫去，爲官後像「禁門鍵」，不能任意毀管鍵而開啓，否則獲罪。後山送蘇軾知杭州時，身爲徐州教授，未獲知州許可而越境出界，就像私自開啓禁鍵一樣，故爲劉安世所彈。任注：「後山此句，頗用其律，馬銜猶可脫去，禁鍵不容輒開，言官身拘係，不可輒出也。」又如後山〈除夜對酒贈少章〉有句：

> 髮短愁催白，顏衰酒借紅。

《王直方詩話》云：

> 樂天有詩云：「醉貌如霜葉，雖紅不是春。」東坡有詩云：「兒童誤喜朱顏在，一笑那知是酒紅。」鄭谷有詩云：「衰鬢霜供白，愁顏酒借紅。」老杜有詩云：「髮少何勞白，顏衰肯更紅？」無己詩云：「髮短愁催白，顏衰酒借紅。」皆相類也。然無己初出此一聯，大爲當時諸公所稱賞。（見《苕溪漁隱叢話》前集卷五十一）

詩人此寫愁催白髮，酒助紅顏，無非是表示愁之深、心之苦罷了。杜甫、樂天、東坡、鄭谷等人都曾寫過類似的句子，而後山此聯在前人的基礎上有所發展，對仗愈工，且恰如其分地表現了詩人當時窘況，加上他個人貧困以終的主觀色彩，故而王直方謂其大爲當時諸公所稱賞」。胡仔更以爲是「以一聯名世者」（《苕溪漁隱叢話》、後集卷二）。

又如〈謝趙使君送烏薪〉詩：

欲落未落雪迫人，將盡不盡冬壓春。(全集卷三)

杜甫〈閬山歌〉:「松浮欲盡不盡雲，江動將崩未崩石。」蓋寫閬州之城東與城北的雲景石景。後山此聯是借杜詩之句律寫殘冬的雪景。又如〈晁無咎張文潛見過〉詩云：

白社雙林去，高軒二妙來。(全集卷四)

杜甫〈范二員外邈吳十侍御郁特枉駕闕展待聊寄此〉詩：「暫往比鄰去，空聞二妙歸。」蓋記范二員外與吳十侍御訪杜甫於草堂，適逢杜甫外出不及見，杜謝之以詩。哲宗元祐元年，後山在京師，無咎、文潛爲館職，聯騎過之，後山偶出蕭寺，晁張題壁而去，後山以此謝之。任淵認爲杜陳此二詩不分軒輊，難分優劣，云:「杜陳一時之事相類，二詩醞藉風流，未易優劣。」(《後山詩箋注》，卷一)。

另外如〈丞相溫公挽詞〉中的「心知死諸葛，終不羨曹蜍」後半句法固然承自杜甫，而且合用二典的作法，也無異於杜甫「淮王門下客，終不愧孫登」，不過後山此一句卻更多一層轉折，不是泛泛地哀歎其早死的不幸，反而說這比活著無所爲要有意義，自然把死者的身份給抬高了。同題另一首「起廢極吹噓」亦出於杜甫「惟待吹噓送上天」，但句法卻錚錚獨實，意思也變了，指司馬光執政後極力起用因反對新法而被排斥的官員，將政治大事以虛實之筆寫來，既有氣勢，又有形象感，可謂善於奪胎之作。

又如〈九日寄秦觀〉「九日清樽欺白髮」無異「生逢酒賦欺」;「疾風回雨水明霞」有取於杜甫「殘夜水明樓」，一「明」一「欺」，本得來不易，後山雖承襲搜檢，然不覺其窘，甚至可說是青出於藍。甚至如「百年雙鬢白，萬里一身浮」(〈送外舅郭大夫夔州提刑〉) 這樣的名句，也蛻化自杜甫的「百年雙白鬢，一別五秋螢」，但「白」字移置「鬢」下，猶如畫龍點睛，眞可謂觸類旁通的善奪胎之作。諸如此類例子甚多，茲不贅舉。

以上所列的是後山在奪胎法上表現的大概情形，皆能觸類引申、以綴葺於詩。黃山谷在〈答王立之問詩〉中十分推崇後山參悟前人之作品的妙處：

> 小詩若能令每篇不苟作，須有所屬乃善。頃來詩人，惟陳無己得此意，每令人歎伏之，蓋渠勤學不倦，味古人語精深，非有謂不發於筆端耳！

語中對後山小詩（指絕句）加以討論，讚賞他能勤學不倦，參悟前人作品，久而久之，詩中的遣詞用字，常能將古人精妙之處予以奪胎換骨。

第四節　詩好聲生吻

詩中的音樂效果，與字音的聲調平仄有密切的關係，杜甫很懂得將情感貫穿字意字音而作一種圓融的表現。後山於此亦領受杜甫不少。杜甫的大部份近體詩是很注意平仄的和諧，但在另一些作品中，他又有意識地打破格律的限制，寫入一些不合格律的拗句，杜詩這一特點，對以黃山谷為首的江西詩人產生了重大的影響，黃山谷提出「寧律不諧，不使句弱」（文集卷二十五、〈題意可詩後〉），並全力以赴地實踐之。拗體確能使黃山谷乃至整個江西詩派具有奇峭勁挺、矯然險峻的獨特風味，後山亦不例外，然而拗句在後山作品中僅佔少數，他的近體詩五百四十六首，大多嚴守格律。並不採取黃山谷以大量不諧律的主張，而比較趨向追求和諧的韻味，他在〈和黃預久雨〉中云：

> 詩好聲生吻，書工手著胝。（卷七）

聲能生吻，便自然和諧、順暢調利。後山在詩中亦能謹守格律，方回評曰：

> 後山嚴密，而律詩尤高。（《瀛奎律髓》，卷十七〈晴雨類〉批〈寄無斁〉詩）

吳之振編《宋詩鈔》云：

> 法嚴而力勁。

後山的嚴守格律，亦對黃山谷等過於傷奇的弊病起了矯正作用。以下我們分從疊字與拗律兩方面談後山如何將聲音和情感相合為一。

壹、疊字入神

胡應麟《詩藪》內篇卷五：

> 老杜好句中疊字。……唐人絕少述者，而宋世黃、陳競相祖襲。

胡氏之言，可爲後山學杜之用疊字的佐證。黃永武先生在《中國詩學·設計篇》云：

> 疊字又名重言，是以兩個相同的字來摹擬物形或物聲，當單字不足以盡其態，則以重言疊字來表現，疊字在音響上有極微妙的功用，既可以使語氣完足、意義完整，又可使聲調動聽。疊字如果用得靈妙，可以達到「摹景入神」「天籟自鳴」的妙境。

疊字是用兩個相同的字表示物的形與聲。疊字的使用，在詩經已多用之，後代詩人用之尤多，因疊字節奏重複，有助於音節的和諧，也使原來平淡的句子，境界開闊，情趣橫生，且於摹神寫物時較他辭更具有表現性。

杜甫是一位善用疊字的能手。宋人對杜詩運用疊字創作多有評論，例如葉夢得《石林詩話》說：

> 詩下雙字極難，須使七言五言之間，除去五字三字外，精神興致，全見於兩言，方爲工妙……老杜「無邊落木蕭蕭下，不盡長江滾滾來」與「江天漠漠鳥雙去，風雨時時龍一吟」等，乃爲超絕。

周紫芝《竹坡老人詩話》，卷二云：

> 若杜少陵「風吹客衣日杲杲，樹攪離思花冥冥。」「無邊落木蕭蕭下，不盡長江滾滾來。」則又不可言矣。

楊萬里《誠齋集》云：

> 「無邊落木蕭蕭下，不盡長江滾滾人來。」二句亦「蕭蕭」、「滾滾」喚起精神。（王構《修辭鑑衡》，卷一引《誠齋》。）

由此可知杜甫用疊字爲宋人所重視的程度，他的佳句：「無邊落木蕭蕭下，不盡長江滾滾來」，是寫秋日登高看江看樹所見的遼闊遠景。

因落葉「蕭蕭」而見「風急」，因江流「滾滾」而見「浪大」。其聲可聞，其狀可見。從而生動地描繪出「萬里悲秋」的畫面。又如：

穿花峽蝶深深見，點水蜻蜓款款飛。(〈曲江二首〉之二)

這裡的「深深」是與「穿」字密切關聯，「款款」是與「點」字不可分割，可見疊字仍須動詞輔助。「穿花蛺蝶見，點水蜻蜓飛」是一敘述句，而「穿花蛺蝶深深見，點水蜻蜓款款飛」是描述句，顯現出客觀事物動態的生動感。又如：

信宿漁人還泛泛，清秋燕子故飛飛。(〈秋興八首〉之三)

這裡的「泛泛」、「飛飛」，再加上「還」字、「故」字，把信宿漁人的漂泊，本爲生計所迫，但在詩人看來，幾片白帆在江面輕輕地隨流飄蕩，得能自由泛游，令人羨慕。秋天燕子的南飛，本出於侯鳥的習性，但在思歸的詩人看來，卻覺得是有意在撩惹自己，所以說「故飛飛」。兩句觸景生情，又融情入景。寫漁人曰「泛泛」，寫燕子曰「飛飛」，這些疊字的使用，形容得逼眞、傳神。更加強了感情的表達。孫克寬先生說：「宋人徒知這類連綿字、重疊字用得好，卻不知是有助音節的和諧。如〈秋興詩〉：『信宿漁人還泛泛，清秋燕子故飛飛。』一聯，上句『泛泛』，下句『飛飛』皆有輕揚之聲，『泛』字上加一『還』字，以平間仄，助其舒展，『飛飛』上加上一個『故』字，以仄壓平，使其不至飄揚過甚。這都是作者的不傳之秘」。〔註72〕又如：

卻繞井欄添箇箇，偶經花蕊弄輝輝。(〈見螢火〉，卷十六)

寫秋夜見螢火蟲繞井經花之出沒隱現。「卻繞井欄添箇箇」是寫螢火蟲之影照井中也。「偶經花蕊弄輝輝」是謂螢光乍開乍合，明滅不定。「箇箇」、「輝輝」，無不傳形、傳神，使詩句飛動起來。

疊字是爲了更逼眞生動地呈現所欲描述的對象。所以下疊字時務必提振精神，使情感、景物和疊字三者冥合無間，才能「意與境會，言其中節」，自就妙不可言了。杜甫下疊字尤其高妙，他常在五言中下疊字，五言中用疊字較七言爲難。因爲一聯才十個字，兩用疊字則

〔註72〕孫克寬先生《杜詩欣賞》，學生書局印行，頁79。

爲四個字，如果輕率運用，詩境會變得枯窘。以上我們所舉的例子都是七言，而五言詩用疊字精妙及其例證，范晞文在《對床夜話》中談得頗詳細：

> 雙字用於五言，視七言爲難。蓋一聯十字耳，苟輕易放過，則何所取也。老杜雖不以此見工，然亦每加之意焉。觀其「納納乾坤大，行行群國遙。」不用「納納」，則不足以見乾坤之大；不用「行行」，則不足以見道路之遙。又：「寂寂春將晚，欣欣物自私。」則一氣旋轉之妙，萬物生成之喜，盡於斯矣。至若「汀煙輕冉冉，竹日淨暉暉。」「湛湛長江去，冥冥細雨來。」「野徑荒荒日，春流泯泯清。」「地晴絲冉冉，江碧草纖纖。」「急急能鳴雁，輕輕不下鷗。」「簷影微微落，津流脈脈斜。」「相逢雖衮衮，告別莫忽忽」等句，俱不汎。若「霽潭鱣發發，春草鹿呦呦」則全用詩語也。

這是道出杜甫在五言詩中用疊字之妙，多是遇到不得不用的情境，也就是說若不用疊字，可能無法適足飽滿地表達情意，例如「納納乾坤大，行行群國遙」，不用「納納」，則不足以見乾坤之大；不用「行行」，則不足以見道路之遙。又如「寂寂春將晚，欣欣物自私。」，如果不用「寂寂」與「欣欣」，則不足以表達萬物生成之喜。

後山詩多用疊字，在一開始我們已經說過是受杜甫的影響，今人范月嬌歸納其詩作六百八十一首中，有百餘種疊字，平均每四首出現一組，不惟多用，且用之甚工，成爲其詩的一特色。〔註73〕

後山用疊字的部位，或用於單句，或用於對句，或分布於一句之中的各部位，或一句之中連用兩組，不一而足，茲舉例如下：

1、於一句之中各部位使用者

津津爽氣貫眉目。(〈次韻答學者四首〉，卷一)

下有榘榘蓋世翁。(〈東山謁外大夫墓〉，卷五)

定知和氣家家到。(〈謝趙使君送烏薪〉，卷三)

〔註73〕范月嬌女士《陳師道及其詩研究》，〈第四章 陳師道的詩、第三節 用字〉，文史哲出版社印行。

柳及年年發。(〈早春〉，卷四)

忽忽心未穩。(〈示三子〉，卷二)

稍稍聲過情。(〈陳留市隱者〉，卷七)

2、於一句中連用兩組者

請看子子與孫孫。(〈酬智叔見戲二首之二〉，卷六)

密密丹房疊疊花。(〈絕句二首〉之二，卷八)

短短長長柳，三三五五星。(〈夜句三首〉之三，卷八)

紛紛款款意猶微。(〈和黃充小雪〉，卷六)

3、於一聯中對舉者

胸中歷歷著千年，筆下源源赴百川。(〈送蘇迨〉，卷三)

熠熠孤光動，翩翩度水來。(〈次韻螢火〉，卷六)

簾疏分細細，江淨共娟娟。(〈次韻觀月〉，卷六)

急急後飛雁，翩翩不下鷗。(〈秋懷四首〉之四，卷八)

冉冉梢頭綠，婷婷花下人。(〈黃梅五首〉之三，卷二)

冥冥塵外趣，稍稍眼中稀。(〈秋懷示黃預〉，卷二)

輝輝垂重露，點點綴流螢。(〈老柏三首〉，卷六)

黃裏青青出，愁邊稍稍瘳。(〈老柏三首〉，卷六)

以上所舉的例子，皆是以疊字見長，若去疊字，則詩句平淡無可觀。大抵疊字的作用，或描繪自然生物之貌，或描繪日月山川之形，或刻劃乾坤邵國之貌，或形容花草樹木之態，或顯現人事憂喜之狀。〔註74〕疊字的使用，能使詩句生動、傳神。

貳、拗律以峭

拗律是後山宗杜的一個相當重要的特色。

中國詩歌的平仄排列是詩人追求詩中和諧的韻味所循的規則，按朱光潛先生的說法，是一種節奏的模型，在變化中有整齊，流動生展

〔註74〕黃志誠〈宋人評論杜詩之形式〉，見《宋人杜詩評論研究》，輔大中文研究所78年碩士論文。

卻常回旋到出發點，所以有規律，讀詩時我們會不知不覺照著模型去適應，這種心理的預期使我們讀至平聲不知不覺預期仄聲的再返，然後又再預期平聲的再來，由此而產生恰如所料的快慰，這就是諧。不能全如所料的驚訝時，就是拗。〔註75〕他的意思是平仄往復的和諧節奏會令人產生快感，但這亦是讀者在心理上習慣於迎接一種既定的型式所使然。左煥源先生在〈中國舊詩平仄排列與其快感價之關係〉一文中，曾通過實驗來證明未爲習用的平仄排列也能引起較大的快感。〔註76〕所謂的平仄和諧，其實可能是一先入爲主的習慣罷了。站在快感的立場來說，可以不必嚴守古法而去創造一可用的新格律，違反傳統可以產生另一種美感。

拗律是律詩近體中的變格，知「常」還須知「變」，拗律即是在平仄的組合上，打破固定匀整的「定式」而別創音節。「拗」是對常譜定式的違反、音節上出了差錯，「救」即是對此差錯違反，加以補救。拗而能救，反能在平滯索然的常規中，躍出新的音調與力量，並能使詩風強勁峻直、健峭清爽。因此江西詩派的拗律具創意性，宋人亦體悟拗律的效用，如范晞文《對床夜語》，卷二云：

> 五言律詩，固要貼妥，然貼妥太過，必流於衰。苟時能出奇，於第三字中下一拗字，君貼妥中隱然有峻直之風。老杜有全篇如此者，試舉其一云:「帶甲滿天地，胡爲君遠行？親朋盡一哭，鞍馬去孤城。草木歲月晚，關河霜雪清，別離已昨日。因見古人情。」

范氏僅提及拗用於五言律詩及第三字中下一拗字，然而拗不僅可用五、七的律絕，且不只可拗第三字。但范氏卻也指出拗律的作用可造成峻直之風，使得詩格傲兀嶙峋，神清骨峻，韻高格古。黃永武先生曾就范氏所舉杜詩分析云：

> 試就范氏所舉杜甫的送遠詩來分析，發現許多該平的關鍵

〔註75〕朱光潛先生的《詩論》，漢京文化出版社印行，頁123。

〔註76〕左煥源先生〈中國舊詩平仄排列與其快感價之關係〉一文，見《中國古典文學論文精選叢刊》，幼獅文化事業公司出版，頁489。

> 字，卻用仄聲；該仄的關鍵字，卻用平聲。本詩該平用仄，表現出一股悲抑吞聲的情感，該仄用平，造成那平聲字特別突出、特別強烈的感覺。拗救的極致，就在能與情感發生密切的關聯。〔註77〕

可見拗律的作用，除了使詩風強健生新，也可幫助感情的表現，而杜甫是一位最懂得聲情相合的能手，方回《瀛奎律髓》〈拗字類〉序言云：

> 拗字詩在老杜集七言律詩中，謂之吳體，老杜七言律一百五十九首，而此體凡十九出，不止句中拗一字，往往神出鬼沒，雖拗字甚多，而骨骼愈峻峭。

拗句在杜甫七律中體現得最爲明顯，例如〈愁〉詩：

> 江草日日喚愁生，春峽泠泠非世情。盤渦鷺浴底心性？獨樹花發自分明。十年戎馬暗南國，異域賓客老孤城。渭水秦山得見否？人今疲病虎縱橫。

除第八句之外，通首都由拗句組成，而且不甚注意粘對。杜甫在題下自注：「強戲爲吳體」。戲者，明其非正律也，說明這不是格律尚未成熟的七律，而是有意識地打破格律的創新。不是率爾之作，是杜甫有心以拗折之調，發抒抑鬱艱澀之氣，宋人蔡居厚評曰：「雖若爲戲，然不害其格力。」(《蔡寬夫詩話》)，說明杜甫的拗體確實取得了良好的藝術效果。此乃黃山谷與江西詩人銳意爲之所由來，拗律大量出現於詩集中，造成江西詩派的一大特色。方回評杜甫〈題省中院壁〉詩云：

> 此篇八句俱拗，而律呂鏗鏘，試以微吟或長歌，其實文從字順也。以下吳體皆然。「落花遊絲白日靜，鳴鳩乳燕青春深」此等句法惟老杜多，亦惟山谷、後山多，而簡齋亦然，乃知江西詩派非江西，實皆老杜耳。

足見後山亦意識到杜甫此種特殊的韻律美而宗之，杜甫喜用拗體乃因不主故常的創作態度所使然。拗體的聲調，往往自發奇響，能在陡峭奇崛中，得到律呂以外的韻味，同時，拗體生澀，格古體峻，有時也可藥石流滑之病。後山亦能以拗律成詠，以造成他在音律上的特殊音

〔註77〕黃永武先生《中國詩學・設計篇》，巨流圖書公印行，頁119。

響。後山律詩中亦時用古調拗而不救，卻能口吻順利，符合詩中情意的表現，例如〈秋懷十首〉之五：

風雨聽朝雞，歲月老松菊。(逸詩箋卷下)

上句用四個平聲來表現詩人心中的黯然寂寥，下句用四個仄聲來表現人生的孤零蕭索，頗收聲情相合之境。

關於杜甫用拗的情形，陳師文華已有巨細靡遺論述專文，〔註 78〕而後山用拗的大概，今人李致洙《陳後山詩研究》、〔註 79〕范月嬌《陳師道及其詩研究》〔註 80〕一出以王了一先生的甲乙丙子丑五類拗分法，一出以張夢機先生單、雙拗二分法，〔註 81〕均已列舉說明，在此便不復悉舉。

總之，後山詩中雖有拗句，卻不影響其「嚴密」的評價，因爲拗句在其近體詩中所佔的比例畢竟是少數，這和詩中大量使用的黃山谷恰成強烈的對比，此乃後山雖屬江西詩派卻又與黃山谷及一般江西詩人不同之處，亦爲後山對江西詩弊的反思，他在《後山詩話》中批評山谷「失之奇」，即不滿山谷的過份拗折以求奇，要求恢復詩歌渾然天成、無斧雕痕跡的藝術特色。

第五節　體裁結構的襲仿

壹、體裁的承襲

杜甫集大成的容量，亦表現在熟習各類體式，深知古人所長，而又不爲古人所囿限，勇於變古創造革新，故其古今各體，有其大量的

〔註 78〕陳師文華所撰《杜甫詩律探微》，刊於師大國文研究所集刊第二十二號。〈杜詩拗格之研究〉，刊於《中國學術年刊》第二卷。

〔註 79〕李致洙《陳後山詩研究》第四音、第三節韻律，臺大中文研究所 71 年碩士論文。

〔註 80〕范月嬌《陳師道及其詩研究》第四章第三節拗律，文史哲出版社印行。

〔註 81〕李致洙採王了一先生《漢語詩律學》第一章近體詩第八節拗救。范月嬌採張師夢機《古典詩的形式結構》中「聲律的拗與救」的觀念，尚友出版社，頁 103 至 128。

創作與獨到的成就。其中最多的是五律，計六百多首，最少的是五絕，三十餘首。

後山在體裁上完全承自杜甫，無一創體。清·紀昀序《後山集鈔》云：

> 五古劖刻堅苦，出入郊、島之間，意所孤詣，殆不可攀。其生硬杈枒，則不免江西惡習。七古多效昌黎，而間雜以涪翁之格，語健而不免粗，氣勁而不免直，喜以拗折爲長，而不免少開闔變動之妙，篇什特少，亦自知非所長耶？五律蒼堅瘦勁，實逼少陵；其間意僻語澀者，亦往往自露本質，然胎息古人，得其神髓，而不掩其性情，此後山所以善學杜也。七律嶔崎磊落，矯矯獨行，惟語太率而意太竭者，是其短。五七言絕則純爲少陵遣興之體，合格者十不一二矣。大抵絕不如古，古不如律，律又七言不如五言，棄短取長，要不失爲北宋巨手。(《鏡煙堂十種》之一)

紀氏所云後山七古多效昌黎而雜以涪翁之格，喜以拗折爲長。五律實逼少陵，五七言絕純爲少陵遣興之體，皆直接或間接受到杜甫的影響。再如胡應麟《詩藪內編》卷五云：

> 二陳五言古皆學杜，所得惟粗強耳，其沈鬱雄麗處，頓自絕塵。

卷三又云：

> 宋黃、陳首倡杜學……陳五言律得杜骨。

方東樹《昭昧詹言》卷十云：

> 後山之師杜，如穆、柳之徒學文於韓也……後山五七古學杜、韓，其不可人意者，殆如桓宣武之似劉司空。其五古，意境句格，森沈淡澀之致，於老杜亦虎賁之似，而無老杜之雄鬱混茫奇偉之境，其五七律，清純沈健，一削冶態瘁音，未可輕蔑。

清人賀裳《載酒園詩話》卷五云：

> 方回推後山直接少陵，今觀其五言律，氣格誠有相近處。

陳衍《石遺室詩話》卷十九云：

後山七律，結聯多用澀語對仗，則學杜而得其皮者。

綜觀以上各家對後山在體裁上承襲的評語，可知後山在五七言絕句、五七言律詩、五七言古詩皆宗杜有得，其中尤以五律的雄渾有力，瘦健峭拔，得杜甫正法，而爲後人所評價最高。正如紀昀所云：「大抵絕句不如古詩，古詩不如律詩，律詩七言不如五言。」後山在五言律詩上用的功夫最深，最合乎「語少而意廣」的原則。例如後山的〈寄外舅郭大夫〉，甚至被許爲「全篇之似杜者」，宋人趙蕃於〈石屏詩集序〉云：

> 學詩者莫不以杜爲師，然能如師者鮮矣，句或有似之，而篇之全者絕難得。陳後山〈寄外舅郭大夫〉：「巴蜀通歸使，妻孥且定居。深知報消息，不忍問何如。身健何妨遠？情親未肯疏。功名欺老病，淚盡數行書。」此陳之全篇似杜者也。（《章泉稿》拾遺）

其中或分從報訊問訊、一問一答的結構來相互緊接，或安置「何妨」、「未肯」等虛字，使前後句在情感上相呼應。又如〈登快哉亭〉在氣格上與杜詩相似，列舉如下：

> 城與清江曲，泉流亂石間。夕陽初隱地，暮靄已依山。度鳥欲何向？奔雲亦自閒。登臨興不盡，稚子故須還。（〈登快哉亭〉，卷六）

此詩正體現了杜甫氣格老健的詩風，方回評之曰：「全篇勁健清瘦，尾句尤幽邃，此其所以逼老杜者也。」正指出了此詩蒼勁老健的風格與杜甫相似。

再看杜甫〈孤雁〉：

> 孤雁不飲啄，飛鳴聲念群。誰憐一片影，相失萬重雲？望盡似猶見，哀多如更聞。野鴉無意緒，鳴噪自紛紛。

細觀杜甫此詩，與以上所舉後山的〈寄外舅郭大夫〉、〈登快哉亭〉在氣格上很相似。由此可見，杜律的謹嚴，氣格的老健，在後山的五律中，得到相當的體現。

除了五律之外，後山的七絕亦得於杜甫所在多有。如胡應麟《詩藪內編》，卷五云：

> 黃、陳律師法杜可也，至絕句亦用杜體，七言小詩，遂成梯突譃浪之資，唐人風韻，毫不復睹；又在近體下矣。

杜甫的七絕在唐代被視爲變體，自明代以來，指謫者不乏其人，上引胡應麟之語便是一例，〔註 82〕乃因杜甫七絕在風格體式上有異於盛唐諸家，正是杜甫對盛唐絕句體調進行了全面的改造，其改造的功夫，表現在以下幾方面：

（一）創為拗體

近體詩中，平仄聲字未依譜式規定者，便是「拗體」。唐人七絕之有拗體並不始於杜甫，而卻自杜甫大作拗體七絕，以適切表現甚深沈艱澀的情感、曲折深邃的思致，造成一種陡峭奇崛的聲饗。後山在七絕方面亦有多用拗體，關於此點，簡錦松先生另立專文討論，〔註 83〕此不贅述，但舉後山〈贈寇國寶三首〉之三爲例，以見其大概：

> 虎子墮地氣食牛，仄仄仄仄仄仄平
> 雀兒浴處魚何求。仄平仄仄平平平
> 可奈我衰才亦盡，仄仄仄平平仄仄
> 正須二子與同遊。仄平仄仄仄平平

首句以仄聲密集起勢，二句以三連平的句子搭配，平仄大亂。

（二）偶句對結

唐人七絕多用散起散結的作法，純以單筆取勝，一氣暢流才易得風神搖曳、宛轉清空的情韻美。然而杜甫卻大異其趣地反以偶句入詩，以複筆取勢，或有人譏之爲「半律」。〔註 84〕因爲絕句不用對仗，其長處是流轉疏暢，盛唐諸人便如是，但卻不容易寫得工整凝重。然

〔註 82〕王世貞《藝苑卮言》，卷四云：「子美七言絕句皆變體，間爲之可耳，不足多法也。」
楊愼《升菴詩話》，卷十三云：「杜子美詩，諸體皆有妙絕者，獨絕句本無所解。」

〔註 83〕簡錦松先生〈論陳師道七絕〉，刊於《中外文學》七卷二期。

〔註 84〕胡應麟《詩藪》云：「自少陵絕句對結，詩家率以半律譏之，然絕句自有此體，特杜非當行耳。」

而，運用偶句對仗，因氣屬雙行，易造成詩意的板澀；但若嫻熟對仗，運用得宜，就使得它得到與律詩相似的特點，詩意更加豐富繁美、詩境更加工整凝鍊，以創造出異於清空流轉的另一面目。

杜詩中有五十五首出現偶句的絕句，他人偶而爲之，杜甫則大量使用，自然形成其絕句的一大特色。或因杜甫開拓建立七律的境界技巧（容後再述），因而擅習對偶，轉換自較他人容易，例如絕句四首之三：

> 兩箇黃鸝鳴翠柳，一行白鷺上青天。窗含西嶺千秋雪，門泊東吳萬里船。

直敘景物，色彩呈鮮明的對比，對仗工穩，不但沒有板滯生澀之病，且流暢多姿。這種作風顯然影響了後山，後山在七絕中運用偶句的數量遠軼杜詩，例如〈謝趙生惠芍藥三絕句〉之一：

> 郁郁芬芬十里香，紅紅白白數枝春。將要結習惱鶖子，送予毗耶彼上人。（卷十）

此詩全對，又如〈臥疾絕句〉：

> 老裏何堪病再來，愁邊不復酒相開。一生也作千年調，兩腳猶須萬里回。（卷四）

此詩亦全對，且對仗工穩，又如〈絕句〉：

> 此生精力盡於詩，末歲心存力已疲。不共盧王爭出手，卻思陶謝與同時。（卷四）

末聯對仗，又如〈春興〉：

> 東風作惡不成寒，野水穿沙自作灘。細草無端留客臥，繁枝有意待人看。（卷四）

亦是通首對仗的例子。由此可知後山七絕中使用偶句比比皆是。

（三）連章表意

連章詩又稱爲組詩，杜甫在絕句中大量採用連章體，乃爲擴大作品的容量。因絕句形式短小，只適合表現簡單情事或瞬間感觸，無法表現複雜的內容或紛繁的思緒。爲彌補此一缺憾而採取了連章的形式，以彌補絕句形式短小的侷限，變短歌微吟爲長篇連載，劉中和先生在其《杜詩研究》中說：

> 一題多首的連章詩，是杜甫首創；最重要的是，決是了連章詩的作法。作法是；合起來是一篇總文章，分開來又每一首都是能獨立的一首詩。既然合起來是一篇總文章，則必須有一篇總文章的全盤佈局；既然分開來是各個獨立的，則每一首又有它自己的小佈局；小佈局到全盤大佈局之中，不但不互相矛盾，而且更產生出脈絡互相貫通的作用，這是杜甫首先創造，前無古人的；於是替後人立下了這一種體裁和筆法的範例。〔註85〕

由劉中和先生所言，可見連章詩各首之間有密切的關係，彼此互相補充，互爲闡說，雖可各自獨立，但合而爲同一主題整體。然而，劉氏所言連章詩爲杜甫首先創造，前無古人之說，必不全然爲是。連章詩並不始於杜甫，早在《詩經》中即有合數篇爲一章的作法，同輩詩人如李白、王昌齡都有一些連章的名篇，〔註86〕然而他人所作不僅數量不及，而且各首之間的聯繫性不如杜詩的緊密與集中，表現主題也不及杜詩的明確與深刻。這也可以證明，杜甫之用連章體，較之同輩詩人更具明確的自覺性、目的性。例如〈秋興八首〉、〈戲爲六絕句〉、〈江畔獨步尋花七絕句〉，皆是連章詩的上乘佳作。

後山的七言絕句運用連章詩也發揮得頗爲透徹，簡錦松先生舉出後山〈絕句〉四首及〈何郎中出示黃公草書〉四首爲例，而下論斷云：

> ……像上面兩例能將偶句入絕的長處，和組詩的特性，相互調配運用，使連章更緊密，結構更精嚴，在次第排比中，得逆順錯綜之妙，可謂用杜法而得杜意，青出於藍。〔註87〕

以上三點是後山宗杜在七絕形式上的特色，至於七絕所描寫的內容則

〔註85〕劉中和先生的《杜詩研究》，益智書局印行，民國57年9月初版，頁52。

〔註86〕廖美玉女士的《杜甫連章詩研究》即已指出杜甫連章詩的淵源，包括了《詩經》、《九歌》、《過秦論》、《漢賦》、漢三國晉南北朝詩及杜甫以前的唐詩。

〔註87〕同註83，頁82。

多寫生活瑣事、漫興感懷，語言的表現出以質樸俚俗之日常用語，增強了作品的眞實感與質樸自然之美。後山在〈咸平讀書堂〉中亦云：

近世更漢唐，稍以詩自娛。(卷十)

後山以詩自娛的想法，便表現在絕句多描述自然風情，在存眞蹈實之餘，有著輕快、拙放的氛圍洋溢，故簡錦松先生也說：

絕句在杜派詩人的眼中，比較輕鬆，它不像古詩律詩，帶有一種嚴肅感，所以更適合歌詠一輕鬆的題材。後山七絕，十之七八都有這趣味。在後山集中，出現最多的詩題，以應酬題佔第一，其次是以「絕句」爲題的也多……這種題目，事實上就等於沒有，和杜甫「漫興」、「解悶」的詩題一樣，主要在宣洩一部分情感，發抒一部分愁恨，信手拈來，而沒有嚴肅的味道。〔註88〕

杜甫與後山的七絕，除了漫興自娛之外，亦多富議論理思，這也成了杜甫改造盛唐絕句的又一突出表現，此點容後第五章再作探討。

後山除了五律、七絕學杜有成外，在七律方面亦有領受處。

我們知道，在初、盛唐時期，今體詩各種樣式的發展是不平衡的。在杜甫時代，五七言絕句和五言律詩已早臻於成熟之境，惟有七言律詩仍在嘗試階段，它的眞正成熟與建立，是在杜甫手中完成的，管世銘云：

七言律詩至杜工部而曲盡其變。……其氣盛，其言昌，格法、句法、字法、章法無美不備，無奇不臻，橫絕古今，莫能兩大。〔註89〕

可見杜甫在七律的建設上所作出的貢獻。杜甫七律的特色與絕句相去不遠，亦用不合律的拗句、用俗字俚語入詩，除此之外，有一特殊情況值得我們注意，即律詩對仗靈活而不刻板拘滯。原來七律中間兩聯的平仄對仗是一種以對稱爲原則的結構美，本是詩人可以鍊字琢句、大顯身手之處，但杜甫卻有意打破常規，在詩中加入一些不對稱的因素，例如在律詩中使用拗句和運用寬對，使之出現清空氣暢的境界，

〔註88〕同上，頁85。

〔註89〕《讀雪山房唐詩鈔》，卷十八〈七律凡例〉。

例如〈冬至〉：

江上形容吾獨老，天涯風俗自相親。（卷十八）

句法似對而非對，又如〈公安送韋二少府匡贊〉：

念我能書數字至，將詩不必萬人傳。（卷十九）

所對的詞不屬同類，又如〈諸將五首〉之二：

豈意竟煩回紇馬，翻然遠救朔方兵。

使用流水對呈活潑流動之姿，讓人幾乎忘了它是一首律詩。

杜甫在近體詩的寫作上打破常規，以豐富其表現手段，基本上對於詩歌是一貢獻，莫礪鋒先生說：

如果說杜甫在絕句多用對仗是打破他人建立的格律之束縛，那麼，局部地破壞七律的對稱性卻是打破了他親自參加建立的格律之束縛。也就是說，杜甫不但敢於突破他人已取得的成就，而且敢于突破自己取得的成就。〔註 90〕

杜甫勇於突出藩籬，便避免了律詩、絕句對仗與不對仗所各產生的缺點，這是杜甫在詩歌藝術上高人一等的智慧。而杜甫七律中放寬對仗於江西詩派影響至大，例如黃山谷贊賞杜甫自夔州後詩「不煩繩削而自合」，〔註 91〕陳與義被許爲「句律流麗」，〔註 92〕而後山七律亦有這個傾向，例如：

匿形注目搖兩股，卒然一擊勢莫禦。（〈蠅虎〉，卷五）

林巒特起終有汙，美惡千年竟不空。（〈柏山〉，卷六）

筋力尚堪供是事，登臨那得總無情。（〈和顏生同游南山〉，卷六）

皆是所對詞性不屬同類的例子。

以上所舉詩句本是詩人可以鍊字琢句、用力至深之處，但後山這些詩句卻質樸無華，足見後山在律詩對仗上亦有靈活而不拘滯的例

〔註 90〕莫礪鋒先生所撰〈論杜甫晚期今體詩的特點及其對宋詩的影響〉，刊於《中國古代、近代文學研究》，1989 年 5 月。

〔註 91〕《杜臆》，卷十中王嗣奭評杜甫〈曉發公安〉詩云：「七言律之變化至此而極妙，亦至此而神。此老夔州以後詩，七言律無一篇不妙，眞山谷所云『不煩繩削而自合』者。」

〔註 92〕元人吳師道評陳與義詩語，見《吳禮部詩話》。

子，顯然是經過歸眞反樸的藝術昇華而見眞醇的境界，這也是他努力學習杜甫晚期詩風的結果。

貳、結構的承襲

杜詩的結構，以千變萬化，縱橫開合著稱，予後人多所啓發取資。後山在這方面亦頗有會心。胡應麟《詩藪外篇》，卷五云：

> 無己句如「百姓歸周老，三年待魯儒」、「丘原無起日，江漢有東流」、「事多違謝傅，天遽奪楊公」、「公私兩多事，災病百相催」、「精爽回長安，衣冠出廣廷」，皆典重古澹得杜意，且多得杜篇法。

胡氏所舉詩例，出自後山〈丞相溫公挽詞〉及〈南豐先生挽詞〉等詩，皆深沈凝重之作，故胡氏許之爲「典重古澹得杜意」。另外又言「多得杜篇法」，認爲後山得杜篇章結構之法，最明顯的例子是〈野望〉詩（卷十一）：

> 山開兩岸柳（寫山），水遶數家村。（寫水）
> 地勢傾崖口（寫山），風濤齧石根。（寫水）
> 平林霜著色（寫山），沙岸水留痕。（寫水）
> 賸寄還鄉泣，難招去國魂。（至末寄情總收）

這是詩人在他鄉作客，秋天來到，眼觀郊野寂寞的景象，勾起了懷鄉去國之感，詩中情景交融。在描寫手法上，前六句的景物描寫與後二句的危苦之辭是同一色調氛圍。前六句的景物描寫是以一山一水交錯，至末二句總收。在景物表現上，山的沈穩寧靜與水的流動不息亦構成一靜一動的變化，這一山一水的結構與杜甫五排之〈奉觀嚴鄭公廳事岷山沱江畫圖十韻得忘字〉完全相同，也是一山一水，末二句總收，吳見思《杜詩論文》謂此詩山水雙起，以下一句水，一句山，通篇雙對，至末總收，茲將吳氏之言與杜詩相對照如下：

> 沱水臨中座，岷山赴此堂。（二句山江雙起）
> 白波吹粉壁（水也）；青嶂插雕梁（山也）。
> 直訝杉松冷（山也），兼疑菱荇香（水也）。

雲雪虛點綴（山也），沙草得微茫（水也）。
嶺鴈隨毫末（山也），川蜺飲練光（水也）。
霏紅州欒亂（水也），拂黛石蘿長（山也）。
暗谷非關雨（水也），丹楓不爲霜（山也）。
秋成玄圃外（山也），景物洞庭旁（水也）。
繪事功殊絕（點畫圖），幽襟興激昂（點觀字）。
從來謝太傅，丘壑道難忘（點還嚴鄭公）。

比較二詩，當可見後山〈野望〉詩所從何自，只不過杜甫以五排爲之，篇幅較大。陳師文華亦對杜甫此詩論說云：

> 首二句不但山水並起，且已領飲清「山水廳事」之題中字面，但不露畫圖字耳。中間十二句，細細分寫，俱以眞境作畫境，至末四句，方以「繪事」點還「畫圖」，以「幽襟」點還「奉觀」，以「謝傅」點還「嚴公」，仍就「嚴公」拍上山水作結。題面十餘字，亦一無遺漏，其爲精心結撰，不難顯見。〔註93〕

陳師之意，乃點出杜甫此詩在結構上鍼縷嚴整，扣題緊密，如〈對雨書懷走邀許主簿〉云：

> 東嶽雲峰起，溶溶滿太虛。震雷翻燕幕，驟雨落河魚。座對賢人酒，門聽長者車。相邀愧泥濘，騎馬到階除。

前面四句，從烏雲佈滿天際，到雷聲轟轟，到驟雨落下，從下雨前的情景寫到「對雨」，扣緊題中「對雨」二字。五、六句乃對酒懷人，扣緊題中「書懷」二字，七、八句則謂雖天雨路滑，泥濘難行，然而騎馬可直接到階前，可不要以下雨爲由而推辭邀約。八句皆句句緊扣題意，毫不放鬆；而題面數字，也在詩中全找到著落，此即可見其扣題緊密了。

杜甫結構的精嚴亦可由其扣題綿密處見之，後山在此亦有所表現，例如前舉一山一水結構的〈野望〉詩，前六句都是在郊原所見的景物，在眼前示現，與「望」的動作有關；後二句是作者的鄉情，也

〔註93〕見陳師文華《杜甫詩律探微》，第一章第一節，師大國文研究所集刊第二十二期。

就是所「望」鄉之情，可見其扣題的綿密。又如〈寓目〉詩云：

> 曲曲河回復，青青草接連。去帆風力滿，來鴈一聲先。野曠低歸鳥，江平進晚牽。望鄉從此始，留眼未須穿。(卷十一)

前六句是寫自徐州沿南青河北上的情景，河流，青草、鼓滿風帆的行船、鴈啼、歸鳥、江水、縴夫拖船的情景，皆從視覺、旁及聽覺來寫，得「寓目」之意，末二句抒發望鄉之情。全詩八句皆扣緊題意。又如〈早春〉詩：

> 度臘不成雪，迎年遽得春。冰開還舊綠，魚喜躍脩鱗，柳及年年發，愁隨日日新。老懷吾自異，不是故違人。

前二句敘寫新年前後，著一「遽」字，便見「早春」之意，方回《律髓》謂其「極瘦有骨，盡力無痕，細看之句中有眼」即此意。三、四句寫早春生機勃勃的景象，河水解凍，回復到向來的盈盈綠水，魚兒喜悅地躍出水面，魚鱗閃著銀光。五、六句以柳發引入新愁，以早春生機盎然的景象，來反襯自己日甚一日的愁懷，此亦杜甫詩法。末二句言臨老情懷自然有所變化，在這新春之際卻愁懷滿緒，不是有意與人相反。

另外，後山在詩篇中使氣亦多承自杜甫，杜甫有〈因許八奉寄江寧旻上人〉，紀昀評曰：「一氣單行，清而不弱，此後山諸人之衣缽，為少陵之嫡派者也。」可見後山在詩篇中使氣亦多承自杜甫。而「氣」是作者將情意貫注於文字之上的生命躍動，其中必有作者的個性、學養、情意。宋詩中有「單行之氣」的問題，特別是指五七律而言，因為古體詩的開闔曉暢，其中氣的躍動，已出現在宋代的近體上。惟五七律中間二聯在形式上講求對稱，但在內容上則常有因果貫穿而下的流動感。因上句而有下句，下句是由上句流下來的。各句不能獨立來看。這是宋律和唐律的不同。唐律是在穩定蘊藉中對稱，宋律則是在流動直遂中對稱，故「氣」的貫通，在宋律中較易為讀者所感受到，給讀者以力感。

杜甫長於「一氣單行」，這已深入到散文的範圍，已含有「非詩」的意味在，後山也意識到這一點，他在《後山詩話》中引黃山谷之語云：

> 杜之詩法，韓之文法也。

沈德潛《說詩晬語》，卷上亦云：

> 五言長篇固須節次分明，一氣連屬而轉似不相連屬者。敘事未了，忽然頓斷；插入旁議，忽然連屬；轉折無象，莫測端倪。此運左史法於韻語中，不以常格拘也。千古以來，且讓少陵獨步。

依後山及沈德潛的說法，杜甫的古體長篇如左史法，如韓文法，則其單行之氣非只運於偶句，古體亦然。韓文使單行之氣，是古文本色，然而在詩中使用單行之氣便是變體了。但是以單行之氣的變體爲之，較之正體，更富於創造性及變化性，其流暢運行，是詩的進步與革新。

後山宗杜，亦在詩中運以一氣單行句，頗有散文詩的風味，我們在談句法時已討論到了，在此舉〈贈黃氏子小德〉爲例：

> 黃童三尺世無雙，筆頭滾滾懸秋江。不憂老子難爲父，平生崛強今心降。我來喜共阿戎語，應敵縱橫如急雨。生子還如孫仲謀，豚犬漫多何足數。黃家小兒名小德，眉如長林目如漆。只今數歲已動人，老人留眼看他日。笑君老蚌生明珠，自笑此物吾家無。君當置酒吾當貫，有兒傳業更何須。(《逸詩箋》，卷上)

全首十六句，幾乎全用散文句爲之，「黃家」到最後，散文化極爲明顯，流轉自如，富生活語言的氣息，毫不受詩律的束縛，一氣揮灑而成。

杜甫一生的努力，是要在反藝術的變體中創造出更深的藝術，在「非詩」的方向中，作出更眞醇的詩，同時要避免自己在革新詩體時向「非詩」滑入，這便須要他在藝術技巧如句法、用字上下一番工夫。後山評韓愈「以文爲詩，故不工爾」的本意亦復如此，認爲文體必須創新變化，然而，在變新的同時，也應該把握不變的因素。詩文各有體，技巧雖可互相滲透，但是不可混淆體裁。要苦吟錘鍊，然而卻非作雕琢奇語，而是在發揮平淡樸素之自然美。即一切變化不可偏離既定的軌道，這也是後山和山谷的不同處。

除了上述「一山一水交錯排列」的結構、扣題緊密、一氣單行外，後山在結構上宗杜還表現在「斷句旁入他意」。方東樹《昭昧詹言》

論學詩之法，乃有「以斷爲貴」之說：

逆攝突起，崢嶸飛動倒挽，不許一筆平順挨接。

方氏乃認爲用筆之時，若平順直率的敘述，則爲凡才；必要於承接處，轉折飛動，不相連屬，倏然收轉，乃爲大家功力。杜甫於此，素以縱橫奇肆著稱，在「斷句旁入他意」的表現上，影響了江西詩人，後山亦有所容受，陳長方《步里客談》，卷下云：

古人作詩斷句，輒旁入他意，最爲警策。如老杜云「雞蟲得失無了時，注目寒江倚山閣」是也。黃魯直作〈水仙花〉詩，亦用此體，云：「坐對眞成被花惱，出門一笑大江橫。」至陳無己云：「李杜齊名吾豈敢，晚風無樹不鳴蟬。」

杜甫的「斷句旁入他意」，是「以景截事」的筆法，此專就律體而言。上引陳長方之言，乃列舉杜甫、山谷、後山三人詩例，分述如下。

首例乃出自杜甫〈縛雞行〉，詩人見小奴縛雞賣，而心生雞蟲得失無法了結之煩惱，因此只得遙望寒江，獨倚山閣，讓眼前的景物忘懷世間得失。其弦外之音，似乎在告訴我們，與其苦苦追究人間的利害損益，還不如拋開一切煩惱，在山水自然之中尋得解脫逍遙。杜甫運用的就是「斷句旁入他意」的筆法，以景物截斷前面一再探究的事而作結的手法，使人在閱讀時產生無窮的樂趣。

黃山谷〈王充道送水仙花五十支欣然會心爲之作詠〉亦用此法：

凌波仙子生塵襪，水上輕盈步微月。是誰招此斷腸魂，種作寒花寄愁絕。含香體素欲傾城，山礬是弟梅是兄。坐對眞成被花惱，出門一笑大江橫。

前六句極盡寫水仙花的姿態風味，末二句卻急轉而下，坐在那兒想水仙爲什麼那麼好呢？眞是攪亂了情懷，想不透，只好不了了之，拋開一切煩惱，出門一笑置之，尋求大解脫。表面上，二句意思無關，實際上，是詩意的跳躍和轉換。出門欣然一笑，詩境由幽怨、纖細，一變而爲開朗、壯闊，與前面的對比，以達到一個更爲深遠的新境界。

後山〈寄文潛無咎少游三學士〉云：

北來消息不眞傳，南渡相忘更記年。湖海一舟須此老，蓬

> 瀛萬丈自飛仙。數臨黃卷聊遮眼，穩上青雲小著鞭。李杜齊名吾豈敢，晚風無樹不鳴蟬。(《逸詩箋》卷下)

末二句直轉急下，以「晚風無樹不鳴蟬」的景緻來截斷前面所談之事，紀昀評曰：「結得別緻」，呈露無限韻味。後山「斷句旁入他意」的筆法，張健先生稱之爲「律詩末二句的急轉」，他說：

> 後山的律詩還有一個極大的特色，那便是末二句的急轉。一般說來，律詩末二句往往職司收合全詩，若就金聖歎之流的批評家看來，它正類似八股文中的「合」。但是後山詩偏多例外。〔註94〕

後山此種作法時有所見，例如〈登快哉亭〉末二句在全詩是一突轉：

> 城與清江曲，泉流亂石間，夕陽初隱地，暮靄已依山。度鳥欲何向？奔雲亦自閒。登臨興不盡，稚子故須還。

前六句寫登臨所見之景，程千帆《古詩今選》評曰：「這篇詩的前六句，共分三層，每聯一層，卻是由低而高，先寫水，次寫地，再寫天，比較別緻」，但「度鳥」、「奔雲」一聯是一大開展，紀昀也說：「五六挺拔，此後山神力大處」，正說明了後山此二句，有振起全篇之功。大開之後，便需收拾，末二句翻出一層意思作結，撇開寫景，而由游興不盡反襯出景物之令人留連忘返，然而詩人偏偏在末句作一意外的轉折，並不直說自己游興未盡，卻說爲顧及家中有稚子候門而不能流連太久。轉來樸拙平實，只寫尋常情事，卻令人由水間雲際收回，踏入現實人世。又如〈次韻春懷〉：

> 老形已具臂膝痛，春事無多櫻笋來。敗絮不溫生蟣虱，大杯覆酒著塵埃。衰年此日長爲客，舊國當時只廢臺。河嶺尚堪供極目，少年爲句未須哀。

前六句都是寫身欲老、春欲盡的衰老悵惘之貌，末二句竟安慰起春懷原詩的作者說，大好河山，盡可供你極目遠眺，你正當少年之時，寫詩就不必過於悲苦了。意境直轉而下，倏然而來，杳然而去，使詩意

〔註94〕張健先生〈論陳師道的文學作品〉，刊於《中外文學》第三卷第四期，總第二十八期，民國63年9月。

不平鋪，令人出乎意料。張健先生也舉了後山〈次韻李節推九日登南山〉末二句：「落木無邊江不盡，此身此日更須忙」云：

> 末七字不但拙，而且幾乎率直得了無詩意，可是安排在「落木」一句之下，便有了些反轉映襯的情味，猶如一株枯木兀立在一大片藍天之下，頓時也呈現一種畫意或畫境……這意境急轉的安排，可說是後山詩魅力的來源之一。〔註95〕

可知後山「斷句旁入他意」的作法，增加了其詩的魅力，也是後山詩富有理趣的原因之一，其言外之意似乎告訴世人，在嚴肅之中要保有一分輕鬆，在輕鬆之中要持有一分嚴肅。

再來，我們要談及的是後山宗杜之「意在言外」的技巧。宋人評論杜詩時，非常重視杜甫「意在言外」的藝術技巧，如何用委婉含蓄的語言文字來表達含蘊不盡之意、耐人尋味的意蘊情思，是宋代詩法探究的問題之一。例如司馬光《司馬溫公詩話》中云：

> 古人爲詩，貴于意在言外，使人思而得之，故言之者無罪，聞之者足以戒也。近世詩人，惟子美最得詩人之體，如，「國破山河在，城春草木深，感時花濺淚，恨別鳥驚心」，「山河在」，明無餘物矣；「草木深」，明無人矣；花鳥平時可娛之物，見之而泣，聞之而悲，則時可知矣。

雖然山河依舊，可是國都淪陷，城池殘破，已無餘物。亂草遍地，林木横生，可見景色荒涼，明無人也。花鳥本爲娛人之物，但因感時恨別，卻使詩人見了反而觸景傷情。杜甫雖明爲描寫眼前所見的景物，但實際上卻是寄情於物，托感於景，爲全詩創造了氣氛，背後包含了無限的感慨，寄情於言外。又如王安石《鍾山語錄》中云：

> 「映階碧草自春色，隔葉黄鸝空好音。」此止詠武侯之廟而託意在其中矣。

杜甫〈蜀相〉詩句「映階碧草自春色，隔葉黃鸝空好音」，用「自」、「空」兩字，庭草自春，何關人事；新鶯空囀，衹益傷情。杜甫一片詩心，全在此顯現出來了，二字自發奇響，一則表示碧草鶯聲無人欣

〔註95〕同上。

賞，以見祠廟的荒寂，二則表示碧草黃鶯不解人事凋零，每到春來依舊自顧生長飛鳴。杜甫滿懷感慨，瞻眺武侯祠，感傷諸葛亮的長逝不返，只留下荒涼的祠堂，伴隨著滿院萋萋的荒草、數聲黃鸝輕啼，也抒發了寂寞之音難言的深意。

又如葛立方的《韻語陽秋》，卷一云：

> 杜甫〈客夜〉詩云：「客睡何曾著，秋天不肯明。」〈陪王使君泛江〉詩云：「山豁何時斷，江平不肯流。」「不肯」二字，含蓄甚佳，故杜兩言之。

〈客夜〉詩感歎秋夜漫長，天總是「不肯」大明，其等待的焦慮憂愁，便藉此二字流露無遺。〈陪王使君泛江〉描寫山豁江平之際，水「不肯」前流，顯示出舟行非常緩慢的情形，詩人心中的焦慮，不難想見。又如楊萬里《誠齋集》百十四云：

> 「明年此會知誰健？醉把茱萸仔細看。」則意味深長，悠然無窮矣。

這是杜甫〈九日藍田崔氏莊〉中的詩句，詩人眼見秋山秋水如此壯觀屹立，年年奔流，但是想到自己如此衰老多病，明年是否健在？山水無恙，人事難料，自己何能長久，因此便睜著醉眼，不置一言地端詳茱萸。由此二詩句，老杜歎老嗟悲的傷離之情便不言而喻，不問可知。雖不置一言卻勝過千言萬語，這是杜詩意在言外的高度藝術表現。

由以上列舉宋詩家的詩評，可知杜甫含蓄委婉的詩歌語言，「句中無其辭，句外有其意」的技巧成了宋人模效的詩法之一，後山在這方面表現的亦深刻委婉。例如〈宿深明閣〉之二云：

> 縹緲金華伯，人間第一人。劇談連晝夜，應俗費精神。時要平安報，反愁消息眞。牆根霜下草，又作一番新。(卷五)

紹聖初，黃山谷因黨事被召至汴京問狀，寓居陳留佛寺，題曰「深明閣」。不久，便謫居黔州。三年，後山往省外祖父墓，經陳留，宿深明閣中，因成此詩。表面上是感時序荒寂，實際上是懷念被遠謫的友人，用意深厚。一開始稱美山谷是「人間第一人」，頷聯寫當年相交，日夜共語無倦之樂；如今應酬俗人費時傷神之苦。頸聯是說時常想得到山谷平安之報，但當有消息到來時，反而怕它是眞的了。兩句極寫憂喜得失的精神。紀昀謂其雖由杜句脫出，「而換一『眞』字，便有路遠言訛，驚疑萬狀之意，用意極爲深刻。」尾聯以牆根新出之草，喻當時得意的小人，寓有諷意，任淵注云：「此句蓋有所指」，紀昀云：「結句托喻，故不著跡，只似感傷時序者然。」後山此詩，表面之外，富有深意。又如〈宿合清口〉：

風葉初疑雨，晴窗誤作明。穿林出去鳥，舉棹有來聲。深渚魚猶得，寒沙鴈自驚。臥家還就道，自計豈蒼生。（卷十）

此詩是後山赴棣州教授任上時，途中寫景的佳作，然而此詩有寓意，與單純模山仿水者有別。首聯上句以雨聲喻葉聲，下句寫臨曉時的夜色。頷聯寫林鳥離巢而出，水面傳來棹聲。頸聯寫魚潛藏在深水中，猶爲人所獲得。寂寒的沙灘上，棲鴈也頻自驚起。兩句雖是江上實景，也反映了詩人此際的感情。潛魚、沙鴈都有自況的意味，雖在泥沼，仍無法自得自在，暗喻著詩人一心想保持自我的高潔不願屈己折腰；然而，終究是在貧困的逼迫下，出任小官。末聯後山誠實道出自己出來當個小小的教官，只不過被生活所迫罷了，決不是有什麼爲蒼生的大志。

由以上的詩例，我們可以想見後山意在言外的藝術技巧，必含不盡之意，見於言外。因爲，有言外之意才有韻味。後山詩韻味無窮，亦得力於他能以有限的字詞暗示無窮之意。這是他善學杜甫立意之要。

最後，我們要談的是後山在比興技巧方面宗杜的表現。

前面談及的意在言外的技巧，如何使詩歌託意其中，旨趣深遠，形象的塑造是基本課題。能夠含不盡之意的語言，往往不是訴諸直接敘述，而是藉由意象、比喻、典故或其它具體的媒界來作暗示作用。所謂的藉象傳神，作者的初衷本意才能朗現於讀者面前，這也是詩歌之中美感作用所不可或缺的質素。而藉象傳神之法，最普遍的即是比興法。

由於「比」、「興」、「比興」的意義，在中國文學評論的發展史中，是逐漸發展完成的，從《詩經》六義到劉勰《文心雕龍》，直到現在已演變爲純粹的文學修辭技巧。不同的時代與階段會具有不同的意義解說，甚至混淆比興的界限。除此之外，就創作過程而言，作者或許知道自己使用爲感性偶然觸發的「興」或客觀依據的「比」，但就作品本身而言，比興所完成的類型，頗爲類似，二者皆非直接描述事物，而是間接以他物作爲媒介，藉暗示、烘托、聯想來表達言外之意。所以讀者有時無法分辨作者所運用的情形。換言之，作者對比興之運用有選擇的權利，讀者對比興的辨別也有詮釋的權利，此二者可以取得互通，也可各自爲政。在無法對證的情形下，我們在這裡便不追究「比」、「興」的界限，而將這兩種不同的藝術表現手法合併爲「比興」一詞，代表詩歌中含有諷諭寄託的言外之意。〔註 96〕

宋人對杜甫詩歌的評論也常混淆「比」、「興」，但是對比興意義的理解至少應有如前述之說：「比興」合言是指詩歌中含有諷諭寄託的言外之意。如葉夢得《石林詩話》，卷上云：

> 杜子美〈病柏〉、〈病橘〉、〈枯椶〉、〈枯柟〉四詩，皆興當時事。〈病柏〉當爲明皇作，與〈杜鵑行〉同意。〈枯椶〉比民之殘困，則其篇中自言矣。〈枯柟〉云：「猶含棟樑具，無復霄漢志。」當爲房次律之徒作。惟〈病橘〉始言：「惜哉結實小，酸澀如棠梨。」末以比荔枝勞民，疑若指近倖之不得志者。自漢、魏以來，詩人用意深遠，不失古風，惟此公爲然，不但語言之工也。

《石林詩話》的解釋，乃分類以言「比」、「興」，「興」乃感於當時政事而情志興發而起，「比」乃藉比喻法將情感表現出來。但也有人以諷諭時事之詩，統言比興者，如黃徹《䂬溪詩話》云：

> 老杜〈觀打魚〉云：「設網萬魚急。」蓋指聚斂之臣，苛法

〔註 96〕葉嘉瑩先生著《迦陵談詩二集》言：「在篇中使用『比』或『興』之手法者，與『六義』中所謂『賦』、『比』、『興』之重在開端的含義，雖然有所不同，可是在篇中 使用『比』或『興』之手法，既然是後人詩歌創作中常見的現象，因此後人在評賞詩歌時，所論之『比』或『興』，便往往也指的是在篇中所使用的一種敘寫手法，而並不專指『六義』中之本義了。」，東大圖書公司印行，頁 141。

侵漁，使民不聊生，乃「萬魚急」也。又云：「能者操舟疾若風，撐突波濤挺叉入。」小人舞智趨時，巧宦數遷，所謂「疾若風」也；殘民以逞，不顧傾覆，所謂「挺叉入」也。「日暮蛟龍改窟穴，山根鱣鮪隨雲雷。」魚不得其所，龍豈能安居？君與民猶是也，此與六義比興何異。「吾徒何爲縱此樂，暴殄天物聖所哀」，此樂而能戒，又有仁厚意，亦如「前王作網罟，設法害生成」，不專爲取魚也。

杜甫見物興意，所見在此，所擬在彼。黃徹認爲杜甫觀看打魚殘酷可憐之貌，而興發民不聊生、國事日非的感慨，以魚比人民，以龍比君王，群魚流離失所，龍王豈能高枕無憂？仁厚之意立刻現於言外。

杜甫善於運用比興諷諭之章法作詩，後山承繼杜甫章法，亦常以比興法作詩，例如〈妾薄命〉一詩，陳模《懷古錄》，卷下云：

陳後山「葉落風不起，山空花自紅」，興中寓比而不覺，此眞得詩人之興而比者也。全詩二首如下：

主家十二樓，一身當三千。古來妾薄命，事主不盡年。起舞爲主壽，相送南陽阡。忍著主衣裳，爲人作春妍。有聲當徹天，有淚當徹泉。死者恐無知，妾身長自憐。

葉落風不起，山空花自紅。捐世不待老，惠妾無其終。一死尚可忍，百歲何當窮。天地豈不寬？妾身自不容。死者如有知，殺身以相從。向來歌舞地，夜雨鳴寒蛩。

後山在詩題下自注：「爲曾南豐作」，曾南豐卒後，後山深感知己之恩，寫了這兩首情詞深摯的詩作，以寄哀思。全詩最特別之處在於用比興象徵的手法，以男女之情寫師生之誼。詩中以一位侍妾的身份悲悼寵愛她的主人，來表現學生對老師逝世的沈痛心情。古典詩歌用男女情來比喻君臣、師生關係，這種手法是自《詩經》、《楚辭》以來常見的，而後山此詩，表現得尤爲深沈動人。又如〈放歌行〉二首：

春風永巷閉娉婷，長使青樓浪得名。不惜捲簾通一顧，怕君著眼未分明。

當年不嫁惜娉婷，抹白施朱作後生。說與旁人須早計，隨宜梳洗莫傾城。

這兩首詩是借宮女失意，得不到君王一顧的悲懷，來抒發有志之士懷才不遇的悲憤心情。吳喬《圍爐詩話》，卷五將後山〈放歌行〉之二與杭妓胡楚詩相舉而稱曰：「一比一興，卻自深婉，不類宋詩。」推崇可謂備至。

第一首是說美麗的佳人在這明媚的芳春時節卻被深鎖在冷宮裏，長門永閉；正因當年有著絕世的芳容，才有著今天被冷落見棄的處境。因而希冀有機會捲起珠簾，讓君王親自一顧，看看自己是否依然美麗，但又怕君王「著眼」仍未分明，仍得不到青睞，更引入新的愁懷之中。興念及此，剛燃起的希望，又頓然冰消瓦解了。全詩藉宮女的幽怨，寓托志士不遇的悲懷，光芒太露往往自誤，以致雖懷才華，往往困頓在風塵之中，這和宮女的禁門深宮，徘徊永巷一樣，都有難通一顧之感，即使有著識面的機緣，又怕「著眼未分明」，仍有奮飛無路、恩遇無由之恨。

第二首也是托宮女之不遇，表達美人遲暮之感。並以自身的遭遇，告誡他人，不要自恃傾城的容貌，而要及早爲自己作計，以免浪擲青春。開頭兩句表明自己當年不肯輕易嫁人，是因自惜娉婷，自怜自珍。但是年去年來，感到芳華易逝，只能抹白施朱，學作後生模樣，卻是已經耽擱了美好的歲月，後二句既是悲苦之語，又是過來人沈痛的經驗。痛惜自己沒有及早作計，因而勸告別人，要珍惜自己的青春，早爲之計，應當隨著時宜裝扮自己，千萬不要自恃年輕美貌而坐失時機。這首詩感歎人們往往似才華自恃，以致知音難逢，懷才不遇，還不如一個才具平凡的人。這是後山內心深處的沈痛，他憑著一身的傲骨、獨具一格的詩文，爲曾鞏、黃山谷、蘇軾所提攜，卻仍一生貧困潦倒，這與他在這二首詩中所比喻的宮女情形是相若的。

另外，後山〈題柱二首〉亦以比興結構發之，抒發其滿腔失意的憤懣之情。在此我們列舉其第一首云：

> 桃李摧殘風雨春，天孫河鼓隔天津。主恩不與妍華盡，何限人間失意人。

詩前有小序言：「永安驛廊東柱，有女子題詩云：『無人解妾心，月夜長如醉。妾不是瓊奴，意與瓊奴類。』讀而哀之，作二絕句。」詩前的小序已說明詩人是因讀到一位女子的題柱詩而引發詩興。然而，以後山自身的遭遇，自甘清貧，不阿權貴，卻無端捲入黨禍，仕途阻絕，與題柱女子同是天涯淪落人，便使得詩人與這位女子聯繫在一起。詩前小序，說是哀人，無寧說是詩人自哀。首句以春天桃李橫遭風雨摧殘為喻，寫題柱女子的.悲慘遭遇；二句用牛郎織女隔天河相望的故事，說明女子被棄，非良人負心，而是另一惡勢力隔絕他們。三句將詩意作更深一層的推進：作為女子，老華老去，便見冷落棄置，在當時是尋常事，但這位題柱女子不同，她正值盛年，妍華未盡，「主恩」卻無端阻絕，這就較之其他女性有更深一層的悲哀。有了以上三句的蓄勢，結句適足以長吟詠歎推出正意：「何限人間失意人！」人間該有多少失意者啊！人間失意者，率皆如此，豈獨這一位女郎，言外之意，他自己亦是其中一位。

以芳草美人自況，是自《離騷》以來文學作品中習用的手法，古人用此一手法時，多自喻明志，後山此詩卻能拋開前人窠臼，以現實中一位失意女子的題柱詩所引發，以前三句的蓄勢待發，最後推出正意的藝術構思，更加強了表達力量。尤其是第三句，設想出「天津」隔開牛郎織女，以表明自己的失意並非朝廷見棄，乃第三者媒糵其間，將失意幽怨之情寫得委曲蘊藉，得風人之旨。

由以上的詩例，可見後山在比興技巧方面亦有相當的功力，而這是他向杜甫學習而來的結構之一。

第五章　後山宗杜之內涵風格

第一節　江西詩派內涵風格總論

作爲一個詩派，在詩歌的藝術風格和審美趣味上必有相同之味，這正是詩派形成的基因。然而共同的流派風格之中，每個人仍可具不同的個人風格。正如楊萬里〈江西宗派詩序〉所云：

> 高子勉不似二謝，二謝不似三洪，三洪不似徐師川，師川不似陳後山，而況似山谷乎？

「不似」之處是個人風格的表現，個人風格和流派風格是兩個不同層次的概念，但前者從屬於後者。因而在談及後山個人風格之前，就必須從江西詩派詩歌的創作傾向中尋繹出大致相同的內涵風格來，方能更貼切地掌握後山詩的風格。

江西詩派中人共同號稱宗法杜甫。杜詩的內涵風格大大影響了江西詩人，尤其是入蜀之後的晚期作品，在創作上產生了明顯的變化，不論是在題材範圍上、表現手段上或風格傾向等方面，都呈現出與多數盛唐詩人頗異其趣的藝術風貌。杜甫敢於用俗字俚語入詩、善於用虛字斡旋，使得律詩出現一氣盤旋、清空如話的境界，這就使杜甫晚期的近體詩具有樸實無華、疏宕渾厚的獨特藝術風貌，從而與盛唐詩家的風格異趣。更眞切來說，杜詩這種風格是不符合中晚唐詩人的審美觀念的，這也是杜甫在唐代沒有受到足夠重視的原因。杜甫在詩壇上的崇高地位是在北宋中期後眞正奠定的，一方面是因近體詩經過唐代詩人不斷的努力，在傳統手法和風格方面已達巔峰境地，宋人如欲求發展，就必須另闢蹊徑。另一方面，近體詩的格律和表現手法的狹隘，宋人很清楚地意識到應該對之進行矯正。一些目光敏銳的改革者自然將注意力集中於早在這方面進行嘗試且卓有成效的杜甫身上。對杜甫晚期的近體詩的特殊風格首先從整體上給予高度評價的是黃山谷：

> 觀杜子美到夔州後詩，韓退之自潮州還朝後文章，皆不煩繩削而自合矣。〔註 1〕
>
> 但熟觀杜子美到夔州後古、律詩，便得句法簡易，而大巧出焉。〔註 2〕

這幾句話是黃山谷和江西詩派學杜的關鍵，爾後方回又進一步指出：

> 大抵老杜集，成都時勝似關輔時。夔州時詩，勝似成都時。而湖南時詩，又勝似夔州時。一節高一節，愈老愈剝落也。〔註 3〕

黃山谷和江西詩人的確是學杜甫晚年的詩，「剝落」二字，足見杜甫的用心，尤其足見黃山谷和江西詩人的用心，此即所以山谷〈別楊明叔詩〉中所云：「皮毛剝落盡，惟有眞實在」的眞正涵義，也是山谷謂杜甫晚年之詩「乃在無意爲文」之由，無意於文，乃剝落盡表面聲色之文，方能顯出本色的精光。後山宗杜，亦經過「剝落」、「皮毛落盡」的過程，方能以精嚴確切的語言，來表現他凝斂堅實的感情，以散發其「盡是骨，盡是味」的剛健氣格。以下我們試分述杜甫剝落盡淨之詩，在內涵風格上給予江西詩人怎樣的影響。並參酌周裕鍇先生之說，〔註 4〕加以歸納分項提要，以見江西詩人整體內涵風格的表現：

〔註 1〕《豫章黃先生文集》，卷十九〈與王觀復書三首〉之一。

〔註 2〕同上，三首之二。

〔註 3〕方回《瀛奎律髓》，卷十〈春日類〉杜甫〈春遠〉詩評語。

〔註 4〕周裕鍇先生〈江西詩派風格論〉，《文學遺產》，1987 年第二期。

壹、反映日常生活、個人抒情

杜甫的現實主義精神雖得宋人深入會心、高度評價，然而江西詩人宗法杜甫的主要著眼點並不在這裡，他們的作品價值也並不表現在這一方面。杜甫晚年的詩逐漸由直接敘述國家社會的時事轉向個人抒情。大多通過內心感情的抒發曲折地反映出苦難的時代影子，表達憂國憂民的哀思。同時，日常生活瑣事的描寫、倫常友情的發抒大大增加，更爲注重藝術形式的探索創新。江西詩派的學杜，正是接受杜甫夔州後詩抒寫個人感情和日常生活的創作態度所影響。

杜甫自夔州後詩的自我內省的創作精神及其體現出來的偉大人格力量，印證於江西詩派的作品，其內容顯然由北宋的梅、蘇、歐等人的直接開口評議時事、指陳時弊，轉而爲思索人生、表現自我，充滿了知性沈潛的省思，希望能更準確深刻地發掘人生的意義，指出個人在歷史、宇宙的處境。同樣具「以議論爲詩」的特點，梅、蘇、歐的議論較多「開口攬時事，議論爭煌煌」〔註5〕一類對時事的直接評價；江西詩人則更多體現爲「世態已更千變盡，心源不受一塵侵」、〔註6〕「酒因咀嚼還知味，詩就呻吟不要工」、〔註7〕「書當快意讀易盡，客有可人期不來。」〔註8〕一類對人生意義的思索理解。

杜甫入蜀之後，喜寫日常生活中的瑣細之事，連向人乞求竹木、〔註9〕野人送來櫻桃〔註10〕等瑣事也一一入詩。甚至有些事情在其他詩人看來也許是相當村俗而絕不肯將其入詩，杜甫卻欣然吟詠，此舉更是爲宋人開闢了無比廣闊的詩境。如王安石、山谷、後山、楊萬里、

〔註5〕《歐陽文忠公文集》，卷二〈鎮陽讀書〉。

〔註6〕《山谷詩外集注》，卷六〈次韻蓋郎中率郭郎中休官〉二首。

〔註7〕《山谷詩外集注》，卷四〈次韻射公定王世弼贈答絕句〉之二。

〔註8〕《後山全集》，卷八〈絕句〉。

〔註9〕〈從韋二明府續處覓綿竹〉：「華軒藹藹他年到，綿竹亭亭出縣高。江上舍前無此物，幸分蒼翠拂波濤。」(《杜詩鏡銓》，卷七)

〔註10〕〈野人送朱櫻〉：「西蜀櫻桃也自紅，野人相贈滿筠籠。數回細寫愁仍破，萬顆勻圓訝許同。憶昨賜霑門下省，早朝擎出大明宮。金盤玉箸無消息，此日嘗新任轉蓬。」(《杜詩鏡銓》，卷九)

陸游，這些在宋代詩壇有廣泛代表性的詩人幾乎把日常生活的每一物每一事都看作是詩材。

由是之故，描述個人的生活經驗、親友間的交誼，這類題材在江西詩人的集中佔了三分之二以上。詩人在其中表達了封建時代知識分子的理想和抱負，也抒發他們失意時的感慨。他們珍惜那金石般堅貞的親情友誼，以詩寄箋，反復來往，次韻、和答、酬贈、有懷，皆表現了熱情的鼓勵、親切的勸勉，共同分享著生活中的喜怒哀樂。

此外還有爲數不少的題詠之作。有些是所謂的「托物寄諷」之作，但多數是描寫日常生活中瑣屑的事物，表現士大夫階級的閑情逸趣。這類題材的由來，可說是受了杜甫的啓發，正如張戒《歲寒堂詩話》，卷上云：

> 惟杜子美則不然，在山林則山林，在廊廟則廊廟，遇巧則巧，遇拙則拙，遇奇則奇，遇俗則俗，或放或收，或新或舊，一切物，一切事，一切意，無非詩者。

對杜甫開拓詩境之舉，給予極高的評價。在宋人筆下，詩歌的題材疆域大大地擴展了，究其原委，杜甫實有不可忽視的蓽路藍縷之功。

貳、反映高潔淡然的人格世界

方回論詩主張格高，指出：

> 予於晉獨推陶彭澤一人格高。

又說：

> 其中以四人爲格之尤高者，魯直、無己上配淵明、子美爲四也。(《桐江續集》，卷二十三〈唐長孺藝圃小集序〉)

這一觀點代表了江西詩派的普遍看法，詩派中人亦多能身體立行此不求世售、孤傲耿介的人格標準。所謂的「格高」，指的是詩歌風骨高峻，即在樸拙剛健的藝術特徵中體現出高潔的人格修養。其主要內涵就是反流俗。黃山谷指出：

> 處世可以百爲，唯不可俗，俗便不可醫也。……視其平居

無異於俗人，臨大節而不可奪，此不俗人也。〔註11〕

由山谷的倡導，加之知識份子謀道不謀食的情操使然，詩派中人大多承繼了山谷的反流俗的精神，崇尚氣節，淡泊自若，孤傲耿介。如後山拒卻趙挺之所贈衣服、徐俯當張邦昌作兒皇帝時敢呼曰「昌奴」、饒節爲曾布之客，因與曾布議論不合而毅然辭去，都可謂臨大節而不可奪也。他們不僅以氣節自勉，而且以氣節互勵，在他們的作品中，視功名利祿如糞壤，棄流俗、鄙鑽營是最常見的主題。

江西詩人受陶淵明、杜甫的影響，在語言形式上雖有韓孟詩派尚奇險的走向，但在精神實質上卻完全不同。韓孟詩人多對功名利祿汲汲進取，江西詩人則大多淡泊名利、貧苦自守，注意人格的自我完善。

同時，江西詩人還表現出一種退隱社會、全身保眞的傾向，例如山谷指出：

詩者，人之情性也。非強諫諍於朝廷，怨忿詬於道，怒鄰罵座之爲也。……其發爲訕謗侵陵，引頸以承戈，被襟而受矢，以快一朝之忿者，人皆以爲詩之禍。〔註12〕

後山也指出：

士大夫視天下不平之事不當懷不平之意，平居憤憤，切齒扼腕，誠非爲己，一旦當事而發之，如決江河，其可御耶？必有過甚覆溺之憂。〔註13〕

因而山谷及江西諸子所據以立身處世的哲學觀點其實是「內儒外佛道」。心中洞達世事，明辨是非，而外表卻和光同塵、與世隨和。此即山谷所謂的「俗里光塵合，胸中涇渭分」、〔註14〕「胸次九流清似鏡，人間萬事醉如泥。」〔註15〕我們便很難在江西詩人的作品中，發現像杜甫那般深沈執著的憂國憂民熱忱及由此而產生的沈鬱頓挫的

〔註11〕《豫章黃先生文集》，卷二十九〈書繒卷後〉。
〔註12〕《豫章黃先生文集》，卷二十六〈書王知載「朐山染詠」後〉。
〔註13〕《後山全集》，卷九〈上蘇公書〉。
〔註14〕《山谷詩內集注》，卷七〈次韻答王睿中〉。
〔註15〕《豫章黃先生文集》，卷七〈戲笑禪月作遠公詠〉。

美感力量。他們大多醉心於個人道德的自我完善、對江湖山林的嚮往謳歌、在生活中發現詩意、培養詩心，以及親屬師友間的交往情誼。

參、意象清淡靜遠

細觀江西詩人的作品，不論其語言是雕琢或是自然、感情是涵藏或外放，其意象總是清淡幽冷的，這是江西詩人以清淡爲審美標準，體現出他們清貧的生活環境及其追求高雅恬淡的審美情趣。這基本上是與其反抗流俗、退避社會的內涵相聯繫的。如黃山谷詩中的景物，多用白描，洗淨鉛華，絕少涉及豔情香奩，其詩中的意象，如茶碗爐薰之清香、古松瘦竹之清勁、書冊翰墨之清遠、蛛網塵壁之清貧、青衫白眼之清高，白鷗扁舟之清閑，都具有清淡的審美特徵。因此，後山竟有「句中有眼黃別駕，洗滌煩熱生清涼」的感覺。〔註 16〕而後山自己的藝術境界亦被許爲「色淡」，如方回云其「讀後山詩，若以色見，以聲音求，是行邪道，不見如來。全是骨，全是味，不可與拈花簇葉者相較量也。」〔註 17〕無一字風花雪月，造語淡麗、不落色相是後山及江西詩人的意境特色。此亦受杜甫夔州後詩的影響，正如山谷所云：「子美到夔州後古、律詩，便得句法簡易而大巧出焉，平淡而山高水深，似欲不可企及。」，〔註 18〕這「平淡而山高水深」便是江西詩人宗杜所自，追求一寧靜淡遠的意境，簡易平淡的詩風，正是他們對杜甫詩歌的會意處。

肆、語風瘦硬勁健

就語言風格來說，江西詩派主張瘦硬勁健。所謂瘦健，是因句法的拗折改易、用字的別出心裁，例如用倒裝、簡省、濃縮、字詞活用等手段，在不同於尋常的語言形式中表達情感。瘦健似乎還暗示著詩人安於貧賤、富貴難移的氣骨。

〔註 16〕《後山集》，卷三〈答魏衍黃預勉余作詩〉。

〔註 17〕方回《瀛奎律髓》，卷十六〈節序類〉。

〔註 18〕同註 1。

江西詩人往往把瘦健作爲審美標準，從而鄙棄柔弱軟媚之句，例如黃山谷欣賞洪朋的詩「語益老健」，〔註 19〕晁沖之則稱頌「老去文章健更成」，〔註 20〕方回也稱後山詩「勁健清瘦」。〔註 21〕對清淡的追求體現了江西詩人的淡泊自甘，而對瘦健的追求則體現了他們的孤高傲世。「清淡瘦健」表現了該詩派的藝術外現，也體現了該詩派的精神內涵。

伍、詩風樸拙老成

江西詩人反對浮華輕薄，崇尚老成樸拙的風格。用黃山谷的話來說，就是要做到「語意老重」、〔註 22〕「筆力絕不類少年書生語」，〔註 23〕具體而言，也就是要去盡少年浮華之習，做到讀書皆當，老成解事，思想深沈，學問紮實，所發爲詩，則自有老成的意味。如後山的「人事自生今日意，寒花只作去年香」、〔註 24〕「世事相違每如此，好懷百歲幾回開？」，〔註 25〕從自己的親身生活經歷和感受中概括提煉出來的詩句，正好用樸摯來說明其風格特點。「推愁不去如相覓，與老無期稍見侵。」、〔註 26〕「老去惟心在，相依到歲寒」。〔註 27〕透過這些詩句，我們顯然能體會到詩人的學問修養、對世事的深刻洞察以及對人生的超然了悟。這種老成樸拙的風格反映出北宋晚期詩人心理狀態的變化，由少年的浪漫奔放轉而爲老年的沈潛內斂。這是江西詩人學習杜甫晚期詩風的結果，清人葉燮《原詩・外篇》下云：

〔註 19〕《山谷老人刀筆》，卷三〈答三洪甥〉。
〔註 20〕《晁具茨先生詩集》，卷十三〈答韓君表〉。
〔註 21〕《瀛奎律髓》，卷一「登覽類」後山〈登快哉亭〉批語。
〔註 22〕《豫章黃先生文集》，卷十九〈答洪駒父書〉。
〔註 23〕《豫章黃先生文集》，卷二十六〈題所書詩卷後與徐師川〉。
〔註 24〕《後山集》，卷六〈次韻李節推九月登南山〉。
〔註 25〕《後山集》，卷九〈絕句四首〉之一。
〔註 26〕《陵陽先生詩》，卷三〈和李上舍冬日書事〉
〔註 27〕《山谷詩內集注》，卷十〈歲寒知松柏〉。

宋詩在工拙之外，其工處固有意求工，拙處亦有意爲拙。

這個特點在江西詩人身上體現得最爲明顯，前面也說過，黃山谷推崇杜甫晚年詩風經過歸眞返樸的藝術昇華而達到繁華落盡的境界，後山更明確地指出：「寧拙毋巧，寧樸毋華……詩文皆然」(《後山詩話》)。他們在創作實踐中也不斷地向這個目標努力，例如山谷雖不能免於過奇過巧的缺點，但他晚年的作品顯然已寫出相當質樸的作品，如〈新喻道中寄元明用觴字韻〉。後山在這方面似乎較山谷走得更爲深入些，樸拙老成已成了他宗杜的主體風格之一。

作爲一個流派，江西詩人的心理類型和創作道路大致相同，皆是憑後天艱苦的學力才臻於高度的藝術境界，劉克莊也認爲黃山谷成功不同於歐、蘇的「各極其天才筆力」，而是經過「會粹百家句律之長，究極歷代體制之變」〔註 28〕的勤苦鍛鍊而成。派中詩人學杜，乃因心理相似因素。主張通過嚴格的基本訓練而逐漸達到高度自然的境界，縱觀他們的作品，幾乎無人不談句法，而關於悟入的論述也比比皆是。曾季貍《艇齋詩話》指出：「後山論詩說換骨，東湖論詩說中的，東萊論詩說活法，子蒼論詩說飽參，入處雖不同，然其實皆一關鍵，要知非悟入不可」。也就是主張在「熟參」前人詩歌藝術的基礎上進入「透徹之悟」。這與杜甫晚期的作品有一脈相承的關聯，杜甫正是這一路上引導他們的宗師。

到此爲止，我們對江西詩的總體內涵風格有了一個粗略的認識，在內容上表現爲退避社會、退隱政治，注重個人人格的自我完善，在境界上表現爲靜觀內省的抒情方式，在藝術上追求清淡瘦勁、老成樸拙的審美趣味，以體現孤高傲世、鄙棄流俗的精神。儘管江西詩派中人有許多「不似」之處，而這共同的「味」，大家或多或少都沾了一點。後山在這方面表現得尤爲深刻。

〔註 28〕劉克莊《後村先生大全集》，卷九十五〈江西詩派黃山谷〉。

第二節　後山詩風格之成因

姚一葦先生〈論風格〉一文中說：

> 所謂風格，乃一個時代的一般性或社會意識，與一個藝術家的特殊性或個人意識，透過藝術品的形式與品質而形成的那一個藝術家的世界。〔註29〕

在這段文字當中，即已透露風格如何形成的訊息，實應包括時代背景、作者的生活歷練、才性學習，以及作品的內容形式三方面相互配合闡發。在這樣一個綜合性的美學範疇裡，既有作品語文姿貌的豐富表明，也包涵了創作主體和客體間融合展現的整體功夫，這就決定了後山詩風的因素。其實，在前面各章中皆已一一論及，於此再從時代背景、作者、作品三方面，作一番簡略提要。

壹、就時代因素而言

後山正處於北宋宗杜之風盛行之際。唐人以種種因緣，在詩壇上留下空前之偉績，宋人欲求樹立，不得不自出機杼，變唐人之所已能，而發唐人之所未盡。惟杜甫在唐，打破詩歌藩籬，擴大詩格，宋人承其流而衍之，凡唐人以爲不能或不宜入詩之材料，宋人皆寫入詩中，如詠物、朋友往還之跡、諧謔之語，以及論事說理、講學衡文之見解，在宋人詩中尤恆遇之，凡此皆杜甫之餘響也。

宋詩風格的奠立與宗杜之風有密切的關係，而江西詩派又是宋詩風格的典型。後山是江西詩派中的健將，對江西詩風的奇僻險硬作一反省，越過黃山谷而直接踵武杜甫，所以後山在時代因素的造就下，無可避免地，便在作品中尋求對杜詩融合貫通的模仿，從不斷的創作學習中，去樹立自己作品的藝術面貌，塑造出自己詩歌的獨特風格。

貳、就作者因素而言

風格的形成，可繫乎作者的人格情性、遭遇挫折，另外便是他的

〔註29〕姚一葦先生《藝術的奧秘》，開明書店，頁309，民國57年出版。

才、氣、學、習。因天生稟賦的氣質情性，與後天環境、學養陶冶所造就的人格特質，反映於作品中，即爲其作品之風格。

後山堅持自我價値的肯定，向理想人格的高峰攀登。然而，要在個體有限的生命中，求得人生價値的昇華，這本身就是絕大的難題。不論是爲了一展抱負，兼善天下；還是僅僅爲了養家餬口，在當時社會實際運作中，詩人也需要獲得一官半職。但後山認爲如果爲此要做出有損於人格、違背理念之事，則他寧可一生貧困，也不願爲五斗米折腰。

所以因人格性情所造就個人生活的貧困飢寒，妻離子散，便使得後山詩多悲苦之辭。這和杜甫一生以悲劇英雄的本色自許是大致相若的。杜甫從愛國愛民出發，歷時代亂離、生活挫折而堅忍不拔，始終堅持著兼善天下的理想。詩人苦難的一生使得其精神空間更爲充盈，懷才不遇、仕途坎坷、貧病交困等等個人不平的遭遇，都在深化他們的人生體驗。因爲詩是主體情思的表現，黃永武先生說：

> 詩是作者內心的反映，是心的投影，所以從詩句的文字可以求得作者內心的志趣與襟袍，而這志趣與襟抱也足以形成作品的風格與面貌。〔註30〕

於是，詩人由個人實際的人生遭遇所發生的感慨，廣大沈深的內涵，以致能超越時空之牆，在百年之後的讀者心中，撞擊出共鳴的顫音，後山之於杜甫的感同身受，即是如此。

另外，便是才性學習的陶養，組成作者的個性，凝爲作者創作時的精神風貌。就文學創作而言，風格決定於詩人的造詣，造詣中以其「才」爲先，才能縕集於作者一身，其表現要通過「氣」，作者的想像、觀念、情感、生命、質性等需資藉「氣」，方能注入作品中。〔註31〕除此之外，外在的「學」、「習」，亦爲決定詩人風格之因素，後山「閉門覓句」、「此生精力盡於詩」的苦吟鍛鍊，正與杜甫創作道路的心理類

〔註30〕黃永武先生《中國詩學・鑑賞篇》，巨流圖書公司，頁256。

〔註31〕蕭麗華先生〈杜詩沈鬱頓挫之成因〉，見《論杜詩沈鬱頓挫之風格》，師大國研所77年5月碩士論文，頁116。

型相同。他們都是有責任心的作家，受過博極群書、月鍛季鍊的研摩，而逐漸達到縱心所欲而不逾矩的境界。

因著相若的人生經歷、性情個性、才氣學習，便使得後山詩風沈摯清苦，得杜甫沈鬱之氣，且有孟郊的苦吟之風。

參、就作品因素而言

就作品本身而言，作品是在思想內涵和藝術形式的和諧統一下體現而來，因此作品的內容題材、形式技巧亦爲決定風格的要素。後山由於個人生活遭遇、性情思想的影響，在詩中所表達的情感較少輕快明朗的氣息，而表現一種靜遠清寒的氣質。且他有意以樸拙高古的詩風來矯正流俗的華巧雕琢，所以詩中多枯淡古樸、寧靜閑遠的境界。而內容又決定了形式的表現，在形式技巧方面，詩歌的語言、句法、意象是形成風格的主因，後山提倡「以俗爲雅」、「以故爲新」，學杜甫句法、字法，主張鍛鍊而趨於自然，便使其詩風瘦勁雄渾。

總結上言，文學風格的表現，常是與作者所獨具的性格、氣質、秉性、才學、思想情感、生活歷練是分不開的。後山詩風格的形成，乃是長期創作下所累積的成果，而不論是從時代、作者、作品三方面來看，後山都受到杜甫極深遠的影響，我們甚至可以說，後山詩風的形成乃淵源於他一心追隨的杜甫。因爲，在他文藝實踐的過程中，想要「自成一家」，還是必須取法前人之所長，求新求變，以樹立自我的面目，此即《文心雕龍・體性篇》所云：「各師其心，其異如面」，經由學習前人，取其所長，避其所短，通過創作實踐，才能發現古人與今人不到處，才能開闢文藝的新領域，獨樹一幟，蔚爲風格，而杜甫是後山全盤接受殷殷取法的前人，後山宗杜的本身就是「各師其心，其異如面」的最好明證。

以上所舉，歸根到底，風格是是與文學的時代背景和作家的生活實踐、創作實踐相聯緊的。

第三節　後山宗杜之內涵展現

壹、人情美的蕩漾

一切詩歌的創作，都有一個永恆的主旋律，那就是詩人力圖尋找個人的精神家園，表現人類的感情世界，這也是中國詩歌的主流。杜甫在繼承前人詩歌傳統的基礎上，開拓了一條以傾吐個人情感、描述日常生活、表現普遍而平凡的心靈世界爲主的詩歌創作道路。在杜詩造境中，「人」的份量總是比較濃厚，這也正是他一貫風格之一。

杜詩之所以具有長久的魅力，不僅在於它紀錄了唐代由盛轉衰的歷史內容，更重要的還在於它凝結了作者個人日常生活的思想感情，就是杜詩中所表現的那股濃烈、熾熱的親子之情、夫妻之愛，朋友之念、自然之美，這都是杜詩人情美這一系統的內容。

在杜詩中有相當完整的個人生活的紀錄，瑣事細節盡入詩中。我們可以藉由他的詩清楚地掌握他的行蹤，了解他每一階段的生活與情感。在中國的詩歌史上，杜甫奠定了日常生活的詩歌傳統基礎。

後山宗杜，從內涵來看，亦以人情美的抒發爲其詩歌的主要特色。杜甫奠定了日常生活人情美的詩歌傳統道路，後山是一位重要的繼承者、歷代詩評家對後山宗杜的成績給予高度評價也多著眼於這方面，因此，後山的心思和情感較江西諸子更爲深刻眞摯。

因著生活遭遇的雷同、性情個性相近的因素，加上後山他刻意學杜，便使得後山的詩細味起來，眞有杜甫的影子在。尤其是對於天倫骨肉的至性，或朋友鄰人的情誼之作，皆流露深情，動人至深。

後山與杜甫二人詩中多描述身邊平凡人與平凡事物的感情，他們能在平凡平實的生活中體會出情趣與詩味，以下我們分從天倫之情、朋友鄰里之念、及自然物象之美三方面以見後山在人情美的內涵上宗杜的實質表現。

一、天倫骨肉之情

人類的感情世界中最有價值的東西，往往是和血緣、親情連在起的。杜甫最善於捕捉人類感情世界中極微妙、極複雜的心理狀態。他的藝術成就，也在於善用「蹈實存真」〔註32〕的創作手法，尤其對於生動形象的細節描寫，更擅勝場。最傑出的例子是杜甫〈北征〉詩中有關小兒女一段描寫。〔註33〕他詩中所凝含的天倫之樂，其美學價值在於深刻而準確地把握了特定歷史環境下人物具體心態的反應，在平凡的人生中找到了瑰麗珍奇的感情寶藏。

杜詩中對妻子、兒女、弟妹等有直接血緣關係親屬的詠唱，正是這種人情美的渲泄和流露。杜甫把親人別離的感情表現得深沈悲痛。天寶十五載，當他被拘執於長安，家人生死未卜時，他望思家，寫下了千古絕唱的〈月夜〉：

> 今夜鄜州夜，閨中只獨看。遙憐小兒女，未解億長安。香霧雲鬟濕，清輝玉臂寒。何時倚虛幌，雙照淚痕乾。

明是詩人自己在長安想念妻子，卻說妻子在鄜州家中想念他，由對方著筆，落想奇特，自然使感情更加深沈而凝重了。又言小兒女年幼無知，還不懂得懷念父親，看來思念的淒苦，只有妻子一人獨擔了。藉著月光使妻子的形象在自己的心中突現而出：她因爲思情深、看月久而鬟濕臂寒。詩人對妻子的千種關懷、萬般憐愛在這裡得到了充分的體現。由於對妻子的懷念至深、更想到妻子對他的關注之切，於是他自然而然在尾聯中表達了個人的願望：什麼時候我才能回去，與妻子一道倚窗望月，共訴離情，讓月光照乾我們臉上的淚痕？這種在痛苦寂寞中發出的遐想，表達了詩人對幸福生活的強烈願望，也是一種美好人情的表現。當然，杜甫也寫出了家人團聚的情景，例如〈羌村三

〔註32〕張夢機先生〈杜甫變體七絕的特色〉一文中云：「唐人七言絕句，多攻虛尚文，而杜甫卻蹈實存眞……七絕卻言語樸實，不事華辭。」刊於《幼獅月刊》四十四卷第三期。

〔註33〕杜甫〈北征〉詩中的一段：「老夫情懷惡，數日臥嘔泄。那無囊中帛，救汝寒懍慄？粉黛亦解包，衾裯稍羅列。瘦妻面復光，癡女頭自櫛。學母無不爲，曉妝隨手抹。移時施朱鉛，狼籍畫眉闊，生還對童稚，似欲忘饑渴，問事競挽鬚，誰能即嗔喝？翻思在賊愁，甘受雜亂聒。新歸且慰意，生理焉得說？」

首〉之一：

> 崢嶸赤雲西，日腳下平地。柴門鳥雀噪，歸客千里至。妻孥怪我在，驚定還試淚。世亂遭飄蕩，生還偶然遂。鄰人滿牆頭，感歎亦歔欷。夜闌更秉燭，相對如夢寐。

詩人不僅寫出了自己本身悲喜交集的複雜感情，而且還描繪出一幅樸實的鄉村民俗圖畫，透露出一種濃郁的鄉情美。全詩語言通俗樸素，運用白描手法，將自己的思想感情融化在客觀的具體描寫之中，敘事抒情，寫人狀物，並通過細節的眞實描繪顯示出典型環境的典型形象。尤其是寫詩人剛到家時與妻子相見驚喜交集的情景：「妻孥怪我在，驚定還試淚。」十字之中，包含了妻子種種複雜的心情，用最少的語言，描寫最曲折的心理情態，因久別不得消息，忽然歸，驟然相見，驚訝之餘便喜不可堪。且怪且驚，繼之拭淚。極其生動地揭示了妻子乍見丈夫歸來時由驚而喜，又由喜轉悲的感情變化過程，使人如睹其面，如聞其聲。其〈羌村三首〉之二中有：

> 嬌兒不離膝，畏我復卻去。憶昔好追涼，故繞池邊樹。

寫嬌兒對父親繞膝不離，是由於見父親「少歡趣」的臉色，怕他又要離家而去。詩人將嬌兒這樣一個細微的心理變化和動作，生動地描繪出幼子最肖的情狀。後二句乃是回憶去年納涼的往事。說到他與兒女在一起，帶著兒子爲了找涼快的地方，而故意繞著池邊的樹，玩捉迷藏的遊戲，情味美極了。又如〈憶幼子〉詩云：

> 驥子春猶隔，鶯歌暖正繁，別離驚節換，聰慧與誰論，澗水空山道，柴門老樹村，憶渠愁只睡，炙背俯晴軒。

詩人是那般想念他的小兒子，便想到他在溫暖的陽光下睡著的情景。

杜甫對妻子兒女是這樣眞情，對手足之情也是如此。當杜甫在成都時，他的兄弟仍在戰火紛飛的河南和齊魯，他深情地說：

> 中原有兄弟，萬里正含情。(〈村夜〉)

由於戰事阻隔，音信不通，引起詩人強烈地憂慮和思念，〈月夜億舍弟〉即是他當時感情的眞實紀錄：

> 戍鼓斷人行，邊秋一雁聲。露從今夜白，月是故鄉明。有

弟皆分散，無家問死生。寄書長不達，況乃未休兵。

由於詩人在戰亂中顛沛流離，備嘗艱辛，既懷家愁，又痛國難，眞是感慨萬端，因此，在清露盈盈的月夜觸動下，千懷萬緒便全盤傾瀉而出，詩由望月轉入抒情，過渡得十分自然。又如〈得舍弟消息〉：

汝懦歸無計，吾衰往未期，浪傳烏鵲喜，深負鶺鴒詩，生理何顏面，憂端且歲時，兩京三十口，雖在命如絲。

杜甫把兄弟看得很小，以自己之衰老不能趕到弟弟身邊去，便催促弟弟早日歸來。這眞是生離死別之痛。雖聽喜鵲在叫，但無法歸故鄉，亦深負鶺鴒詩兄弟要互相幫助的告誡。從這首詩，可以見他對弟弟是那樣的不放心，那樣充滿愛心。正如邵子湘所說：

憶舍弟諸作，全是一片眞氣流注。(《杜詩鏡銓》，卷三)

杜甫對妹妹也是非常關心，其〈同谷七歌〉之四云：

有妹有妹在鍾離，良人早歿諸孤癡，長淮浪高蛟龍怒，十年不見來何時，扁舟欲往箭滿眼，杳杳南國多旌旗，嗚呼四歌兮歌四奏，林猿爲我啼清晝。

這些至情至性的詩句，流露出最深沈的掛念，體現出兄長對弱妹的關心和愛護。

從以上幾首寫弟妹的詩篇可以見到，杜甫對弟妹總是懷有一種割捨不斷的牽掛和爲他們的命運擔憂之心。

我們看到杜甫在反映親情的詩篇中，其人情美的特質，主要在於詩人對天倫之樂的渴望和對安謐恬靜生活的憧憬。這也是杜詩千百年來具有永久魅力的重要原因之一。

後山詩中關於天倫情懷的描述多能道出人倫骨肉的至情，有多首人倫情懷之作，在句法和取意上頗得杜甫神髓。而後山此類詩作，例如〈送內〉、〈別三子〉、〈示三子〉、〈憶少子〉、〈寄外舅郭大夫〉等，都是一往情深之作，深得詩家的讚賞，宋・楊萬里《誠齋詩話》云：

五言古詩，句雅淡而味深長者，陶淵明、柳子厚也。少陵〈羌村〉、後山〈送內〉，皆有一唱三歎之聲。

清人汪薇《詩倫》，卷下評後山的〈示三子〉云：

> 淡而眞，是天性中物，不可以雕琢得者。

清人盧文弨《抱經堂文集》，卷十三〈後山詩註跋〉云：

> 孟東野但能作苦語耳，後山之詩，於澹泊中鐔鐔乎有醇味，其境皆眞境，其情皆眞情，故能引人之情，相與流連往復，而不能自已。

張健先生認爲後山〈河上〉一詩：「『背水連漁屋，橫河架石梁。……還家慰兒女，歸路不應長。』」可說是杜甫〈月夜〉、王維「遍插茱萸少一人」之什的繼踵者。」〔註34〕

後山〈寄外舅郭大夫〉一詩，自宋以來，譽之者不絕，被許爲學杜而逼眞者。例如宋人陳模《懷古錄》，卷上認爲此詩：

> 此宛然工部之氣象……句意從容頓挫，自成一家。

方回《瀛奎律髓》上卷四十二〈寄贈類〉評此詩云：

> 後山學老杜，此其逼眞者，枯淡瘦勁，情味深幽。晚唐人非風花雪月禽鳥蟲魚竹樹，則一字不能作，九僧者流，爲人所禁，詩不能成，曷不觀此乎？

紀昀批於下曰：

> 情眞格老，一氣渾成。馮氏疾後山如仇，亦不能不斂手此詩，公道固有不泯時。

紀昀說即使疾後山如仇的馮舒，也不得不說：

> 如此學老杜，寧敢不斂手拊心，乃知後山若不入江西派，定勝聖俞、以枯淡瘦勁爲杜，所以失之千里，此黃、陳與杜分歧處。(馮舒、馮班、何焯評閱《律髓》，卷四十二〈寄贈類〉)

趙藩《章泉稿》拾遺云：

> 學詩者莫不以杜爲師，然能如師者鮮矣，句或有似之，而篇之全者絕難得。陳後山〈寄外舅郭大夫〉……此陳之全篇似杜者也。(〈石屏詩集序〉)

〔註34〕張健先生〈論陳師道的文學作品〉，刊於《中外文學》第三卷第四期，總第二十八期，民國63年9月。

全詩如下：

> 巴蜀通歸使，妻孥且定居。深知報消息，不敢問何如。身健何妨遠，情親未肯疏。功名欺老病，淚盡數行書。

諸家指陳後山此詩學杜要旨在於：一是學杜的「詩格」，力求其古樸；一是學杜的「句法」，力求其簡易，一是學杜的鍊字，特別是鍊虛字。這樣就能眞摯、樸實地表現詩人的思想感情，而後山此詩在思想情感上卻更能深得杜甫精髓。一句「深知報消息，不敢問何如」，明顯是從杜甫「反畏消息來，寸心亦何有」（〈述懷〉）而來，而通首風格亦全似杜甫〈述懷〉：

> 寄書問三川，不知家在否。比聞同罹禍，殺戮到雞狗。山中漏茅屋，誰復依户牖。摧頹蒼松根，地冷骨未朽。幽人全性命，盡室豈相偶。嶔岑猛虎場，鬱結迴我首。自寄一封書，今已十月後。反畏消息來，寸心亦何有。漢運初中興，生平老耽酒。沈思歡會處，恐作窮獨叟。

細究其中詩味，語氣情緒的轉折，二詩皆有相似處，由平靜接而沈鬱，而結於感慨哀痛。起伏跌宕，得自然之趣，屬眞情之妙。又如他的〈別三子〉一詩，清人敦誠《四松堂集》云其「置之少陵〈北征〉詩中，亦何能辨？」(卷五〈鷦鷯庵筆塵」〉，全詩如下：

> 夫婦死同穴，父子貧賤離。天下寧有此，昔聞今見之。母前三子後，熟視不得追。嗟乎胡不仁，使我至於斯。有女初束髮，已知生離悲。枕我不肯起，畏我從此辭。大兒學語言，拜揖不勝衣。喚爺我欲去，此語那可思。小兒襁褓間，抱負有母慈。汝哭猶在耳，我懷人得知。

這首詩寫家貧而不得不將妻兒寄食舅家，被迫分離的無奈，詩人不禁歎息命運的乖戾，發出最沈痛最深刻的悲哀。女兒也已懂世事人情，依偎在父親膝上遲遲不忍移去，其心情、動作與杜甫〈羌村〉中的「嬌兒不離膝，畏我復卻去」一樣。又眼見大兒子學別人說話告別，更是悲從中來。最小的兒子尚在襁褓間，不知這場離別。待妻兒都走之後，後山還佇立一旁，沈浸於百感交集之中。這首詩運用精雕細琢的寫實手法，生動地刻畫，記實存眞，故能憾人至深，後人對此詩評價極高，或云：「雖使老杜復生不能過。」，〔註 35〕此詩一字一淚，較之杜甫〈北征〉詩中的一段：

> 老夫情懷惡，數日臥嘔泄。那無囊中帛，救汝寒懍慄？粉黛亦解包，衾裯稍羅列。瘦妻面復光，癡女頭自櫛。學母無不爲，曉妝隨手抹。移時施朱鉛，狼籍畫眉闊，生還對童稚，似欲忘饑渴，問事競挽鬚，誰能即嗔喝？翻思在賊愁，甘受雜亂聒。新歸且慰意，生理焉得說？

無論句法、取意莫不相似，後山得杜甫對日常生活共同經驗剪裁入詩的手法，一些平凡的素材一經後山的爬梳經營，往往能化俗爲雅，有眞情、有實感。又如〈示三子〉詩云：

> 去遠即相忘，歸近不可忍。兒女已在前，眉目略不省。喜極不得語，淚盡方一哂。了知不知夢，忽忽心未穩。

這首詩寫的是離別四年後，將妻兒接回時的情景。通首造語質樸渾厚，不事華辭，讀來卻惻惻感人，其主要原因在於詩人感情世界的眞摰，語語皆從肺腑中流出，所謂至情之文，這是藝術上一種極高的境界。此類純樸的作品自然得力於後山向杜甫古詩學習成果，然而他並不是在字句上模仿前人，而是在格調命意上學習杜甫，例如「喜極不得語，淚盡方一哂」，短短十字，即表現了見面之後複雜的心情表現，久別重逢，驚喜之餘，千言萬語不知從何說起，只是相顧無言，淚灑千行，然後破涕爲笑，慶幸終於見面，在十字當中，將久別重逢的感情寫得淋漓盡致，這和杜甫〈羌村三首〉之一中的「妻孥怪我在，驚定還試淚」的形象極類似，寫杜甫剛到家時與妻子相見驚喜交集的情景，十字之中，包含了妻子種種複雜的心情，生動地揭示了妻子乍見丈夫歸來時由驚而喜，又由喜轉悲的感情變化過程。後山與杜甫皆抓住了悲喜苦樂的矛盾心理在一瞬間的變幻，將複雜的內心世界展現出來。

又如「了知不是夢，忽忽心未穩」，是謂雖然明知不是在夢中相

〔註 35〕潘德輿《養一齋詩話》，卷五。

見，但猶恐眼前的會面只是夢境，心中仍恍恍惚惚，不能安定，深沈的思念之情便在此中曲折表現出來了。後山這兩句本於杜甫〈羌村三首〉中寫回家初見親人的驚喜和疑慮：「夜闌更秉燭，相對如夢寐」，意謂久別重逢，如相見於夢中，而後山此二句與杜甫意境略同，然而更能點化出新意。

後山家貧，不但與妻兒分離，且因各自奔波而與兄弟團聚的時候也不多，但是聽到哥哥赴吏部改官，因而以爲「念兄今善繼，此別喜如何」，〔註 36〕卻也不免有著「貧有分離苦」、「風連草木悲」〔註 37〕的感傷，這與杜甫因戰亂與弟妹分離的傷懷是相同的。

二、朋友鄰里之念

杜甫和後山的作品當中，與人交游酬唱的詩作佔相當重的份量，一方面固然是其性情中正平和，在詩人的氣質之外，更擁有一分社會人的素養，一方面也是因其人合群樂友的情性映現。

杜甫對朋友是非常坦誠，對友誼是十分珍惜的。在他的集子中，懷友之作有極重的份量，例如懷念孟浩然：「復憶襄陽孟浩然，清詩句句盡堪傳。」；〔註 38〕懷念王維：「不見高人王右丞，藍田丘壑蔓寒藤」。〔註 39〕至於李白，他的感情更深，爲他寫下的詩作也最多，如〈春日憶李白〉一詩：「白也詩無敵，飄然思不群。」這種坦蕩直率的贊語，不但體現出杜甫對李白的欽佩和誠摯友誼，同時也打破了「文人相輕，自古而然」的偏見。〈夢李白二首〉更是通過夢境的描寫，把對李白的懷念、擔憂全盤托出。仇兆鰲說：

> 千古交情，惟此爲至，然非公至性，不能有此至情，非公至情，亦不能寫此至性。〔註 40〕

〔註 36〕〈送伯兄赴吏部改官〉，全集卷四。

〔註 37〕〈送大兄兼寄趙團練〉。

〔註 38〕〈解悶十二首〉之六，《杜詩鏡銓》，卷十七。

〔註 39〕〈解悶十二首〉之八，《杜詩鏡銓》，卷十七。

〔註 40〕《杜詩詳注》，卷七。

另外，杜甫對房琯的懷念追憶也令人動容，如〈別房太尉墓〉：

他鄉復行役，駐馬別孤墳，近淚無乾土，低空有斷雲，對棋陪謝傅，把劍覓徐君，惟見林花落，鶯啼送客聞。

詩意極爲感傷，眼淚把墳土都灑濕了，而天氣又是那般陰鬱淒涼，匆匆祭別，也惟見花落鶯啼，伴此傷心人而已。此時此地，唯見此景，唯聞此聲，格外襯托出孤零零的墳地與孤零零的弔客者的悲哀。又如與杜甫交情深厚的嚴武去世時，當他的靈櫬要運回長安時，杜甫寫了〈哭嚴僕射歸櫬〉云：

素幔隨流水，歸舟返舊京，老親如宿昔，部曲異平生，風送蛟龍匣，天長驃騎營，一哀三峽暮，遺後見君情。

這首詩可以說是用血淚寫成的，如今嚴武已逝，杜甫的感受便只有無限悲涼了，可以見出他對嚴武的推崇與懷念。

杜甫與其他人都有深厚的友誼，這種友誼在〈客至〉一詩中表現得淋漓盡致：

舍南舍北皆春水，但見群鷗日日來，花徑不曾緣客掃，蓬門今始爲君開。盤飧市遠無兼味，樽酒家貧只舊醅。肯與鄰翁相對飲，隔籬呼取盡餘杯。

這首詩洋溢著濃厚的生活氣息，其中待客的描寫，具體展現了酒菜款待的場面，還出人意料地突出了邀鄰助興的細節，寫得那樣精彩細膩，語態傳神，表現詩人誠樸的性格和喜客的心情。門前景、家常話、身邊情，編織成這首詩富有情趣的生活場景，讀來親切感人。由此可知杜甫的交友之道，不重達官顯貴，只求知己相遇。杜甫不但對他的友人是眞誠和親近的，而且和他的鄰人關係密切。他一生多窮困潦倒，也因戰亂飢荒流離失所，這使他有更多機會接近老百姓。他在羌村、同谷時，都能與鄰里的農民融洽相處，如〈羌村三首〉、〈發同谷縣〉等詩，皆充分地反映了他與鄰人的關係。杜甫在成都草堂時，和鄰人的關係更爲融洽，〈寒食〉一詩就是很好的例子：

寒食江村路，風花高下飛。汀煙輕冉冉，竹日淨暉暉。田父要皆去，鄰人問不違。地偏相識盡，雞犬亦忘歸。

這般柔和恬靜的田園風光，正體現出和睦友善的鄰里關係和溫厚純樸的人情美。又如「鄰家送魚鼈，問我數能來。」(〈春日江村五首〉)，又如：「西蜀櫻桃也自紅，野人相贈滿筠籠。」(〈野人送朱櫻〉)，又如「鄰人有美酒，稚子也能賒。」(〈遣意二首〉) 等等。這些質樸的文字，彷彿一條多情的溪流，悄悄潛入人們的內心深處，使人得到一種完美和諧、美好友善的人際關係的滋潤。

由此可知，在杜甫反映友情的詩篇中，其人情美的特質在於他能對人情體貼入微，對朋友以心交心、對鄰人能和睦相待，互相尊重、互相關心，建立起一個且共從容的有情天地。

後山擇友十分愼重，且情誼極爲深厚誠摯，在他的集子當中有許多是與朋友酬答唱和、贈別、傷悼之作，皆一往情深、至情至性之作。今人李致洙將後山的交遊分爲四類：〔註41〕

> 第一類是蘇軾與黃庭堅、秦觀、晁補之、張耒、趙令畤等的蘇門知友，在詩集中成爲主要懷念贈答的對象，故特備一類；第二類是曾鞏、胡士彥、朱智叔、晁說之、秦覯、王直方、曾布、曾肇等諸人，皆是一時知名之士，或爲老師，或爲推舉後山的人，或爲終生友誼不渝的人；第三類是他的門生；第四類是方外人士。

可見後山的交游範圍廣闊，不論是對師長、對提拔他的人，對於門生、晚輩、或萍水相逢的朋友，皆能以眞情相待。

後山一生命運乖違，不僅因貧困而親人離散，師友亦多遭貶謫亡故，其感懷追憶之情，鬱於心中，惻惻不能自己，發之於詩，沈痛感傷，令人讀之心酸，他對蘇軾懷有滿心傾倒的敬愛之情，念念不忘其安危，在〈寄侍讀蘇尚書〉中云：

> 六月西湖早得秋，二年思歸與遲留。一時賓客餘枚叟，在處兒童說細侯。經國向來須老手，有懷何必到壺頭。遙知丹地開黃卷，解記清波沒白鷗。

〔註41〕李致洙〈陳後山詩的重要內容・感情生活〉，見《陳後山詩研究》，台大中文研究所碩士論文，71年，頁51。

前二聯是懷念去年與蘇軾一起泛游西湖酬唱往返的情形，如今卻在這物是人非的穎州，獨自留滯。末二聯是在勸蘇軾離退，告訴他治理國事即使是需要老手，也不一定要像馬援那樣作無謂的犧牲。遙想蘇軾在朝廷經筵中開卷讀書，也還記得蘇軾「清波沒白鷗」的詩句。敏感多情的後山，對變化不定的政局早有戒心，他怕老朋友進用不能自己，必有後患，在詩中懇切規勸蘇軾，從動搖的政界中及早抽身。規戒語以婉約出之，足見後山對朋友的情義之眞摯。又如〈送吳先生謁惠州蘇副使〉：

> 聞名欣識面，異好有同功。我亦慚吾子，人誰恕此公？百年雙白鬢，萬里一秋風。爲說任安在，依然一禿翁。

此詩作於紹聖三年，蘇軾被貶寧海軍節度副使，惠州安置；而後山也以蘇軾餘黨，被罷穎州教職，此際有吳生遠游，欲自高安往惠州訪蘇軾，後山此詩蓋作於是時。詩是送吳，話卻是說給蘇軾看的。

首句是用杜甫〈奉寄韋左丞丈二十二韻〉中：「李邕求識面」的句意，說吳久聞蘇軾之名，欣然欲一識其面。次句說，吳本方外士，與後山之堅守儒術者異趣，然而二人於蘇軾「好賢慕義而不顧自身安危」則是相同的。頷聯說吳遠游能不辭萬里之行，往謁蘇軾，自己卻不克同往，一酬感恩知己之誼，因此深覺愧對吳生。對句「人誰恕此公」，化用杜甫「世人皆欲殺，我意獨憐才」的句意，將蘇軾比爲李白，在憤慨、沈痛中露出骨力。頸聯承此義，寫自己和蘇軾遭遇的心情。「百年」句是巧用杜甫〈戲題上漢中王〉：「百年雙白鬢，一別五秋螢」句。這一句是檃括後山、蘇軾兩人一生的遭遇，在讀者腦海中陡然立現起兩個孤獨、蒼老卻又傲然不可屈的高大形象。對句「萬里一秋風」乃暗用杜甫「瞿塘峽口曲江頭，萬里風煙接素秋」之意而絲毫不露痕跡，人去萬里，心神則一脈相通，如秋風之遠而無間，寫出彼此死生契闊的情懷。結聯請吳替自己寄言蘇軾，他雖萬死投荒，如衛青之君恩日衰；我始終不負公門，自罷教職後不再仕，如任安之終不肯離衛青之門而改事他人。這首詩寫出了後山對友情的堅貞，四用杜詩卻不損骨力，凝重沈著。

後山對山谷亦尊崇推重，在〈答魏衍黃預勉予作詩〉云：「我詩短淺子貢牆，眾目俯視無留藏。句中有眼黃別駕，洗滌煩熱生清涼。」又如〈與魯直書〉云：「每遇蘇黃文詩，雖半簡數字必藏錄。」且亦常掛念被貶謫的山谷的安危，在〈贈吳氏兄弟三首之三〉中云：「得失媸妍只自知，略容千載有心期。恨君不見金華伯，何處如今更有詩。」末句表白自己想念山谷的心情。

又如〈寄李學士〉：

> 眼看游舊半東都，五歲曾無一紙書。平日齊名多蚤達，暮年同國未情疏。稍尋東刹論茲事。賴有西方託後車。說與杜郎須著便，不應濠上始知魚。（卷四）

後山與李清照之父李格非的交情不淺，只是疏於往來而已。元祐中，後山自徐州移穎州教授，而李格非爲太常博士，人各一方，只能以詩遙寄罷了。直到建中靖國元年，後山在館中，而格非爲郎，方有機會以詩唱和，這首詩是二人之間的遙寄。

朋友的死亡，也使他感到寂寞與悲涼，如作〈妾薄命〉二首表達對曾南豐先生的尊崇情深：「有聲當徹天，有淚當徹泉。」、「天地豈不寬，妾身自不容。」，聲情沈摯，蓋不忍師死而遂背之，忠厚至極。又如門人黃預死時，他作〈黃預挽詞〉四首云：「無兒傳素業，有淚徹黃泉。」聲淚俱下，哭之甚哀。又如〈胡士彥挽詞〉云：「吾猶識此老，天豈喪斯文。」在〈杜侍郎挽詞〉云：「身去風流在，人難玉石分。平生才一見，治行已多聞。更覺知音少，還修地下文。他年九原淚，仍是兩馮君。」又如〈次韻答晁無斁〉：「此生恩未報，他日目不瞑。」情詞深切，皆自肺附中流。

由以上詩例可知，後山對於朋友，一旦相識相知，便堅定不移，不因對方的亡故或遠別而淡化，反而更加地懷念。

後山對鄉村鄰里的感情，美得純淨清澈，在他的許多作品中都反映了對農村鄉里的關照，及己立立人、己達達人之念。例如〈項城道中寄劉令使修溪橋〉：

老徑危橋泥沒膝，喜聞吾黨政如春。須君不惜千金費，此後甯無我輩人！（卷四）

詩中的「吾黨」、「我輩」，招呼得這麼親切，竟是要他去造橋，此中無一句溢量的話，沒有修飾，給人十分明確的指示。後山在其中，流露出一種「前人種樹，後人乘涼」的大我情操，雖然還比不上杜甫〈茅屋爲秋風所破歌〉：「安得眼前突兀見此屋，寧令吾廬獨破受凍死亦足」的偉大襟懷，也遠較賈島、孟效諸輩一味自嘆自哀爲寬廣。

他與鄰人相處和睦，與他們水乳交融，如〈和黃生出遊三絕句〉之一云：「右坊左里遠相求，東度南登稱意遊。」。〈還里〉：「閭里喜我來，車馬塞康莊」，頗有杜甫〈草堂〉詩中：「鄰里喜我歸，沽酒攜胡盧。」的故舊之感，慰勞之意。另「三兩作鄰堪共活」、〔註42〕「里中餽杏得嘗新。」〔註43〕又如〈寄鄰〉詩：「借子翩翩果下駒，春原隨處小踟躕、可能炙背春風裏，臥把青銅摘頷鬚。」皆現示著後山與鄰人的依倚之情，有著平和溫潤的大家風範。

三、自然物象之美

杜甫、後山皆是至情者，對自然界的萬事萬物也懷著深厚的感情，從他們對自然萬物的胸襟和情懷，可見其人情美的蕩漾。他們詩中不僅有著對美好自然的謳歌和贊美，也蘊含著一種物情與己情同一的高度和諧。從這些作品，我們可見山川人物的深厚情誼，自然風懷的清新純淨。

杜甫的絕句，往往只以呈現一種風懷爲主，甚至就直接寫出日常生活中的微物小事。他有著一分對人情物理的體貼徹悟，對宇宙現象萬事萬物的同情，化而爲詩，便能自然有味，給人一種直率和眞趣之感。

杜甫在〈絕句二首〉中，流露出物我同一的心情：

遲日江山麗，春風花鳥香。泥融飛燕子，沙暖睡鴛鴦。

〔註42〕任注本卷九絕句四首之二。
〔註43〕任注本卷十絕句二首之一。

這首小詩，寫了春陽、江山、春風、花草、泥土、飛燕、沙、鴛鴦等八種自然物，使整個生機蓬勃的自然界都沈浸在春的愛撫中，呈現出搖曳風姿。又如〈江畔獨步尋花七絕句〉之六：

> 黃四娘家花滿蹊，千朵萬朵壓枝低。留連戲蝶時時舞，自在嬌鶯恰恰啼。

描寫了春光給予視聽的無窮美感，把春意的情趣渲染出來。類此流連自然風景的詩還很多，如〈絕句〉四首、〈遣意〉二首、〈江亭〉、〈春水〉等，皆體現了杜甫「體物之情入微、借物以抒我之情」的特點。而杜甫描寫自然風光的詩，與謝靈運系統的山水詩異趣，他並不藉此宣示隱士心態，而只是覺著風光無限，美景尚多，只是感到自然可愛，天地有情，並不企圖說明或表現什麼大道理，僅僅表現「物我欣然一處」的境界。

除了描寫自然美景，也展現了動物的生動描述，同時將之作為內心世界的一種象徵和寄託，例如寫駿馬，在〈房兵曹胡馬〉中云：「驍騰有如此，萬里可橫行。」包含著詩人無窮無盡的期望和抱負，它既是寫馬馳騁萬里，也期望房兵曹為國立功，更是自己志向的寫照。又如詩人寫雄鷹，在〈畫鷹〉中云：「何當擊凡鳥，毛血灑平蕪。」表現作者嫉惡如仇，奮發向上的志向。在這裡，馳騁的駿馬，搏擊的雄鷹，都成了詩人形象的體現物，表現出詩人高尚的人格和堅定不移的人生信念。又如〈孤雁〉詩：

> 孤雁不飲啄，飛鳴聲念群。誰憐一片影，相失萬重雲？望盡似猶見，哀多如更聞。野鴉無意緒，鳴噪自紛紛。

這是一首孤雁念群之歌，在此融注了作者的思想感情，孤雁對野鴉的心情，猶如詩人既不能與知己親朋相其樂，卻面對著一些俗客庸夫時無聊厭惡的心情。體物曲盡其妙，自然渾成。杜甫對小動物，描述得也很逼真，例如〈獨立〉：「草露亦多濕，蛛絲仍未收。」又如〈花鴨〉：「花鴨無泥滓，階前每緩行。羽毛知獨立，黑白太分明。」又如〈舟前小鵝兒〉：「鵝兒黃似酒，對酒愛新鵝。引頸嗔船逼，無行亂眼多。」〈屏跡〉：「鳥下竹根行，龜開萍葉過。」這樣的龜是少有人會寫入詩中的，杜甫的動物世界卻是無所不有，無施不可。這就是生活，眞實而自然，它把杜詩提昇到一種更高的人生境界，包含一種富有人情味的美感。

由於杜甫熱愛農村，親近農民，對身旁的平凡人與平凡事物都充滿感情，甚至對他住過的房子都懷有一份親切的情誼，如〈舍弟占歸草堂檢校：聊示此詩〉云：

> 久客應吾道，相隨獨爾來。熟知江路近，頻爲草堂迴。鵝鴨宜長數，柴荊莫浪開。東籬竹影薄，臘月更須栽。

總之，杜甫能對自然表示贊美，得到人性的陶冶，以達物我合一的美好境界。雖然並不什麼特別悲哀或感人的事件，但絮絮話家常，讀來自有一種親切感。後山宗杜，於此亦十分相得。在後山集中，多從平凡世俗的瑣事中，透露著親切的人情味，一種天趣，頗得杜甫風味。

後山對大自然有一分諧契之心，因此閒適清曠的詩作在他集中隨處可見，例如〈野望〉詩云：

> 霜葉紅于染，吹花落更馨。平江行詰曲，小徑夾蔥青。度鳥開愁眼，遙山入畫屏。畏人惟可飲，從俗卻須醒。(卷十一)

後山多關心周遭的景物，如紅葉、落花、度鳥，皆爲他謳歌的對象，又如〈西郊〉二首之二云：

> 攢眉斂目抵風沙，暗度城西十里花。歷肆側聽長短句，緣溪斜著兩三家。(卷八)

詩人所注意的是城西的村落，人家籬圍間小溪旁的繁花，同時這首詩與杜甫〈江畔尋花七絕句〉的五、六首十分接近。後山取徑何所自，當不難想見。又如〈西湖〉詩云：

> 小徑才容足，寒花知自香。官池下鳧雁，荒塚上牛羊……
> 三年哦五字，草木借餘光。(卷四)

這是詩人罷穎州教授後，寫暮年的心境，雖不知未來如何，但在自然中得到諧契，張健先生言：「由『寒花知自香』，到『草木借餘光』，是寒花之香，亦是詩人之香；是草木之光，亦是詩人心靈之光」。〔註44〕可

〔註44〕張健先生〈論陳師道的文學作品〉，刊於《中外文學》第三卷第四期，總第二十八期，民國63年9月。

見詩人與自然合一的境界。又如〈寓目〉：

曲曲河回復，青青草接連。去帆風力滿，來雁一聲先。野曠低歸鳥，江平進晚牽。望鄉從此始，留眼未須穿。(卷十一)

此詩乃寫自徐州沿南清河北上的情景，尤其是「去帆風力滿，來雁一聲先」寫景極精緻，上句從視覺寫，下句從聽覺、亦從視覺寫。得「寓目」之意。

大自然在後山的筆下，已具有一份親切人格化的關係，可見詩人與大自然互相融合、相互交流，如「邂逅無人成獨往，慇懃有月與同歸」、〔註45〕「白雲笑我還多事，流水隨人合有情。」、〔註46〕「三徑未成心已具，世間惟有白鷗知」、〔註47〕「無風回遠笛，有月待人還」，〔註48〕皆可見後山與自然達到呼息與共、同喜同悲的境地。

一如杜甫，後山亦喜描述動、植物，例如〈謝趙生惠芍藥〉云：

九十風光次第分，天憐獨得殿殘春。一枝剩欲簪雙髻，未有人間第一人。

芍藥即牡丹。詠牡丹詩，唐人佳作甚夥，皆摹寫形狀，極富麗繁華之能事。後山此詩，撇開色相的描繪，從虛處著墨，側面烘托出牡丹的風神，便有無窮的韻味。

又如〈蠅虎〉：

物微趣下世不數，隨力捕生得稱虎。匿形注目搖兩股，卒然一擊勢莫禦。十中失一八九取。吻間流血腹如鼓，卻行奮臂吾甚武，明日淮南作端午。(卷五)

這首詩把蠅虎曲盡描述，說蠅虎微小卑下，捕蠅爲類，不爲世人所重視，由於捕活物爲食，故得稱虎。前二句即爲它鳴不平，寓意也明顯：才智卓越之士，不爲世重，不爲朝廷所用，常遭打擊，正像蠅虎一樣。頷聯描述其捕蠅的動作，匿形搖股，猛然進擊，十到九拿。蠅虎捕到蠅後，

〔註45〕〈東阡〉，任注本卷三。
〔註46〕〈和南豐先生出山之作〉、逸詩箋卷下。
〔註47〕〈寄泰州曾侍郎〉，卷七。
〔註48〕〈山口〉、逸詩箋卷上。

吸其體液，飽後從蠅體上退下，便洋洋自得地舉臂作勝利和歡呼的動作。繩虎自恃其勇武而不知將有大禍，相傳漢代淮南王劉安於端午節時，取蠅虎杵汁拌豆，豆會隨搖動而跳躍，可以擊殺蠅虎。蠅虎不知其勇武之後，得到的報償卻是粉身碎骨。可見後山對物態人情觀察入微。

後山在詩中，無限情意的豁現，這是詩人眞實人性的自然流露，不管是親情的描寫，或友情的敘述，乃至鄉里、自然之情的表達，都在他悲而不怨、諧趣而不流於浮誇、平實而不流於膚淺的文字中流露出來。後山在這一點上，是明顯地學杜，也是對杜甫所建立起來的和諧物我關係的發揚光大。

以上我們分從天倫之情、朋友之念、自然之美三方面來看後山宗杜的實質表現，後山以人情美蕩漾爲主題的詩作，因直攄性情，眞摯自然的情感，躍然紙上，多能引起讀者共鳴，語言風格也通俗流暢而近乎耳順的境界，故彌足珍貴。

後山雖屬江西詩派，以閉門覓句的枯淡瘦硬風格著稱，但他寫家庭悲歡的幾首詩作都情眞意切，通俗易懂，於是他在某種程度上已經突破了江西詩派的藩籬，頗具古樸洗煉之風，由此我們可以看到宋詩好說理重敘述的傾向，在後山手中，又逐漸走回樸素的唐詩抒情傳統，而後山通順流暢的語風，亦對江西詩派詰屈聱牙、好奇尚硬起了矯正之風。

貳、詼諧風趣的超然

所謂「大人者不失其赤子之心」，這是詩人以諧趣爲詩的心理淵源。所謂赤子之心，是融合了純眞的感情和豁達的生趣；不過「大人」還有赤子所無的人生歷練和與時並進的智慧，是以有其人生的嚴肅面。兩者互相調合，才會產生「高度的幽默與嚴肅感」的結晶品——機智的諧趣，意即諧趣不是滑稽，而是以超然達觀之筆而蘊含義深刻之味。

幽默諧趣是作品中不可缺少的成分。朱光潛先生對諧趣的解釋最爲精闢：

> 凡詩都難免有若干諧趣，情緒不外悲喜兩端。喜劇中都有

諧趣，用不著說；就是把最悲慘的事當作詩看時，也必在其中見出諧趣……絲毫沒有諧趣的人大概不易作詩，也不易欣賞詩，詩和諧趣都是生氣的富裕，不能諧是枯燥貧竭的徵候，枯燥貧竭的人和詩沒有緣分。〔註 49〕

可見諧趣對作品的重要。杜甫性格中，確實具有高度幽默感，表現在詩中，即使極嚴肅的題材，也能表現輕鬆的氣氛，這是因爲杜甫面對時代與個人的悲苦，有擔苛面對的勇氣，所以天寶亂離大時代的血淚，在他的提昇轉化下，便激發出另一種詼諧自嘲的豁達開闊。

杜詩千餘首中，題目中加一「戲」字，或「戲爲」、「戲贈」、「戲簡」、「戲作」等字樣，凡此種種皆杜甫在困厄愁苦生活之後的高度幽默，葉嘉瑩先生說：

杜甫一方面有極主觀深入的感情，一方面又有極客觀的從容的觀賞……杜甫才性之健全，所以才能有嚴肅中之幽默與擔荷中之欣賞，相反相成的兩方面表現。〔註 50〕

杜甫在歷經挫折與困扼之後，他以慧眼觀照世事，抽身自我解嘲，憑著這點諧趣，把生活藝術化起來。構成這種生命的韌力乃來自於他豁達寬廣的胸襟，這胸襟是從憂患的熔爐中鍛鍊出來的。大悲之後，洞悉世事的超脫，乃能變苦爲樂，有如顏回「貧而不改其樂」一樣地令人悠然神往，所以他的詩充滿了生趣與活力，即使垂暮之年的江湖漂泊，亦能寫出「風雨看舟前落花戲爲新句」，纖巧細膩，婉曲幽美。

劉天發先生將杜甫詼諧幽默的表現，畫分其用意和性質如下：〔註 51〕

一、輕鬆的詼諧——排悶消遣，遊戲筆墨。

二、沈痛的詼諧——笑中含淚，諧裏帶莊。

三、諷刺的詼諧——諧裏寄諷，話中有刺。

〔註 49〕朱光潛先生《詩論》。

〔註 50〕葉嘉瑩先生〈論杜甫七律之演進及其承先啓後之成就〉，《秋興八首集說》代序，《大陸雜誌》第三十卷第一期。

〔註 51〕劉天發先生〈杜甫的『戲字詩』探究〉，《文風》雜誌 65 年 6 月，第二十九卷。

由劉先生的分類，可見杜詩諧趣的背後，含蘊著言外之意的寬廣。

杜甫對生活的無奈悲苦有一種幽化解的能力，使我們能體會出他笑中帶淚的心酸。例如〈北征〉詩中，他嘲笑妻兒：

> 瘦妻面復光，癡女頭自櫛。學母無不爲，曉粧隨手抹，移時施朱鉛，狼藉畫眉闊……。

在一片饑寒凜冽、生計艱難之中，大寫其幼女曉粧之一片嬌癡之態，在血淚交橫的詩篇中，注入這一點諧趣，便婉轉生情了。又如〈囊空〉詩，在「不爨井晨凍，無衣床夜寒」的艱苦之餘，竟然還能保有其「囊空恐羞澀，留得一錢看」的詼諧幽然。又如〈兵車行〉中他故作謬論地說：「信知生男惡，反是生女好，生女猶得嫁比鄰，生男埋沒隨百草」，又如〈醉爲馬墜諸公攜酒相看〉詩云：

> 向來皓首驚萬人，自倚紅顏能騎射，不虞一蹶終損傷，人生快意多所辱！

傷老之態，卻以詼諧的口吻寫出，顯示出杜甫在挫折與困厄下，仍有此餘裕抽身自嘲，慧眼觀照世事。又如〈茅屋爲秋風所破歌〉除了表現出詩人飢己飢的襟懷，也表現了杜甫自我解嘲的風趣：

> 八月秋高風怒號，卷我屋上三重茅。茅飛渡江灑江郊，高者挂罥長林梢，下者飄轉沈塘坳。南村群童欺我老無力，忍能對面爲盜賊，公然抱茅入竹去，脣焦口燥呼不得，歸來倚仗自歎息……

此眞是「嬉笑之音，過於慟哭」。

後山的人生遭遇與杜甫有很多類似之處，雖在困厄中亦有超脫的豁達，後山的〈咸平讀書堂〉一詩，足可爲後人作一鮮明的印證：

> ……近事更漢唐，稍以詩自娛。復作無事飲，醉臥擁青奴。桃李春事繁，軒窗畫景舒。鳴屋鳩渴雨，窺簾燕哺雛……听然一啓齒，斯民免爲魚。

任淵注說：「能一笑古人者，必不陷溺其民矣。」正點出了後山怡然的幽默感和深摯的悲憫心乃是渾然不可分的。人們多印象深刻於後山感慨人生之作，但他的幽默感卻很少有人注意，但戲嘲幽默之作在他詩集中的份量並不輕，張健先生說：

> 後山雖然一共只活了四十八足歲，但晚期的詩卻頻頻予人未老先衰之感。比起「年未四十，而視茫茫，而髮蒼蒼，而齒牙動搖」的韓昌黎來，只怕有過之而無不及……後山爲人骨氣更甚於韓昌黎，但於此亦不能免俗。可貴的是，他終於能一種詼諧而又莊重的情趣，超越了時序的壓力。〔註52〕

可見後山詩中確實有著諧趣與幽默，陸游對後山的幽默感頗能深會於心，他說：

> 偶讀陳無己〈芍藥〉詩云：「一枝剩欲簪雙髻，未有人間第一人。」蓋晚年所作也。爲之絕倒。戲作小詩：「少年妄想已痴絕，鏡裏何堪白髮生。縱有傾城何預汝，可憐無補未解情。」(《劍南詩稿》，卷三十七)

陸游嘲笑後山年老尚思風流，雖是曲解後山此詩的言外之意，未能眞正體會其內心之苦，但也未嘗不可說明幽默詼諧是後山詩的一項特質，陸游因此而識爲理所當然，對於其文字表面的言外之意就沒細加推敲了。

又如方回《瀛奎律髓》，卷一評後山〈和寇十一晚登白門〉云：

> 白門在徐州，亦曰白下，地近狭邪。寇國寶，後山鄉人。屢引白下事戲之：「小市」、「輕衫」之句，亦所以寓戲也。

原詩如下：

> 重門傑觀屹相望，表裏山河自一方。小市張燈歸意動，輕衫當户晚風長。孤臣白首逢新政。遊子青春見故鄉。富貴本非吾輩事，江湖安得便相忘。(卷十)

這首詩在欣喜之中略帶輕鬆放達的意緒，首二句將白門的形勢及登樓所見都包容在內，，三、四句將自己的意緒動態與景物巧妙地聯接在一起。「小市」、「輕衫」，「歸意動」、「晚風長」諸語，都好似信手拈來，頗有諧謔放達的意趣，特別是以「長」字形容風，形象化而生動，

〔註52〕張健先生〈論陳師道的文學作品〉，刊於《中外文學》第三卷第四期，總第二十八期，民國63年9月。

令人如親自感受到春風的宜人。五、六句則道出詩人輕鬆心情的由來，那些放逐他鄉的舊臣，因朝廷重新起用舊黨，所以慶幸又「逢新政」，後山爲遠謫遠方的朋友而高興，並設想他們在春天暖和的天氣中重回故鄉的情景。末二句表達了自己的矛盾心情。既嚮往無拘無束的生活，又戀棧仕途，名利難忘的矛盾。又如〈春懷示鄰里〉：

> 斷牆著雨蝸成字，老屋無僧燕作家。

前句用戲筆點出其所居處的簡陋，作者在這裡不寫「老屋無人」，而以「無僧」代替，實際上是以自嘲的戲筆，表明自己不過像個游方和尚而已，是經常浪跡在外。又如〈嘲秦觀〉：

> 長鋏歸來夜帳空，衡陽回雁耳偏聰。若爲借與春風看，無限珠璣咳唾中。

據《王直方詩話》云：

> 少章登第後方娶，陳後山嘲秦覯云……，後山作此詩時猶未娶，故多戲句。

帳空聞雁之語，皆戲其獨宿無寐也。

首句以馮諼之「無以爲家」，譏笑少章年過三十，也還沒有成家，以「夜帳空」表明少章是在獨宿，無佳人相伴，而不免讓山中的孤雁也感到凄怨的愁緒，而發出「行斷不堪聞」〔註 53〕的叫聲，少章聽覺靈敏，聽到孤雁的聲音，便會感到自己也像隻孤雁飛鳴求侶，少章也該有個伴侶了，想必老豎著耳朵，去聽孤雁的叫聲呢？三、四句是用倒裝句法，表明秦少章的才氣很高，即便隨意咳唾一下，也可以隨風成爲珠玉呢！怎麼只讓這些篇章，隨春風傳向人間，而不讓位佳人去歌唱給春風呢！言下之意，是勸告少章及早選個名門閨秀，在春風中比肩相看，由它去唱給春風聽吧。全詩充溢著亦莊亦諧，亦諷亦雅的情調，讀了之後，令人忍俊不禁。又如〈病起〉云：

> 今日秋風裏，何鄉一病翁。力微須杖起，心在與誰同。災疾資千悟，冤親併一空，百年先得老，三敗未爲窮。（卷五）

〔註 53〕杜甫〈孤雁〉詩有行斷不堪聞句。

後山在前二聯感歎自身的遭遇——疾病、老衰、仕途坎坷、慈親見背等等之痛，尤其在蕭蕭的秋風裡，悲哀更爲加深。但到了後二聯，筆鋒輕輕一轉，「災疾資千悟，寃親併一空」，他大澈大悟，懂得寃親平等，皆屬空虛，「百年先得老，三敗未爲窮。」，表露一面自謔一面自慰之情，表明自己不因遭際坎坷而喪失志氣，仍要一如既往，堅持操守，直道而行。「先得老」是認命之辭，也未嘗不含有後山沾沾自喜的況味在，而「三敗未爲窮」置於詩之末句，打破了前半段詩意「秋風」與「何鄉」在時空上的壓力，展現了詼諧幽默感。其次，他對生活的體認也有一種超乎尋常人的幽默。如〈謝憲臺趙史惠米〉云：

平生忍欲今忍貧，閉口逢人不少陳。(卷九)

對於欲望和貧賤，他能忍耐得住，固然是尋常人所難企及的本領，而「閉口逢人不少陳」的心境更是可愛，尤其是從他自己口中說出，更是直率純眞，文字又極樸拙近似口語，就能給人一種眞趣和幽默之感。後山亦將幽默感寄給朋友，如〈次韻秦覯聽雞聞雁二首〉之一：

行斷哀多影不留，有人中夜併攬衣裳。筆頭細字眞堪恨。眼裏長檠不解愁。(卷一)

這是一首答詩，答詩爲了遷就韻腳，通常不易看到作者的面目，而後山這首詩的戲謔感並不多見，次別人的韻，還要和來詩作者開玩笑，「眞堪恨」、「不解愁」，仔細品味，便可發現其中的戲謔幽默。又如〈席上勸客酒〉：

稍開襟抱使心寬，大放酒腸須盞乾。珠簾十里城南道，肯作當年小杜看？(卷九)

在酒席上不飲酒可多乏味，所以能敞開襟懷，放寬酒腸，隨興痛飲一番，才顯得不矯揉，作詩要如此純任性情，作人也要表裏如一，城南十里珠簾，何妨乘興再學小杜的輕狂呢？

又如〈嘲無咎文潛二首〉之一：

詩人要瘦君則肥，便然偉觀詩不宜。詩亦於人不相累，黃金九鐶腰十圍。(逸詩卷下)

〈贈張文潛〉：

> 張侯便然腹如鼓，饑雷收聲酒如雨。(逸詩卷上)

戲笑張文潛在一時人物中，最爲魁偉。喜感在不經意之中表現地自在自然，這樣的幽默襟抱儼然成了性情耿介的後山與人世之間的潤滑劑。又如〈送內〉：

> 與子爲夫婦，五年三別離。兒女豈不懷？母老妹已笄。父子各從母，可喜亦可悲……

後山結婚五年，三次與妻子分離，因貧困所迫，妻子帶著年幼的兒女隨岳父到遙遠的蜀地去，豈不思念兒女？但母老需要奉養，妹大等待出嫁，這兩件事決定他不能同去蜀地。詩人以清勁簡妙之筆刻畫內心深極的悲痛，不僅如此，詩人爲了使他的妻子不至於在臨別之際過於難過，還特別說了二句寬慰性的話語：「父子各從母，可喜亦可悲。」稚兒幼女與年過三十的中年男子「從母」，豈可同日而語？作者卻把二者混而爲一，給悲哀的氣氛增添了一點詼諧和風趣。在濃重的悲哀氣氛下，這點詼諧和風趣雖不能起轉悲爲喜的作用，但由於作者盡力克制悲痛，給「可喜」兩字留出了一定的感情位置，因此讀來卻能略略給人以精神上的慰藉。

縱觀上述，我們大約可明白在後山詩中，呈露一種風懷，以顯示一種趣味的作詩態度，仍不脫杜甫本色幽默的影響，這也意味著後山在人格胸襟上受杜甫的潛移默化，今人蕭麗華說：

> 以胸肚修養來說，後山有著老杜剛烈不屈，往而不返的眞性情，同時也有老杜幽默解嘲化解貧病之苦的能力。
>
> 杜詩中對生活的無奈有一種幽默化解的能力，使我們體會出他詼諧中的辛酸。後山的人生遭遇同老杜有些相似，他終生白衣，絕意仕進，時有斷炊之虞，詩中吐露不少貧病、白首之苦。但困苦中他仍有超越的幽默。譬如「平生忍欲今忍貧，閉口逢人不少陳。」便是解嘲這無奈。又如「歸塗囊盡不留錢」(〈送孝忠落解南歸〉)與杜甫「囊空恐羞澀，留得一錢看。」同有苦中作樂的姿態。其他詩題明言「戲」

「嘲」之作，如「嘲秦覯」、「戲寇君」、「嘲無咎文潛」、「戲元弼二首」等等，更是直接從老杜「戲作詼諧體遣悶」、「戲贈友」、「戲作奇上漢中王」等承襲而來。〔註 54〕幽默感的表現，意味杜甫、後山對外在世間的寬容和諒解豁達相對增加，這樣思想通脫，善於自我解慰，變苦爲樂，在痛苦之中尋到了無窮的樂趣，另外一方面，在語言所形成的風格上，二人已顯示了在詞彙與修辭上準確、自然與諧趣的傾向，足以形成了諧趣的重要風格。

參、議論理思的深刻

唐詩講求情韻悠然，體現以抒情爲主的傾向。用近體詩，尤其是絕句發議論，在杜甫以前罕有聽聞，可是杜甫卻一再爲之。他根據自己的創作經驗時時以議論入詩，卻往往拓展了詩意的廣度，增加詩思的深度。議論理思的見長，便形成他與眾不同的絕句詩風，成了他改造盛唐絕句的又一突出表現。

然而，說杜甫以思致議論見長，只是變追求情韻爲以議論寫其胸臆，並非說他以議論排斥抒情，而是把感情加上了思考與探究之力。換言之，他把感情加以理性化，這種理性化可以對感情產生照明作用，對感情的衝動激烈加以冷卻舒緩，經過理性的澄汰而成爲更凝斂堅實的感情，這與唐人憑想像把感情當下的活動表現出來，以呈現感情原有之姿，在反應的程度上有所不同。同時，杜甫以議論入詩，並沒有損害詩歌的藝術力量，卻創造出不少膾炙人口的篇章，最典型的例子，便是〈戲爲六絕句〉，六首聯章，用筆矯健，議論精約宏深，談詩歌的學習方法與態度、詩的風格和意境、並予前代作家相當的評價，這對後世論詩詩產生了深遠的影響，如元好問的〈論詩三十首〉、戴復古〈論詩十絕〉都是受杜甫論詩詩的影響而產生的論詩之作。沈德潛對杜甫作詩好議論，屢言及之：

〔註 54〕蕭麗華女士〈陳後山宗杜之檢討〉，刊於《中國文學研究》第二期，台大中文研究所印行，頁 151。

> 讀〈秋興八首〉、〈詠懷古跡五首〉、〈諸將五首〉，不廢議論。……縱橫出入中，復含醞藉微遠之致。(《說詩晬語》，卷上)

又云：

> 老杜古詩中〈奉先・詠懷〉、〈北征〉、〈八哀〉諸作，近體中〈蜀相〉、〈詠懷〉、〈諸葛〉諸作，純乎議論。(同上，卷下)

葉燮《原詩》外篇亦云：

> 唐人詩有議論者，杜甫是也；杜五言古議論尤多，長篇如〈赴奉先縣詠懷〉、〈北征〉及〈八哀〉等作，何首無議論？

據上陳諸家之說，可見杜甫以議論出之的名篇甚多，如〈八陣圖〉語簡而含義頗深：

> 功蓋三分國，名成八陣圖。江流石不轉，遺恨失吞吳。

這首詩融懷古和議論爲一體，寫詩人寓居夔州期間因見八陣圖的遺跡而作。首二句贊頌諸葛亮的豐功偉績。第一句從總的方面來說諸葛亮在確立三分天下、鼎足而立的過程中，幫助劉備開創大業、輔助劉禪匡濟危時，功勞最爲卓著。第二句是從具體方面來寫，諸葛亮創制八陣圖使他聲名歷久不衰，雖三國鼎立的時代已過去，但八陣圖的遺跡卻可使人想像諸葛亮當年運籌帷幄、指揮若定的傑出軍事才能。末二句就八陣圖抒發感慨，八陣圖遺址在永安宮前平沙上，爲聚積細石而成，始終保持原樣，即使夏天江水暴漲，爲水淹沒，等到秋天水落，萬物皆失故態，惟八陣圖的石堆標聚行列卻依然如舊，六百年來如是。第三句極精鍊地寫出八陣圖這一神奇色彩的特徵。在詩人看來，這不但代表諸葛亮的功業長存，也與諸葛亮對蜀漢政權和統一大業的忠貞不二，矢志不移，如八陣圖上聚石之不可動搖是相同的，同時，這散而復聚、不爲江水所毀的八陣圖堆的長存，實際上已含有末句「恨」字之意，似乎有著諸葛亮對自己志未酬而先歿的遺憾。所以杜甫緊接著寫出「遺恨失吞吳」一句，說劉備不能忍一時之忿，舉兵伐吳，破壞了諸葛亮聯吳抗曹的策略，遂使曹魏能各個擊破，以致統一大業中途夭折，而成了千古的遺恨。

這首小詩，語言簡潔卻蘊藏了豐富的歷史省思，具有融議論入詩的特點，但這議論並不空洞抽象，劉備征吳之失，爲報私情之仇，而違背國家政策，破壞聯合陣線。這是歷史上政治經驗的總結，足以發人深省。其效果遠超出了對諸葛亮的贊頌，而具有更深的含義。

又如〈復愁十二首〉之六、九皆以議論發之：

胡虜何曾盛，干戈不肯休？閭閻聽小子，談笑覓封侯。

任轉江淮粟，休添苑囿兵。由來貔虎士，不滿鳳凰城。

前首是說世態人心的可畏，有著喜亂樂禍、惟恐天下不亂的心態，是以要平定外寇容易，要治理人心難（《杜臆》語）。後首是譏刺宦官魚朝恩專政，引神策軍屯苑中，容以爲患，卒以亡唐。

七言絕句中，以議論成篇者更多，除〈戲爲六絕句〉、〈解悶十二首〉中的若干首等爲論詩文而作之外，也有探討人生意義的作品，例如〈江畔獨步尋花七絕句〉中的最後一首：

不是愛花即欲死，只恐花盡老相催。繁枝容易紛紛落，嫩蕊商量細細開。

上聯在自我解嘲中深懷悲歎年歲步入老邁的感慨，而下聯卻生出無限珍惜年少之意，從而使全篇在議論人生黃金歲月容易過的老生常談之中，挖掘出動人的新意，能使人老而復少，足見其善於議論。

由以上數例，可見杜甫以議論爲詩，並沒有損於其動人的藝術力量，且在其中含蘊藉悠遠之致，各見情彩。議論範圍也極廣泛，史事、時政、詩文、古今人物、人生體驗，無所不有，爲近體詩藝術開拓出新疆域，錢謙益注杜詩說：

少陵絕句，多縱橫跌宕，能以議論抒其胸臆，氣格才情，迥異常調，不徒以風韻姿致見長。〔註 55〕

錢氏是眞正體認了杜甫以議論入詩所取得的成就，詩中偶發議論，並非詩病，但須議論適切、與情感作一貼切的融合。自來詩家多評宋詩好議論，宋人要求「情」與「意」相契合，將唐詩的情感表現，轉而

〔註 55〕錢謙益註《杜工部詩集註》，新文豐出版社印行。

爲對內在意緒的表達和對外在事理物理的闡發。尤其是江西詩派把這一點推向極端，認爲用至樸之筆寫至深之思，詩格最高。杜甫詩好議論，在宋代得到最深刻的發揚。宋詩多爲冷眼看社會，默默品人生，激情向內收斂，不再是對外物的感興而是感悟；不再是情感的傾注而是遣釋。

唐詩多抒情，宋詩多表意，是朝代不同的文學演變，也是文學的進步，後山詩法既出自杜甫，且受自當時風氣的影響，其詩好議論亦不問可知。後山傳承杜詩的議論，爲詩之一體，注入新意。深刻精辟的議論正是詩歌功能的擴大、革新的表現，方回評後山〈別劉郎〉詩云：

> 四十字無一字風花雪月，凡俗之徒，所以擱筆也。(《律髓》，卷二十四)

認爲後山詩不可與拈花族葉者齊觀，全是骨，全是味。重意緒理思不僅使後山排斥純粹的寫景，而且排斥單純的敘事，要求詩歌「反復伸意，事核而理長」。〔註56〕物理景趣無不是詩人內在意趣的映現。龔鵬程先生以後山的〈妾薄命〉二首和唐詩人崔國輔的〈怨詞〉：「妾有羅衣裳，秦王在時作；爲舞春風多，秋來不堪著」二人題材內容完全相同的作品相比較，從而認定後山詩在立意的深度上較崔詩爲廣，他說：

> 就寫法上看，崔詩純粹是情感的流動，並藉物色的轉移來顯示人生情境之改變，正是賈島所謂「體以象顯」的寫法；而羅衣入目，棖觸時發，亦由直尋，非關補假。陳詩則「十二樓」、「三千」、「南陽」都涵蘊著許多典故，全詩也不藉資於物象，全是意的錘聚：「古來妾薄命，事主不盡年」兩句，更具概念思考的特質，化獨特經驗爲人生普遍的悲感。末兩句「死者恐無知，妾身長自憐」，刻意指實了知覺思考在本詩中的重要性。……這說明了他整個創作活動，並不在一時情感的迸觸，而是反身沈思，對自我處境和主人與

〔註56〕《仇注杜詩》，卷二〈冬日洛城北謁玄元皇帝廟〉注引張表臣《珊瑚鉤詩話》記陳後山語，亦見《黃庭堅和江西詩派卷——陳師道》，九思出版社印行。

> 我彼之關係仔細凝察後，所發出的悲怛之思，崔詩並未能挖掘得這樣深刻。〔註57〕

由龔先生的分析，我們可以確知後山詩是典型的宋詩，重知性反省。一首學生對老師逝世以寄哀思的詩作，作者彷彿是個誠懇的敘述者，他向我們陳述師生相待的個人經驗、他對老師的追念不移，並希望能更深刻地抉發人生的眞實、探究個人在群體中的關係與意義，一位侍妾該如何悲悼寵愛他的主人。明顯地揭示了後山創作的特點不再是對外物的感興而是感悟，不再是情感的傾注而是詮釋。

宋詩中對人生的哲理意味，在後山詩中可窺見一二。例如〈丞相溫公挽詞三首〉之一：

> 若無天下議，美惡併成空。(卷一)

後山此聯下得尤爲精警，道出千古以來逝者聲名所以歷久不衰的理由，正是由於天下輿論所追加賦予的。如果沒有天下人眾口一聲的哀悼贊頌，那麼死後的封贈哀榮，皆毫無價値可言。以「天下議」作爲衡量死者的最高標準，足見眾人的評價足能影響人物的歷史地位。後山這一見解不同凡響，不僅精彩，且提高了詩境。

又如〈雪後黃樓寄負山居士〉：

> 不盡山陰興，天留憶戴公。(卷二)

這兩句是全詩的精華所在。王徽之因訪戴逵而起山陰之興，興盡之後，想戴逵之念亦熄；而後山認爲想念友人時，寧可不去訪他，以免興盡，這樣，便可長憶張公。體現了後山的人生哲學，可見他的感情非常內在化，思考極爲透闢而含不盡之致。

在後山詩中處處可見他理趣的沈潛、知性的深刻，例如：

> 至柔繞指剛則折，善而藏之光奪月。(〈次韻答學者四首〉之四，卷一)

體現了道家「以柔弱勝剛強」、「涵藏光芒」的人生哲學。

〔註57〕龔鵬程先生「知性的反省——宋詩的基本風貌」，刊於《宋詩論文選輯（一）》，復文圖書出版社印行，頁174。

立馬階除待一鳴，何如春夢不聞聲。(〈次韻秦觀聽雞聞雁二首〉之二，卷一)

後山認爲朝廷之士汲汲營營、奔競繁忙；還不如閒居的安適輕鬆。這是後山不執著名利、化解束縛，進而發覺生命眞實、保存天眞的人生理念。所以他亦勸蘇東坡潔身高退以安晚景而說：

白鷗沒浩蕩，愛惜鬢毛斑。(〈從蘇公登後樓〉，卷二)

時無古今異，智有功名昏。可使百尺底，不作數斗渾。(〈再次韻蘇公示兩歐陽〉，卷三)

認爲功名之昏人，猶泥之濁水，只有從名利得失中超拔出來，才能感受生命的天眞、質樸。後山自己亦喜於享受精神的鬆馳、心靈的開放，因而對人生有更大的包容力、感受力，他在〈泛淮〉詩中即表現了這樣的人生感受：

倚檣聊自逸，吟嘯不須工。(卷二)

靠著檣（船桅）吟嘯自得，心情頓寬，自有一種超邁的逸氣，自然不必計較詩句的工拙了。而這種物理景趣又無不是詩人內在意趣的外現。

由上舉詩例，可見詩人所表現方向，實已脫離了感情的當下投射，轉而用更冷靜、更深沈的心思去感受這個大千世界，不是去粉飾它、裝點它，而是賦予它更深刻的意義。換言之，後山將自己從感情的當下流露中抽身而出，激情隨之向內收斂；採取了一種近乎旁觀者的立場去陳述，站在情景之外去觀照情景，思考其背後所蘊含的意義。這和杜甫敘述事件，常以第三者的立場旁觀，站在情景之外去觀照情景是相同的。因此悲歡愁喜自不必待景而起，卻能言外有意、蘊蓄幽深，思索亦漸漸潛入更深、更實際的層次。

後山詩除了表現人生哲學，亦以議論見長，例如勸杜侍御純云：

巧手莫爲無麵餅，誰能留渴須遠井。(〈送杜侍御純陝西轉運〉，卷二)

兩句以俗語對杜純勸說，作餅不可沒有麵粉，猶如治邊不可缺乏人材。而人材眼前自有可用者，何必遠取？如同留渴以待井。

對人生道理的追求，是後山詩的特色，他一心學習杜甫鍊字烹句的技巧，其最高目的是在鍊意，鍊字鍊句只代表詩中的一種秩序建構、安排組合，以容納詩人所欲表達的意念。「意」是詩歌的精神所在。此即伊川《擊壤集》，卷十一云：「不只鍊其辭，抑亦鍊其意；鍊辭得奇句，鍊意得餘味」。後山亦說：

> 聖俞平生苦於吟詠，以閒遠古淡爲意，故其構思極艱。（《後山詩話》）

不論是「閒遠古淡之意」或「構思極艱」，都不離思考本身而見，是後山強調思考在創作過程中的重要性。所以「鍊字」、「鍊句」的目的是要「鍊意」。杜甫被稱爲「詩聖」，固然是因爲他詩歌技巧之純熟，也是因爲他敘事有若史傳，唐代治亂之道理，皆可在其深邃密緻的詩意中找到。杜甫經常在敘述某一獨立事物時，旁枝插入概念化的思考、議論。後山之所以選取杜詩做爲學習對象的理由，殆可由此窺知。後山對作品的要求，除了形式美之外，亦表現在對宇宙人生的知性沈潛，對宇宙秩序的關懷，以他澄澈靜觀的情感，俯仰人世。

除此之外，後山對人生價值冥探幽索的精神，亦表現在對「詩」的知性反省上。由於強調「意」，宋人由此而建立起來的一套完整的詩法理論，無不灌注著冷靜的思索和玩味的理性成分。宋代「詩學」的研究風氣發達，詩人不只呈現物象本身的自然律動或感情的直接契入、並且以知性省思來探究詩的本質、作法、結構、功能、作者作品及讀者等問題。「詩學」不能離思考而見，在後山詩中論詩者亦不乏其篇，論詩之作重「理」的探討，「意」的深究，也形成了後山詩一項明顯的風格，這不能不說是受杜甫論詩詩的影響。

關於後山在詩學理論上所得於杜甫者，我們在第二章第二節已深入探討過了，在此再列舉幾首以見大概。如絕句一詩以二十八字道其學詩的苦心：

> 此身精力盡於詩，末歲心存力已疲：不共盧王爭出手，卻思陶謝與同時。（卷四）

在聲調和語氣上都極類杜詩。又如〈次韻答秦少章〉：

> 學詩如學仙，時至骨自換。縹緲鴻鵠上，眾目焉能玩。子從淮海來，一喙當百難。師儒有韓孟，拭目互驚惋。老生時在旁，縮手愧顏汗。黃公金華伯，莞爾回一盼。彼方試子難，疾前不應懦。要當攻石堅，勿作摶沙散。珪璧雖俱美，瓏錯加璀璨。我老不足畏，後生何可慢。(《逸詩箋》，卷上)

前四句是說明作詩的成就在於「悟入」，求得心靈的超越。「骨自換」即靈悟，是「學仙」的結果，是「才」的表現，非「眾目」所能具。「要當攻石堅，勿作摶沙散。珪璧雖俱美，瓏錯加璀璨」四句警少章作詩的態度要樂群廣資博取。詩人在以詩和韻酬唱之餘，仍不忘將詩作爲「寓理之具」，在其中思索了詩的本質、作法、境界。又如〈贈吳氏兄弟三首〉之二云：

> 才隨年盡不重奇。(卷十二)

道出了後山對詩歌的追求是平實淡遠的蘊致，一種歸眞返樸、不慍不火的境界，反對刻意作奇、過於求奇而導致創作的僵化。又同首詩之三云：

> 得失嬙姸只自知，略容千載有心期。

首句頗有杜甫詩「文章千古事，得失寸心知」的意涵在，次句是勉勵吳氏兄弟與古人相期於千載之上，即多讀古人書，與古人爲友，方能積學窮理，增加作詩的能力。同一涵意又表現在：

> 文章從古不同時。(〈贈秦覯兼簡蘇迨二首〉之二，卷二)

意謂知音未必並世也。只要能在心中激起共鳴餘響，是可以穿越時空的界限與古人爲友，與古人晤談交會。後山識得文藝的永久性，不因時空的阻隔而消失，這是他在人生的經驗中尋找文學所具更深一層的意義。

又如討論情感在作品中的重要性：

> 情生文自哀。(〈和魏衍元夜同登黃樓〉，卷六)

後山本人以抒發感情而成一家，突破了江西詩派的戒律。由於一生境遇悲苦，所以他的詩充滿了懷才不遇、人生如夢的哀愁。他平實記述著記憶中的任何情節，與妻兒別離、重逢、爲友人送行、悼念，爲了不使自己的痛苦感染別人，他「擦去眼角的淚滴」，並且表現了寬廣溫潤的胸懷。然而，他心中的哀愁絕對可以從文字背後體會出來的。「情生文自哀」，所抒懷的大概就是他在詩中所表現的眞情，讀來自能令人惻惻不已。孤高的後山，當然也有他溫情的一面。

由此可知，後山對詩歌藝術本身進行自覺的理論思考和技巧探討，不僅在詩歌的思想內涵上講究理性思考，並對詩歌本身尋找出脈絡可尋的門徑、詩法、技巧。

以上是我們對於後山在理思議論上宗杜的探討，他的詩充了知性反省的澄觀之美，風骨嶙峋，步履沈穩。杜甫以議論爲詩給予宋詩人的影響是深遠的，後山詩的重「情」、主「意」二者兼俱，亦反映了文學作品的素材應該是多方面的，除了個人情感的反射，也可以反映時代、反映生活、沈思人生道理、探討詩歌的本質。

第四節　後山宗杜之風格類型

方回論詩，特別標舉「高格」爲根本標準，除推舉陶淵明、杜甫之外，還讚許江西詩派「三宗」，如云：「詩以格高爲第一……而又于其中以四人爲格之尤高者，魯直、無己上配淵明、子美爲四也。」，〔註58〕又云：「蓋學老杜而才格特高，則當屬之山谷、後山、簡齋。」，〔註59〕正是贊許三宗格高。大抵說來，方回評詩，多以蒼勁、老健、平淡爲宗而致推許，鄙薄輕俗浮豔、綺靡華贍之風。許清雲先生說：

> 虛谷風格論所賞者，全與其詩學背景吻合，所取之平淡、自然、瘦勁、清新、悲壯者，皆是格高；所不取之組麗、雕鐫、輕俗、纖巧、酸楚者，皆是格卑；而人品清高，尤爲其所表彰。〔註60〕

〔註58〕方回《桐江續集〉卷三十三，〈唐長孺藝圃小集序〉，四庫全書本。

〔註59〕方回《瀛奎律髓》，卷二十四。

〔註60〕見許清雲先生《方虛谷之詩及其詩學》，第三章第二節第一目，東吳

後山的人品高介有節，安貧樂道，便爲方回所推許，加上其「詩如其人」，更爲方回所稱道，《律髓》中評後山詩多是褒辭。歷代詩家對後山風格的評析有高古、平淡、樸拙、瘦勁、老健（峭健、老潔）、豪放、精微、沈鬱、悲慨。其中平淡、高古、悲慨是演繹自詩人獨特的個性、氣質和生活境遇；而瘦勁、峭健、樸拙是由語言結構等特色所構成的風格。

宋代詩人多注重人格的完整，由品格一義，具體落實爲對於詩歌體式風格的追求。後山的苦吟鍛鍊，並非單純地爲形式而形式，而是繼承杜甫晚年詩歌的創造精神，努力地把創作主體的品格因素具體地化爲作品的精神內涵。人格內容一旦獲得恰當的藝術顯現，便對詩歌的特質與風格有著典型的定塑作用。在後山的創作實踐中，我們從創作主體狷介清淡的品格個性，與其詩瘦勁樸拙、峭健沈鬱的總體風格，是一以貫之的。詩之重格，原因在此。

後山追求的是對理性人格的完整、成熟和純粹的藝術體現。在精神層次上始終執著於一點清靈之氣和狷介之志，在作品審美情趣的選取上增加了品格的力度。以下我們欲探討後山在詩中如何將人格特質表現在作品中，而形成其獨特風格。茲將後山宗杜之風格類型分述如下。

壹、高古樸拙

將高古和樸拙並列爲一，乃由於高古來自於樸拙，樸拙而含蘊深遠之意即爲高古。杜甫詩風有高古樸拙一格，宋代詩評家時有論及，例如李復《潏水集》，卷五云：

> 詩豈一端而已，故子美波瀾浩蕩，處處可到，詞氣高古，渾然不見斤鑿，此不待言而眾所知也。

張戒《歲寒堂詩話》，卷上云：

> 世徒見子美詩之粗俗，不知粗俗在詩句中最難，非粗俗，乃高古之極也。自曹劉死，今一千年，惟子美一人能之。

中研所70年博士論文。

中間鮑照雖有此，然僅稱俊快，未至高古。

羅大經《鶴林玉露》亦認爲樸拙的難爲而云：

作詩必以巧進，以拙成。故作字惟拙筆最難，作詩惟拙句最難。

由以上三人之言參之，可知道杜甫之「拙」，乃蘊含「大巧」之「拙」，乃歷經工巧之拙，是經過歸眞反璞的藝術昇華而達到繁華落盡見眞醇的藝術境界。拙者雖不以容表取勝，卻是以意格骨氣取勝，因此有高古疏老之氣。大巧是把自己隱藏在若拙之中，而眞正的光彩是把自己隱藏在質樸無華之中。由是可知高古必有深意在，此即宋人魯訔所云：

少陵老人初不事艱澀索隱以病人，其平易處，有賤夫老婦所可道者；至其深純宏遠，千古不可追跡。（《草堂詩箋編次杜工部詩序》）

杜詩的佳妙，即在拙樸平實之中仍含有深純宏遠變化莫測之象，故「千古不可追跡」，樸拙高古，令人讀之渾然自在；後山宗杜，在詩風中，亦具高古樸拙一格，歷代詩評家時有論及，例如黃山谷云：

無己他日作詩，語極高古。（《王直方詩話》引）

羅大經《鶴林玉露》，卷六云：

無己意高詞古，直欲追縱雅正。

楊愼亦云：

陳後山爲人極清苦，詩文皆高古。（《詞品》，卷三）

李東陽云：

陳無己詩綽有古意，如：「風帆目力短，江空歲年晚。」興致藹然，然不能皆然也，無乃亦骨勝肉乎？（《懷麓堂詩話》）

敖陶孫《敖器之詩評》云：

後山如九皋獨唳，深林孤芳，沖寂自妍，不求識賞。

意即謂後山詩中有高古一格。

由以上諸家所言，可知後山詩的確有高古之風，推究後山詩高古之風的由來，張健先生說：

高古二字，後山當之無愧。考究其所由來，一是學杜所得，

> 如「岷峨之山中巴江」等句段，因句法之古拙而見勝。二是腹中自有高古之思，發而爲詩，自然高華而不卑俗。……三是能以俗爲雅，乃至更勝以雅爲雅。〔註61〕

由此可知，後山高古詩風除出自胸臆，亦是受杜甫影響，以「寧拙毋巧，寧樸毋華」、「以俗爲雅」爲作詩的努力目標，發而爲詩，自有高古之氣。

今將後山的高古之詩，列舉數首於下：

> 馬蹄殘雪未成塵，梅子梢頭已著春。巧勝向人眞奈老，衰顏從俗不宜新。高門肯送青絲菜，下里誰思白髮人。共學少年天下士，獨能濡濕轍中鱗。(〈立春〉、逸詩卷下)

此詩紀昀評曰：「風度老成」，臨老傷春的平凡題材，卻能在樸實的文字中，滲透著一種深醇之味。又如〈晚坐〉：

> 柳弱留春色，梅寒讓雪花。溪明數積石，月過戀平沙。病減還憎藥，年侵卻累家。後歸栖未定，不但只昏鴉。(卷十一)

前四句寫景，後四句抒懷，方回評曰：「尾句尤高古」，有著自憐的淒涼況味在。此詩成功地寫出了夜晚獨坐時所見的清新景象，都挑選了帶有動態的景物，雖是寫蒼茫的夜色，卻無枯淡靜止感。且動中見詩人惻惻的心緒在流動。顯然，此詩外現的形象和內涵的感情都很豐滿，是詩人有意推敲的作品。但由於後山挑選了十分質樸的語言，所以全詩仍呈現渾樸清整的風格，巧妙地避免了那種雕琢過甚從而顯得纖巧細弱的缺點。又如〈晁无咎畫山水扇〉：

> 前生阮始平，今代王摩詰。偃屈蓋代氣，萬里入方尺。朽老詩作妙，險絕天與力。君不見杜陵老語，湘娥增悲眞宰泣。(卷九)

亦是題畫的平凡題材，卻出以渾然豪壯的氣象。文字卻又極爲樸實，使得全詩呈現高古沈雄的風格。

以上所舉的詩例，乍見之下雖不及華贍奇險之引入注目，然而吟

〔註61〕張健先生〈論陳師道的文學作品〉，刊於《中外文學》第三卷第四期，總第二十八期，民國63年9月。

詠既久，則更能深入人心。後山曾在詩話中說：「黃詩韓文有意，故有工。老杜則無工矣。」，即是讚賞杜甫自然而然的化境。後山在詩歌創作中「有意爲拙」的藝術追求，無疑是受了杜甫的啓迪，在樸拙中蘊有深意遠韻，即是高古詩風的表現。

貳、平淡明淨

梅堯臣說：「作詩無古今，唯造平淡難」，〔註 62〕范溫《詩眼》云：「巧麗者，發之于平淡，奇偉有餘者，行之于簡易。」，皆以平淡爲詩歌最高的境界。

杜甫詩格中有平淡閑遠，不但造語樸素無華，文字不假雕琢，且意境純任自然，有著莊子「遊心於淡」的天機獨到，胸次釋然。對於杜甫平淡詩風，宋人多所提及，舉例如下：

黃山谷云：

> 觀杜子美到夔州後詩，韓退之自潮州還朝後文章，皆不煩繩削而自合矣。
>
> 所寄詩多佳句，猶恨雕琢功多耳。但熟觀杜子美到夔州後古、律詩，便得句法簡易，而大巧出焉，平淡而山高水深，似欲不可企及。〔註 63〕

陳善《捫蝨新話》上集卷一云：

> 觀子美到夔州以後詩，簡易純熟，無斧鑿痕，信是如彈丸矣。

吳可《藏海詩話》說杜詩：

> 方少則華麗，年加長漸入平淡也。〔註 64〕

宋人認爲杜詩風格的分界，主要是在「入夔州」。夔州之後的晚期作品，已達到渾成自然而不見雕琢之痕。經過人生歷鍊及熟習詩律的洗

〔註 62〕見梅堯臣《宛陵集》，卷四十六〈讀邵不疑學士詩卷奉呈杜挺之〉，新文豐出版社印行。

〔註 63〕黃山谷《豫章黃先生文集》，卷十九〈與王觀復書〉。

〔註 64〕《續歷代詩話》，頁 371。

禮，已能從絢爛歸於平淡。從前飛揚奔放的感情表達，轉而爲深刻的體貼、含蓄的包容。但所謂的平淡，並不是粗陋，而是內容與技巧配合得恰到好處，使平淡中能藏有濃厚的深味。例如〈中夜〉：

> 中夜江山靜，危樓望北辰。長爲萬里客，有愧百年身。故國風雲氣，高堂戰伐塵。胡雛負恩澤，嗟爾太平人。

本是極悲壯之情，卻以樸素淡遠之語寫出。故悲壯不在字面，而在精神內涵。又如〈憶弟二首〉之二：

> 且喜河南定，不問鄴城圍。百戰今誰在？三年望汝歸。故園花自發，春日鳥還飛。斷絕人煙久，東西消息稀。

亦是以淡語寫悲情。又如〈江村〉：

> 清江一曲抱村流，長夏江村事事幽，自去自來梁上燕，相親相近水中鷗。

在詩中蘊含了大自然的恬淡趣味，從容閑適，其韻味不減陶淵明。

平淡詩風在字面的表現上，沒有奇字奧語的鋪陳、沒有故實的堆砌，也沒有華贍繁采的妝倩。後山宗杜，平淡詩風實當之無愧。頗得宋人的推崇，如郭祥正《青山續集》，卷二云：

> 自從梅老死，詩言失平淡，我欲回眾航，力弱不可攬，栖遲二十年，時時漫孤啾，忽逢陳夫子，兩目海水湛，爲我聊一吟，粹方超俗豔。

陳振孫《直齋書錄解題》，卷十七別集類中云：

> 後山雖曰見豫章之詩，盡棄其學而學焉，然其造語平澹，眞趣自然，寔豫章之所缺也。

又明代胡應麟《詩藪》外編卷五云：

> 七言律壯者必麗，淡者必弱。……古今七言律淡而不弱者，惟陳無己一家。

方岳《秋崖先生小稿》，卷四十三云：

> 後山諸人爲一節，派家也，深山雲臥，松風自寒，飄飄欲仙，芰荷衣而芙蓉裳也。

皆以清冷幽靜的物象來說明其意境清淡閑遠。

盧文弨《後山詩註跋》云：

後山之詩，於澹泊中鐔鐔乎有醇味。(《抱經堂文集》，卷十一)

方回《律髓》中評後山平淡處其夥，舉例如下。

如〈元日〉詩：

老境難爲節，寒梢未得春。一官兼利害，百慮孰疏親。積雪無歸路，扶行有醉人。望鄉仍受歲，回首望松筠。

方回評曰：「讀後山詩，若以色見，以聲音求，是行邪道，不見如來。全是骨，全是味，不可與拈花簇葉者相較量也。」推尊至極，此詩寫元日，完全撇開唐人習慣的寫法，不從正面著筆，無色無聲，而自有一種深醇之味，造成一特有清靜淡遠的詩境。

如〈春懷示鄰里〉：

斷墻著雨蝸成字，老屋無僧燕作家。剩欲出門追語笑，卻嫌歸鬢逐塵沙。風翻蛛網開三面，雷動蜂窠趁兩衙。屢失南鄰春事約，只今容有未開花。

此詩是後山家居徐州，生活清貧，以作詩自遣。詩中表現出詩人貧居閑淡的心境，遣詞用句是古樸淡漠的，千錘百鍊而無斧鑿痕，故方回評其「淡中藏美麗，虛處著工夫，力能排天斡地，此後山詩也。」(《律髓》，卷十、春日類)

又如〈寄外舅郭大夫〉：

巴蜀通歸使，妻孥且舊居。深知報消息，不忍問何如。身健何妨遠，情親未肯疏。功名欺老病，淚盡數行書。

方回評曰：「後山學老杜，此其逼眞者，枯淡瘦勁，情味深幽。」全詩以感情運行，首聯平靜，頷聯沈抑，頸聯以淡淡的歡快挑起，尾聯復歸結於感慨哀痛。起伏跌宕，得自然淡遠之趣。

又如〈後湖晚坐〉：

水淨偏明眼，城荒可當山。青林無限意，白鳥有餘閒。身致江湖上，名成伯季間。目隨歸雁盡，坐待暮鴉還。(卷四)

此詩是寫詩人後湖晚坐所見景緻，湖水明澈清亮、荒城可當山、蓊鬱的青林、悠閒的白鳥，全詩出現了閑、靜、寂、遠等平淡的字眼。詩人將自己消融在大自然中，這種消融，意味著平淡，把主體的情思化入客觀的景物中。頸聯便說明自己正過著隱居生活，無所羈絆。雖隱於江湖之上，然則文名成於蘇門諸君之間，〔註65〕言外不無欣然自得之意。尾聯寫景亦寫自己。詩人縱目追隨著歸雁的蹤跡，直到在視野中消失。雁既已歸盡，詩人還在饒有興緻地坐等著暮鴉的歸來。此詩在藝術上的突出之處，便是淡而實腴。雖出以淡淡的筆墨，詩味卻極其豐厚醇深的。詩人將自己無拘無束的悠閑之態、自得之情，蘊於淡墨描就的景物之中，清神幽韻。

由以上詩例皆可見其不著聲色，輕淡透明。語調筆意裏，則流露出一分溫潤莊和，屬於知識份子，屬於文人的心懷。恬淡自適中，也有微微感傷的惋惜，但整體來說，大致是節奏平和步調徐緩的。筆法亦簡樸平實，不慍不火。

後山所希冀的是忘掉命運的坎坷、人世的煩惱，忘卻人生道路上所遭遇到的險惡風雲。所以，他嚮往是悠然自得、安謐恬淡的生活。平淡一格，溢於後山筆端，它顯示的是自然界沖和清淡的色彩及詩人悠遠的心境，亦揭示著後山對人世乖違的寬容。

人皆知後山一生窮困，但窮而若至於怨，怨而至於怒，是爲後山所不取的。後山認爲蘇軾文章妙天下，然其短處在於多怨刺，〔註66〕轉而注重詩歌吟詠性情的陶冶功能，進一步深化平淡風格爲品格節操的涵養，以開闊的視眼和達觀的態度面對人生。後山平淡的追求淡化了詩歌外在色彩，不求進取，而用心鑄造超逸絕塵、淡泊深遠的精神品格，窮而不至於怨怒。

〔註65〕吳曾《能改齋漫錄》，卷十一云：「子瞻、子由門下客最知名者，黃魯直、張文潛、晁旡咎、秦少游，世謂之『四學士』。至若陳無己，文行雖高，以晚出東坡門，故不若四人之著。」故後山作《佛指記》曰：「余以辭義，名次四君。」後來陳後山、李薦與「蘇門四學士」並稱「蘇門六君子」。

〔註66〕《後山詩話》云：「蘇詩始學劉禹錫，故多怨刺，學不可不愼也。」

參、豪放雄渾

所謂豪放，是對苦難有所擔當的豪傑之氣，對杜甫來說，是其生命韌力的表現，正與其悲劇遭遇相契合，因此杜甫能寫出慷慨激昂、豪邁雄偉的風格，多為歷代詩家所稱許，例舉如下：

陳善《捫蝨新話》上集卷一：

> 文章以氣韻為主，氣韻不足，雖有詞藻，要非佳作也。如老杜云：「黃四娘家花滿蹊，千朵萬朵壓枝低。」此又可嫌其太易乎！……論者謂子美「無數蜻蜓齊上下，一隻鸂鶒對浮沈。」便有「關關雎鳩，在河之洲」氣象。

楊萬里《誠齋集》，卷一百十四云：

> 七言長韻古詩，如杜少陵〈丹青引〉〈曹將軍畫馬〉〈奉先縣劉少府山水歌〉等篇，皆雄偉宏放，不可捕捉。

孫僅在《草堂詩箋・傳序碑銘》〈讀杜工部詩集序〉云：

> 公之詩支而為六家……杜牧薛能得其豪健。

趙翼《甌北詩話》，卷二〈杜少陵詩〉云：

> 蓋其思沈厚，他人不過說到七八分者，少陵必說到十分，甚至有十二三分者。其筆力之豪勁，又足以副其才思之所至，故深人無淺語。

葉夢得《石林詩話》云：

> 七言難於氣象雄渾，句中有力，而紆徐不失言外之意。自老杜「錦江春色來天地，玉壘浮雲變古今」，與「五更鼓角聲悲壯，三峽星河影動搖」等句之後，常恨無復繼者。

杜甫能以宏闊的胸襟，俯視一切的氣魄，寫出許多氣象雄厚的詩，如〈後出塞〉之二兩句：「落日照大旗，馬鳴風蕭蕭」，一寫目中所見，一寫耳中所聞，皆是軍中景物。讀這兩句詩時，便令讀者見落日餘暉映射在營門外隨風招展的大旗上，戰馬引頸長嘶於秋風颯颯之中。氣象是何等宏大壯闊。又如《旅夜書懷》：「星垂平野闊，月湧大江流」亦是含時空壯大之景。

後山詩中亦有氣派豪邁之作，這是學杜所得，羅大經《鶴林玉露》，卷十八云：

> 范二員外、吳大侍御訪杜少陵於草堂，少陵偶出不及見，謝以詩云：「暫往北鄰去，空聞二妙歸。幽棲誠簡略，衰白已光輝。野外貧家遠，村中好客稀。論文或不愧，重肯款柴扉？」，陳後山在京師，張文潛、晁無咎為館職，聯騎過之，後山偶出蕭寺，二君題壁而去，後山亦謝以詩云：「白社雙林去，高軒二妙來。排門衝鳥雀，揮壁帶塵埃。不憚升堂費，深愁載酒回。功名付公等，歸路在蓬萊。」杜、陳一時之事相類，二詩蘊藉風流，亦未易優劣。

以後山學杜而未能斷定優劣，足見對後山的推崇極矣。

又如〈鉅野〉：

> 餘力唐虞後，沈人海岱西。不應容桀黠，寧復有青齊。燈火魚成市，帆檣藕帶泥。十年塵霧底，瞥眼怪鳧鷖。(卷二)

此詩方回評曰：「後山詩全是老杜，以萬鈞鼎之力束於八句四十字之間。」

又如〈九日寄秦覯〉：

> 疾風回雨水明霞，沙步叢祠欲暮鴉。九日清樽欺白髮，十年為客負黃花。登高懷遠心如在，向老逢辰意有加，淮海少年天下士，可能無地落烏紗。(卷二)

此詩是力學杜甫，以健筆運其浩氣，語勢流轉而用意深遠。在垂老之年，逢此重陽佳節，多所感慨，因此更加懷念在遠方的朋友。全詩風格沈鬱豪放，意蘊深長，令人回味。

又如〈舟中〉二首之一：

> 惡風橫江江捲浪，黃流湍猛風用壯。疾如萬騎千里來，氣壓三江五湖上。岸上空荒火夜明，舟中坐起待殘更。少年行路今頭白，不盡還家去國情。

前二句寫舟行之險，惡風險浪，壯猛駭人。三、四句乃緊承上文，以重筆渲染風浪的威勢，先寫風浪之迅疾，彷彿萬馬破空而來。次寫風濤氣勢之猛，直有橫壓三江五湖之概。五、六句是寫險境之來，作者此時正坐在舟中，既是難以抗拒，便只任其顛簸，凝神遠矚，江岸一片空曠荒涼，只見星星燈火，隨風飄蕩，送來點點微弱的光亮，只好在舟中坐起，靜待殘更。末二句是作者回想二十多年來，歷經人世的坎坷，從一個意氣風發的少年，到如今蕭蕭白頭，飽經行路艱難的滋味，眞有訴說不盡的還家去國之情。全詩深沈壯闊。

同樣寫浪濤的壯險而滲透著豪邁之氣，有〈十七日觀潮〉三首之三：

> 漫漫平沙走白虹，瑤臺失手玉杯空。晴天搖動清江底，晚日浮沈急浪中。(逸詩卷下)

寫潮水在寬闊平遠的沙岸上一陣陣湧來，有如奔馳的白虹。可能是瑤臺上的仙人失手，把玉杯中的瓊漿傾落下來。此際朗朗青天，在清澈的江底上搖搖蕩蕩。黃昏的落日，在湍急的激浪中浮浮沈沈，豪壯之氣充塞全詩。

由以上所舉詩例，可知後山詩中亦有豪放之作，讀之有氣量宏闊的開展之感。

肆、精微細膩

精微細膩亦是後山宗杜的特色之一。杜甫能以其強烈的生命感受力精細地觀察萬物，細膩深刻地描繪事物，使物物均活現於眼前，而且都有了生命。歷代詩評家對杜甫寫物精微入神多有稱譽之辭，例舉如下。

葉夢得《石林詩話》，卷下云：

> 詩固忌用巧太過，然緣情體物，自有天然工妙，雖巧而不見刻削之痕。老杜：「細雨魚兒出，微風燕子斜。」此十字，殆無一字虛設。雨細著水面爲漚，魚常上浮而淰；若大雨，則伏而不出矣。燕體輕弱，風猛則不能勝，唯微風乃受以爲勢，故又有「輕燕受風斜」之語。至「穿花峽蝶深深見，點水蜻蜓款款飛」，「深深」字若無「穿」字，「款款」字若無「點」字，皆無以見其精微如此。然讀之渾然，全似未嘗用力。

曾季貍《艇齋詩話》云：

> 老杜寫物之工，皆出於自見。如「花妥鶯捎蝶，谿喧獺趁魚。」「芹泥隨燕嘴，花粉上蜂鬚。」「仰蜂黏落絮，行蟻上枯棃。」「柱穿蜂溜蜜，棧缺燕添巢。」「風輕粉蝶喜，花暖蜜蜂喧。」非仔細觀察安能造此等語？

其〈春夜喜雨〉詩云：「好雨知時節，當春乃發生。隨風潛入夜，潤物細無聲。」，仇兆鰲評曰：

> 應時而雨，如知節者，雨驟風狂，亦足損物，潛入細潤，正狀好雨發生。寫得脈脈綿綿，於造化發生之機，最爲密切。(《杜詩詳註》)

杜甫寫物之精微工巧，實開宋人精雕細刻之風氣，《詩人玉屑》說：「詩人詠物容之妙，近世爲最。」，並非過譽。詩人們用自己的眼睛觀察別人見過的東西，在平凡的事物中看出眞善美來。精微細膩是宋詩特色之一，而後山正是這種風格的代表作家。

清人顧嗣立論歷代詩之流變云：

> 黃致廣大，陳極精微，天下詩人北面矣。(《寒廳詩話》)

以「精微」二字許後山，吳師道亦云：

> 唐子西詩文皆精確，前輩謂其早及蘇門，不在秦、晁之下。以予評之，規模意度，殆是陳無己流亞也。(《吳禮部詩話》)

對後山詩精微推崇備至，又陳仁子云：

> 後山翁縝密細膩，時人尤未易識度。(《後山集序》，卷首，馬暾刻本)

明人王鴻儒亦於後山集序云：

> 先生天資方毅，識見過人，加以好學不倦，故其形之於言，典重峻潔，法度森然，如天球綴輅，陳列廣庭，大劍高冠，班侍左右，其孰敢狎而玩之。

以物象來比喻後山詩的精嚴，甚爲貼切。

後山精微之風格乃得自於杜甫的啓發，魏慶之《詩人玉屑》云：

> 杜少陵詩云：「兩箇黃鸝鳴翠柳，一行白鷺上青天。」王維詩云：「漠漠水田飛白鷺，陰陰夏木囀黃鸝。」極盡寫物之

> 工。後來唯陳無己有云：「黑雲映黃槐，更著白鳥度。」無愧前人之作。(卷十四引《室中語》)

朱弁《風月堂詩話》，卷上云：

> 詩人體物之語多矣，而未有指一物爲題而作詩者。晉宋以來，始命操觚，而賦詠興焉。皆倣詩人體物之語，不務以故實相夸也。……予與晁叔用論此。叔用曰：「陳無己嘗舉老杜詠子規云：『渺渺春風見，蕭蕭夜色棲，客懷那見此，故作傍人低。』如此等語，蓋不從古人筆墨畦徑中來，其所鎔裁，殆別有造化也，又惡用故實爲哉。

後山亦云：

> 待萬物而後才者，猶常才也。若其自得於心，不借美於外，無視聽之助，兩盡萬物之變者，天下之奇才乎！

他認爲萬物皆可爲詩，詩趣世界固然需然要雄偉的殿堂，也需有精巧玲瓏的小盆栽。久之自然有得於心，不需借美於外。在輕靈深辟的詠物詩中常能發揮作者之才。後山詩中確有許多精微之作，例如〈十五夜月〉：

> 向老逢清節，歸懷託素暉。飛螢元失照，重露已霑衣。稍稍孤光動，沈沈萬籟微。不應明白髮，似欲勸人歸。(卷三)

首二句寫臨老逢中秋，卻只能把歸鄉之心托付給中秋月色，寓欲歸不得之意。第三句是寫飛螢在明月下黯淡無光，四句寫在月光下久久懷思，以致露水霑溼了衣服。五、六句是說不知不覺之中，月亮已在天空中緩緩移動，在一片沉寂之中，只有那不知何處傳來低微的聲音。末二句是說月亮彷彿提醒詩人：你也將要老去了，還是早些兒回家吧。紀昀評曰：「後四句精微之至，可云靜詣。六句入神，可謂離形得似。」方回評爲「詩意瘦硬」，然方回只知其詩意瘦硬，而不解其情致之深遠精微。望月思歸，本爲詩中常見之情意，而後山卻能寫得如此精微，察人所未察，發人所未發，因而能觸動讀者心底隱秘之情，可謂絕詣。

又如〈雪中寄魏衍〉：

> 遙遙初經眼，輝輝已映空。融泥還結凍，落木復沾叢。意在千山表，情生一念中。遙知吟榻上，不道絮因風。(卷十)

前四句寫景，妙於寫照，刻畫細致。後四句則後山獨造之語，「意在千山表，情生一念中」寫雪中懷人之情，雪意，亦人之情意，詩人遙望遠山，一片潔白，因而便想念起千山之外的客子了。任淵注云：「用王徽之雪夜忽憶戴逵，以比魏衍。」頗得雪之神，眞如羚羊挂角，無跡可尋。末二句翻用舊典，以故爲新，全詩虛實、輕重均搭配得當。

又如〈宿合清口〉：

> 風葉初疑雨，晴窗誤作明。穿林出去鳥，舉棹有來聲。深渚魚猶得，寒沙鴈自驚。臥家還就道，自計豈蒼生。

此者別山赴棣州教授時，途中寫景的佳作。且在寫景中有寓意，與單純模山範水者有別。清人延君壽《老生常談》認爲此詩：

> 陳後山〈宿合清口〉云：「……」與翁山之「秋林無靜樹，葉落鳥頻驚，一夜疑風雨，不知山月生」是一種神理，不待深者能擊賞之。然必有眞實學問，方能手揮目送，役使群物，刻劃化工。

除此之外，後山集中刻畫細微之作比比皆是，如〈黃梅〉：「異色深宜晚，生香故觸人。不施千點白，別作一家春。」又如〈次韻夜雨〉：「暗雨來何急，寒房客自醒，驟看燈閃閃，擬對竹青青。聲到江干盡，風回葉上聽……」，〈酬顏生惠茶庫紙〉：「破卵剝膜肌理滑，削玉作版光氣熏。」，〈望夫石〉：「磧戍人何在，秋霜志不移。無言息嬀怨，有淚舜娥悲。山靜雲盤髻，江空月印眉。誰將望遠意，歌作送征詩。」不論寫景、抒情，都細密入微。可見後山多在「精細」二字上下工夫。所以宋人郭祥正《青山續集》，卷二讚譽後山：

> 又如趙氏璧，毫髮絕瑕玷，愈多愈精好，璀璀摘驪頷，借令李杜在，決敵未應敢，低頭亟趨降，呑聲就誅貶。……置之翰林中，萬丈看光焰。

敖陶孫《敖器之詩評》亦云：

> 後山詩如九皋獨唳，深林孤芳，沖寂自妍，不求識賞。

「九皋獨唳」近於高古，「深林孤芳」近於精微。可見後山詩精細之風亦頗得當時詩評家的識賞。後山的細緻不但體現在風格上，也使得其修辭手法更加豐贍完美，無論是字法、句法，還是格律、對仗，都更成熟工穩了。

伍、瘦勁清峻

瘦勁是後山詩風的一大特色，這一明顯突出的風格，與後山自身的氣資、遭遇與創作方式有關。紀昀《陳後山詩鈔》云：

後山五古劖刻堅苦，出入郊、島之間。(《鏡煙堂十種》之一)

郊寒島瘦，是得來不易的夙昔典型。它是詩人苦吟的結晶，苦吟是詩人對寒和瘦的藝術境界的執著追求；它顯示出詩人堅韌不拔的精神，既要苦吟鍊字，更要苦苦鍊意，因而在作品中便凝聚著詩人的心血和汗水，寒瘦的風格，正是詩人辛勤耕耘的結果。後山的創作路線正是郊、島一脈重苦吟鍛鍊。除此之外，與他們命運坎坷有關，特別是對於窮愁潦倒的生活具有深刻的感受，特殊的經驗，從自己獨特而辛酸的記憶鎔爐中，便自然提鍊出一個「瘦」字。因「瘦」字不是憑空產生的，它既是詩人生活道路的縮影，又是詩人生活的告白，它既符合生活的眞實，又符合詩人的精神狀態。

後山詩風清瘦中帶勁骨，正由於貫串著一個「勁」字，故見傲骨嶙峋、氣骨不凡。儘管生活淒苦，飢寒交迫，決不搖尾乞憐，更不爲五斗米折腰，因而表現了古代讀書人的一種氣骨，正由於這分氣骨，就給後山的詩歌增添了永久的生命力。儘管如此清苦，不忘苦吟，後山所著意尋求乃是瘦勁的風貌。

這樣瘦勁傲骨，也與宗杜有密不可分的關係，歷代詩家多認後山風骨逼勁老杜，舉例如下：

明人楊一清〈書後山詩註後〉云：

黃、陳雖號江西派，而其風格逼近老杜，宋詩蓋至此極矣。

(任淵《後山詩註》，卷末)

胡應麟《詩藪》內編卷三云：

宋黃、陳倡杜學……陳五言律得杜骨。

宋之學杜者無出二陳，師道得杜骨，與義得杜肉；無己瘦

而勁，去非贍而雄（卷五）

余謂黃、陳學杜瘦勁，亦其材近之耳。（同上）

紀昀〈後山集鈔題記〉云：

五言律蒼堅瘦勁，實逼少陵，其間意僻語澀者，亦往往自露本質，然胎息古人，得其神髓，而不掩其性情，此後山所以善學杜也。（《鏡煙堂十種》之一）

後山有著杜甫堅毅不屈的氣骨，加以人生遭遇的大體相若，創作型態同是以學力勤苦累積而來，便使得後山的詩中有著杜甫瘦勁的風味，例如〈次韻李節推九日登南山〉：

平林廣野騎臺荒，山寺鳴鍾報夕陽。人事自生今日意，寒花只作去年香。巾欹更覺霜侵鬢，語妙何妨石作腸。落木無邊蕭蕭下，此身此日更須忙。（卷二）

這首詩是重陽登高即景抒懷之作，首二句點明了季節、時間、地點。三、四句抒懷，登臨感慨人事的滄桑，皆由九日而引起的。清寒的菊花，依舊放出像去年那樣的芳香。詩意謂節物依舊，而人事全非。五、六句寫自己老去鬢白，正因意識到時間的推移，更想以鐵石心腸來抗拒環境，向人生挑戰。末二句化用杜句，勉勵自己應記取大江東去會淘盡一切的不可抗拒的規律，認爲既生而爲人，不得不愛惜分陰，把今日應做的事在今日完成，才不負此生。這是後山學杜有得之作，方回評此詩云：

重九詩自老杜以外，便當以杜牧之「齊山」詩爲亞，已入變體詩中，陳簡齋一首亦然。陳後山二首詩律瘦勁，一字不輕易下，非深於詩者不知，亦當以亞老杜可也。

後山此詩可繼武前人，全詩瘦勁渾厚而有高致。又如〈早春〉詩：

度臘不成雪，迎年遽得春。冰開還舊綠，魚喜躍脩鱗。柳及年年發，愁隨日日新。老懷吾自異，不是故違人。

首二句是說臘月時天氣不冷，春天彷彿一下就來了。三、四句是說河水解凍了，又回復到向來盈盈綠水，魚兒喜悅地躍出水面，魚鱗閃著銀光，又以柳發引入愁新。次二句寫臨老情懷有所變化，不是有意與別人相反。此詩方回評曰：「極瘦有骨，盡力無痕，細看之句中有眼。」乃後山詩中意境情韻俱佳之作，寫早春生機勃勃的景色，以反襯自己日甚一日的愁懷，此亦老杜詩法。又如〈雪〉詩云：

> 初雪已覆地，晚風仍積威。木鳴端自語，鳥起不成飛。寒巷聞驚犬，鄰家有夜歸。不無慚敗絮，未易泣牛衣。

方回評曰：「句句如瘦鐵屈蟠。」（《律髓》，卷二十一雪類），全詩瘦而有勁力。

又如〈寄外舅郭夫〉一詩，方回評曰：

> 後山學老杜，此其逼真者，枯淡瘦勁，情味深幽。晚唐人非風花雪月禽鳥蟲魚竹樹，則一字不能作。（《律髓》，卷四十二寄贈類）

又如〈登快哉亭〉：

> 城與清江曲，泉流亂石間。夕陽初隱地，暮靄已依山。度鳥欲何向？奔雲亦自閒。登臨興不盡，稚子故須還。

後山詩以孤拔遒勁見長，於此詩可見一斑。全詩蒼勁有力，氣格老建。雖不用奇字僻典，然意興無窮，純以氣格勝。此種風格，得力於杜甫，然也與後山孤傲的性格有關。方回評曰：

> 全篇勁健清瘦，尾句尤幽邃，此其所以逼近老杜也。（《律髓》登覽類）

正指出了此詩蒼勁瘦健的風格與杜甫相似。

由以上所舉詩例，皆突出了「瘦」的精髓所在，這種瘦，和詩人苦吟的創作態度有關，且揭示著其孤獨、貧寒、垂老、病痛，這類枯寂的心境，貫串在後山的詩作中。詩人瘦，但情性卻有傲骨，故而後山之「瘦」，是風清骨峻、突兀崢嶸，一個「勁」字，滲透在後山的詩中，並環繞著清冷的氛圍，足以形成其瘦勁的風格。

陸、峭健勁拔

前面已言杜甫、後山二人皆具有氣骨，有氣骨，便有力度。杜甫受江西詩人推重之因，劉克莊《後村詩話》前集卷一說：

> 感時傷事，爲有氣骨，可以倡東南勇敢之氣。

格高氣健是杜詩的一大特色，表現在內容上，是體現詩人人格的堅韌弘毅；表現在技法上，是筆力的有無。人格的堅韌與否，即表現在一個「峭」字，故見杜甫，後山傲體嶙峋。筆力的有無，具體見之於造語用句下字求一個「健」字。我們在第四章中已討論過，運用何種具體方法可達到峭健，例如用字要語新意健，足以使全句挺勁有力者；句法可倒接逆轉、變化陳跡以使句子穎異不凡，例如王彥輔《麈史》曰：

> 子美善用故事及常語，多倒其句而用之。蓋如此則語峻而體健。〔註67〕

總是使篇中無閒句，句中無閒字，意實而語挺，除此之外，在音節上以拗峭藥平弱，善用拗體以求勁健，故後山以杜甫晚年之作爲准式，用意也在求峭健。

後山宗杜，於峭健之風十分相得，清人吳淳還在〈重訂後山先生詩集序〉中云：

> 後山亦出少陵，瘦硬峭拔，不肯一字蹈前人，世徒以爲伐毛洗髓，功力精專所至而不知其有本也。詩非小道，必其中具一種魁壘耿介有不可遏抑者，槎枒於肺腑。（《陳後山詩集》，卷首）

例如〈秋懷示黃預〉：

> 窗鳴風歷耳，道壞草侵衣。月到千家靜，林昏一鳥歸。冥冥塵外趣，稍稍眼中稀。送老須公等，秋棋未解圍。（卷二）

方回評此詩曰：「三四絕妙，五六非老筆不能。」，後山此詩不用艱避僻典，在平淡中自見老筆。越淡則越老，越勁則越健，其力在骨。又如〈九日寄秦觀〉：

> 疾風回雨水明霞，沙步叢祠欲暮鴉。九日清樽欺白髮，十年爲客負黃花。登高懷遠心如在，向老逢辰意有加。淮海少年天下士，可能無地落烏紗。（卷二）

元祐二年，後山受蘇軾等薦，出任徐州州學教授，此詩當是得官後還

〔註67〕見蔡夢弼《草堂詩話》，卷二。見《百種詩話類編》，藝文版，頁347。

歸鄉道之作。前二句寫詩人舟行一天泊船投宿的景色：急風吹散了驟雨，江水映照著紅霞，水邊的叢祠聚集了不少的昏鴨。三、四句是說，遇到重九佳節，本應開懷暢飲，可是白髮欺人，尚未盡興卻已不堪酒力。十年作客他鄉，寄人籬下，沒有心思賞花喝酒，白白辜負了故園的黃菊。五、六句乃表達對秦觀的懷念。九日登高，有所感慨，此心如在遠方，記掛著在遠方的知交。垂老之年，逢此佳辰，這種感受就更加強烈了。末二句是說像秦觀這樣一位才華卓絕的淮海少年，逢此佳節，豈能無所創作？在這時一定登高賦詠了。以秦觀的年輕意興與自己的臨老情懷作對照，更見相憶之意。此詩乃學杜有得之作，以健筆運其浩氣，語勢流轉而用意深遠。紀昀評曰：「詩不必奇，自然老健。」

又如〈早起〉：

> 鄰雞接響作三鳴，殘點連聲殺五更。寒氣挾霜侵敗絮，賓鴻將子度微明。有家無食違高枕，百巧千窮只短檠，翰墨日疏身日遠，世間安得尚虛名。（卷九）

首二句是寫雞鳴三次、更鼓響到收束，宣示著清早的到來。三、四句極寫寒寂之狀，一個「挾」字，素為世稱譽，以為善下字之例。此二句好在寫出早起的神理、一位瑟縮於冬晨寒氣中的窮詩人形象全然繪出。第五句「違高枕」，與高枕相違，言多憂不寐。第六句「只短檠」，謂只有短柄的孤燈相伴。兩句意說，有家而不能養，只得寄食於人，百憂相逼，無法安寢，儘管用盡心機，也擺脫不了窘境，獨對殘燈，百感交集。虛中有實，尤為有味。方回云：「『有家無食』、『百巧千窮』，各自為對，乃變格，要見字字鍛鍊，不遺餘力。」，末二句是說詩人在這幾年間，由京師赴徐州，移穎州，復寄食曹州，生活轉徙不定。故感歎翰墨日疏，虛名無益。

細讀此詩，可悟得後山造句鍊字之妙，由於後山善下字鍊字，使得全詩呈現峭健不凡的氣勢，紀昀批曰：「通體老健」。又如〈別舊鄉〉：

> 數有中年別，寬為滿歲期。得無魚口厄，聊復鴈門踦。齒脱心猶壯，秋清意自悲。平生郡文學，鄧禹得三為。（卷十一）

此詩是棣州教時所作，紀昀批曰：「五六本常語，而異常老健。」

後山詩中不乏峭健之作，例如〈寄文潛無咎少游三學士〉一詩，紀昀批曰：「峭健而不乏姿韻」。〈鉅野泊觸事〉一詩，紀批：「比較峭健」。〈贈王聿修商子常〉一詩，紀批：「語亦峭健」。〈寄張文潛舍人〉，紀批：「綽有老健之氣」。〈放懷〉一詩，方回評曰：「選眾詩而以後山居其中，猶野鶴之在雞群也。」，極言其鶴立雞群，矯峭不群。

從以上的詩例，皆可見後山筆力雄拓，氣脈完足，勁氣凜冽不可干，具體呈現其峭健之風。

柒、沈鬱深摯

沈鬱是杜詩的代表風格，而杜詩中沈鬱之作，大抵指那些感情隱而不露，餘蘊深長繚繞，筆法回旋反覆，氣韻深長廣袤的詩。

所謂沈鬱，陳廷焯說：

> 所謂沈鬱者，意在筆先，神餘言外……若隱若見，欲露不露，反復纏綿，終不許一語道破。匪獨體格之高，亦見性情之厚。(《白雨齋詞話》，卷一，第八節)

這些話，強調了感情的深厚性，所謂沈，主要是就情感的深沈而言；所謂鬱，主要是指情感的濃鬱而言。陳廷焯說：

> 沈鬱則極深厚。(同上、第四十七節)

杜詩之所以沈鬱，與詩人讀書識理、敏銳深刻的洞察力及深邃的眼光有密切關係。

施德操云：

> 正夫嘗論杜子美詩云：「子美讀盡天下書，識盡萬物理，天地造化，古今事物盤礴鬱積於胸中，浩乎無不載，過事一觸，輒發之於詩。」……故予嘗有詩云：「子美學古胸，萬卷鬱含蓄，遇事時一揮，百怪森然動。」蓋發於正夫之論也。(《北窗炙輠》)

嚴羽《滄浪詩話》中云：

> 子美以學力勝，故語多沈鬱。

方東樹《昭昧詹言》贊道：

> 大約飛揚肆兀之氣，崢嶸飛動之勢，一氣噴薄，眞味盎然，沈鬱頓挫，蒼涼悲壯。隨意下筆而皆具元氣，讀之而無不感動心脾者，杜公也。

由此可知，杜詩之所以沈鬱，乃與其堅實積厚的學力有密切的關係。如果詩人缺乏學力，又怎能以冷卻的理性思考鳥瞰世界，透視人生？又怎能使思考的深邃性滲透於沈鬱之中呢？

杜甫的沈鬱也因讀書窮理而懷抱致君堯舜之偉大情操，然而抱負難償，國家喪亂，自身更是窮困潦倒，故形成了沈鬱之風格。

後山與杜甫在創作型態及生活遭遇上大體相若，亦使其在詩中呈現沈鬱之風，如宋人方勺《泊宅編》，卷九云：

> 陳去非謂予曰：秦少游詩如刻就楮葉，陳無己詩如養成內丹。又曰：凡詩人，古有柳子厚，今有陳無己而已。

謂後山詩如養成內丹，即謂其詩格深沈厚重，情鬱於中。此乃得自於杜甫，潘德輿《養一齋集》，卷六云：

> 予讀陳後山集，而歎杜之未易學，而不可以不學也。杜詩沈而雄，鬱而透，後山祗得其沈鬱，而雄力透空處不能得之，故彌望皆晦僿之氣。然使假以大年，功力至到，則鋒鍛洞穿，其造必在山谷之上。……然終以用力於杜者久，故下筆深重，爲一代作家而有餘。故曰：杜不易學，而亦不可不學也。

清人陳衍云：

> 後山開一生面，實則老杜本有雄俊、沈鬱兩種。(《宋詩精華錄》，卷二)

胡應麟《詩藪》外篇卷五亦云：

> 二陳五言古皆學杜，所得粗強耳，其沈鬱雄鬱處，頓自絕塵。

可見後山實有杜甫沈鬱之貌。沈鬱的風格需要有深厚的內容、昂揚的感情，才能免於淺露和緩，所以沈鬱的風格要用跳躍動蕩的筆來寫，如此，內容深厚，筆力活躍，更具有感人至深的力量。後山亦能以跳躍跌盪之筆表達沈鬱之情，例如〈泛淮〉：

> 冬暖仍初日，潮回更下風。鳥飛雲水裡，人語櫓聲中。平野容回顧，無山會有終。倚檣聊自逸，吟嘯不須工。

此詩仍作於後山赴穎泛淮之時，這次淮上之行，乃因後山越境送蘇軾，爲黨人所彈劾而斷送了晉升的機會，按說，他的心情應該是很不好的，但詩人卻在這首詩之中含蓄蘊藉地表達心緒。前四句寫淮上之行的旅途景象，冬日照臨，退潮順水順風，鳥飛碧雲中，與雲彩共映於淮水，詩人高坐船上，櫓聲和人語嘈嘈。呈現的是一幅和平、溫暖、輕快的氣象。頸聯即轉出心情，言楚地平闊，四野無山，使我得以伸展視線，回顧故鄉彭城，一個「容」字，下得極好。此間雖非故土，但平野有情，容我回眺。對句「無山會有終」，言江淮平原雖無林泉之勝，但我必將有終老於故鄉之日，不至於終生天涯淪落。一點淡淡的鄉愁、一絲絲終老的心願，給原本開朗輕快的畫面投下一片陰影，但下聯又被一聲長嘯驅散開了。詩人坦蕩的胸懷，驅散了薄霧輕愁。他靠著船桅，吟嘯自得，心情頓寬。如此心境、如此風光，正可任情吟嘯，自不必計較詩句的工拙了。全詩所出現的一點愁懷，似乎也隨即排遣開來了，詩人對仕途的偃蹇不順，是欣然自適的了。其實不然，詩人的不平之氣，全在尾聯一個「聊」字中透出，只是「姑且」地以曠達超邁之氣，來驅散心頭的愁緒，既云「姑且」，一肚子的不平之意自在言外。

由此可知，後山並非太上忘情，而是懂得節制含藏，不作苦澀語，可見其運思之幽深，情感之鬱積。這首詩的好處在一個「深」字，觀其心與神俱，排遣苦思之際，自有一種深遠之致激蕩於字裡行間。又能以動盪頓挫之筆寫來，頗得杜甫沈鬱之致。

又如〈次韻春懷〉：

> 老形已具臂膝痛，春事無多櫻筍來。敗絮不溫生蟣虱，大杯覆酒著塵埃。衰年此日長爲客，舊國當時只廢臺。河嶺尚堪供極目，少年爲句未須哀。

此詩寫詩人既老且窮的的情狀，令人慨然。方回評曰：「後山詩瘦鐵屈蟠，海底珊瑚枝，不足以喻其深勁……以一句情對一句景，輕重彼我，沈著深鬱，中有無窮之味，是爲變體」（《律髓》，卷二十六變體類），認爲此詩具有瘦勁與沈鬱二種風致，即一股傲岸之氣激蕩於涵蘊深遠之中。

後山以其孤傲耿介的人格，通過變化多姿的技巧，造成作品內涵與形式上的高度結合，也使得其沈鬱之美更臻於悲慨。

捌、悲涼淒切

杜甫、後山二人一生皆窮苦困厄，抱負難伸，表現在詩歌上也具有一股化不開的愁思。

歷代詩評家認爲杜詩中有悽愴悲慨之風，如俞文豹《吹劍錄》云：

> 杜工部流離兵革中，更嘗患苦，詩益悽愴。

劉宰《漫塘文集》，卷二十四〈書沈少白詩稿後〉云：

> 詩貴乎工，然非身更此境，不能爲此語。杜子美久於羈旅，故語多淒切。

黃生評杜詩〈聞官軍收復河南河北〉說：

> 杜詩強半言愁，其言喜者，唯寄弟數首已。言愁者，使人對之欲哭，言喜者，使人對之欲笑。蓋能以其性情，達之紙墨，而後人類爲之感動故也。〔註68〕

說明杜詩絕大部分是悲歌，而且大量的悲歌有著高深的思想主題和動人的審美效果。

從杜甫個人的生活道路來看，早年困守長安時期，就鬱鬱不得志，不但難以實現其「致君堯舜上，再使風俗淳」的理想，且過著殘杯與冷炙，到處潛悲辛」〔註69〕的生活。安史之亂爆發，他更被捲到生活底層，連自己基本生活條件都喪失盡了。「親朋無一字，老病有孤舟」、〔註70〕「此日飢寒趨路旁」，〔註71〕「床頭屋漏無乾處，布衾

〔註68〕見仇兆鰲《杜少陵集詳注》。

〔註69〕〈奉贈韋左丞丈〉。

〔註70〕〈登岳陽樓〉。

多年冷似鐵」〔註72〕……。孤獨、衰老、飢寒、窮困等人世間一切不幸的遭遇，似乎都集結在杜甫身上。「悲見生涯百憂集」〔註73〕的敘述，即是他與時代的血淚合一的悲愁。

悲涼淒切之懷，來自於觸景生情、睹物傷懷。在杜甫、後山詩中不難發現處處宣露著悲哀的情感，或痛惜韶光流逝之速，身受命運坎坷之苦，感歎風雲變動之疾，鬱結壯志未酬之慨，所以悲悽是同詩人堅定的信念、深沈的情感，坎坷的命運繫在一起的。「窮而後工」之論，倡自歐陽修，在宋代響應者甚多，是得於杜甫窮困交迫卻詩作斐然的啓示。黃山谷云：

> 杜子美一生窮餓，作詩數千篇與日月爭光。(〈題韓忠獻詩杜忠獻草書〉)

由杜甫之典型法式，表現出宋人重視作家生活遭遇與創作之關係，結合了現實主義創作特色和悲劇作品的藝術力量。後山的人生際遇亦多挫折、悲苦，在他詩中亦多悲切之辭，是宋代窮詩人的典型。以下舉其詩以見。

例如〈東山謁外大父墓〉：

> 土山宛轉屈蒼龍，下有槃槃蓋世翁。萬木刺天元自直，叢篁侵道更須東。百年富貴今誰見，一代功名託至公。少日拊頭期類我，暮年垂淚向西風。

紀昀謂此詩：「一氣渾成，後山最深厚之作」，借對外祖父的懷思，擇發個人失意的悲感。前二句寫宛轉如龍的東山之下，葬著一位偉大的老人。三、四句是說千萬株樹木聳立，直刺雲天，叢竹侵佔著道路，更向東蔓延。兩句既寫墓地的實景，也是詩人的感受，興中有比。五、六句意說，外祖父早已去逝了，一生的榮華富貴，再也無人見到，一代功名的建立，都是出於至公的。末二句是詩人小時候，外祖父撫著

〔註71〕〈莫相疑行〉。
〔註72〕〈茅屋爲秋風所破歌〉。
〔註73〕〈百憂集行〉。

其頭頂，希望後山能像他那樣做人，可是如今詩人已近暮年，空自向著西風垂淚。此二句情韻悠長，催人淚下，此等詩作，悲涼沈痛，斷非流輩所及。

又如〈除夜對酒贈少章〉：

> 歲晚身何托？燈前客未空。半生憂患裡，一夢有無中。髮短愁催白，顏衰酒借紅。我歌君起舞，潦倒略相同。

除夕之夜，詩人置酒待客，與朋友開懷暢飲，詩人卻觸景生情，感懷身世。首二句是說一年已盡，本應團聚的除夕之夜，而此身依然無所依托，妻小都在遠方，難以相見，而自己生活沒有著落，似無根浮萍，無所依託。幸而有好友到來，在燈前對酒銷憂。三、四句是說自己半生都在憂患中度過，一切都如夢境般似有若無。似乎擁有一切，又彷彿一無所有。五、六句此寫愁催白髮，酒助紅顏，只為表示愁之深、心之苦。末二句是說愁不能堪，對誰訴說？只有與自己身世相同、處境相若的秦少章可以作為自己的知音了，不妨兩個「潦倒略相同」的人，姑且用歌聲來排遣滿腹的愁緒吧。全詩滲透著詩人愁苦的心境和不幸的遭遇，令人惻惻不已，此詩是他的一曲高唱。清人范大士《歷代詩話》，卷二十五評此詩云：「悲歌慷慨，愴然激楚之聲。」

又如〈懷遠〉：

> 海外三年謫，天南萬里行。生前只為累，身後更須名？未有平安報，空懷故舊情。斯人有如此，無復涕縱橫！

此詩作於元符二年，為懷念遠謫海南島的蘇軾而作。語極沈痛，反映了深厚的故舊之情。對蘇軾無辜被貶表示了極大的悲憤，也是對黑勢力的有力抗爭。首二句是說蘇軾被謫至萬里之外的天涯海角長達三年之久。三四句是說名聲對人，生前只是個拖累，死後還要它來做什麼。後山認為蘇軾是因為名聲大，遭政敵忌恨而被貶的，說明他完全是無辜的。五六句是說自己不知道朋友在謫所是否平安，會不會再遭陷害，只能空懷對朋友的一片深情。末二句是說自己為蘇眼淚都流乾了，無淚可再流了。紀昀評曰：「末句所謂『人生到此，夫復何言』，惟以冥情處之耳。語至沈痛。」，可見其中充滿悲慨之氣。

又如〈別黃徐州〉：

> 姓名曾落薦書中，刻畫無鹽自不工。一日虛聲滿天下，十年從事得途窮。白頭未覺功名晚，青眼常蒙今昔同。衰疾又爲今日別，數行老淚灑西風。

後山在詩中表白了自己多年來的境遇，抒發了惜別的深情。前四句感歎自己幾度名場生活，只是虛名，仍然無所作爲而抱有途窮之感。五六句感念黃徐州的青眼相待，延譽自己，而未覺功名之晚，撫今追昔，這知遇之情，令詩人感動。結尾兩句是詩人在飄泊的生涯中衰疾纏身，卻又臨別，滿懷身世之痛，不免淚灑西風。

在後山詩中處處流露出悲涼淒愴的況味，因自己的理念操守與整體社會之間的衝突，使得詩人一生命運坎坷，爲了維持生活，他仍須任不能施展抱負的微官，他在〈與魯直書〉中云：

> 無一錢之入，艱難困苦，無所不有，溝壑之憂，近在朝夕。（全集卷十四）

薄俸不足供養母親及妻兒，與妻兒生別離，給予詩人巨大的悲哀，身歷人間世的駭浪，他在詩中常透露著濃厚的鄉愁，這鄉愁夾雜著淒涼、悲哀、寂寞，如〈舟中二首〉之一：

> 少年行路今頭白，不盡還家去國情。

〈寓目〉云：

> 望鄉從此始，留眼未須穿。

〈宿柴城〉云：

> 枕底波濤蓬上雨，故將羈旅到愁邊。

回鄉的悲願是後山詩中的基調，貫串著他一生困頓多苦的慨嘆，在詩中常流露著悲哀、沈痛之感，他也能在詩中做到盡情傾吐，情感眞摯。他自己也說：

> 熟知文有忌，情至自生哀。（〈寒夜〉，卷十一）

雖然知道作詩不能太過悲哀，卻又在情感湧來之時，悲哀頓現。他又說：

> 情生文自哀。（〈和魏衍元夜同登黃樓〉，卷六）

可見後山悲哀與其眞摯感情是合一的，情鬱於中，自然要發之於外，情有多深，悲就有多切。後山作詩以寄託一生的情熱，加以自身與世乖離，便使其詩有著悲慨淒涼的風格。

以上我們談了後山宗杜的八種風格類型，而這八種風格又非截然劃分，一位大作家決不能只定型於某些種風格，這八種風格經常密切滲透在一起。例如劉克莊〈江西詩派小序〉稱後山詩文「高妙」，則是合「高古」與「精微」而言。紀昀批後山〈秋懷示黃預〉、〈湖上晚歸寄詩友〉二詩「老潔」，則是合「高古」與「清淡」而言。方回批後山〈寄外舅郭大夫〉爲「枯淡瘦勁，情味深幽」即是合「平淡」、「樸拙」、「瘦勁」、「沈鬱」而言。批〈歸雁〉「幽遠微妙」，即是合「精微」、「清淡」，「沈鬱」而言。明人楊一清〈書後山詩註後〉稱後山詩：「雄健清勁，幽邃雅淡」，則是合「峭健」、「瘦勁」、「沈鬱」、「平淡」等風格而言。查愼行批後山〈登鵲山〉：「樸老孤峭」，則是合「樸拙」、「高古」、「瘦勁」、「健峭」而言……

歷代詩評家對後山風格的評批多是「清純沈健」、「勁峭孤跋」、「枯淡瘦勁」、「瘦硬峭拔」、「老潔」、「高妙」等語。因後山在精神的追求上始終執著於一點清靈之氣和狷介之志。既然創作主體追求人格的清高絕塵，進而致力於追求詩歌平淡清遠和理思筋骨的境界，並外現爲詩歌語言的雅健之美。故後山的風格典型，表現爲語意平淡高古而風格健峭瘦勁。有人指責後山詩以「枯槁」〔註 74〕爲老境，以「生硬」〔註 75〕爲高格，言雖有中，但難以概全，後山對枯淡瘦硬的風格追求，從精神內涵與形式技巧的關係來看，其用意在以高度抽象的形式技法，具體而微地體現他對高潔淡遠的人格追求。它所宣示的意義是：在貧病交迫的現實人生中所錘鍊出的詩歌卻是平淡而有思致的；在飄

〔註 74〕劉辰翁云：「後山自謂黃出，理實勝黃，其陳言妙語，乃可稱破萬卷者；然外示枯槁，又如息夫人絕世，一笑自難」〈胡應麟《詩藪》外編卷五引〉，又方東樹《昭昧詹言》，卷十亦引。

〔註 75〕方回《律髓》批後山〈十五夜月〉：「老硬」，紀昀批後山〈次韻何子溫祈晴〉：「夾雜生硬」。

流轉徙的官場交游中所產生的詩歌卻是勁健而有力度。

後山詩所表現出來的理性美、品格美，與杜甫所表現出來的生活美、情感美是相互滲透而同爲人所珍視的。

第六章　後山宗杜之影響與成績

第一節　後山宗杜之影響

後山一生持己貞介絕俗，不汲汲於世間功名，且心非王氏經學，絕意仕進。但，也因貧無以立錐而走入仕途，又以政局動盪，受舊派友人的牽連被打成「元祐黨人」，罷官閒廢，無以養家，妻兒寄食岳父。後山一生愁苦，貧病以終，所以詩中充滿了悲涼與感慨，同時，他也是一位有情的詩人，從親人、師友、鄰居到大自然的生機，都染上了濃厚的感情，而筆法卻又平實簡樸，不熘不火，能以幽默諧趣之心俯仰人世，充分發揚了杜甫人情美相互關懷、最感人的那一面。

日人吉川幸次郎在《宋詩概說》中云：

> 宋詩好說理重敘述的傾向，以蘇軾、黃庭堅爲飽和點。在他們以後，逐漸又走回樸素的唐詩抒情傳統。在蘇門弟子之中，陳師道詩已經表現了這種傾向。〔註1〕

他認爲宋詩說理敘述的傾向，在後山詩中又逐漸走回樸素的唐詩抒情傳統，這說明了後山詩在情感表現上與蘇、黃的不同處，《隨園詩話》云：「蘇黃瘦硬，短於言情」，尤其是黃山谷詩，對情感每加以抑制或迴避。認爲感情的抒發適足以妨礙詩人對事物的審視和思考，所以我

〔註 1〕《宋詩概說》，頁 183，聯經出版社印行。

們很少見山谷感情波動的作品，故讀山谷之作每覺冷漠枯淡，且這種冷靜思索的風味在山谷手中形成了顛峰期。後山詩中亦有沈潛思考之作，然而卻更多作品能自寫其內心眞面目。因境遇悲苦、頗有感受，由此眞實感激發之情，風骨獨標，紀昀序《陳後山詩》即說他：

> 胎息古人，得其神髓，而不掩其性情，此後山之所以善學杜也。

同時，透過後山的創作，我們似乎可以見到江西詩派刻意雕飾的不盡合理處。江西詩派反對西崑雕繢滿眼、浮靡柔弱的詩風，是在山谷「詩學杜甫」的號召下凝聚起來的詩歌團體。山谷醉心學習杜甫，提出了江西詩人的創作綱領，如：

> 自作語最難，老杜作詩，退之作文，無一字無來處，蓋後人讀書少，故謂韓、杜自作此語耳。古之能爲文章者，眞能陶冶萬物，雖取古人之陳語入於翰墨，如靈丹一粒，點鐵成金也。(〈答洪駒父書〉)
>
> 寧律不諧而不使句弱，用字不工，不使語俗也。(〈題意可詩後〉)

山谷認爲師法前人，力求在創作中別出新意，而不是因襲陳俗，拾人牙慧。要免於陳陳相因，特以生硬奇峭矯之，寧不合律，也要從槎枒的語言中獲得一種力感；寧失粗獷，也要不落俗套，予人新奇警拔之感。山谷在自己的創作實踐中運用了這種方法，卓然自立，也取得了一些成績。但這種方法最大的流弊是忽略了詩歌創作的根源——生活情感，致使後來一些脫離現實又乏創新的詩人，視山谷的主張爲圭臬，片面追求「無一字無來處」、「好奇尚硬」，只在前人陳言上費力，形象枯竭，語言奇澀。

「江西宗派圖」雖將後山列爲山谷以下第一人，然而後山初師山谷，後即心儀杜甫，他是江西諸家中最早掙脫山谷理論缺陷的詩人。蓋其在學詩的過程中，發現自己的創作實踐與山谷的規矩法度發生矛盾，在《後山詩話》中說：「詩非力學可致，正須胸肚中泄爾。」、「學詩當以子美爲師，有規矩，故可學」，認爲山谷「過於出奇」，不如杜甫之「遇物而奇」。後山已見到山谷詩多詰屈矯揉，不能自然，故有奇而無妙，生澀而少渾成，〔註 2〕也識得杜詩直抒胸臆，寫眞情感之作，使內容與形式配合得恰到好處，能遇物而奇，生動高妙。馴此而體會了其中內涵情感乃是決定形式奧妙之所在。由此而勉勵後學者須致力提昇心靈的層次，我手寫我心。

後山自身亦能循著「胸肚中泄爾」的要求邁進。魏衍說他：「詩語精妙，蓋未嘗無謂而作。」〔註 3〕即謂後山創作乃積於抒情之必然性，情鬱於衷，自然要發之於外，故讀來每覺情眞意切。雖然限於個人經驗之狹窄，閉門覓句而缺乏對現實的關照，但是他致力學杜之形式技巧，且直攄性情爲詩，語言風格已較山谷之險僻晦澀爲平易順暢，樸實高古，於是後山詩歌所建立的獨特風貌，在某種程度上已突破江西詩派的藩籬，而成爲江西詩派革新的開拓者。所以，後山宗杜在江西詩壇上是一位有影響有盛譽的詩人，說他有影響，是因爲他的詩學江西而不爲江西所囿，倡言師法杜甫的自然高妙，從山谷言法度戒律，作詩以奇硬生澀出之的藩籬中跳出，身體力行，創作了風格「雄健清勁，幽邃雅淡」〔註 4〕的詩歌，不像一般江西詩人的艱澀奇僻。且主張抒發眞性情，表現眞我，這對江西詩派後期作家如呂居仁、陳與義、曾幾等對江西詩派的革新都起了引導作用。誠如郭紹虞先生云：

> 江西詩人之詩論，又是山谷一派的緒餘，另成一個系統。曾季貍《艇齋詩話》有一節云：「後山（陳師道）論詩說換骨，東湖（徐俯）論詩說中的，東萊（呂居仁）論詩說活法，子蒼（韓駒）論詩說飽參，入處雖不同，其實皆一關捩，要知非悟不可。」這正是說明江西詩社中人的論詩主

〔註 2〕《王直方詩話》引後山之語云：「陳無己云：『荊公晚年詩傷工，魯直晚年詩傷奇。』」，《詩藪》曰：「黃律詩徒得杜聲調之偏，至古體歌行，晦澀枯槁，刻意爲奇而不能奇。」，《滹南詩話》：「山谷之詩有奇而無妙」，《一瓢詩話》云：「山谷以粗怪險僻爲法門」，《詩法萃編》：「山谷詩窮力追新，時有太生之病。」

〔註 3〕魏衍《彭城陳先生集記》。

〔註 4〕任淵《後山詩註》，卷末。

張。所以諸人均同一論調，同一關捩。〔註5〕

郭氏所云「是山谷一流的緒餘，另成一個系統」，即說明了江西後期諸詩家為江西詩派開闢了嶄新的道路，不論是呂居仁的「活法」、徐俯的「中的」、韓駒的「飽參」，皆要求詩人悟入，在一定的規矩法度內自行變化，在形式內容兩方面有所創新。然而，在他們之前的後山，早已窺出江西詩派的流弊而嘗云：「學詩如學仙，時至骨自換」，啟示學者以神不以貌。後山在創作實踐中悟入「換骨」，從而矯正了奇險艱澀風格的同時，也在某種程度上攝正了以這種風格寫成的作品脫離生活感情的弊病。

長期以來，在一些文學史或詩歌評論中，對後山宗杜革新江西詩派所作的理論建樹和開拓性貢獻，少有給予應有的恰當評價。其實，宋代甚至後世詩人踵繼後山步履者，不乏其人。例如江西詩人晁沖之的〈感梅憶王立之〉詩即學後山之作，《律髓》，卷二十〈梅類〉在其詩下批曰：

> 叔兩（晁沖之）此詩蓋學陳後山詩也……此詩才學後山，便有老杜遺風。

陳與義更多地在內容上糾正了江西末流的弊病。他個人對後山最為推許，宋人方勺《泊宅編》，卷九引陳與義語曰：

> 陳去非（與義）謂予曰：秦少游詩如刻就楮葉，陳無己詩如養成內丹。又曰：凡詩人，古有柳子厚，今有陳無己而已。

又宋人徐度《卻掃編》錄：

> 陳去非語人云：本朝詩慎不可讀者，梅聖俞也；不可不讀者，陳無己也。

說後山詩「如養成內丹」，即謂後山艱苦中作詩而渾成凝鍊，「詩人今有陳無己」、「本朝詩不可不讀者」，皆可見陳與義對後山推崇備至。可以說，後山是陳與義學杜的橋樑。不過，由於時代背景的因素，陳

〔註5〕見郭紹虞先生《中國文學批評史》第四章第四十五條「從江西詩人到陸游姜夔」，藍燈文化事業有限公司印行，頁218。

與義歷經了山河破碎的形勢，遂由後山的抒寫個人窮愁之懷轉而爲抒寫家國之恨，詩風也就由後山的沈摯清淡轉而爲沈鬱蒼涼。他主要繼承了杜甫〈秋興〉八首、〈登高〉、〈諸將五首〉一類的詩風，把個人身世之感和國家興亡之恨結合爲一，老健暢酣、明亮清新，如〈傷春〉、〈巴丘書事〉、〈登岳陽樓〉等，這些作品感時撫事，慷慨激越，寄託遙深，直逼杜甫，已越出江西詩派枯淡瘦硬的範圍。然而，在遇國難以前，他是繼承後山詩格的道路發展的。他也曾摸仿後山的詩，吳子良《荊溪林下偶談》，卷一「後山簡齋詩」條：

> 後山詩：俗子推不去，可人費招呼……陳簡齋又模而衍之曰：俗子令我病，紛然來座隅。賢士費懷思，不受折簡呼。

除了陳與義之外，曾幾、楊萬里亦學後山詩，如楊萬里序《荊溪集》云：

> 予之詩始學江西諸君子，既又學後山五字律，即又學……。

自元祐年間黃陳以迄宋末，宋代詩壇皆爲江西詩派的勢力所籠罩，餘流所及，至於清末，後山仍爲人所學習，如謝啓昆也模傚後山的〈妾薄命〉作了一首論詩七絕：

> 妾身命輕主見憐，感恩有淚徹黃泉。南豐去後無知己，白首侯芭注太玄。

又仿後山的〈放歌行〉而作了一首絕句：

> 遙天鶴唳九臯聽，擁榻孤吟臥半醒。一顧傾城須著眼，羞隨時態嫁娉婷。〔註6〕

後山純任性情之作，在宋詩中不失爲感情深切而自然的作品，爲後世詩家所欣賞，廣東詩人黃晦聞（黃節）很讚賞後山的詩，甚至爲後山設祭也奠以詩云：「顧茲一往相從憶，益歎於今後死難。」，同時在一首題爲〈讀陳後山詩集時庚戍臘殘夜風雪中也〉中寫道：

> 涪翁而後有彭城，天地孤懷往復傾。誰謂一篇當此夜，懼然相接若平生。熙豐朝右原多故，壇坫江西獨主盟。終是

〔註6〕見清謝啓昆《樹經堂詩集》初集卷十一〈讀全宋詩仿元遺山論詩絕句二百首〉。

詩名掩高節，歲寒風雪想崚嶒。

可見黃晦聞對後山的心儀推崇，他的《蒹葭樓集》以七律取勝，陳散原評為「於後山為近」、「有過之而無不及」，可見他亦師承了後山高古樸拙的風格。〔註 7〕

以上所舉，乃後山在詩歌理論和創作實踐中，逐漸認識到山谷在形式上片面追求技巧的弊端，敢於逾越山谷成規，提出自己的見解，批評山谷太過尖新奇巧，呼籲後學者直接鍾繼杜詩之「高妙天然」，這番大膽革新對江西後起之秀如呂居仁、陳與義、曾幾等重視生活內涵，起了引導作用，這是後山宗杜對江西詩派所作理論建樹和開拓性的貢獻，值得後人重視。

第二節　後山宗杜之成績

壹、歷代詩家對後山宗杜成就之歧見

後山詩固然有其成就，然藝術領域中，價值評定的差異本無可避免，故歷代詩評家對於後山宗杜的成就褒貶不一，尤其是他與山谷之宗杜成就的相較，論者尤多，茲錄其最著者數家之說，以見一斑：

一、以黃、陳二人並舉者

戴復古〈論詩十絕〉：

文章隨世作低昂，變盡風騷到晚唐。舉世吟哦推李杜，時人不識有陳黃。

清人汪碗《堯峰文鈔》，卷五：

夔州句法杳難攀，再見涪翁與後山。留得紫微圖派在，更誰參透少陵關？（〈讀宋人詩五首〉之一）

劉壎《隱居通議》，卷六云：

〔註 7〕以上關於黃晦聞對後山的傾慕追隨，乃參酌曾敏之先生《詩的藝術》中對後山〈春懷示鄰里〉、〈次韻李節推九日登高〉二詩的賞析中所言。三聯書店香港分店印行，頁 93 至 96。

少陵詩似《史記》，太白詩似《莊子》，不似而實似也；東坡詩似太白，黃、陳詩似少陵，似而又不似也。

元朝陳仁子在〈後山集序〉中云：

人言杜陵詩高於文，世稱公詩，必曰陳、黃，至妙處不墮杜陵後。(馬暾刻《後山集》，卷首)

胡應麟《詩藪》外編卷五云：

黃、陳律詩法老杜可也，至絕句亦用杜體。

陳衍《石遺室先生文集》續集亦云：

作圖派者呂居仁，事箋注者任淵，無不黃、陳之並尊。

姑且不論山谷、後山二人宗杜的成績，上舉諸家皆將二人並舉。但檢視歷代詩評，對黃、陳二人同爲宗杜，而地位高下，成就深淺卻更多有不同的看法。

二、認為後山學杜成就超過山谷者

陳模《懷古錄》，卷上云：

呂居仁作江西詩派，以黃山谷爲首，近二十餘人，其間詩律固多是宗黃者，然以後山亦與其中，則非矣。後山集中似江西者極少，至於五言八句，則不特不似山谷，亦非山谷之所及。……後山雖不及工部，然卻是杜之氣象，其好處卻有詠處可尋，故必得後山地位，然後可參工部。譬如孔子作聖工夫，無跡可見，善學者且學顏子，庶可下手處。

陳模認爲後山律詩精於山谷，明代楊一清〈書後山詩註後〉亦云：

黃、陳雖號江西詩派，而其風骨逼近老杜，宋詩蓋至此極矣。然予尤酷愛後山，嘗攜其遺稿過漢中，令生徒錄過，用便旅覽。……自今讀後山詩，固驚其雄健清勁，幽邃雅淡，有一塵不染之氣，夷考其行，矯厲凌烈，窮餓不悔，則詩又特其緒餘耳。後山自謂不及山谷，晦翁以山谷詩近浮薄，乃後山所無。(任淵《後山詩註》，卷末)

以人格的標準來衡量後山的詩文，無山谷鑿俗之氣，給予極高的評價。

清人王原在〈後山集序〉中云：

> 宋人言詩祖杜少陵，論者推豫章爲宗子，而陳後山爲豫章之適。余以爲豫章特杜門之別傳爾，後山詩實勝豫章，未可徇時論軒輊此也。要之，宋人詩自以眉山爲第一，豫章倔強思以清勁超出畦徑之外，自詡宗杜，其實不然。少陵之詩無所不有，學杜者罕能具體……若後山之於杜，神明於矩矱之中，折旋於虛無之際，較蘇之馳騁跌宕，氣似稍遜，而格律精嚴過之。若黃之所有，無一不有，黃之所無，陳則精詣。其於少陵，以云具體，雖未敢知，然超黃匹蘇，斷斷如也。（趙駿烈刻本《後山集》，卷首）

「超黃匹蘇」，已明白說後山宗杜成就大於山谷。

由此可見，後山願立山谷的「弟子行」之時，黃、陳之詩已齊名，甚至有人更喜歡後山詩，後山也在〈答秦觀書〉中說：「談者謂僕之詩過於豫章」。然而，提起宋代江西詩派，一般人的觀念中，後山地位總是在山谷之後，甚至無法與山谷相比，因此也自然認爲後山詩的成就不及山谷。除了因呂居仁「江西宗派圖」將後山列爲山谷以下第一人，也因後山曾以讀山谷之詩，盡棄舊稿而學他，後山的地位因此約定俗成地被認爲居於山谷之後，以下我們列舉幾則以見一斑：

三、認為後山成就不及山谷者

趙駿烈在〈後山集序〉中云：

> 江西詩派始自涪翁，學之者擬議有餘，而變化不足，往往得其貌未得其神，不可謂之善學也。善學涪翁者，無過陳後山。

又如呂留良、吳之振、吳自牧在《後山詩鈔》中云：

> 蓋法嚴而力勁，學贍而用變，涪翁以後，殆難與敵也。（《宋詩鈔》）

又如劉克莊《後村先生大全集》，卷九十五云：

> 後山地位去豫章不遠，故能師之，若同時人鼂諸人則不能爲此言矣。

以上三人皆對後山詩學成就頗致讚賞，但云「涪翁以後，殆難與敵也」、「後山地位去豫章不遠，故能師之」，皆認爲後山成就仍在山谷之後，列爲第二。甚或有人對後山宗杜成就持微言的態度，如胡應麟《詩藪》外編卷五云：

> 昔人評郊、島附寒澀，無所置材。余謂黃、陳學杜瘦勁，亦其材近之耳。律詩主格，尚可矍鑠自矜，歌行間涉縱橫，往往束手矣。然黃視陳覺稍勝。

胡氏以爲在歌行方面，黃、陳同是學杜瘦勁，然山谷勝於後山，又查愼行在方回《律髓》登覽類、後山〈登鵲山〉詩下說：

> 後山詩樸老孤峭，在江西派中，自當首出，只讓涪翁一頭地耳。然謂其學杜則可，謂其學杜而與之俱化，竊恐未安。

山巖類〈鉅野〉詩下又說：

> 方虛谷於後山詩推重太過，平情而論，其力量不逮涪翁，何況子美？

更有嚴苛貶抑者，如王士禎《帶經堂詩話》，卷十〈指數〉云：

> 陳無己平生皈向蘇公，而學詩於黃太史。……其自負不在二公之下。然余反覆其詩，終落鈍根，視蘇、黃不逮遠矣。

清人賀裳甚至說：

> 方回推後山直接少陵，今觀其五言律，氣格誠有相近處，但五言律僅少陵詩中之一，後山相近者又少陵五律中之一也。優孟抵掌似耳，詎能遽爲楚相？（《載酒園詩話》，卷五）

翁方綱《石洲詩話》，卷四：

> 若黃詩之深大，又豈後山所可比肩者。

「終落鈍根」、「優孟抵掌」、「穆柳學文」，這樣的形容，對後山宗杜有極嚴苛的評擊。

由以上三組分類，我們可見歷代詩家對後山宗杜成就與山谷的比較，評價紛歧，究竟後山與山谷，在宗杜的成就上誰高？遺憾的是，在一些文學批評史及有關江西詩派的論著中，對於後山宗杜所立的成績，缺乏具體的了解和客觀的分析，更沒有作出恰如其份的評價。經過我們在四、五章中一系列地探討後山本人宗杜的詩學主張與作品的實踐成果，來檢討後山宗杜的成績，當可給予後山一個客觀公正的評價，以排除前人分歧之見，還原後山在文學史上的地位。

貳、後山宗杜與他家成就之相較

一、與黃山谷比較

前人對後山宗杜成就與山谷比較，眾說紛紜，儘管如此，也有些調合之說，客觀之見，以下我們列舉幾家較爲客觀論見者。

方回《律髓》，卷十七批後山〈寄無斁詩〉下云：

> 自老杜後始有後山，律詩往往精於山谷也。山谷弘大而古詩尤高，後山嚴密而律詩尤高。

方氏之言，實則中肯，以後山宗杜長於律，山谷長於古，正如胡應麟《詩藪》內編卷二云：

> 宋黃、陳首倡學杜，然黃律詩徒得杜聲調之偏者，其語未嘗有杜也。

王世貞《藝苑巵言》，卷四云：

> 魯直甩生拗句法，或拙或巧，從老杜歌行中來。

陳衍《石遺室文集》，卷九：

> 後山學杜，其精者突過山谷。

胡、王、陳三人的敘述，皆可爲方回之說的佐證，他們已說明山谷才氣大，後山思緒深，因此二人宗杜，山谷長於古體歌行，後山長於律詩。

除了體裁的差異，在抒發感情程度上二人亦有差異，如陳振孫《直齋書錄解題》，卷十七〈別集類〉說：

> 後山雖曰見豫章之詩，盡棄其學而學焉，然其造詣平澹，眞趣自然，寔豫章之所缺也。

清人盧文弨《抱經堂文集》，卷十一：

> 後山之詩，於澹泊中醰鐔乎有醇味，其境皆眞境，其情皆眞情，故能引人之情，相與流連往復，而不能自已。……向以黃、陳並稱，余尚嫌黃之有客氣也。

方東樹《昭昧詹言》，卷八云：

> 但山谷所得於杜，專取其苦澀慘澹、律脈嚴峭一種，以易夫向來一切意浮功淺、皮傳無眞意耳；其於巨刃摩天、乾坤擺盪者，實未能也。然此種自是不容輕學。意山谷未必不知，但以各有性情學問力量，不欲隨人作計，而假象客氣，而反後之耳。

袁枚《隨園詩話》，卷一引郭功甫之語曰：

> 「黃山谷詩，費許多氣力，爲是甚底？」何也？欠平淡故也。

以上四家，說明了後山感情眞趣天然，平澹深遠，而山谷對感情特意迴避，猶有「客氣」，且重理思議論，甚至有拘於技巧而忽視了詩的本體——詩意、詩境，便少了後山的純任天然，眞心告白。

除體裁、情感的強度外，二人詩作的風貌也有差異，清人潘德輿《養一齋集》，卷六：

> 予讀陳後山集，而歎杜之未易學，而不可以不學也。杜詩沈而雄，鬱而透，後山衹得其沈鬱，而雄力透空處不能得之，故彌望皆晦僿之氣。然使假以大年，功力至到，則鋒鍛洞穿，其所造必在山谷上。

後山宗杜，屬於沈摯清苦型，得杜甫沈鬱之氣，雖得杜之沈鬱深邃，然乏雄渾之力，潘氏所評大致公允。

朱熹云：

> 後山雅健強似山谷，然氣力不似山谷較大，但卻無山谷許多輕浮底意思。然若論敘事，又卻不及山谷，山谷善敘事情，敘得盡，後山敘得較有疏處。(《朱子語類》，卷一百四十)

朱熹這段論評，牽涉到後山與山谷論詩上的差異，尤其是對韓愈的態度。山谷欣賞韓詩雄放奇崛之風，而後山卻不滿韓愈以文爲詩，失去了詩歌本色。顯示出後山嚴守詩文分界、重視詩法的傾向。由於二人論詩的差異，詩風亦有所不同。後山思致深、感情眞，韻味幽長、意境寧靜淡遠，簡潔幽深。山谷才氣大、書卷富，有著韓愈那種敘事詳盡、突兀奇崛的特點，好在詩中舖張學問以爲富，點化陳腐以爲新，大筆斬絕。

黃山谷在〈答王子飛書〉中說後山：

> 讀書如禹之治水，知天下絡脈，有開有塞，而至於九州滌源、四海會同者也。其作詩淵源，得老杜句法，今之詩人，不能當也。至於作文，深知古人之關鍵，其論事，救首救尾，如常山之蛇，時輩未見其比。(《豫章黃先生文集》，卷十九)

上引山谷之論雖指後山讀書及作文，然亦可用以說明後山的詩風，後山詩，如常山之蛇，首尾照應，脈絡分明，正如方回《律髓》，卷四十四批〈和黃預病起〉中云：

> 後山詩句句有關鎖，字有眼，意有脈，當細觀之。

方東樹《昭昧詹言》，卷十四云：

> 杜公所以冠絕古今諸家，只是沈鬱頓挫，奇橫恣肆，起結承轉，曲折變化，窮極筆勢，迥不由人。山谷專於此苦兩心。

卷十二亦云：

> 山谷之妙，起無端，接無端，大筆如椽，轉折如龍虎，掃棄一切，獨提精要之語。每每承接處，中垣萬里，不相聯屬，非尋常意計所及。

杜甫作詩，有時脈絡分明，層次井然，首尾一氣呵成，此後山所學於杜之要。但有時卻又拈來不測，句句遠來，起承無端，此山谷所得於杜之要。由此我們可知後山詩脈絡分明，但略嫌窘迫單調，不如山谷之變化莫測，意脈跳躍大。

錢鍾書先生亦云：

> 陳師道模仿杜甫句法的痕跡比黃庭堅來得顯著。他想做到「每下一俗間言語也『無字無來處』」，可是本錢似乎沒有黃庭堅那樣雄厚，學問沒他那樣雜博，常常見得竭厥寒窘。他曾經說過自己做詩好像「拆東補西裳作帶」，又說：「拆補新詩擬獻酬」，這也許是老實的招供。因此，儘管他瞧不起那些把杜甫詩「一句之內至竊取數字」的作者，他的作品就犯這種嫌疑。他的情感和心思都比黃庭堅深刻，可惜表達得很勉強，往往格格不吐，可能也是他那種減省字句

以求「語簡而益工」的理論害了他。〔註8〕

又說山谷：

黃庭堅有著著實實的意思，也喜歡說教發議論：不管意思如何平凡，議論怎樣迂腐，只要讀者了解他用的那些古典成語，就會確切知道他的心思，所以他的詩給人的印象是生硬晦澀，語言不夠透明，彷彿冬天的玻璃窗蒙上一層水汽、凍成一片冰花。〔註9〕

山谷論詩門戶確實較後山為廣，除了杜甫、陶淵明、韓愈之外，他還欣賞李白、唐彥謙、李商隱、劉禹錫、陰鏗、何遜等，廣資博取。後山論詩則較為偏狹，除了杜甫之外，他對許多詩人皆有微詞。錢先生所云後山學問沒有山谷那樣雄厚、雜博，是可同意的，然而「拆東補西裳作帶」的後山，也不能說只是「拆補」出了一些別人的衣服，而沒有自己的創新。他追摹杜甫詩句的痕跡比山谷來得顯著，字句亦較清新曉暢，且情感和心思都較山谷更為深刻自然，已得杜之正格。雖然刻意求工簡，反為工簡所累，而顯得有些局迫，但在更多作品中，他亦能直抒襟懷，情感真摯。而他的迫促謇直之作，與他困窘的人生境遇也不無關係，詩中多歎老嗟悲之辭，亦是灑落處不及山谷的原因。

是以紀昀《四庫全書總目提要》，卷一百五十四集部別集類云後山：

其五言古詩出入郊、島之間，意所孤詣，殆不可攀，而生硬之處，則未脫江西之習。七言古詩頗學韓愈，亦間似黃庭堅，而頗傷謇直，篇什不多，自知非所長也。五言律詩，佳處往往逼近杜甫，而間失之僻澀。七言律詩風骨磊落，而間失之太快太盡。五七言絕句，純為杜甫「遣興」之格，未合中聲。長短句亦自為別調，不甚當行。大抵詞不如詩，詩則絕句不如古詩，古詩不如律詩，律詩則七言不如五言。

由此可知後山長於五律，這與他嚴謹森然的創作態度有關。而紀昀所云「生硬之處」、「頗傷謇直」、「失之僻澀」等，是江西詩派所共有粗

〔註8〕錢鍾書《宋詩選註》序文，頁111、112，人民文學出版社。

〔註9〕錢鍾書《宋詩選註》序文，頁97，人民文學出版社。

硬僻澀的特點。

以下我們舉二人詩例相比，以實際見出其不同之處。

山谷的七古、七律盤曲拗折，波瀾迭出，後山則較爲平直順暢，試比較以下山谷、後山二首七律：

> 君居北海我南海，寄雁傳書謝不能。桃李春風一杯酒，江湖夜雨十年燈。持家但有四壁立，治病不蘄三折肱。想得讀書頭已白，隔溪猿哭瘴溪藤。（黃山谷〈寄黃幾復〉）

> 姓名曾落薦書中，刻畫無鹽自不工。一日虛聲滿天下，十年從事得途窮。白頭未覺功名晚，青眼常蒙今昔同。衰疾久爲今日別，數行老淚灑面風。（陳後山〈別黃徐州〉）

山谷詩首二句即點化劉禹錫詩「謫在三湘最遠州，邊鴻不到水南流。」，頷聯寫的是時間與空間的距離，用名詞排列讓詩意的景相在讀者心中呈現而能引起共鳴。頸聯對偶精工，有說理的意味，末句由情跳到景，旁入他意，給人留下想像的餘地。全詩精絕巧妙，苦樂參半，循環而寫。押險韻、造硬語、平仄不協、句法變換跳躍，時露機趣。

後山詩則語言樸質眞摯，較少典故，全詩首尾分明，脈絡清晰，使人一目了然，最後一聯直抒胸臆，盡情傾吐，與山谷詩借景言情不同，而略顯直露平順，不像山谷時出波瀾，意脈跳躍大。

又如山谷的〈過家〉：

> 絡緯聲轉急，田車寒不運。兒時手種柳，上與雲雨近。舍傍舊傭保，少換老欲盡。宰木鬱蒼蒼，田園變畦畛。招延屈父黨，勞問走婚親。歸來翻作客，顧影良自哂。一生萍託水，萬事雪侵鬢。夜闌風隕霜，乾葉落成陣。燈花何故喜，大是報書信。親年當喜懼，兒齒欲毀齔。繫船三百里，去夢無一寸。〔註10〕

同一類的題材，山谷此首〈過家〉就不及後山的五古〈別三子〉、〈示三子〉、五律〈寄外舅郭大夫〉那般樸質自然，眞情流露。

〔註10〕《山谷詩外集注》，卷十四。

綜合以上各家之說，及二人詩作的觀摹，我們大致可因相較而歸納出後山宗杜居於何種地位：

（一）山谷才大學富，博觀約取，長於古體；後山緒密思深，法度嚴謹，長於律體。且後山五律氣格逼進杜甫，然內容不若杜之深廣，五古有神似杜甫氣韻之處。

（二）後山宗杜之性情襟抱，爲人眞摯執著，故感情心思較爲深沈，得杜之正格。山谷一味追求新奇險怪，短於言情，以致乏情寡味，缺少性靈，得杜之偏格。

（三）後山、山谷二人同學杜甫，山谷有意尚奇，務去陳言，力盤硬語，因此語言不透明化，奇僻拗折。後山冥思默索，雖亦求其奇，而轉求杜之正格，造語較爲平實自然。

（四）山谷風骨絕高，以新奇之句一掃柔弱平滯之風，卻由此而致其詩顯出艱澀詰屈。後山以平澹樸質爲詩風，其雄放灑落處乃不及山谷；但其平淡深奧處又非山谷所能比。因此，後山「有杜甫之雅正勝山谷，無杜甫之氣勢遜山谷」。〔註11〕

因此，我們可以得出一個結論：後山宗杜，詩歌造詣不在山谷之下，他誠有過於山谷之處，也有不及山谷之處。且二人才分情性之不同，各有所長，山谷長於古，後山長於律。比較二人宗杜成就，宜分體論之。

二、與陳與義比較

除了與山谷作比較外，在許多文學史中，後山宗杜成績亦常被拿來與江西詩派後起之秀陳與義相較。

呂居仁初作〈江西詩社宗派圖〉時，陳與義年輩稍晚，所以詩派未將他列入，但他服膺黃、陳，在詩歌創作上亦接受兩位前輩的影響，〔註12〕所以方回將他列入江西詩派是有其客觀依據的。

〔註11〕用朱熹在《朱子語類》，卷一百四十中語。

〔註12〕陳與義對黃、陳詩的評價很高，曾稱讚「山谷措意也深」，見晦齋《簡齋詩集》引，載《簡齋詩外集》，卷首。又說，陳後山的詩「不可不

陳與義的詩大致可以靖康之變分為前後兩期，前期作品同山谷、後山，多抒寫個人心懷、寫物詠景；如果他不遇到世變的話，在詩歌創作上可能沿續黃、陳的老路，然而戰亂讓他走出了平靜的書齋，宋室南渡後，他寫了許多感時傷事的愛國詩篇。

劉克莊《後村詩話》云：

> 元祐後詩人迭起，一種則波瀾富而律句疏，一種則鍛鍊精而性情遠，要之不出蘇、黃二體而已；及簡齋出，始以老杜為師。〈墨梅〉之作，尚是少作；建炎以後，避地湖嶠，行萬里路，詩益奇壯。……造次不忘憂愛，以簡潔掃繁縟，以雄渾代尖巧，第其品格，當在諸家之上。

《四庫提要》說：

> 至于湖南流落之餘，汴京板蕩以後，(與義詩）感時撫事，慷慨激越，寄託遙深，乃往往突過古人。

國破家亡的危機使他接觸了廣闊豐富的生活，給宋詩增添了光輝的篇章。大體而言，他一方面是山谷、後山詩風的繼承者，一方面也是其革新者。山谷、後山皆學杜，但多傾注於形式技巧。而陳與義卻經歷了與杜甫相似的時代，國家處於板蕩偏安之局，流離顛沛的生活錘鍊下，他多傷亂憂國之辭，所以對杜詩的思想內涵的認知較前輩為深刻，他自己也說：

> 要必識蘇、黃之所不為，然後可涉老杜之涯矣。〔註13〕

陳與義雖源出山谷、後山，但以其遭值國難，崎嶇流落，發之於詩，不但為江西詩派開拓新境，甚且繼承了杜甫反映現實的傳統，深得杜甫雄渾、悲壯的風格，改革了江西詩派缺乏詩人與現實世界關係論述的致命弱點。所以《滄浪詩話》云：

> 陳簡齋亦江西詩派而小異。

「小異」即指其自辟蹊徑的革新處。

《四庫全書總目》，卷一百五十六《簡齋集》提要說：

讀」，見徐度《卻掃編》，卷中。

〔註13〕晦齋《簡齋詩集》引。

> 其詩雖源出豫章，而天分絕高，工于變化，風格遒上，思力沈摯，能卓然自辟蹊徑。

方回《律髓》云：

> 黃、陳學老杜者也，嗣黃、陳而恢復悲壯者陳簡齋也。

羅大經《鶴林玉露》亦云：

> 自陳、黃之後，詩人無逾陳簡齋。其詩由簡古而發穠纖。

潘德輿《養一齋詩話》評他的詩作云：

> 詞意新峭可喜，雖江西詩風而能藥俗。

紀昀云：

> 簡齋風骨高秀，實勝宋代諸公。〔註 14〕

陳與義從前人的書齋走向現實，他的詩作意境雄闊，情調高昂，音律鏗鏘，反映國仇家恨，同前人詩比較，反映現實層面更廣，表現的思想也更爲深刻，詩風雄健深厚，感情氣度深灝，遣辭造句較爲自然流利。此皆可說明陳與義與山谷、後山的不同處，在於內涵廣度、思想深度及風格意境上。愛國主義的作品主要體現了雄渾悲壯的風格，是以後山在題材內容是較陳與義狹，在意境風格上，陳與義的悲壯、雄渾之風也較後山更爲接近杜甫。江西詩派較爲重修辭、鍛鍊；而陳與義詩則比較重意境、重白描。因陳與義「以簡潔掃繁縟，以雄渾代尖巧」，故所作排奡處不及山谷，鍛鍊處不及後山；但風骨雄渾卻較山谷、後山更爲接近杜甫，乃以其歷經了與杜甫相似的國破家亡的境遇。

參、後山宗杜之整體得失

除了與山谷、與義相較之外，後山宗杜的成就，亦受到歷代詩評家的褒貶。後山宗杜，在形式技巧，如字法、句法、結構、體裁上頗爲歷代詩家讚賞，認爲深得杜甫神髓，在第四章中我們已一一談及。然而，在內涵和風格二方面，後山是較受批評的，以下我們分從內容題材與風格意境二方面來談後山宗杜的得與失。

〔註 14〕《瀛奎律髓》，卷二十三，〈山中〉詩下評語。

一、內容題材

一般文學評論中，受杜甫衣披所及的詩人，大體分爲二類：一是學杜豐富的社會內容和與之結合的藝術技巧，即從思想性與藝術性二方結合學杜，充分地反映某一時期人民的苦難、愛國思想。二是學杜形式技巧、篇章字句的講求模仿，雖其中某些篇章亦能反映社會現實、或出色地描繪自然景物，但內容方面，總的來說，是比較狹隘的。而後山在文學史或一般詩評中是被歸在學杜的第二類。〔註 15〕

山谷形容後山：「閉門覓句陳無己」、「正字不知溫飽未？」，〔註 16〕敖陶孫說他如：「九皋獨唳，深林孤芳，沖寂自妍，不求識賞」，〔註 17〕除了可說明後山詩作的風格，也可用以說明其生活形態及作詩態度。詩人一生窮愁潦倒，情意拘執，且孤高清淡，往內探索多於往外訴求，力圖與當代政治激情保持距離，而傾心詩學，表現出「隻字半句不肯輕出」的苦吟創作態度，更是影響其詩作風格內涵的重要因素。

由於詩人狹隘的生活體驗及窮愁的生命歷程，因此詩作內容題材並不廣泛，大致可分爲酬答寄贈、傷弔懷友、閑適感懷、倫常親情、寫物詠景等，大致以個人世界裏的自我抒懷爲主，一些社會情狀、現實生活幾少反映。李曰剛先生說後山：

> 彼雖知山谷脱離作品内容而一昧追求技巧，競尚新奇之錯誤，特以其未接觸社會廣闊現實生活，而但閉門覓句，亦僅能學習杜甫之格律，結構、句法等形式技巧，而忘記學習杜甫最重要之一面：深入現實生活，關心民生疾苦；故其作品，雖在技術、風格上能與杜甫相似，畢竟缺乏其足以激動人心之思想内容與豐富之藝術形象。〔註 18〕

葉光榮先生《宋代江西詩派研究》中說：

〔註 15〕如金啓華先生在〈杜詩影響論〉中便認定山谷、後山及江西詩派學杜，歸在第二類。見《杜甫詩論叢》，上海古藉出版社。

〔註 16〕〈病起荊江亭即事十首〉，《豫章黃先生文集》，卷二。

〔註 17〕《敖器之詩評》。

〔註 18〕李曰剛先生〈檢論江西詩派〉一文，見《中國文學流變史》，聯貫出版社，或《師大國文學報》第一期，61 年 6 月。

> 透過陳師道的創作，我們隱約看到了江西派的不盡合理之處，不過，由於陳師道一生際遇愁苦，是故對其作品影響不大，題材也稍嫌狹窄，可是眞摯自然的情感，卻更能躍然紙上。〔註19〕

許仁圖先生《新編中國文學史》中亦說後山：

> 他是最早對黄庭堅表示不滿的一個人。他想突破黃的束縛，但他終未完全突破，這是由於他的作品也缺乏現實生活的內容，題材過於狹窄，只不過他在主張和創作實踐上沒有黃庭堅那麼偏頗罷了。〔註20〕

三人皆肯定後山以眞摯自然之情感對江西詩派進行革新，但也認爲他在內容題材上較爲貧弱，是故影響不大。金啓華先生更認爲：

> 黄、陳等學杜，只在造句遣辭、風味等方面來學習杜甫，能具形式，難獲精神。〔註21〕

說後山詩在題材內容上較爲狹窄，是可被接受的，但這是由特定的時代歷史條件及詩人獨特的生活境遇所造成的。後山與杜甫所處的時代不同，所接觸的現實層面有差距：杜甫所處乃唐王朝由盛到衰，統治者驕奢荒淫造成戰禍的時代；而後山所生之世，國勢雖不及盛唐，但社會尙稱安定，體制可維持不亂，且因重用文人，海內清晏，可謀自守，鮮悍將驕兵跋扈之禍，所以人心靜弱而不雄強，向內收斂而不向外擴張。〔註22〕由於後山與杜甫所處時代背景及歷史條件不同，所以在後山詩中不能有著杜詩山河破碎、戰禍離亂的場景。以後山而言，其詩作內容雖不直涉社會現實，卻也多能表達出個人眞摯的思想感情，亦能從不同角度反映了時代的風貌，茲舉〈田家〉爲例以說明之：

> 雞鳴人當行，犬鳴人當歸。秋來公事急，出處不待時。昨夜三尺雨，灶下已生泥。人言田家樂，爾苦人得知。

〔註19〕葉光榮先生《宋代江西詩派研究》，文化大學中研所74年碩士論文。

〔註20〕許仁圖先生編著《新編中國文學史》，復文圖書出版社，頁438。

〔註21〕同註15。

〔註22〕用繆鉞先生〈論宋詩〉一文中所語，見《宋詩論文選輯（一）》，復文圖書出版社，頁17。或見繆鉞《詩詞散論》。

後山在這首詩中，從傜役的角度反映了農民艱辛的勞動和貧困的生活。首二聯選取了農村生活常見的雞鳴狗吠，來點染農民的作息時間。本應雞鳴報曉時才出門勞動，晚上犬吠時回家歇息，但是秋收季節到了，租稅催得急，只好夙興夜寐，疲於奔命了，宋代傜役既重且多，是農民除了賦稅外又一沈重負擔，秋天是農民辛勤勞動而指望收獲的季節，但官府征役四時無間，從而斷絕了農民的生路。五六句從另一角度敘述農民生活的悲苦辛酸，不但屋漏牆爛，瀝瀝秋雨不體人間苦況，不斷下著，以致積水三尺，灶灰成泥，暗示這個家庭已是多日不舉炊火了。炊食斷絕、房屋破敝，一家如何生活？這是詩人思考問題，因此在全詩最後，詩人以一反詰的語氣結束全詩，農民的辛苦你們那裏知道，詩至此戛然而止。後山此詩，從農民的早出晚歸及家中情形之狼籍兩個側面來表現其苦難，寫來清新剛健，深沈感人，也因後山一生清貧，接近農民，較能體察農民的疾苦。頗得杜甫旁筆以正寓時代苦難的襟懷。

從以上詩例來看，後山並非沒有反映現實社會之作，只是分量不多，但是當詩人有眞情實感鬱積胸中，一旦發之筆端，即能寫出思想性、藝術性俱臻的作品，李曰剛先生所言後山「畢竟缺乏其足以激動人心之思想內容與豐富之藝術形象」，是有待商酌的。無庸諱言的，內容題裁的偏狹是後山詩作明顯的局限性，但此「失」是由特定的時代背景及詩人生活體驗所造就而成，對此我們應抱持理解、同情的態度，而非一昧批評，甚或以此來輕忽其形式技巧上宗杜的藝術成就。

二、風格意境

歷代詩評家對後山在風格意境的表現，持批評之見者也不少，試列舉幾家說詞以見一斑：

李調元《雨村詩話》云：

> 西江詩派，余素不喜，以其空硬生湊，如貧人捉襟見肘，寒酸氣太重也。……後山詩，則味如嚼蠟，讀之令人氣短，如「且然聊爾耳，得也自知之」二句，係集中五律起筆，

> 竟成何語？眞謂之不可解詩可也。擁被呻吟，眞是枯腸無處搜耳。

胡應麟《詩藪》外編卷五云：

> 二陳五言皆學杜，所得惟粗強耳，其沈鬱雄麗處，頓自絕塵。無己復參魯直，故尤相去遠。大抵宋諸君子以險瘦生澀爲杜，此一代認題差處，所謂七聖皆迷也。工部詩盡得古今體勢，其中何所不有，而僅僅若此耶！

方東樹《昭昧詹言》云：

> 後山之師杜，如穆、柳之徒學文於韓也。後山之祖子美，不識其混茫飛動，沈鬱頓挫，而溺其鈍澀迂拙以爲高。

又云：

> 薑塢先生論後山之學杜學韓、黃不至處云云，愚嘗細商其故，此非學之不至，得其粗似而遺其神明精神之用云爾也，直由其天才不強耳。……又後山用意求與人遠，但過深，轉竭索無味，又時齬齹不合，此不可謂非山谷遺之病也。若大謝、杜、韓，用意極深曲，而句無不穩洽。

綜合以上各家說法，可歸結出後山宗杜在風格意境上最爲人所抨擊的地方是「窘迫寒蹇」、「枯淡生硬」、「樸拙鈍澀」，然而這也正是江西詩派正統的風味。嚴格說來，江西詩派是屬於北宋晚期這一特定時代背景的產物，黨局的糾纏使得知識分子油然而生自我保護、自我反省的心態，因而，他們的詩歌，由外發掘轉爲往內探索，由社會的關照轉向自我的完善，由現實生活轉向書本寫作，由進身仕宦轉而響往山林，在反對流俗的同時已不知不覺地關閉了面向現實社會的大門，他們的生命基調多是淡泊寧靜的，他們追求的清淡、瘦勁、老成，無不顯示出當時知識分子的特殊心態。

凡人都有主觀情感的好惡，杜詩雖風格多樣，而後山特深入於其中的枯淡、窘迫、寒傖、生硬、樸拙，乃由於時代背景與現實社會下的個人悲劇體驗，促使後山在心境與意象的擇取偏好具有衰颯枯寂、寒傖清冷者爲詩作的意境，呈現出他特有的審美情趣。

後山詩中此特有的集中表現，乃是他藝術情性的凝聚、是他藝術成熟的標誌，就典型的風格而言，是無可指責的。前舉各詩評家之所以批評後山枯淡生硬、樸拙窘迫，是由於他們離開了江西詩派何以產生的特定歷史社會條件，離開了詩人所處的典型環境，而一味地以他們所推崇讚許的風格爲標準，加以機械化地衡量規範後山之「樸拙」、「瘦硬」。然而，諸家的批評卻往往停留在表面，無非是後山之寒酸氣重、枯槁蕭蓧，讀來不能使人產生歡愉舒適之情。其實，他們並沒有透過這些風格的字面去了解全詩的意境，沒有設身處地去體會後山的感情，因而也就看不到後山孤高貞介、氣骨挺立的性格和詩人淒涼、困頓的生活，自然也就無法領悟後山內心世界的苦澀、悲涼的況味。這樣，他們對後山的指責必然空泛而不切實際的。

但是，我們如果說後山的枯淡瘦硬是有某些局限性的話，是可被接受的。後山風格的局限性亦是江西詩派的局限性，是由於特定的歷史社會背景和作家的生活境遇所造就而成的。此一局限性並非風格本身的缺陷，是源於後山閉門覓句、絕意仕進、生活困窘，所以題材不夠多，這也必在其枯淡瘦勁、寒促樸拙的詩風上反映出來。這或許就是局限性吧，它不是缺點，卻也不能無憾。

第七章　結　論

文學創作最忌依樣畫葫蘆，千篇一律，而不見個人獨特才性、襟抱。但是任何作家、詩人都必要不斷學習和繼承古人的文化遺產而建立自己的風貌。後山宗杜，學杜之形式技巧、內涵風格，而其最終目標，又在於顯示自己獨特的人格，以及自己獨特的精貌。

由後山宗杜的外緣研究顯示，決定後山詩風貌的是文學本身發展的趨勢、當時的社會背景及詩人自身的性格境遇。

杜甫晚期對近體詩的探索改造，在唐代沒有受到人們的重視，但對宋代詩壇卻產生了深遠影響，從王禹偁、王安石、黃山谷、陳後山等人的詩，都以各自的風格，不同程度、不同側面地學習杜詩善敘述、工議論、長抒情、求意趣、精鍛鍊的一些特點。杜甫成了宋代詩壇的導師，這是就文學本身的發展趨勢而言的。就社會背景來說，宋代開國，承五代積弱之勢，西、北邊疆又爲遼、夏所佔領，國內亦僅謀自守，是以人心收斂深微而不激昂外顯，知識分子多力圖與當代的政治激情保持距離，似乎想由此而得到一種道德上的自我完善和政治上的自我保護，後山亦是其中的典型，其境遇之苦與性格之堅都令人惻然，因不屑服趙挺之之衣，竟以寒疾而終。他一生皆對個人的鋒芒採取向內收斂、盡力抑制的態度，然而在黨派之爭甚烈的北宋，他仍不免以放逐的悲劇告終。這和杜甫一生窮愁潦倒是大體相若的，在人格的自我要求與世情體驗的尖銳衝突下，主體心靈便發生轉化，於是，自然形成後山、杜甫傾心詩學，表現出認眞忘我、一絲不苟的「苦吟」創作方式。

後山這種冥心孤注，一意求深的創作態度，使他學杜的主要著力是表現在形式方面。杜甫「語不驚人死不休」的誓言、「老去詩篇渾漫與」的歸宿和「用拙存吾道」的苦心，實已預示了後山創作總的藝術傾向，於是才有「語簡而益工」、「以俗爲雅」、「以故爲新」的口號實踐。其作品在用字、鍊句、謀篇、立意、聲律方面都能得杜甫的形影。其用字好以色字、數字、虛字、俗字入詩，或以加強語氣，或有助於行氣，或收頓挫之效，或敘身世感懷。在句法方面，多以一句凝蘊多意、文句入詩、兩句一氣單行、詞語錯綜倒裝、對句相互發明，使詩意不板滯，富於變化生動。又多鎔鍊杜詩的詞藻、典故，以極少數字藏蘊豐富的意義，以期達於新風貌。雖未能致渾然天成之境界，亦能賦予舊詩新生命。在聲律方面，後山精於格律，大體諧律，然亦偶出拗律，在工穩中見變化，且用疊字，增加其音樂性與情韻美。在謀篇佈局方面，能掌握起結要領，使作品更趨於謹嚴，可謂學杜有得。在體裁方面皆宗杜而來，其五律、七絕二格，更是深得杜甫神髓。

在內涵題材方面，主要由於後山孤高的個性、沉淪下僚的境遇，而使得其題材略窄，多是詩人在自我天地情思馳騁之作，而少對社會情狀、歷史現實的直接反映，題材的不夠多樣化，或許是後山宗杜較爲貧弱的部分，但這是由於詩人所處文學背景、時代軌跡、個人遭遇所造成，一昧批評乃非持平之論。況且，後山對於友情、親情的珍視和別離之感、遷謫異地之情，皆深厚樸摯，使人讀之如聞其聲、如見其人，時如高天鶴唳，時如寒砌蟲吟，詩人奔走風塵，饑寒交逼的情狀如在目前。爲了不使自己的痛苦過度傾瀉，他「拭去眼角的淚滴」，以悲而不怨，諧趣而不流於浮誇的筆緻寫來，使人感受到他幽默平和的心懷。且在詩中表現他對宇宙人生的知性沈思，所以其詩充滿了緒密思深的淡泊澄觀之美，如一風骨嶙峋、步履沉穩的老者。

在風格意境方面，後山別具瘦勁峭健、寒苦枯寂、高古渾老的風格，雖僅能得杜詩瘦健樸老之一瓢，但亦成爲宋詩獨特風貌注下源頭活水。嚴羽《滄浪詩話》中，除標舉「東坡體」、「山谷體」、「王荊公體」之外，亦標「後山體」，於此可知，後山詩風在宋詩中亦可具一格，自成一家造詣。

再就後山宗杜之影響而言，他是由學黃入手轉而學杜，在生命轉彎之處，使他領悟到山谷著意經營，反而扭曲詩意、詩境，因此以其眞摯的情感在一定程度上突破了江西詩派刻意求工反而掩蓋眞性情的弊病，他的詩個性鮮明，風骨磊落，意境清新，文字簡妙，在讀者心中留下了和諧渾樸的印象，雖不能無愁，卻是愁得自然而然，此突破亦影響了呂居仁、陳與義、曾幾等人以清新流暢的詩作矯正江西詩風，而後山是江西詩風轉變的前導。這樣的遺波餘響，顯示後山在江西詩壇上的成就，在宋詩史上必具有一席之位。

長久以來，在一些文學史著作與詩歌評論中，對後山宗杜的實質缺乏明確分析，對後山詩作的獨特風貌，缺乏客觀全面的評述，尤其對他革新「江西詩派」所作的理論建樹和開拓性的努力，沒有給予應有的恰當評價。他宗杜的成就亦因「江西宗派圖」將他列於山谷以下第一人，一直被從屬在山谷之下。山谷、後山、陳與義三人，被方回舉爲江西詩派的「三宗」，均爲學杜有成者。因個人性情、才情、時代背景的差異，故三人所學於杜，著重點亦不同，各得所長，亦各具其短，胡傳安先生〈杜甫對江西詩派之影響〉一文中有極詳盡的說解，今舉如下：

> 黃山谷以其會粹百家之學養，鍛鍊研磨之工力，承受老杜「語不驚人死不休」之精神，去皮得骨，自創新奇之詩風，爲一代宗祖。陳師道以際遇之相似，窮畢生精力，沖寂自妍，得杜甫「峻潔之姿」，而成瘦勁清健之體。陳與義以身遭亂離之世，感時恨別，時吐悲壯孤憤之音，發揚子美「豪逸之氣」，而深得其意。可見三人各得老杜之一體，再以個性之相異，時代之不同，自成一家，雖不能與杜陵並駕齊驅，然配饗子美，則無憾焉！（《淡江學報》第十二期）

由胡先生之言參看，可見三人學杜，雖不能臻於完美渾成之境，但各有其所得於杜之風貌者。杜詩雖有規矩可循，但其詩已達神功渾茫之化境，故學其詩是一段艱辛的歷程，一般詩人若能精長於一二體，已足可稱美於世。我們可以說，後山宗杜，成就不在山谷之下。作爲一位詩人，作爲一位畢生追摹杜詩優良典範的詩人，後山畢竟是在漫長曲折的路上，留下一些沈穩踏實的腳印，一隻耕耘的手爲江西詩壇的土地結出豐碩的果實。

主要參考及徵引書目

壹、書　籍

一、陳後山文本

1. 《後山詩箋注》，宋・任淵注。冒廣生補箋，學海出版社。
2. 《後山集》，陳後山，中華書局四部備要本。
3. 《後山詩話》，陳後山，商務印書館叢書集成簡編，漢京出版社，《歷代詩話》，亦輯。
4. 《陳後山年譜》，鄭騫，聯經出版事業公司。
5. 《陳師道及其詩研究》，范月嬌，文史哲出版社，民國 77 年。
6. 《陳後山詩研究》，李致洙，臺大中研 71 年碩論。
7. 《黃庭堅與江西詩派卷》，九思出版社。

二、杜甫文本

1. 《杜詩鏡銓》，清・楊倫注，中華書局。
2. 《杜詩詳註》，清・仇兆鰲注，里仁書局。
3. 《杜工部詩集註》，清・錢謙益注，新文豐出版社。
4. 《杜臆》，清・王嗣奭注，中華書局。
5. 《讀杜心解》，清・浦起龍注，中華書局。
6. 《杜詩論文》，清・吳見思注，杜詩叢刊第四輯。
7. 《杜甫研究資料彙編》，華文軒等人編，明倫出版社。
8. 《杜甫傳記唐宋資料考辨》，陳文華，師大國研所 76 年博論。

9. 《新唐書》，宋・宋祁、歐陽修，藝文印書館。
10. 《沈鬱詩人——杜甫傳記》，譚繼山編譯，萬盛出版有限公司。
11. 《杜少陵先生評傳》，朱偰，東昇出版社，民國 69 年 4 月初版。
12. 《十大詩人——杜甫》，馬茂元主編，上海古藉出版社。
13. 《中國三大詩人新論》，黃國彬，源流出版社，民國 72 年 4 月再版。
14. 《杜工部生平及其詩學淵源和特質》，陳瑤璣，弘道文化事業有限公司。
15. 《杜詩敘論》，朱東潤，木鐸出版社，民國 72 年 5 月初版。
16. 《杜甫詩論叢》，金啓華，上海古藉出版社。
17. 《杜詩修辭藝術》，劉明華，中州古籍出版社。
18. 《杜詩句法舉隅》，朱任生，中華書局，民國 62 年 7 月初版。
19. 《杜甫詩論》，傅庚生，上海古藉出版社。
20. 《杜甫詩律探微》，陳文華，師大國研所 62 年碩論。
21. 《杜甫律詩研究》，徐鳳城，師大國研所 73 年碩論。
22. 《論杜詩沈鬱頓挫之風格》，蕭麗華，師大國研所 75 年碩論。
23. 《杜甫寫實諷喻詩歌研究》，金龍雲，師大國研所 71 年碩論。
24. 《杜甫連章詩研究》，廖美玉，東海中研所 68 年碩論。
25. 《詩聖杜甫對後世詩人的影響》，胡傳安，幼獅文化事業公司，民國 67 年 12 月。
26. 《宋人杜詩評論研究》，黃志誠，輔大中研所 78 年碩論。
27. 《杜甫秋興八首集說》，葉嘉瑩，中華叢書編審委員會，民國 67 年 4 月。
28. 《杜甫》，汪中，河洛出版社。
29. 《杜詩鑑賞》，夏松涼，遼寧教育出版社。
30. 《杜詩研究》，劉中和，益智書局，民國 65 年 9 月三版。
31. 《杜詩散繹》，傅庚生，陝西人民出版社。
32. 《杜詩欣賞》，孫克寬，學生書局，民國 63 年 10 月再版。
33. 《不廢江河萬古流——杜詩賞析》，陳文華，偉文書局，民國 67 年 9 月初版。

三、江西詩派及相關研究

1. 《山谷詩內、外集注》，宋・任淵注，學海出版社。
2. 《豫章黃先生文集》，黃山谷，商務印書館四部叢刊影印宋本。

3. 《黃庭堅詩論探微》，王源娥，東吳中研所 72 年碩論。
4. 《黃山谷的詩與詩論》，李元貞，臺大中研 60 年碩論。
5. 《黃山谷的交游及作品》，張秉權，香港中文大學。
6. 《黃庭堅詩選》，潘伯鷹選註，香港中流出版社。
7. 《黃庭堅詩選——歷代詩人選集二十五》，陳永正選注，遠流出版社。
8. 《陳簡齋詩集合校彙注》，鄭騫，聯經出版社。
9. 《陳與義集》，陳與義，漢京文化公司。
10. 《陳與義的生平及其詩》，江道德，臺大中研所 72 年碩論。
11. 《宋代江西詩派研究》，葉光榮，文大中研所 57 年碩論。
12. 《江西詩社宗派研究》，襲鵬程，文史哲出版社。
13. 《宋金四家文學批評研究》，張健，聯經出版事業公司。
14. 《方虛谷之詩及其詩學》，許清雲，東吳中研所 70 年博論。
15. 《宋詩概說》，日人吉川幸次郎著，鄭清茂譯，聯經出版。
16. 《宋詩論文選輯三冊》，黃永武、張高評編，復文圖書出版社。
17. 《宋代詩話的詩法研究》，郭玉雯，臺大中研所 77 年博論。
18. 《宋代詩學創作之自然研究》，張霖，中大中研所 81 年碩論。
19. 《宋代唐詩學》，蔡瑜，臺大中研所 79 年博論。
20. 《江西詩派選注》，陳永正選注，中山大學出版社。
21. 《宋詩鈔》，清・呂留良、吳自牧、吳之振等編，世界書局。
22. 《宋詩選註》，錢鍾書選註，人民文學出版社。
23. 《宋詩選——中國詩歌寶庫》，陳達凱，中華書局香港有限公司。
24. 《宋詩今譯》，徐放，人民日報出版社。
25. 《千首宋人絕句校注》，吳戰參校注，浙江古籍出版社。
26. 《名家鑑賞宋詩大觀》，繆鉞、霍松林、周振甫等，上海辭書出版社商務印書館。
27. 《宛陵集》，梅堯臣，新文豐出版社。
28. 《名家鑑賞唐詩大觀》，蕭滌非、程千帆、周振甫、霍松林等，上海辭書出版社商務印書館。
29. 《賈島詩研究》，鄭紀眞，師大國研 81 年碩論。

四、詩　話

1. 《苕溪漁叢話前、後集》，宋・胡仔，世界書局、木鐸出版社。

2. 《詩人玉屑》，宋・魏慶之，商務印書館。
3. 《滄浪詩話校釋》，宋・嚴羽，郭紹虞釋，東昇出版社。
4. 《宋詩話輯佚》，郭紹虞編，燕京學報專號文泉閣出版社。
5. 《詩藪》，明・胡應麟，廣文書局。
6. 《甌北詩話》，清・趙翼，廣文書局。
7. 《帶經堂詩話》，清・王士禎，廣文書局。
8. 《石洲詩話》，清・翁方綱，木鐸出版社。
9. 《昭昧詹言》，清・方東樹，廣文書局。
10. 《藝概》，清・劉熙載，廣文書局。
11. 《中國詩話史》，蔡鎮楚，湖南文藝出版社。
12. 《歷代詩話》，清・何文煥編，漢京出版社。
13. 《續歷代詩話》，清・丁仲祐訂，藝文印書館。
14. 《清詩話》，清・丁仲祐訂，藝文印書館。
15. 《談藝錄》，錢鍾書，書林。
16. 《百種詩話類編》，臺靜農編，藝文印書館。
17. 《詩話》，宋咸萃，黎明文化事業公司。
18. 《詩話與詞話》，張葆全，《國文天地》，出版。

五、文學理論

1. 《文學理論》，劉若愚著，杜國清譯，聯經出版社。
2. 《文學理論》，劉萍，華正書局。
3. 《文學新論》，李辰冬，東大圖書公司。
4. 《詩論》，朱光潛，漢京文庫。
5. 《比較文學理論與實踐》，張漢良，東大圖書公司。
6. 《比較文學導論》，蒲公英出版社。
7. 《詩學》，張正體、張婷婷合著，臺灣商務印書館。
8. 《中國詩學》，黃永武，巨流出版社。
9. 《詩學淺說》，學海出版社。
10. 《中國詩律學研究》，王力，文津出版社。
11. 《古典詩的形式結構》，張夢機，尚友出版社。
12. 《近體詩發凡》，張夢機，臺灣中華書局。
13. 《詩論分類纂要》，朱任生，商務印書館。

14. 《論詩絕句二十種輯注》，吳世常輯注，陝西人民出版社。
15. 《論詩絕句發展之研究》，周益忠，師大國研所 71 年碩論。
16. 《修辭學》，黃慶萱，三民書局。
17. 《中國詩歌美學》，肖馳，北京大學出版社。
18. 《中國古代文藝美學範疇》，曾祖蔭，文津出版社。
19. 《美學原理》，楊辛、甘霖，曉園出版社。
20. 《唐詩風格美新探》，王明居，中國文聯出版公司。
21. 《古典詩詞藝術探幽》，艾治平，學海出版。
22. 《詩的藝術》，曾敏之，三聯書店香港分店。
23. 《詩詞藝術》，曾敏之，蘭亭。
24. 《詩詞例話》，周振甫，長安書局。
25. 《文章例話》，周振甫，蒲公英出版社。
26. 《文學風格例話》，周振甫，上海教育出版社。
27. 《詩文鑑賞方法二十一講》，周振甫，國文天地雜誌社。
28. 《中國詩歌藝術研究》，袁行霈，五南圖書。
29. 《中國古典文學論文精選叢刊》，吳宏一主編，呂正惠助編，幼獅文化事業公司。
30. 《中國古典文學論叢——詩歌之部》，鄭騫等著，中外文學叢書。
31. 《唐詩論文選集》，呂正惠等，長安出版社。

六、文學史

1. 《兩宋文學史》，程千帆、吳新雷，上海古籍出版社。
2. 《兩宋文史論叢》，黃啓方等著，學海出版社。
3. 《宋代文學與思想》，臺大中研所編，臺灣學生書局。
4. 《中國文學發展史》，劉大杰，華正書局。
5. 《中國文學發達史》，臺灣中華書局。
6. 《中國文學發達史》，蔡慕陶，帕米爾書店。
7. 《中國文學批評史》，郭紹虞，藍燈文化事業有限公司。
8. 《中國文學批評史》，羅根澤，學海書局。
9. 《中國文學八論》，劉麟生等著，文馨出版社。
10. 《中國文學史》，葉慶炳，臺灣學生書局。
11. 《中國文學史》下冊，游國思等著，五南圖書出版公司。

12. 《新編中國文學史》第二冊，許仁圖編著，復文圖書出版社。
13. 《新編中國文學史》下冊，書鳳娟、陶文鵑、石昌渝編著，人民教育出版社。
14. 《中國文學史》，孟瑤編著，大中國圖書公司。
15. 《中國文學史》，曾毅著，文史哲出版社。
16. 《中國文學史論文選集》四冊，羅聯添編，學生書局。
17. 《中國文學史論集》二冊，張其昀等著，中華文化出版事業委員。
18. 《中國文學論集》，徐復觀，學生書局。
19. 《中國文學論集續編》，徐復觀，學生書局。
20. 《中國文學史綱要》，曉園出版社。

貳、單篇論文

一、陳後山

1. 〈陳後山傳〉，鄭騫，《中華文化復興月刊》，九卷十二期。
2. 〈陳後山之生平及其詩〉，鄭騫，民國 62 年國科會報告。
3. 〈陳後山的家庭失意〉，定公，中央日報，民國 53 年 9 月 17 日。
4. 〈從陳後山之詩論其悲劇性格〉，顏崑陽，《幼獅月刊》，四九卷第一期。
5. 〈陳後山宗杜之檢討〉，蕭麗華，《中國文學研究》，第二期。
6. 〈后山詩與杜甫〉，陳惠源，《華國》，一卷，民國 46 年。
7. 〈陳師道師承關係辨〉，曾棗庄，《文學遺產》，1993 年第三期。
8. 〈陳后山、江西詩派〉，杜若，《臺肥月刊》，二四卷十一期。
9. 〈從後山詩中的黑黃白說起〉，鄭騫，《中外文學》，第三卷第五期。
10. 〈再論陳後山詩中的黑雲黃槐白鳥〉，鄭騫，《中外文學》，第三卷第六期。
11. 〈論陳後山詩〉，巴壺天，《暢流》，十七卷九期，民國 47 年 6 月。
12. 〈論陳師道七絕〉，簡錦松，《中外文學》，七卷二期。
13. 〈論陳師道的文學作品〉，張健，《中外文學》，第三卷第四期。

二、杜　甫

1. 〈杜詩之風格及其寫實精神〉，葉龍，《大陸雜誌》，第三八卷第十期。
2. 〈略論杜甫詩歌的人情美〉，張應華．張兵，《青海師大學報》，1992 年 2 月。

3. 〈杜甫的「戲字詩」探究〉，劉天發，《文風》，二十九卷，民國 65 年 6 月。
4. 〈杜甫悲歌的審美特徵〉，金學智，《文學遺產》，1991 年 3 月。
5. 〈談杜甫詩中仁民愛物之儒家精神〉，汪中，《中央月刊》，第五卷第五期。
6. 〈杜甫詩中的倫理精神〉，汪中講演，陳文華筆記，《中華文化復興月刊》，第十卷・第十一期。
7. 〈杜甫之人品與詩品〉，顏崑陽，《文風》，十九卷，民國 60 年 6 月。
8. 〈承先啓後的詩聖杜甫〉，汪中，《中華文化月刊》，十卷三期。
9. 〈詩聖杜甫論詩〉，黃禮科，《暢流》，五九卷，民國 68 年 5 月。
10. 〈杜甫詩中的儒家思想〉，黃得時，《孔孟學報》，第十期。
11. 〈杜甫的創作態度〉，易笑儂，《建設》，十四卷十一期。
12. 〈杜甫的創作態度〉，李壽，《建設》，九卷十一期。
13. 〈唐詩與杜詩〉，白如初，《建設》，一卷七期。
14. 〈杜詩與日常生活〉，呂正惠，《唐詩論文選集》。
15. 〈杜工部詩的新檢討〉，蘇雨，《中興評論》，一十卷十一期。
16. 〈就有我無我之說看杜詩〉，張健，《人生》，二九卷五期。
17. 〈略論杜甫對絕句的改造〉，丁成泉，《中國古代、近代文學研究》，1990 年 4 月。
18. 〈杜詩拗格之研究〉，陳文華，《中國學術年刊》，第二卷。
19. 〈杜甫變體七絕的特色〉，張夢機，《幼師月刊》，四四卷第三期。
20. 〈論杜甫晚期今體詩的特點〉，莫礪鋒，《中國古代、近代文學研究》，1989 年 5 月。
21. 〈論杜甫七律之演進及其承先啓後之成就〉，葉嘉瑩，《大陸雜誌》，第三十卷第一期。
22. 〈論杜詩的思想容量〉，賈琛，《中國古代、近代文學研究》，1992 年 1 月。
23. 〈從杜詩看杜甫寫作技巧〉，邱燮友，《明道文藝》，民國 66 年 6 月十五期。
24. 〈杜甫對江西詩派之影響〉，胡傳安，《淡江學報》，第十二期。
25. 〈杜詩中的顏色字探究〉，潘麗珠，《唐代文化研討會論文集》。
26. 〈杜甫詩虛字研究自序〉，黃啓原，《致理學報》，民國 70 年 11 月。
27. 〈論杜詩之用典〉，林春蘭，《中國語文》，五九卷五期，民國 75 年

11 月。

28. 〈宋詩對杜甫在藝術手法方面的繼承和發展〉，王習耕，《中國古代、近代文學研究》，1992 年 1 月。

三、江西詩派

1. 〈江西詩派風格論〉，周裕鍇，《文學遺產》，1987 年第二期。
2. 〈檢論江西詩派〉，李曰剛，《師大國文學報》，第一期，民國 61 年 6 月。
3. 〈江西詩派的理論架構〉，吳淑鈿，《中外文學》，第十八卷第十二期。
4. 〈黃山谷詩的傳承〉，朱學瓊，《國立編譯館刊》，十八卷第二期。
5. 〈黃庭堅詩藝發微〉，費秉勛，《文學遺產》，1987 年第三期。
6. 〈黃庭堅的詩論〉，劉大杰，《文學評論》，1964 年 1 月。
7. 〈黃庭堅的詩論再探討〉，孫乃修，《文學遺產》，1986 年第三期。
8. 〈論黃山谷所謂「無一字無來處」——兼論「點鐵成金」與「奪胎換骨」〉，黃景進，中華學苑三八期，78 年 4 月。
9. 〈山谷詩刻意求變〉，朱學瓊，《國立編譯館刊》，第十九卷第二期。
10. 〈論宋詩與黃山谷〉，亦如，《暢流半月刊》，十二卷第八期。
11. 〈宋詩背景與山谷詩句法〉，孫克寬，《暢流半月刊》，十七卷七期。
12. 〈宋詩發展與陳與義詩〉，陳祥耀，《文學遺產》，1982 年第一期。
13. 〈簡述簡齋詩〉，陳宗敏，《中陸雜誌》，第二九卷第三期。
14. 〈論呂東萊與江西詩派〉，沈暉，《中國古代、近代文學研究》，1990 年 7 月。

四、宋　詩

1. 〈宋詩的復雅崇格傾向〉，秦寰明，《中國古代、近代文學研究》。
2. 〈談宋詩〉，華仲麐，《暢流半月刊》，三一卷十、十一期，1993 年 4 月。
3. 〈宋詩發展的美學軌跡〉，沈檢江，《中國古代、近代文學研究》，1991 年 1 月。
4. 〈宋詩的特質及其發展〉，黃文吉，《復興崗學報》，第三十五期。
5. 〈試淺析唐宋詩之區別〉，林覺中，《東方雜誌》。
6. 〈宋詩與宋學〉，韓經太，《文學遺產》，1993 年 4 月。
7. 〈宋詩特色〉，杜松柏，《宋詩論文選輯、國魂》。
8. 〈試論宋詩對清代詩人的影響〉，馬並中，《文學遺產》，1984 年第三期。
9. 〈宋詩臆說〉，謝宇衡，《文學遺產》，1986 年第三期。
10. 〈近體詩聲調結構的一些重要觀念〉，陳文華，《國文天地》，民國 74 年四期。
11. 〈瀛奎律髓拗字類五言律詩解析〉，許清雲，《銘傳學報》，二十卷，民國 12 年 3 月。
12. 〈詩話中「奪胎換骨」法的意義及其問題〉，李錫鎮，《銘傳學報》。
13. 〈詩歌鑑賞中的評價問題〉，龔鵬程，《中外文學》，第十卷第七期。
14. 〈中國古代詩人的人格養成〉，吳野，《中國古代、近代文學研究》，1992 年 1 月。
15. 〈試論古典詩歌中的對稱美〉，潘麗珠，《中華文化復興月刊》，二十卷八期。